„Es ist unglaublich, was die Welt
vergisst und – was sie nicht vergisst."

Marie von Ebner-Eschenbach
(1830 – 1916)

*

„Der Schlüssel der Geschichte ist nicht
in der Geschichte, er ist im Menschen."

Théodore Simon Jouffroy
(1796 – 1842)

Bibliografische Information der Deutschen Nationalbibliothek:
Die Deutsche Nationalbibliothek verzeichnet diese Publikation in der Deutschen
Nationalbibliografie; detaillierte bibliografische Daten sind im Internet über
http://dnb.d-nb.de abrufbar.

1. Auflage	April 2023
© 2023	edition riedenburg
Verlagsanschrift	Adolf-Bekk-Straße 13, 5020 Salzburg, Österreich
Internet	www.editionriedenburg.at
E-Mail	verlag@editionriedenburg.at
Lektorat	Edgar Rothammer, Schulamtsdirektor i.K.
	Dr. Caroline Oblasser
Bildnachweis	Illustrationen © Samuel Wolter, Obertraubling
	Stadtansicht Obertraubling, Gemeindearchiv, gemeinfrei
Satz und Layout	edition riedenburg
Herstellung	Books on Demand GmbH

ISBN 978-3-99082-133-6

Rudolf Grass (Hrsg.)
Heike Wolter • Samuel Wolter (Illustrationen)

OBERTRAUBLING

Geschichten aus
der Geschichte

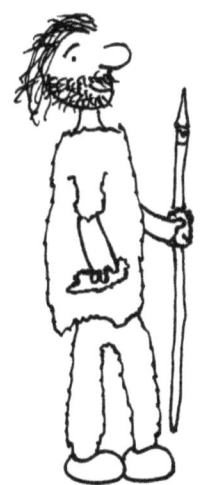
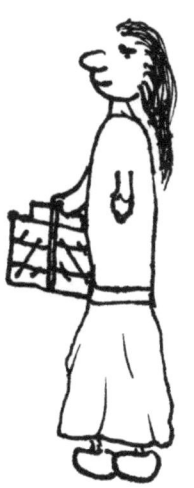

edition
riedenburg

Inhalt

Wie Geschichte gemacht wird:
Eine Gebrauchsanweisung   8

Urk, der Steinzeitjäger,
mit dem Feuerstein (50.000 v. Chr.)   10

Tulius, der römische Legionär,
und der Apis-Stier (179)   15

Rotraud, die Bajuwarin,
und das Leben nach dem Tod (590)   20

Leopold, der Bauer,
und der König (857)   26

Rüdiger, der Dichter,
und der Schlegel (1300)   31

Albrecht, der Amann,
und die Äbtissin (1343)   36

Friedrich, der Weichser,
und die Burg (1343)   41

Johann, der Unschuldige,
und das Rügegericht (1371)   45

Heinrich, der Löwler,
gegen den Herzog (1491)   50

Bartholomäus, der Pfarrer,
und die Pest (1520)   54

Albrecht, der Maler,
und sein Lehen (1537)   59

Josef, der Alte,
und der große Krieg (1633)   63

Barbara, die Bäuerin,
Seppi und Napoleon (1809)   68

Scherg, der Gerichtsdiener,
und die Henkersmahlzeit (1830)   73

Johann, der Unternehmer,
und die Tasse der Königin (1830)   78

Wolfgang, der Landbesitzer,
und die Walhallastraße (1834)   83

Joseph, der Lehrer,
und die Obertraublinger Schule (1825)   88

Georg, der Hofbesitzer,
und die Freiheit (1847)   96

Erna, die Neugierige,
und die Eisenbahn (1859)   100

Josef und Mathias, die Feuerwehrler,
und das neue Haus (1890)   105

Maria, die Näherin,
und ihre erste Nähmaschine (1895)   110

Michael, der Pfarrer,
und die neue Kirche (1907)   115

Ignatz, der Ballkünstler,
und der SVO (1923)   121

Wilhelm, der Liebende,
in Big Apple (1924)   126

Mich, der Bader,
und der entzündete Zahn (1924)   131

Ludwig, der Trachtler,
und der Maibaum (1924)   136

Georg, der Flieger,
in Einthal (1930)   142

Franz, der Schulbub,
und der „Führer" (1937)   147

Herbert, das Kriegskind,
und der Angriff (1945)   153

Moishe, der KZ-Häftling,
und der schlimmste Platz auf Erden (1945)   158

Howard, der Soldat,
und der Absturz der Black Cat (1945)   165

Josef, der Offizier,
gegen die SS (1945)   172

Josef, der Sudetendeutsche,
und die neue Heimat (1945)   177

Gerhard, der Vertriebene,
in der Barackensiedlung (1950)   181

Simon, der Schütze,
beim Weitzerwirt (1956)   186

Xaver, der Großherzige,
und das offene Haus (1960)   192

Gustava, die Malerin,
und ein Lebensabend (1969)   199

Georg, der Bürgermeister,
und die Eingemeindung (1972)   205

Hermann, der Hochspringer,
bei Olympia (1972)   210

Barbara, die Schülerin,
und das große Jubiläum (1973)   217

Caritas, die ehrwürdige Schwester,
und der Kindergarten (1973)   223

Pius, der Heimatpfleger,
und das Ortsgedächtnis (1985)   228

Reinhard, der Entwicklungshelfer,
im wilden Osten (1991)   233

Leo, der Gstanzl-Sänger,
und das große Lachen (1996)   239

Josef, der Radfahrer,
und die Partnerstadt Dobrany (2007)   245

Angelika, die Literaturliebhaberin,
und die Bücherei (2009)   250

Ingrid, die Pfarrerin,
und die Diaspora (2018)   256

Aydin, der Komponist,
und die Orgel (2018)   261

Olesia, die Optimistische,
und das sonnengelbe Haus (2022)   265

Isabella, das Sonntagskind,
und die Zukunft (2022)   271

Meine Ortsgeschichte   275

Über die Autorin: Heike Wolter   279

Über den Illustrator: Samuel Wolter   279

WIE GESCHICHTE GEMACHT WIRD: EINE GEBRAUCHSANWEISUNG

Vor bald drei Jahren fragte mich Bürgermeister Rudolf Graß, ob ich mir vorstellen könnte, ein neues Ortsbuch zu schreiben. Die bisherige Chronik endete Anfang der 1980er Jahre und seitdem war eine ganze Menge geschehen. Nicht nur die Welt hatte sich verändert, auch in Obertraubling war die Zeit nicht stehengeblieben.

Zum Jubiläum sollte das handliche Büchlein mit 50 Geschichten aus der Geschichte fertig werden. 2023 müsse es vorliegen und die Menschen auf eine Zeitreise durch 1150 Jahre Obertraublinger Vergangenheit mitnehmen.

Doch halt, 1150 Jahre? Schon wer die Chronik von 1982 aufmerksam gelesen hatte, dem verknotete sich das Hirn beim Rechnen. Die dort abgedruckte „Geburtsurkunde" datiert laut Wissenschaftlern in die Jahre 826 bis 840. Keinesfalls käme man 2023 so auf 1150 Jahre. „Ja, aber ..." entgegneten die Älteren, die 1973 fulminant die 1100-Jahr-Feier Obertraublings mit Zwölfuhrläuten, Festumzug und Tag der Jugend gefeiert hatten.

Nach einigen Recherchen ist klar: Das Jubiläum 1973 war eine wirkmächtige Inszenierung. Sie diente dazu, ein Jubiläum nachzuholen. Dieses hatte unbestimmt irgendwann zwischen 1926 und 1940 gelegen. Das war in einer Zeit, in der kaum jemandem nach Feiern zumute war. Nach dem Krieg jedoch hatte Obertraubling einen steilen Aufstieg genommen. Erst 1972 waren die letzten Teile der Großgemeinde per Gebietsreform hinzugekommen. Außerdem feierten 1973 der Sportverein Obertraubling sein 50-jähriges, der Trachtenverein Holzhacker und die Freiwillige Feuerwehr Obertraubling ihr 100-jähriges Bestehen. Kein Wunder, dass Bürgermeister Hermann Zierer am 28. Juni 1970 im Gemeinderat vorschlug, „die Vereinsfeste in größerem Stile und im Rahmen einer (und nicht DER) 1100-Jahr-Feier von Obertraubling zu begehen".

Das ist Geschichte in doppeltem Sinne: Es ist eine der spannenden Erzählungen in diesem Buch. Und es ist die Rekonstruktion der Vergangenheit. In diesem Falle nicht so sehr des Gründungsdatums, sondern der jüngeren Gemeindegeschichte am Anfang der 1970er Jahre.

Geschichte ist eben nicht das, was geschehen ist. Sie ist das, was wir darüber erzählen. Das tun wir aufgrund von Quellen. Aber manchmal fehlen solche Quellen. Manchmal sind sie ungenau. Und manchmal widersprüchlich. Immer dienen sie dazu, zu erklären, woher wir kommen und wie die Vergangenheit uns prägt. Wir denken uns das, was geschehen ist, vor dem Hintergrund unserer eigenen Erfahrungen. Das ist auch und besonders bei diesem Buch so. Es sind die von mir recherchierten Quellen und Darstellungen, die das Gerüst bilden. Aber es sind meine ganz persönlichen Vorstellungen, die die Leerstellen zwischen den „Beweisen" füllen. Ganz wie schon der englische Schriftsteller William Somerset Maugham geschrieben hat: „Der Historiker ist ein Reporter, der überall dort nicht dabei war, wo etwas passiert ist."

Einige Lücken konnte ich dank der unermüdlichen Hilfe von Edgar Rothammer schließen. Seine Kenntnisse der (oft nicht niedergeschriebenen) Lokalgeschichte(n) und seine Fähigkeit, als Einheimischer stets zu wissen, wen man fragen muss, hauchten den Geschichten noch mehr Leben ein.

Manche Leerstellen waren allerdings so groß, dass sie sich nicht füllen ließen: Das ist der Grund dafür, warum es viel mehr Geschichten über Männer gibt. Gerade als Historikerin hätte ich gern mehr von der weiblichen Seite der Ortsgeschichten erzählt. Doch wo die Quellen hartnäckig schweigen, da wäre Geschichtsschreibung zur Märchenstunde geworden – und das sollte sie nicht.

Was wir heute über die Vergangenheit von Obertraubling erzählen, sagt viel über unsere Gegenwart aus. In diesem Sinne sind Sie die besten Geschichtenerzähler*innen. Nutzen Sie gern die vorbereiteten Seiten am Ende des Buches, um den Geschichten aus der Geschichte eine weitere hinzuzufügen. Wenn Sie mögen, teilen Sie sie, das Rathaus freut sich sehr auf Ihre Einblicke. Vielleicht gibt es ja irgendwann einen zweiten Band mit Geschichten aus der Geschichte der Großgemeinde Obertraubling!?

Und nun: Begleiten Sie mich auf eine Zeitreise mit 50 kurzweiligen 15-Minuten-Geschichten.

Viel Vergnügen wünscht Ihnen dabei

Heike Wolter
Historikerin aus Obertraubling

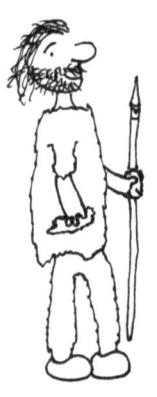

URK, DER STEINZEITJÄGER, MIT DEM FEUERSTEIN (50.000 V. CHR.)

Schon vor Zehntausenden Jahren hat es in der Gegend der Großgemeinde Obertraubling Menschen gegeben. Weil die Kulturen, aus denen sie stammten, schriftlos waren, wissen wir nur sehr wenig über sie. Aber trotzdem zeugen Bodenfunde von ihrer Anwesenheit. Manchmal werden sie gesucht, aber oft kommen sie ganz zufällig zum Vorschein: beim Pflügen der Felder. Diese fruchtbaren Böden mit dem entsprechenden reichen Pflanzenbewuchs waren auch der Grund, warum sich schon vor langer Zeit Menschen in der Gegend niederließen. Sie zogen als Jäger*innen und Sammler*innen über das Land – und hielten sich offenbar auch im heutigen Scharmassinger und Gebelkofener Gebiet auf.

*

Der Herbst war da. Bald würde es wieder kalt werden, morgens spürte man es schon. Urk trat aus der Grashütte, die ihm und seiner Gruppe als Nachtlager diente. Im Frühjahr waren sie - wie jedes Jahr - in das Hügelland südlich des großen Flusses gezogen. Hier sammelten sie Beeren und Früchte, Pilze und Wurzeln. Gemeinsam gingen sie im Schutz des hohen Grases und der Büsche auf die Jagd. Urk war groß, stark und dicht behaart – kein Wunder, dass er der Anführer der Gruppe geworden war. Er weckte seine Gefährten. Wenn sie Jagdglück haben wollten, mussten sie los. In den letzten Tagen hatten sie weder kleine Schneehasen gefangen, noch war ihnen ein großes Tier begegnet. Alle hatten Hunger.

Urk griff nach seinem Speer, den er sich in vielen Stunden Arbeit selbst gemacht hatte. Es war ein langer Stab, der gerade Stamm eines jungen Baumes. Mit einem Schaber hatte er zunächst das Holz geglättet, sodass es gut in seiner Hand lag. Dann kümmerte er sich um die Spitze seines Speers. Diese bearbeitete Urk so lange mit Steinklingen, bis sie in seinen Augen perfekt war. Abschließend härtete er die Speerspitze im Feuer. Er hoffte, dass seine Waffe nun stark genug war, um es auch mit Wollnashorn und vielleicht sogar mit einem Mammut aufnehmen zu können.

Die kleine Jägergruppe – vier Männer und eine Frau – zog los. Sie hatten sich schon weit von ihrem Lager entfernt und waren immer weiter in die hügelige Landschaft vorgedrungen. Plötzlich hörten sie ein Knacken und Rascheln im niedrigen Strauchwald voraus. Sie duckten sich und suchten hinter den Büschen ein Versteck. Ein direkter Angriff war viel zu gefährlich. Schon viele Jäger waren dabei umgekommen. Sie hatten Hunger, aber sie mussten geduldig sein. Urk war nervös, aber er fühlte sich auch bereit.

Auf einmal konnten Urk und seine Gefährten Fell zwischen den Blättern sehen. Tatsächlich, ein Wollnashorn. Das große Tier war wohl ebenfalls auf der Suche nach Nahrung. Nun trat es hervor – ein junger Bulle. Vorsichtig schlichen sie gegen den Wind noch näher heran. Sie hörten nun jedes Schnaufen und die malmenden Zähne. Wie riesig das Wollnashorn war. Tief hing sein Kopf herunter und seine zwei Hörner waren deutlich zu erkennen. Das vordere, größere konnte einen Jäger mühelos aufspießen. Urk schauderte.

Doch für Furcht war jetzt keine Zeit. Lautlos blickten die Jäger einander an. Auf Urks Kommando – er schlug zwei Steine aneinander – sprangen sie auf. Mit aller Kraft stießen Urk und die Anderen ihre Speere von den Seiten in den Leib des Tieres. Ein Speer bohrte sich zwischen zwei Rippen hindurch. Das Nashorn fauchte, drehte sich und stürzte schmerzerfüllt weg. Sie brachen in Freudengeheul aus. Angst und Hunger waren vergessen.

Nun kam die entscheidende Aufgabe. Der Speer war steckengeblieben, diese Verletzung würde das Tier nicht überleben. Sie mussten ihm auf den Fersen bleiben. Nach einigen Stunden der Verfolgung hatten sie einen See erreicht – dort erblickten sie hinter einigen Fichten das Wollnashorn. Es lag tot am Ufer. Rasch drängten sie sich um die Beute. Was für ein Fleischberg! Nun kamen ihnen ihre Faustkeile zu Hilfe. Sie nutzten das fein gearbeitete Werkzeug, um Fell und Sehnen zu durchtrennen, Knochen aufzuschlagen und das Fleisch zu zerteilen. Gierig aßen sie, so viel sie konnten. Dann luden sie so viel wie möglich auf und machten sich auf den Weg zum Lagerplatz der Gruppe. Morgen würden sie mit den

Anderen der Gruppe wieder herkommen und den Rest des Wollnashorns holen. Jeder Teil des Tieres war kostbar.

Als sie in ihr Lager zurückkamen, kehrten gerade einige Mädchen und Jungen vom Beerensammeln zurück. In Fellstücken trugen sie ihr Sammelgut zu zwei alten Frauen, die hinter einem Windschirm saßen und das Feuer bewachten. Noch war es klein, aber die Ankunft der Jäger ließ alle zusammenlaufen. Äste wurden aufgelegt, die Flammen züngelten hoch. Zwei Männer machten sich auf den Weg Holznachschub zu holen. Heute würde es ein besonderer Abend werden.

Alle betrachteten die schweren Fleischstücke. Rufen und Lärmen brach los, alle freuten sich. Mit messerscharfen Feuersteinklingen schnitten sie das Fleisch in kleine Teile und aßen es roh. Weitere Stücke rösteten sie über dem Feuer. Bald zog ein köstlicher Fleischgeruch durch die Luft. Es war genug für alle da. Konnte das Leben besser sein? Sie waren satt und zufrieden. Das Fleisch des Wollnashorns sicherte das Überleben der Gruppe für die kommende Zeit. An diesem Abend saß Urk noch lange am Lagerfeuer, dessen Flammen ihnen Licht, Wärme und Sicherheit spendeten.

*

1982 schrieb Thomas Fischer vom „größte[n] Geschichtsarchiv unseres Landes, nämlich dem Boden unter unseren Füßen". Das ist auch in der Großgemeinde Obertraubling so. Bereits seit mehr als einem Jahrhundert werden immer wieder bedeutende Funde aus der Vor- und Frühgeschichte, aber auch aus späteren Zeiten gemacht. Die ältesten Spuren menschlicher Besiedlung gibt es aus dem Gebiet von Scharmassing und Gebelkofen. Dort gab es wohl schon in der Altsteinzeit Lagerplätze, also vor mehr als 11.000 Jahren.

Über die damaligen Menschen wissen wir nur sehr wenig. Das Feuersteingerät aus Gebelkofen und die zwei Faustkeile aus Scharmassing geben uns nur einige kleine Einblicke. In der archäologischen Forschung über diese früheste Zeit des Menschen gibt es oft mehr Fragezeichen als Antworten.

Die Geschichte über Urk und seine Gruppe ist deshalb bis auf die Werkzeuge gänzlich ausgedacht. In Scharmassing gibt es (bisher) keine Knochenfunde von Wollnashörnern. Nächste Fundorte finden sich aber im Altmühltal. Daher ist es wahrscheinlich, dass die Tiere in der örtlichen Steppentundra mit ihren niedrigen Zwergbirken und -weiden ganz allgemein verbreitet waren.

Die Menschen damals haben sich noch nicht mit Sprache, sondern durch Laute verständigt. Sie haben gemeinsam gejagt, doch eher, indem sie das Tier verfolgten. Der direkte Angriff war wohl vor allem ein kurzes Überraschungsmoment, um das Tier so stark zu verletzen, dass es bald verendete. Womöglich jagten nicht nur Männer, sondern auch Frauen.

Und ebenso sammelten wohl nicht nur die weiblichen Mitglieder der Gruppe, sondern alle. Schließlich brauchte es viele Hände, um Pflanzen, Nüsse, Beeren, Kleingetier, Aas und Ähnliches in ausreichender Menge zu beschaffen.

Erste Zelte entstanden auch schon in der Altsteinzeit – wann genau und ob auch in unserer Gegend, ist unbekannt. Die längste Zeit aber wurden sicher einfach zu errichtende Grashütten und natürliche Höhlen (von denen es in Obertraubling keine gibt) genutzt. Das Feuer konnten die Menschen damals bereits kontrollieren und für sich nutzbar machen. Allerdings kannten sie wohl noch keine Formen der Haltbarmachung wie das Räuchern.

Was nun die Großgemeinde selbst betrifft, haben wir die Funde vor allem Heinrich Ebentheuer zu verdanken. Der Scharmassinger Bauer streifte ausgiebig über die fruchtbaren Lößlehmfelder. Mit der Schar, dem Pflug, wurde der Boden hier aufgerissen und für die Aussaat vorbereitet. Die Bodenbearbeitung brachte aber immer wieder auch Dinge aus der Vorgeschichte zutage. Darunter jene zwei Faustkeile aus der frühen Altsteinzeit. Sie stammen laut Thomas Fischer von vor 50.000 Jahren, aus der sogenannten Würm-Eiszeit, der letzten Kaltzeit in Europa.

In der vorgeschichtlichen Sammlung des Historischen Museums in Regensburg kann man sich selbst ein Bild der Faustkeile machen, die in der Nähe des Aubachs gefunden wurden. Sie sind 13,3 bzw. 10,2 Zentimeter groß. Im Museum zeigt sich auch, dass es nicht die einzigen Funde dieser Art und dieser Zeit sind. Auch der Oberislinger Hans Stadler hat steinzeitliche Funde aus dem Aubachtal abgegeben.

Warum diese Schwerpunktbildung im Aubachtal? Das kann, aber es muss nicht zwingend mit den Lagerplätzen der damaligen Bewohner zu tun haben. Wahrscheinlich war die Gegend zwar attraktiv, aber um heute auf solche Überreste zu stoßen, braucht es auch Möglichkeiten, auf unbebauten Flächen etwas aufzufinden. Und Interessierte, die mit kenntnisreichem Auge sehen, bei welchen Steinen es sich um vom Menschen bearbeitete Stücke handelt.

AUSFLUGSTIPP:

Das Archäologische Museum Kelheim und das Historische Museum Regensburg haben vor- und frühgeschichtliche Abteilungen und auch ein entsprechendes Führungsangebot. In den Fossiliensteinbrüchen des Altmühltals wird die Urgeschichte lebendig. Und auch das Schulerloch bei Altessing war schon in der Eiszeit von Tieren wie Höhlenbär, Wollnashorn und Mammut besiedelt.

Literatur

In der Geschichtserzählung habe ich mich am Text eines Schulbuches orientiert und ihn für Scharmassing abgewandelt: Durchblick Geschichte 1 (Rheinland-Pfalz). Braunschweig, 2010. S. 28f.

Fischer, Thomas: Zur Vor- und Frühgeschichte der Gemeinde Obertraubling. In: Fendl, Josef (Hrsg.): Obertraubling. Beiträge zur Geschichte einer Stadtrandgemeinde. Regensburg, 1982. S. 11–24.

Koenigswald, Wighart von: Lebendige Eiszeit. Klima und Tierwelt im Wandel. Stuttgart, 2002.

Krause, Johannes / Trappe, Thomas: Hybris. Die Reise der Menschheit zwischen Aufbruch und Scheitern. Berlin, 2021.

Lenz, Katharina (Hrsg.): Burgweinting. Vom Dorf zum Regensburger Stadtteil. Regensburg, 2019.

Zimmerstutzen-Schützengesellschaft „Weidtal" (Hrsg.): Scharmassing. Schierling, 1977.

Zotz, Lothar: Eine Karte der urgeschichtlichen Höhlenrastplätze Groß-Deutschlands. In: Quartär III, 1941. S. 142–155. (archäologische Übersicht wertvoll, sonst aber durch NS-Sprachgebrauch geprägt)

Zum Weiterlesen für Kinder

Beyerlein, Gabriele: Die Höhle der Weißen Wölfin. Hamburg, 1996.

Holler, Renée: Das Orakel des Schamanen. Ein Ratekrimi aus der Steinzeit. Bindlach, 2010.

Beyerlein, Gabriele und Field, James: Steinzeit. Die Welt unserer Vorfahren. Würzburg, 2008.

Auel, Jean M.: Ayla. Romane über die Altsteinzeit. 6 Bände. München, 2002–2012.

TULIUS,
DER RÖMISCHE LEGIONÄR,
UND DER APIS-STIER
(179)

Aus der Sicht der Römer war die Sache klar: Was die in der Obertraublinger Gegend wohnenden Markomannen über sie, die Männer (und auch ein paar Frauen) aus dem Süden, dachten und planten, war höchst unsicher. Die Nordgrenze des Römischen Reichs war alles andere als sicher. Schon deshalb kamen als Erstes die Legionäre. Sie taten im ersten Jahrhundert im kleinen Kohortenkastell Kumpfmühl ihren Dienst. Im späten zweiten Jahrhundert folgten ihnen noch mehr Soldaten. Marc Aurel hatte sie an die Donau gesandt, um den sogenannten nassen Limes zu sichern. Unter ihnen war vielleicht auch Tulius, ein Legionär aus Rom.

*

Mit anderen Soldaten der dritten italischen Legion meisterte Tulius den weiten Weg durch die Po-Ebene, über die Alpen und das Gebiet, das später einmal Bayern werden würde. Irgendwann sah er den mächtigen Fluss. Hier, so war es befohlen, wurde das große Legionslager zum Schutz gegen die germanischen Stämme aus dem Norden gebaut: Castra Regina. Tulius war dabei.

Das Glück war auf seiner Seite – keine kriegerische Auseinandersetzung hatte ihn getötet und die Gegend hatte er schätzen gelernt. Als er am Ende seiner 25 Dienstjahre feierlich entlassen wurde, erhielt er ein schönes Stück Land mit einer Villa. Es befand sich nur wenige Kilometer vor den Toren des Legionslagers – an einem fruchtbaren Ort, der heute Niedertraubling heißt.

Die Villa hatte bereits eine lange Geschichte. Schon andere Legionäre hatten vor ihm hier – in der Nähe der Verbindungsstraße zwischen dem bedeutenden Castra Regina (Regensburg) und dem Kastell der Bogenschützenkohorte in Sorviodurum (Straubing) – gewohnt. Doch jetzt erkundeten Tulius und seine Frau ihr neues Zuhause.

In der Sandgrube des Kellers, wo die Amphoren mit Wein und importiertem Olivenöl gelagert wurden, stießen sie auf eine schimmernde Bronzefigur. Ein kleiner Stier war zu erkennen – sieben Zentimeter hoch und von außergewöhnlicher Schönheit. Wem der wohl gehört hatte? Nun fand er im Haus der Familie Platz, die ihn zum Hausgott machte und verehrte. Womöglich brachte so ein prachtvoller Stier ja Glück.

Gleiches galt für eine alte Münze, die noch aus den Tagen des Kaisers Nerva stammte. Tulius rechnete nach: Fast einhundert Jahre war das jetzt her. Doch schon damals hatte es offenbar tüchtige Soldaten wie ihn gegeben, die gewillt waren, die Leistungen Roms in die Welt zu tragen.

Tulius war zwar nicht mehr Legionär, aber Glück brauchte er auch jetzt, damit er seine Familie ernähren konnte. Er war auf gute Geschäfte mit dem Legionslager angewiesen. Dafür bot seine Landwirtschaft auf dem fruchtbaren Boden beste Voraussetzungen. Tulius und seine Frau bauten Getreide an, zogen aber auch Gemüse, ernteten Obst und Nüsse. Besonders beliebt waren auch die sattgrünen Kräuter aus ihrem Garten. Rosmarin, Koriander, Thymian, Oregano und Basilikum wuchsen in Hülle und Fülle. Sie erinnerten die Soldaten an die Gerüche ihrer italienischen Heimat und wurden gern für das Legionslager gekauft.

Die Villa Rustica bot aber mehr als das geräumige Wohnhaus der Familie, in dessen Zimmern neben Tulius, seiner Frau und den Kindern auch die Schwiegereltern Platz fanden. Auch eine Werkstatt, eine Scheune, ein Stall mit Schweinen, Rindern und einem Pferd sowie eine kleine Sauna und ein großer Garten gehörten dazu. Und den Brunnen nicht zu vergessen, der neben dem Lohgraben und dem nahegelegenen Litzelbach Wasser spendete.

Noch mochte Tulius nicht daran denken, doch hier würde er wohl auch seine letzte Ruhe finden. Auf dem kleinen Grabplatz in unmittelbarer Nähe seines Wohnhauses. Was dann wohl bleiben würde von seinem Leben? Wer würde sich an ihn erinnern?

*

Sicher ist, dass an mehreren Stellen – in der Nähe der heutigen Bahnlinie in Obertraubling und Niedertraubling, nördlich von Scharmassing und am Litzelbach bei Oberhinkofen von Piesenkofen aus kommend – Überreste aus der Römerzeit gefunden wurden. Der bedeutendste Fund sind der Apis-Stier, zwei Münzen aus der Zeit der Kaiser Vespasian (69–79 n. Chr.) und Nerva (96–98 n. Chr.) sowie ein römisches Gräberfeld in Niedertraubling.

Während die Niedertraublinger Münze wie auch die Münze aus der Zeit des Kaisers Marc Aurel bei Scharmassing dazu beitragen, die Siedlungszeit einzugrenzen, erzählt der Stier eine wichtige Geschichte zur Kulturgeschichte der Römer: Das Römische Reich hatte sich im Laufe seiner jahrhundertelangen Geschichte immer weiter ausgedehnt. Dabei waren die Römer mit vielen verschiedenen Kulturen in Berührung gekommen. Manche hatten sie vernichtet, aber in den meisten Gebieten hatten sie einen Prozess angestoßen, den wir Romanisation nennen.

Das bedeutete, dass zwar manches aus den ursprünglichen Kulturen erhalten blieb, aber die Römer ihre eigenen Vorstellungen mit- und in den neuen Gebieten einbrachten. Dazu gehörten zum Beispiel ihre Sprache und ihr Rechtssystem, ihre Architektur und ihre Essgewohnheiten. Viele Funde aus Obertraubling und Umgebung – zum Beispiel von Keramik, Schmuck oder eben den Münzen – beweisen das.

Aber die Römer nahmen auch Einflüsse aus anderen Kulturen auf, vor allem aus Hochkulturen. Um solch eine Entwicklung hat es sich wohl beim Apis-Stier gehandelt. Stierverehrungen gab es im Alten Ägypten, das von Caesar erobert wurde. Die Römer kannten keine Tiergottheiten und fanden das Anbeten heiliger Stiere, die als Fruchtbarkeitssymbol und wohl auch als Orakel dienten, sicher merkwürdig. Der Apis-Stier mit der Sonnenscheibe zwischen den Hörnern war da keine Ausnahme.

Doch konnten solche Götterabbildungen auch schöne Kunstgegenstände sein. Dabei mussten nicht alle Merkmale der ursprünglich religiösen Figur erhalten sein. Manchmal wurde die Gestalt auch den römischen Sehgewohnheiten und Nutzungsabsichten angepasst. Womöglich trägt deshalb der Niedertraublinger Stier weder Mondsichel noch Sonnenscheibe, zwei wichtige Zeichen von Apis-Stieren aus dem Alten Ägypten.

Dass der Stier überhaupt in Niedertraubling gefunden werden konnte, hat einen anderen Grund. Mit den Legionären kamen auch Händler in die neuen römischen Gebiete. Sie wussten, wonach die in alle Himmelsrichtungen gesandten Soldaten des Reichs sich sehnten. Nach römischer Kultur und damit auch nach den kleinen Statuetten – aus Terrakotta oder Metall –, die im italienischen Mutterland weit verbreitet waren. Dort zierten sie Villen ebenso wie kleine Wohnstätten der Ärmeren und sollten

Schutz und Glück bieten. Vielleicht war es so gekommen, dass die ersten Bewohner der Villa Rustica in Neutraubling einem bronzenen Stier ein Heim gegeben hatten.

Alle römischen Funde im Gemeindegebiet sind – bis auf die Grabung in Piesenkofen – Zufallsfunde oder sogenannte Notbergungen. Besonders verdient gemacht haben sich dabei Heinrich Doerfler und Xaver Artinger aus Niedertraubling. Letzterem gelang auch der Sensationsfund des Stiers. Als in den 1850er Jahren, wohl 1852, neben seiner Gärtnerei der Bahndamm gebaut wurde, entdeckte er das bronzene Kleinod. Überhaupt erwies sich der Bahnbau als archäologische Fundgrube, denn im Zuge dessen wurden auch einzelne Münzen aus unterschiedlichen Zeiten geborgen. 1971 fand man dann auf dem Koch-Feld sogar ein römisches Gräberfeld.

In jüngster Vergangenheit hat auch die Gemeinde bei der Erschließung von Neubaugebieten auf eine enge Zusammenarbeit mit dem Landesamt für Denkmalpflege geachtet und so neue Funde ermöglicht.

Eine systematische Grabung zur Römerzeit hat es bisher noch nicht gegeben. Womöglich würden noch viel mehr Überreste auftauchen. Schließlich ist der Boden unter unseren Füßen eine wahre Schatzgrube: Steine, Knochen und Scherben von Tongefäßen erzählen von den Menschen, die hier vor fast 2.000 Jahren gelebt haben. Das zeigt sich in den Nachbarorten – in Burgweinting, wo seit 25 Jahren eine Großgrabung durchgeführt wird, in Oberisling und Köfering.

In Niedertraubling geben neben den Spuren der Villa Rustica vor allem Brandgräber Auskunft. Darin befanden sich Schmuck sowie Reste von Glas- und Tongefäßen. Aus dem vierten Jahrhundert wurde an der Abzweigung der Straße nach Neutraubling ein römischer Armreif gefunden. Und in Scharmassing gab die Erde die erwähnte Münze aus der Zeit des Kaisers Marc Aurel, Baureste und Scherben von einer weiteren Villa Rustica frei.

AUSFLUGSTIPP:

Der bronzene Apis-Stier ist eines der schönsten Ausstellungsstücke in der Römerabteilung des Historischen Museums Regensburg. Wer den Stier direkt im Gemeindegebiet bewundern möchte, kann den Stierbrunnen am Rathaus besuchen. Die Steinfigur des Brunnens ist eine vergrößerte Nachbildung des Stiers.

Literatur

Ganz besonders danke ich den jungen Autor*innen für die Inspiration für die Geschichte aus der Geschichte. Ihre tolle Geschichte über Burgweinting habe ich genutzt, um das Leben von Tulius und seiner Familie in Niedertraubling anzusiedeln:

4d der Grundschule Burgweinting: Auf den Spuren der alten Römer. In: Mittelbayerische Zeitung online. 02.07.2018. Online: https://www.mittelbayerische.de/junge-leser/klasse-informiert-nachrichten/auf-den-spuren-der-alten-roemer-24440-art1665432.html (01.01.2023)

ArcTron: Archäologischer Vorbericht Köfering Erweiterung Weiherbreite. 12.12.2009. Online: https://www.koefering.de/media/39624/archaeologischer-vorbericht.pdf (01.01.2023)

Bayerisches Landesamt für Denkmalpflege: Denkmalliste Obertraubling. Online: https://geoportal.bayern.de/denkmalatlas/ (01.01.2023)

Fischer, Thomas: Zur Vor- und Frühgeschichte der Gemeinde Obertraubling (Beiträge zur Geschichte des Landkreises Regensburg, Heft 28), Regensburg 1982. Online: https://www.heimatforschung-regensburg.de/162/1/BGLR28.pdf (01.01.2023)

Leusch, Peter: Multi-Kulti in der Antike. Deutschlandfunk vom 10.7.2008. Online: https://www.deutschlandfunk.de/multi-kulti-in-der-antike.1148.de.html?dram:article_id=180211 (01.01.2023)

Schmid, Diethard: Regensburg II. Das Landgericht Haidau-Pfatter und die pfalzneuburgische Herrschaft Heilsberg-Wiesent – Historischer Atlas von Bayern (HAB, Altbaiern 66: Regensburg II). München, 2014.

Stadt Regensburg (Hrsg.): 5000 Jahre Kultur in Burgweinting (Kulturführer 18). Regensburg, 2016.

Voegtle, Simone: Dein Gott ist ein Esel. Griechische und römische Tierkarikaturen als Spiegel antiker Wertvorstellungen. Bern, 2013. Online: https://boristheses.unibe.ch/1009/ (01.01.2023)

Zum Weiterlesen für Kinder

Auer, Margot: Verschwörung am Limes. Köln, 2014.

Memminger, Josef: Pauls irre Reise durch die Zeit. Ein Streifzug durch das Welterbe Regensburg. Regensburg, 2011.

ROTRAUD, DIE BAJUWARIN, UND DAS LEBEN NACH DEM TOD (590)

Aufgrund der wenigen schriftlichen Quellen ist für die Erforschung der bajuwarischen Zeit die Archäologie von besonderer Bedeutung. Das ist auch in Niedertraubling so, wo die Archäolog*innen ein Reihengräberfeld fanden. In den dortigen Frauen- und Männergräbern aus dem sechsten und siebenten Jahrhundert wurden Grabbeigaben gefunden, die über das Leben der Menschen erzählen. Eine von ihnen war Rotraud, die sich an einem Frühsommertag ihre eigenen Gedanken über Leben und Tod machte.

*

Rotraud stand neben ihrer Freundin Ramhild auf und schüttelte kurz ihre Beine aus. Jetzt merkte sie, dass sie schon eine ganze Zeit hier gehockt hatte, mit der Wäsche. Als die Sonne heute Morgen herausgekommen war, lichtspendend und wärmend, waren sie gemeinsam zum Bach gegangen. Es war immer etwas leichter, die Kleidung und Tücher zu säubern, wenn es nicht kalt oder regnerisch war. Sie hatten die einzelnen Stücke gewässert, geschrubbt und geschlagen. Und nun waren sie endlich fertig, hatten alles auf den Sträuchern und am Boden ausgebreitet, damit die Sonne die Kleidung trocknen konnte. Endlich kam der schönere Teil des Tages und Rotraud freut sich besonders darauf.

Die beiden gingen ein Stück flussabwärts. Dort lag eine verborgene Badestelle, von der alle wussten, dass sie den Frauen gehörte. Sie entledigten sich ihrer Kleidungsstücke, die mit kleinen Fibeln und einem Gürtel zusammengehalten wurden, und wateten in das kühle Nass. Wie schön es war, sich in das Wasser hineinzulegen und das Fließen und Gurgeln zu spüren. Das Wasser zerrte an ihren Haaren. Rotraud blickte in den Himmel. Einige Tränen stiegen in ihre Augen. Vielleicht war er nun da, der Vater, den sie vor einer Woche zu Grabe getragen hatten.

Am Rande des Dorfes lagen die Gräber der Verstorbenen fein säuberlich in einer Reihe. In jedem hat ein*e Nachbar*in, ein*e Verwandte*r oder ein*e Dorfbewohner*in seine letzte Ruhe gefunden. Immer war ein solches Begräbnis eine bewegende Angelegenheit. Dieses Mal waren ihre Mutter und die Geschwister verantwortlich gewesen. Auch die weitere Familie hatte Vorstellungen über die Beisetzung geäußert. Erst war der Leichnam des Vaters aufgebahrt und sein Tod beklagt worden. Dann waren sie in einer kleinen Prozession zum Ort des Begräbnisses gegangen. Dort hatten sie sich vom Vater verabschiedet und schließlich war die Leiche in das Grab gesenkt worden, ausgerichtet von West nach Ost, der aufgehenden Sonne zugewandt. Er hatte, fast als schliefe er nur, auf einer weichen Unterlage gelegen, ausgestreckt auf dem Rücken. Seine Arme wurden ihm gerade und eng an den Leib gelegt. Er hatte seine beste Kleidung angehabt und sie hatten dafür gesorgt, dass seine wichtigste Ausrüstung – Spatha (Schwert), Lanze und Pfeile – neben ihm deponiert wurde. So war er für sein Leben im Jenseits gut gerüstet.

Rotraud konnte den Gedanken an den Tod nicht gleich verscheuchen. Wenn es einmal bei ihr so weit wäre, würden sie ihr hoffentlich ihren Steckkamm, die Perlen und vor allem den Anhänger mit der Kaurischnecke mitgeben. Letzterer war ihr liebster Schmuck, ein Symbol für Fruchtbarkeit, und immer würde sie daran erkannt. Innerlich bat sie inständig, dass sie noch lange leben würde. Bei so vielen Frauen war es nur eine Frage der Zeit, bis sie bei oder nach der Geburt eines Kindes starben. Sie kannte einige Frauen, denen es so gegangen war.

Kein Wunder, dass sie Respekt vor Schwangerschaft und Geburt hatte. Jetzt noch mehr, da sich ihr Bauch schon deutlich wölbte. Im Herbst hatte sie Tassilo geheiratet und war nun schwanger mit dem ersten Kind. Sie überlegte, was das Leben wohl bringen mochte für das kleine Mädchen oder den kleinen Jungen, der in wenigen Wochen zur Welt kommen würde. Viel wandelte sich nicht in ihrer kleinen Welt des Dorfes. Womöglich also würde er oder sie ein ganz ähnliches Leben haben wie sie selbst. Es war kein schlechtes.

Jahreszeiten kamen und gingen, am Ende des Sommers gab es meist reichliche Ernte, im Herbst dörrten sie Obst für den Winter und jagten, im Winter saßen die Frauen beim Spinnen beieinander, sie fertigten Schmuck. Man reparierte Gerätschaften und hoffte, dass die Vorräte bis zum Frühling reichten, wenn es wieder hinausging auf die Felder oder zum Hüten des Viehs.

Nun riss Ramhild sie aus ihren Gedanken und lenkte ihre Aufmerksamkeit auf die Schönheit des Landes, in dem sie zu Hause waren. Die beiden erhoben sich aus dem Wasser, zogen sich am Bachufer an und blieben noch einige Minuten stehen. Die Sonne sank schon langsam und dabei wandelte sich das Licht zu einem orangewarmen Strahlen, das jeden Baum, jedes Haus und alle Felder scharf gegen den Himmel abzeichnete und in wundervolle Farben tauchte. Es war ein liebliches Land, fruchtbar und so flach, dass es sich in Richtung des großen Flusses weit schauen ließ. Auch sie versuchten, lieblich und friedlich zu leben. Doch manche Veränderungen waren da draußen im Gange.

Vor einiger Zeit hatte man erzählt, der Herzog – Garibald hatte er geheißen – sei unterwegs in die große Stadt an der Donau. Sicher war er aus dem Süden über die alte Straße der Römer gekommen. Sie war zwar, wie auch Reganespurc, schon recht verfallen, aber immer noch imposant und besser als die unbefestigten Wege, die sonst das Land durchzogen.

*

Die Existenz von Bajuwaren auf dem Gebiet der heutigen Großgemeinde ist gesichert. In Nieder- und Obertraubling fanden sich bei Ausgrabungen in der Nähe der Bahnstrecke beim Bauhof und dann noch nahe dem Baywa-Gebäude Reihengräberfelder. Auch der Name Traubling mit seiner Endung auf -ing lässt auf eine bajuwarischen Ansiedlung schließen.

So wie grundsätzlich klar ist, dass die Bajuwaren auf dem Gebiet der heutigen Gemeinde gesiedelt haben, so wenig wissen wir über ihre konkrete Lebensweise. Die Bajuwaren waren ein Volk, das in der Mitte des sechsten Jahrhunderts erstmals in schriftlichen Quellen fassbar wird, oft jedoch nur in kurzen Randnotizen. Die wichtigste Quelle – allerdings nicht für das Alltagsleben – ist die Lex baiuariorum, eine Gesetzessammlung. Archäologische Funde kommen hinzu und sind in ihrer Zahl noch wichtiger für das Verständnis der bajuwarischen Kultur. Die Bajuwaren wuchsen als Gruppe wahrscheinlich aus unterschiedlichen Bevölkerungsgruppen zusammen.

Irgendwann im sechsten Jahrhundert erschienen sie als Gemeinschaft mit einem Herzog/König, Tassilo I. Sie siedelten im östlichen und südlichen Bayern und breiteten sich nach Süden – über Teile Österreichs und Südtirols – aus. Regensburg, damals als Reganespurc bezeichnet, war ein wichtiger Stützpunkt für sie. Hierher reisen die Herrscher, um mit anderen Stämmen zu verhandeln, um Rechtsfälle zu klären und ihre Macht zu demonstrieren.

Ihre Eigenständigkeit verloren die Bajuwaren etwa 200 Jahre nach der Lebenszeit der von mir erdachten jungen Frau Rotraud während der Regentschaft des karolingischen Königs / Kaisers Karl dem Großen. Er setzte Herzog Tassilo III. aus der regierenden Familie der Agilolfinger 787 oder 788 ab und verleibte sein Herrschaftsgebiet dem Frankenreich ein.

Für eine Frau aus dem Dorf, wie Rotraud es war, waren all diese politischen Entwicklungen weitgehend irrelevant. In ihrer bäuerlichen Welt ging es um Alltägliches im Rhythmus der Jahreszeiten. Um das Säen und Ernten, das Schaffen von Vorräten und um Handwerkliches, denn es musste das hergestellt werden, was die Gemeinschaft zum Leben benötigte.

In der Geschichte ist Rotraud jung, verheiratet und mit dem ersten Kind schwanger. Schwangerschaft und Geburt, das waren zur damaligen Zeit gefährliche Phasen im Leben einer Frau, bedroht von möglichen Geburtskomplikationen und dem Kindbettfieber. Rotraud nahm dies, was sollte sie auch sonst tun, hin. An dem von mir beschriebenen Tag ist sie mit dem Wäschewaschen beschäftigt. Eine Freundin ist bei ihr, denn dies war Gemeinschaftsarbeit.

Der für die Geschichte erdachte Tod des Vaters führt Rotraud zu den Gedanken an den allgegenwärtigen Tod. Die Leser*innen nimmt er mit zur spärlichen Quellengrundlage der Erzählung. Von den Bajuwaren haben sich nämlich im Gebiet der Großgemeinde nur wenige Hinterlassenschaften erhalten, namentlich Grabbeigaben und Überreste der Grabstrukturen auf Reihengräberfeldern.

Entdeckt wurden die Gräber schrittweise im Jahr 1872 beim Bau der Münchner Bahnstrecke, 1980 bei der Errichtung des Bauhofes und 2003 nördlich davon. Man fand in den Männergräbern, die aus dem sechsten oder siebenten Jahrhundert stammen, gut erhaltene, verzierte ein- und zweischneidige Eisenschwerter, Lanzen, Schnallen und Schildbuckel. Aus den Überresten der Frauengräber barg man kunstvoll gearbeitete Zierscheiben, Kämme aus Elfenbein, Perlketten und Ringe. Bei der Beschreibung der Wünsche von Rotraud bezüglich ihrer Grabbeigaben habe ich mich am Grabbefund 5 laut der Aufstellung der Archäologin Silvia Codreanu-Windauer orientiert, hinsichtlich des von mir beschriebenen Grabes des Vaters an Grab 3 und den Befunden der ersten Grabung aus dem 19. Jahrhundert.

Seit einigen Jahren ist sogar fass- und anschaubar, wie ein Haus in solch einer bajuwarischen Siedlung ausgesehen haben könnte. An der Mittelschule Burgweinting wurde ein bajuwarisches Haus mit den Mitteln der experimentellen Archäologie, also damaligen Rohstoffen und traditionellen Werkzeugen, errichtet.

Zeitlich ist die Geschichte durch die Erwähnung von Garibald I. verortet. Dieser Herzog der Bajuwaren war ein früher Vertreter des Geschlechts der Agilolfinger. Er regierte etwa von 548 bis zu seinem Tod um 593. Garibald I. kam des Öfteren nach Regensburg, der herzoglichen Hauptresidenz. Seine Regentschaft wird für Rotraud kaum etwas bedeutet haben. Für andere Bajuwaren jedoch viel, vor allem, wenn sie sich entschlossen, in den von Garibald neu arrondierten Gebieten weiter im Süden zu siedeln.

AUSFLUGSTIPP

Spuren der Bajuwaren sind im Ortsbild Obertraublings nicht mehr zu finden. Nur in den Ortsnamen auf -ing verbergen sie sich noch. Bajuwarische Funde werden im Historischen Museum Regensburg präsentiert. In Burgweinting führt ein Geschichtspfad von der Villa Rustica zum Bajuwarenhaus und lässt auf 15 Tafeln die Geschichte des Ortes lebendig werden. Das Burgweintinger Bajuwarenhaus kann im Rahmen verschiedener Veranstaltungen besichtigt werden, auch Workshops werden dort angeboten. Wer noch mehr bajuwarische Geschichte erleben will, fährt ins Freilichtmuseum Bajuwarenhof in Kirchheim, östlich von München.

Literatur

Brather, Sebastian: Bestattungsrituale (Frühmittelalter/archäologisch). In: Historisches Lexikon Bayerns. Online: http://www.historisches-lexikon-bayerns.de/Lexikon/Bestattungsrituale_(Frühmittelalter/archäologisch) (05.02.2023)

Codreanu-Windauer, Silvia. Unter die Räder gekommen ... Das bajuwarische Gräberfeld von Niedertraubling. In: Husty, Ludwig u.a. (Hrsg.): Zwischen Münchshöfen und Windberg. Gedenkschrift für Karl Böhm. Rahden, 2009. S. 281–299.

Fink, Hans: Tassilo und Ganaruna. Brixen, 1989.

Gemeinde Kirchheim bei München (Hrsg.): Geschichte der Bajuwaren. Online: https://www.bajuwarenhof.de/die-geschichte-der-bajuwaren (31.01.2023)

Lenz, Katharina (Hrsg.): Burgweinting. Vom Dorf zum Regensburger Stadtteil. Regensburg, 2019.

Rieder, Karl Heinz: Kipfenberg. Römer und Bajuwaren im Altmühltal. Regensburg, 2020.

Schiener, Anna: Kleine Geschichte der Oberpfalz. Regensburg, 2011.

Störmer, Wilhelm: Die Baiuwaren. Von der Völkerwanderung bis Tassilo III. München, 2007.

Zum Weiterlesen für Kinder

Fink, Hans: Tassilo und Ganaruna. Brixen, 1989. (nur antiquarisch)

Breuer, Petra / Bagley, Jennifer: Kirchheimer Geschichte(n) für Kinder. München / Aschheim, 2020. (unterwegs mit Tassilo, dem bajuwarischen Jungen)

LEOPOLD, DER BAUER, UND DER KÖNIG (857)

In das neunte Jahrhundert fällt die offizielle Geburtsstunde von Obertraubling. Das bedeutet, hier erscheint der Ort erstmals in einer schriftlichen Quelle, die seine Existenz bezeugt. Im frühen Mittelalter ist Obertraubling landwirtschaftlich geprägt: Hier arbeiteten Bauern für unterschiedliche weltliche oder geistliche Herrschaften, die das Gebiet besaßen, es tauschten, veräußerten, kauften und in jedem Fall bewirtschafteten. Der baierische und später ostfränkische König Ludwig der Deutsche hielt sich besonders häufig in Regensburg auf und wird – wohl von ihm unbemerkt – auch heutige Gemeindeteile auf seinem Weg durch sein Reich durchmessen haben.

*

Was heute wieder los war? Leopold stützte sich auf seine Hacke und blinzelte zur Straße hinüber. Sie war voller Menschen. Der Lehm klebte an seinen Füßen, er hatte Durst an diesem sonnigen Sommertag und eine kurze Verschnaufpause war ihm ganz recht. Die Straße war voller Leute: Zu Fuß oder auf dem Pferd waren sie unterwegs. Einige saßen auf Ochsenkarren, sogar Wägen gab es. Er kannte die staubige Straße, die nach Süden und Norden führte, seit seinen Kindertagen. So viel Verkehr hatte es hier selten gegeben.

Was war besonders an seinem Flecken Hinchoven? Und auch an Gebelchoven im Süden, wo seine Schwester hin verheiratet war, und an Traubidinga, das im Osten lag? Sie hatten kaum etwas zu bieten außer Felder. Trotzdem dieser Auflauf.

Als er sich der Straße näherte, wurde ihm klar: Hier war eine wichtige Person unterwegs. Vielleicht sogar der König? Von ihm hatte er schon mal gehört. Er sollte der Herrscher über das ganze Reich sein. Das spielte in seinem Leben allerdings keine Rolle, er gehorchte seinem Herrn. Das war, so hatte man ihm im Dorf erzählt, erst Baturich, der Abt des Klosters St. Emmeram in Radaspona, gewesen. Doch dann hatte der das Land dem Edlen Maurentius gegeben. Den König hatte er sich nur gemerkt, weil er den gleichen Namen trug wie sein Bruder.

Doch dann geschah es: Von der Ferne sah Leopold, wie ein teuer gewandeter Mann vom Pferd stieg. Es schien fast, als glitzere seine Kleidung im Sonnenlicht. Um den Oberkörper war ein blaues Tuch geschlungen. Leopold schaute an sich herab: Wadenwickel und Tunika aus Leinen hielten zwar Dreck und harte Arbeit aus, schön waren sie aber nicht.

Nun näherte sich ein junger Mann, offenbar ein Bediensteter, aus dem Tross. Leopold senkte den Blick, doch nicht rasch genug. Der Mann fragte ihn freundlich: „Wohl neugierig, was?" Jetzt musste Leopold seine Chance nutzen und herausfinden, wer es war. Er ließ sich erzählen, dass es tatsächlich König Ludwig der Deutsche war. Schon seit 21 Tagen seien sie unterwegs. Der Zug käme aus Trient in Italien.

Dann erzählte der Mann von all den Orten, die sie schon passiert hatten: Veldidena, Masciacum, Pons Aeni, Jovisura. Keiner der Namen sagte Leopold etwas. Nur als am Ende Radaspona als Ziel genannt wurde, horchte er auf. Einmal war Leopold selbst schon in der großen Stadt Radaspona am Donauufer gewesen, wo der Bischof saß und Kirchen und Klöster vom Reichtum der Adligen berichteten. Kaiser Ludwig würde dort seine Frau Hemma besuchen, die sich des Klosters Obermünster angenommen hatte.

Dann holte der Mann einige gelborange getrocknete Früchte aus einem Beutel und schenkte sie Leopold: Aprikosen nannte er sie und versicherte ihm, sie seien eine köstliche Gabe aus dem fernen Italien. Noch während er die süß duftenden Früchte bewunderte, beschloss er, gleich nach der Arbeit die Familie zusammenzurufen, um ihnen zu erzählen, was ihm Unglaubliches passiert war.

*

Das neunte Jahrhundert ist eine quellenarme Zeit. Nur wenig wissen wir über das Leben der „einfachen" Menschen in Obertraubling und Umgebung. Ein wenig zur Kleidung ist überliefert, auch über Wohnformen und die Ernährung kann man – vor allem archäologisch – etwas herausfinden. Anhaltspunkte geben uns außerdem die Forschungen über die Herrscher aus dem Geschlecht der Karolinger, über die Entwicklung der Stadt Regensburg und nicht zuletzt die „Geburtsurkunde" von Obertraubling.

Obertraubling erscheint in den Geschichtsbüchern erstmals in den zwanziger Jahren des neunten Jahrhunderts, als zwischen dem Bischof Baturich von Regensburg und dem Adeligen Maurentius in einer Urkunde ein Landtausch vereinbart wurde. Maurentius erhielt „Traubidinga" – vermutlich eher Nieder- als Obertraubling –, Baturich bekam Gebiete um das heutige Hagelstadt. Welches Gebiet das ganz genau umfasste, wissen wir heute nicht sicher. Die Ortsnamen „Hinchoven" und „Gebelchoven" (im 13. Jahrhundert) sind jedenfalls erst viel später belegt.

Klar ist aber, dass die erste Nennung nicht der Zeitpunkt der Dorfentstehung war. Ortsnamen auf -ing verweisen auf eine bajuwarische Besiedlung, also schon früher. Und auch Namensbildungen mit -kofen sind wohl älter als diese erste Nennung von Teilen der heutigen Großgemeinde.

Nach dem ersten offiziellen Erscheinen wurde es jedenfalls nicht ruhiger: Womöglich 831 hat Hemma, die Gemahlin des Königs Ludwig des Deutschen, das heutige Obertraubling dem Frauenstift Obermünster als Schenkung überlassen.

Der Karolinger Ludwig der Deutsche, ein Enkel Karls des Großen, war seit 817/826 Unterkönig von Baiern und ab 843 König des Ostfrankenreichs. Es ist nicht bekannt, wie er aussah, doch ein Bildnis seines Vaters Ludwig des Frommen aus der entsprechenden Zeit lässt vielleicht erahnen, was Könige damals trugen. In einer vatikanischen Handschrift sieht man den König als Ritter Christi rot und blau gewandet mit einem Heiligenschein.

In Regensburg hielt er sich öfter auf, es war wohl neben Frankfurt eine seiner Residenzstädte. Auch seine fromme Frau Hemma lebte hier. Sonst aber reiste er durch sein Königreich, das Teile des heutigen Deutschland, Österreich, Italien, Tschechien, Slowenien und der Schweiz umfasste. Schließlich musste er sich überall zeigen, um seine Macht zu repräsentieren. Diese Form der Herrschaft wird auch Reisekönigtum genannt. Für seine Reisen benutzte er verschiedene „Königswege". Teilweise waren das alte römische Straßen, aber auch neuere Verbindungen, die wichtige Orte miteinander verbanden. Eine dieser „viae regiae" führte über Thalmassing, Gebelkofen, (Ober)Hinkofen, Scharmassing, Oberisling und über den Galgenberg (damals noch vor den Toren der Stadt) nach Regensburg.

Auf ihr war Ludwig der Deutsche nachweislich im Sommer 857 unterwegs, als er von Trient nach Regensburg reiste. Wer vermag zu sagen, ob der Leopold der Geschichte ihn dabei nicht kurz vor der Ankunft gesehen hat? Und warum sollte der Bedienstete nicht einen Schritt auf Leopold zugemacht und ihm alles erzählt haben? Auch eine getrocknete Aprikose könnte er dabeigehabt haben, da das Obst seit römischen Zeiten in Italien ebenso verbreitet war wie der Pfirsich.

AUSFLUGSTIPP

Zwar kann man das ehemalige Damenstift Obermünster nicht besichtigen, aber das frühere Damenstift Niedermünster ist erschlossen. Es ist nur mit einer Führung zu sehen, das Ganze nennt sich document Niedermünster und ist eine multimediale Ausstellung. Die Kunstsammlungen des Bistums Regensburg haben viele Angebote für Erwachsene und besonders für Kinder, die das mittelalterliche Regensburg zum Leben erwecken.

Literatur

Fendl, Josef: 900 Jahre Birkenfeld – Neutraubling. Zwei Kapitel bayerischer Siedlungsgeschichte. In: Verhandlungen des Historischen Vereins für Oberpfalz und Regensburg 109 (1969). S. 169–182.

Flachenecker, Helmut: Die deutschen Königspfalzen. Repertorium der Pfalzen, Königshöfe und übrigen Aufenthaltsorte der Könige im deutschen Reich des Mittelalters. Bd. 5.1.2 Bayern, Altbayern, Regensburg. Göttingen, 2020.

Freitag, Matthias: Regensburg. Kleine Stadtgeschichte. Regensburg, 2016.

Grathoff, Stefan: Reisen im Mittelalter. Online: https://www.regionalgeschichte.net/bibliothek/aufsaetze/grathoff-glossarartikel/reisen-im-mittelalter.html?L=0 (01.01.2023)

Handschrift: Codex Vaticanus Reginensis latinus 124, folio 4 verso (Bildnis von Ludwig dem Frommen)

Appl, Tobias: Von Bayern nach Italien. Die Wege der karolingischen Königszüge über die Alpen. In: Herz, Peter / Schmid, Peter / Stoll, Oliver (Hrsg.): Handel, Kultur und Militär: Die Wirtschaft des Alpen-Donau-Adria-Raumes. Berlin, 2011. S. 25–52.

Morsbach, Peter: Das Reichsstift Obermünster in Regensburg – Gründung der Karolinger. Online: http://www.hdbg.eu/kloster/index.php/detail/geschichte?id=KS0339 (10.03.2023)

O.V.: Hemma. In: Stadler, Johann Evangelist u.a. (Hrsg.): Ökumenisches Heiligenlexikon. Online: https://www.heiligenlexikon.de/Stadler/Hemma_Emma.htmlhttps://www.heiligenlexikon.de/Stadler/Hemma_Emma.html (10.03.2023)

Schmid, Peter: Regensburg. Stadt der Könige und Herzöge im Mittelalter. Kallmünz, 1977.

Ried, Thomas: Codex chronologico-diplomaticus Episcopatus Ratisbonensis. Band 1. Regensburg 1816. Online: https://www.heimatforschung-regensburg.de/37/1/Ried_1.pdf (01.01.2023)

Tauschurkunde zwischen Bischof Baturich von Regensburg und dem Adeligen Maurentius. 826-840. Online: https://www.monasterium.net/mom/DE-BayHStA/KURegensburgStEmmeram/000005/charter (01.01.2023)

Zum Weiterlesen für Kinder

Barillé, Albert: Es war einmal... der Mensch – Folge 9: Die Karolinger. Hörbuch oder DVD.

Kinderzeitmaschine: Die Karolingerzeit. Online: https://www.kinderzeitmaschine.de/mittelalter/fruehmittelalter/ereignisse/die-karolingerzeit (01.01.2023)

Kinderzeitmaschine: Wo lebten die Könige? Online: https://www.kinderzeitmaschine.de/mittelalter/hochmittelalter/lucys-wissensbox/reich-und-regierung/wo-lebten-die-koenige/ (01.01.2023)

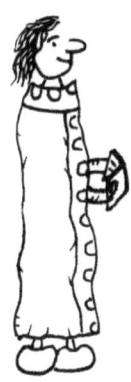

RÜDIGER, DER DICHTER, UND DER SCHLEGEL (1300)

Rüdiger der Hinkhover – heute wäre er Oberhinkofer – hatte eine besondere Gabe. Er war selbst wohl gebildet, doch schrieb er so, dass die Menschen, die seine Erzählung hörten, sich an ihren Alltag erinnert fühlten. Das ist vermutlich der Grund, warum wir heute von ihm wissen. Denn nur wegen seiner immer wieder in Handschriften abgedruckten Mär „Der Schlegel" und wegen der Bezüge berühmter Dichter auf seine Erzählkunst wissen wir heute von ihm.

∗

Elisabeth lag in ihrem Bett und dachte nach. Um sie herum waren die friedlichen Schlafgeräusche der Schwestern zu hören. Doch sie konnte nicht schlafen.

Am Abend war sie, die 14-Jährige, dafür verantwortlich gewesen, dem Vater und seinen Gästen Getränke und Becher zu bringen, die Kerzen anzuzünden und etwas zum Essen vorzubereiten. Heute war ein besonderer Gast unter den Anwesenden gewesen: ein Regensburger Fernkaufmann. Wie ihr Vater den wohl kennengelernt hatte?

Die Männer hatten über dies und das gesprochen. Elisabeth war klar, dass sie nicht Teil dieser Runde war. Deshalb hatte sie versucht, unbeteiligt und gleichzeitig geschäftig auszusehen. So, dass es nicht auffiel, wenn sie dem Reden noch ein wenig lauschte. Schließlich war es gar zu interessant gewesen, was der Fernkaufmann heute von einem gewissen Rüdiger von Hinkhoven erzählt hatte, der kürzlich etwas für ihn geschrieben hatte.

Sie hätte gewusst, wenn dieser Rüdiger bei ihnen im Dorf gelebt hätte. Aber offenbar wohnte er trotz seines Namens nicht oder nicht mehr hier, sondern in der nahen Stadt, Regensburg. Wie gern wäre Elisabeth auch einmal dorthin gegangen. Aber das war unvorstellbar.

Dieser Rüdiger aber hatte Hinkhoven wohl den Rücken gekehrt und war ein Schreiber geworden. Der Fernkaufmann beschrieb ihn als wissbegierig, zuverlässig und schnell. Kein Wunder, dass er eine Anstellung gefunden hatte. Wer konnte schon lesen und schreiben? Elisabeth dachte sich, dass man das ja auch fast nie brauchte, wenn man mit den Tieren oder im Garten arbeitete. Aber es wäre schon spannend gewesen, selbst einmal in die Bibel schauen zu können und zu sehen, ob der Pfarrer wohl auch richtig vorlas, was dort geschrieben stand.

Elisabeth merkte, wie ihre Gedanken abdrifteten. Dabei war das eigentlich Spannende des Abends doch die Geschichte gewesen, die der Fernkaufmann erzählt hatte. Sie war wohl von diesem Rüdiger, der nicht nur im Auftrag der Städter schrieb, sondern sich auch selbst phantasiereiche Erzählungen ausdachte. So wie es Elisabeth auch tat. Nur würde ihre niemals jemand kennen, denn weder berichtete sie einem Menschen davon, noch konnte sie sie aufschreiben.

Aber Rüdiger tat das und so wusste der Fernkaufmann, wie sie ging, die Geschichte vom Schlegel. Er erzählte, dass der Dichter sie in Versen geschrieben hatte. Aber der Fernkaufmann versprach, sie etwas einfacher nacherzählen. Er hatte also mit tiefer Stimme angehoben und alle waren verstummt, um nur ja kein Wort zu verpassen:

Ein reicher Kaufmann verteilt nach dem Tode seiner Frau sein ganzes Gut an seine drei Söhne und zwei Töchter in der Erwartung, bei ihnen seinen Lebensabend zu verbringen. Zunächst wird er von ihnen reihum auch freundlich aufgenommen und mit aller Aufmerksamkeit gepflegt. Als aber die Runde zum zweiten Mal beginnt, muss er erleben, wie alle Kinder über sein abermaliges Erscheinen murren und versuchen, den lästigen Alten, der immer mehr herunterkommt, so schnell wie möglich wieder loszuwerden.

Ein alter Freund holt ihn in sein Haus und rät ihm, wie er bei seinen Kindern wieder zu Ehren kommen kann. Er lässt ihn eine große, eisenbeschlagene Kiste machen mit fünf Schlössern daran. Einen der Schlüssel muss sich der Alte umhängen.

Bei der nächsten Runde bemerken die Kinder den Schlüssel und vermuten, der Vater habe noch einen größeren Schatz in seinem Besitz. Nun übertrumpfen sie sich wieder gegenseitig mit Liebesbeweisen, und er hat fortan das beste Leben. Als der Vater schließlich sein Ende nahen fühlt, übergibt er dem Pfarrer und vier Bürgern die fünf Schlüssel mit der Bitte, sie nach seinem Tode den Kindern auszuhändigen. Nach der Beerdigung öffnen sie voller Erwartung die Kiste und finden darin nichts als einen großen Schlegel und einen Zettel, auf dem steht: „Wer so töricht ist, allen Besitz seinen Kindern zu geben und selbst Not zu leiden, den soll man mit diesem Schlegel erschlagen."

Recht geschah es den unwürdigen Kindern, fand Elisabeth. Aber sie erinnerte sich auch daran, was von Agnes und ihren Geschwistern im Dorf geflüstert wurde. Dass sie ihre betagten Eltern nicht ordentlich versorgten und stattdessen ständig zankten, wer was haben sollte. Rüdiger schien wahrhaft ein guter Dichter zu sein: Er hatte aufgepasst, was um ihn herum geschah, und dann eine gute Erzählidee gehabt. Die List mit dem Schlüssel hatte den Kindern gezeigt, was der Vater wirklich dachte.

Und wie der Kaufmann vorhin seine Erzählung mit einem Hinweis auf die allgemeine Lehre der Geschichte beendet hatte, so schloss auch Elisabeth mit dem Gedanken an das vierte Gebot: Du sollst Mutter und Vater ehren.

*

Rüdiger von Hinkhoven, der teilweise auch in anderer Schreibweise erscheint, taucht nur kurz aus dem Dunkel der Geschichte auf. In seiner Mär vom „Schlegel" nennt er sich im fünften Vers selbst. Andere Werke, in denen er darauf verzichtet, können ihm nicht sicher zugeordnet werden.

Auch über sein Leben ist nur wenig bekannt. Die Forschung ist sich einig, dass es sich um dieselbe Person handelt, die in den Regensburger Überlieferungen einmal 1286 als Berufsschreiber in einer Regensburger Urkunde als Rvdger Hvnchhovar auftaucht. Dort geht es um das Verleihen eines Grundbesitzes im sogenannten Burgerfeld für ein Leibgeding (also von Naturalleistungen bis zum Tod einer Person) durch den Regensburger Bürger Pernold Nötzel (den Älteren). Die Überlieferung seiner Erzählung setzt um 1300 ein.

„Der Schlegel" ist ein Beispiel für eine mittelalterliche Mär, die eine klare Lehre beinhaltet. In 1199 Versen in Mittelhochdeutsch behandelt der Dichter das damals (und heute) beliebte Thema des Undanks der Kinder gegenüber ihren Eltern. Seine Absichten gibt er selbst kund – hier eine Übertragung ins Hochdeutsche: „Es ist eine wahre Geschichte, die es ihres höchst moralischen Inhalts wegen verdiente, von den Alten und

Jungen gehört zu werden, damit die Jugend nach Gottes Gebot Vater und Mutter ehre, und damit das Alter auf der Hut sei vor der Hartherzigkeit der Jugend."

Es ist zu vermuten, dass gerade die Listigkeit des Alten und die subtile Rache, die er an den Kindern nimmt, zur Beliebtheit der Erzählung beigetragen hat. Auch wenn die angepasste (und für diese Geschichte erdachte) Elisabeth vollkommen hinter dem vierten biblischen Gebot steht, so muss auch sie daran denken, dass die (ausgedachte) Realität in ihrem Dorf manchmal anders aussieht. Und dann ist es mit frommen Hinweisen nicht getan, sondern guter Rat ist teuer – und wird hier feilgeboten.

Wo Rüdiger von Hinkhoven genau gewohnt hat, lässt sich nicht mehr feststellen. Es ist jedenfalls klar, dass er enge Kontakte in die Stadt hatte. Manche Wissenschaftler meinen, dass er für das stadtbürgerliche Milieu der Fernkaufleute von Regensburg geschrieben hat, wo seine Erzählungen Gehör fanden. Um ihn aber unabhängig von dem, was man belegen kann, klar an seinen Herkunftsort zu binden, ist seine Geschichte über einen lese- und schreibkundigen Fernhandelskaufmann mit Regensburger Wohnort fiktiv nach Oberhinkofen zurückgekehrt.

Das könnte er aber auch auf andere Art und Weise: nämlich in Gestalt eines Straßennamens. Schon mehrmals hat es – bisher erfolglose – Empfehlungen gegeben, eine Straße in Oberhinkofen nach Rüdiger zu benennen und damit seine Existenz bekannt zu machen.

AUSFLUGSTIPP

Die fünf Handschriften, die die Mär überliefern, liegen weit entfernt in Bibliotheken in Heidelberg, Cologny-Genf, Wien, Dresden und Innsbruck. Sie sind auch dort nicht einfach zugänglich. Wer aber einmal sehen will, wie Rüdiger von Hinkhoven im Mittelhochdeutschen aussieht, der schaut entweder in der digitalisierten Heidelberger Handschrift oder im Buch von Ludwig Pfannmüller nach. Mittelalterliche Literatur im Allgemeinen lässt sich aber auch in Regensburg bewundern, zum Beispiel im Historischen Museum oder auch im Domschatzmuseum. Und wer – mit Kindern oder ohne – ganz einmal ganz tief in die Märchendichtung eintauchen will, die ja auch auf Lehren setzt, der fährt einmal in die Grimmwelt nach Kassel.

Literatur

Fendl, Josef: Obertraublings Beitrag zur Literatur des Spätmittelalters. In: Kulturreferat des Landkreises Regensburg (Hrsg.): Regensburger Land. Der Landkreis Regensburg in Geschichte und Gegenwart 3/2017. S. 57–64.

Graf, Klaus: Die Stofftradition des "Schlegels" von Rüdeger dem Hinkhofer. 16.08.2019. Online: https://archivalia.hypotheses.org/102031 (12.10.2022)

Rüdiger der Hinkhover: Der Schlegel. In: Codices Palatini germanici. Universitätsbibliothek Heidelberg, Sammelhandschrift mit Reimpaardichtungen. Fol. 103v-111r. Online: https://digi.ub.uni-heidelberg.de/diglit/cpg341/0210/image,info (17.10.2022)

Pfannmüller, Ludwig: Mittelhochdeutsche Novellen. Bonn 1912. S. 27–63. Nachdruck des Buches 1933. Online: https://archive.org/details/mittelhochdeutsc00pfanuoft (17.10.2022)

Rappl, Stephanie: Belehrung mit dem Hammer. Rüdegers des Hinkhofers „Der Schlegel". In: Barbey, Rainer / Petzi, Erwin: Kleine Regensburger Literaturgeschichte. Regensburg 2014. S. 82–87.

Williams, Ulla: Der Schlegel (Rüdiger von Hinkhoven, 13. Jh.). In: Historisches Lexikon Bayerns. Online: https://www.historisches-lexikon-bayerns.de (Lemma: Der Schlegel) (12.10.2022)

Zum Weiterlesen für Kinder

Im 19. Jahrhundert haben die Brüder Grimm Märchen gesammelt. Wenn sie auch nicht unbedingt aus dem Mittelalter waren, so wurden sie doch seit Jahrhunderten überliefert.

ALBRECHT, DER AMANN, UND DIE ÄBTISSIN (1343)

Seit der Ortsgründung ist Obertraubling eng mit dem Stift Obermünster verbunden, dem im Ortsgebiet Güter gehörten. Diese wurden
vom Stift immer wieder zur Bewirtschaftung vergeben. Manche dieser
Absprachen haben sich nicht erhalten, aber im Frühjahr 1343 ist im Urkundenbuch verzeichnet, dass Albrecht der Amann den heutigen Bäumel-
hof zugesprochen bekommt.

*

Albrecht war aufgeregt. Die Hofstelle in Traubling war wirklich ein Wunsch
von ihm gewesen. Und nun war er nahe davor, sie zu bekommen. Für heute
hatte ihn die Äbtissin ins Stift einbestellt.

Er hatte seine besten Kleider angelegt und sich auf den Weg gemacht.
Am Peterstor hatte er städtischen Boden betreten. Immer wieder staunte
er über das imposante Torwerk, das gerade erst erbaut worden war. Vor
dem Tor hatte er eine Brücke über den Stadtgraben überqueren müssen,
Brückturm und Tor bildeten zusammen mit der Brücke eine beeindrucken-
de Ansicht. Heute herrschte, wie an den meisten Tagen, emsiger Verkehr.
Händler und Reisende drängten sich zu Fuß, mit Fuhrwerken oder in Kut-
schen Richtung Stadt.

Diesem Gewusel entkam er, als er das Stift betrat. Hier war es ruhig
und friedlich. Nachdem man ihn eingelassen hatte, wartete er. Undenkbar,
dass er im Stiftsgelände allein unterwegs wäre. Die Stiftsdamen würden solcherlei Verhalten ebenso wenig gutheißen wie die Äbtissin. Also schaute er
nur – sicher würden auch die anderen bald erscheinen. So eine Vereinbarung wurde schließlich von mehreren Personen ausgehandelt und bezeugt.

Durch eine seiner entfernteren Verwandten – eine Nonne aus Seligenthal – wusste er, was sich gerade hinter den dicken Stiftsmauern abspielte. Vermutlich saßen die Damen in der Kapitelsitzung beieinander. Sie wurde von der Äbtissin, also Adelheid II. von Stauf, geleitet. Adelheid war eine erfahrene Stiftsvorsteherin. Schließlich hatte sie vor ihrer Ernennung zur Äbtissin schon als Celleraria – Verwalterin – im Stift gewirkt. Sie würde also vielleicht just in dieser Minute eine wohldurchdachte geistliche Ansprache an die Gemeinschaft halten. Womöglich wurde sogar ein Verstoß gegen die Stiftsregeln diskutiert. Auf jeden Fall würde die Äbtissin bei der Verkündung des Tagesablaufs und der Verteilung der Arbeiten den Anderen mitteilen, dass Albrecht erwartet wurde, um den Ammerhof in Traubling zu übernehmen.

Dem war sicher eine intensive Beratung mit den Stiftsdamen, dem Probst und Anderen vorangegangen. Größere Entscheidungen traf sie nicht allein und auch wenn ihr Name unter der Vereinbarung stehen würde – schon die Mitsiegler und Zeugen unterstrichen, dass hier mehr als vier Augen auf die weiteren Geschicke des Traublinger Hofes geschaut hatten.

Nun ging es offensichtlich los. Albrecht wurde in den Saal geführt. Die Äbtissin saß an einem ansehnlichen Tisch. Ihr zur Seite standen der Probst des Stifts, Friedrich von Au zu Brennberg, Degenhart der Hofer von Sünching und Conrad der Mengkofer. Auf der anderen Seite warteten die Zeugen: der Pfarrer Johann der Münzer und Albrecht der Althaimer.

Nach einem kurzen Austausch, in manchem persönlich, aber vor allem einem von allen Anwesenden verinnerlichten Protokoll folgend, wurde der Text vorgelegt und unterzeichnet. Damit war es tatsächlich besiegelt:

Der Text begann: „Ich Albrecht der Amman von Obertraubling" und dann gelobte er, dem Gotteshause Obermünster den ihm verliehenen Amthof zu Obertraubling zu bewirtschaften und zu verdienen, wie dessen Recht und Gewohnheit von alters her stehe. Er würde sich des Hofes würdig erweisen.

*

Als Albrecht der Amann, wie er heute zumeist geschrieben wird, am Montag nach dem Weißen Sonntag 1343 (also den 21. April 1343) diese Übereinkunft mit dem Stift Obermünster traf, war Obertraubling ein kleiner Flecken. In ihm war der Ammerhof – der heutige Bäumelhof an der Hauptstraße durch den Ort Richtung Niedertraubling auf der rechten Seite gelegen – der älteste und wichtigste Hof. Dieser Ammerhof, also ein Hof unter geistlicher Grundherrschaft zumeist in der Nähe der Kirche, fungierte als Amthof. Dort lebte der Ammerbauer mit seiner Familie. Er hatte bestimmte Rechte und Pflichten. Zu seinen Pflichten gehörte, die Bewirtschaftung der Höfe des Grundherren – hier des Stifts Obermünster – zu überwachen, die Abgaben einzuziehen und die Dorfordnung durchzusetzen. Dafür besaß er beispielsweise ein deutlich längeres Lehensrecht als die anderen Bauern.

Der Ammerhof hatte schon im elften Jahrhundert zu Obermünster gehört. Das war durch Schenkungen und Privilegien nach und nach aufgewertet worden und zu einem freien gefürsteten Reichsstift erhoben worden. Die Stiftsdamen lebten dort in einer klosterähnlichen Ordnung unter der Leitung einer Äbtissin, doch den strengen klösterlichen Ordensregeln unterwarfen sie sich nicht. Sie waren in Obermünster zumindest in einem weltlichen Damenstift zu Hause. Letztlich mussten die Stiftsdamen deshalb auch nicht alle Gelübde von Nonnen ablegen, dafür aber nachweisen, dass ihre Familie seit Generationen dem Adelsstand angehörte.

Das Stift Obermünster war ein wichtiger „Grundherr" in der damaligen Zeit. In dieser Funktion hatte es Ländereien. Wenn diese verliehen wurden, dann ging es nie darum, dass Grund und Boden den Besitzer wechselte. Vielmehr bewirtschaftete man ihn und erbrachte dafür Abgaben. Und manchmal musste man sogar bestimmte andere Auflagen erfüllen. So ist auch die überlieferte Urkunde zu verstehen.

Sie erzählt aber nicht nur über den Ammerhof, sondern auch über wichtige Personen der damaligen Zeit. Auf der einen Seite ist Albrecht der Amann genannt. Der Amtmann also, ein Dienstmann, eine Art Hof- oder Gutsverwalter. Dann tritt als Vertragspartnerin die Äbtissin Adelheid II. von Stauf auf. Über sie ist wenig mehr bekannt, als dass sie 1337 zur Äbtissin bestimmt wird und zuvor schon, als Celleraria, also die für die wirtschaftlichen Belange Zuständige, in Obermünster tätig gewesen ist. Sie erscheint in den Quellen bis 1343, vielleicht ist sie sogar in diesem Jahr – und demnach kurz nach der Vereinbarung – verstorben.

Zugegen sind bei der Unterzeichnung auch noch der Probst Friedrich von Au zu Brennberg, der Ritter Degenhart der Hofer aus Sünching und Conrad von Mengkofen. Diese drei Männer finden sich auch in anderen Quellen und waren offenbar wichtige Personen der Zeit. Der Erste war früher einmal Bürgermeister von Regensburg gewesen, hatte jedoch mit seiner

Herrschaft einen Aufstand verursacht und sich dann in einer Fehde mit den städtischen Patriziern befunden, bis man sich 1343 aussöhnte und ihn wieder als Bürger aufnahm. Als Probst repräsentierte er das Frauenstift nach außen. Der Zweite war Pfleger von Sünching, eine Aufgabe, die mit der des Amtmanns vergleichbar ist. Der Dritte erscheint in den Quellen ebenfalls als Pfleger und zwar von Erding. Diese drei siegelten die Urkunde mit, die Zeugen waren etwas niedriger gestellt in ihrer Bedeutung für die Urkunde.

Während diese Angaben klar überliefert sind, ist der Rahmen der Verleihung ebenso ausgedacht wie die Anreise zum Stift. Aus Quellen ist bekannt, dass das Peterstor im Zuge des Aus- und Umbaus der mittelalterlichen Stadtmauer um 1330 entstand. Auch sein Aussehen ist nachprüfbar.

Wie viel oder wenig im Frühjahr 1343 dort passierte und ob Albrecht der Amtmann die Urkunde wirklich im Stift unterzeichnete, weiß man nicht. Auch eine Verwandte in Seligenthal hatte Albrecht wohl nicht – und wenn, wäre es reiner Zufall. Aber sonst hätte Albrecht sich in der Geschichte nicht denken können, was die Stiftsdamen wohl gerade taten, als er noch wartete. Tatsächlich sind die Abläufe aus Frauenklöstern überliefert, jedoch weniger aus Seligenthal als vielmehr aus niedersächsischen Frauenklöstern wie Lüne oder Medingen.

AUSFLUGSTIPP

Der Bäumelhof, der allerdings seit 1980 durch einen Neubau geprägt wird, ist im Ortsbild noch vorhanden. Davor erklärt eine Informationstafel die Geschichte des Hofes. Wer durchs Obermünsterviertel von Regensburg zwischen Petersweg und Neupfarrplatz schlendert, kann noch einige mittelalterliche Gebäude wahrnehmen, das Domschatzmuseum bietet weitere Einblicke. Das Museum veranstaltet auch Führungen zu den Klöstern und Stiften in Regensburg und hat ein umfangreiches Kinderprogramm.

Literatur

Bauer, Karl: Regensburg. Kunst-, Kultur- und Alltagsgeschichte. Regensburg 2014. S. 535.

Lähnemann, Henrike / Schlotheuber, Eva: Unerhörte Frauen. Die Netzwerke der Nonnen im Mittelalter. Berlin 2023.

Gutermuth, Katharina: Die Traditionen des Kanonissenstifts Obermünster in Regensburg. München, 2022.

Mai, Paul: Die Kanonissenstifte Ober-, Nieder- und Mittelmünster in Regensburg, in: Regensburg im Mittelalter Bd. 1, Regensburg, 1995.

Morsbach, Peter / Brielmaier, Peter / Moosburger, Uwe (Hrsg): Regensburg. Metropole im Mittelalter. Regensburg 2007.

Ritter von Lang, Karl Heinrich von: Regesta sive rerum Boicarum autographa ad annum usque MCCC (Bd. 1). München 1825. S. 361.

Doerfler, Heinrich: Ammerbauern und Ammerhöfe. In: Fendl, Josef (Hrsg.): Obertraubling. Beiträge zur Geschichte einer Stadtrandgemeinde. Regensburg, 1982. S. 42–46.

Zimgibl, Roman: Abhandlung über die Reihe und Reihenfolge der gefürsteten Äbtissinnen in Obermünster, Regensburg 1787.

Zum Weiterlesen für Kinder

„Sophia und der Steinmetz. Eine Liebesgeschichte im mittelalterlichen Regensburg" hat nichts mit der konkreten Geschichte von Albrecht dem Amann zu tun, entführt aber in die richtige Stadt sowie in die (fast) richtige Zeit. Vor allem aber wurde das Buch von Siebtklässlern für andere Kinder geschrieben.

FRIEDRICH, DER WEICHSER, UND DIE BURG (1343)

Die Weichser von Traubling waren ein Adelsgeschlecht, das von 1151 bis 1280 auf dem Schloss Weichs bei Regensburg und im 14. Jahrhundert auf der Burg Traubling (heute: Niedertraubling) ansässig waren. Dort zeigt ihre Geschichte, besonders die Belagerung der Burg im Zuge eines Bischofsstreits, die komplizierten Machtverhältnisse im Mittelalter. Über diese denkt auch Friedrich der Weichser nach, als die aufgebrachten Regensburger sich seiner Veste im April 1343 nähern.

*

Er hätte es sich denken können. Nun standen die aufgebrachten Regensburger vor der Veste Traubling und es sah auch nicht danach aus, dass sie sich besänftigen lassen würden. Er stellte sich auf eine Belagerung ein, womöglich sogar auf einen Versuch, seine Burg zu erstürmen. Und alles nur wegen einer Bischofswahl.

Friedrich der Weichser dachte an die Bischofswahl vor drei Jahren zurück. Am 13. November 1340 waren die Kirchenmänner und die Dienstmänner des bischöflichen Hochstifts zum Wahlakt nach dem Tod des vormaligen Bischofs Nikolaus zusammengetreten. Aber sie waren sich höchst uneinig gewesen. Wer sollte dem verdienten Bischof nachfolgen? Nur wenige waren für den Chorherrn Hilpolt von Heimberg gewesen, der seine Niederlage auch sofort einsah und sich aus der Kandidatenkür zurückzog.

Anders hatte es sich mit den Anhängern des Regensburger Domherrn Heinrich von Stein verhalten. Die waren entschiedene Befürworter der Kandidatur gewesen und auch Heinrich von Stein selbst hatte fest an die

Möglichkeit geglaubt, Bischof von Regensburg zu werden. Seine Anhänger unter den Städtern, allen voran die mächtige Familie Auer, hatten ihn bestärkt. Die Mehrheit jedoch hatte sich in dieser ersten Wahl für den Regensburger Dompropst Friedrich von Zollern, einen Burggrafen zu Nürnberg, ausgesprochen. Damit aber war die Sache nicht ausgestanden gewesen. Nun musste man zunächst abwarten, wie sich die Stadt und die Ministerialen (Dienstmänner), Kaiser Ludwig IV. und Papst Benedikt XII., zur Wahl verhielten. Der Regensburger Rat erkannte die erste Wahl unmittelbar an. Das mochte aber weniger in der Person Friedrichs von Zollern begründet liegen, dachte sich Friedrich der Weichser, während er auf die Wiesen vor der Burg blickte.

Ganz andere, für ihn aber offensichtliche Beweggründe trieben diese Regensburger zu ihrem politischen Bekenntnis. Sie wussten wohl um den Mangel an Sparsinn beim Burggrafen und erhofften sich Gelegenheit, dadurch in den Besitz weiterer hochstiftlicher Rechte und Güter zu kommen. Kaiser Ludwig IV. hingegen war für Heinrich. Er hatte von Anfang an diese Position bezogen. Sogar schon einige Tage vor der Wahl, als sich der Tod des alten Bischofs abzeichnete. Da war er beim Auer in Stauf gewesen und sie hatten sich gegenseitig ihrer Unterstützung versichert. Kein Wunder, der Kaiser stand in schweren Schulden bei dieser begüterten Regensburger Adelsfamilie.

Friedrich konnte die Familie Auer nicht ausstehen, nachdem sie die Weichser von ihrer Stammburg Weichs verdrängt hatten, doch was konnte Heinrich von Stein dafür. Und vor allem: Friedrich war auf Heinrich von Stein angewiesen. Nachdem der Kaiser ihn zumindest inoffiziell bestätigt hatte – offiziell war das erst im Juni 1342 zu Nürnberg erfolgt –, verlieh Heinrich die Lehen. An ihn musste man sich also halten.

Sollte doch der apostolische Stuhl entscheiden, wer der rechtmäßige Bischof sei. Und genau das geschah im Frühjahr 1341 zugunsten Friedrichs des Zollern. Friedrich der Weichser hatte daraufhin mit dem Thema abgeschlossen. Doch nur kurz, versuchten doch die Auer, weiter zu ihrem Recht zu kommen. Deshalb hatte die Stadt im Februar 1342 einen neuen Bürgerbund geschmiedet. Der letzte Waffenstillstand war schließlich ausgelaufen.

Jeder hatte sich also noch einmal positionieren müssen – für alle Welt sichtbar hatte er dem einen oder anderen Kandidaten seine Treue bekunden müssen. Am 21. Januar 1343 hatte Friedrich daher einen Wehrvertrag mit Heinrich von Stein geschlossen – und diese Belagerung war das Ergebnis.

Die Regensburger Anhänger Friedrichs des Zollern hatten auf die Eroberung der Feste Stauf durch Heinrichs Getreue hin mit Booten Männer und Material nach Donaustauf übergesetzt, die Burg zurückerobert und sich dann – im Siegestaumel wahrscheinlich – entschlossen, seine Burg in Traubling anzugreifen. Unter ihrem Anführer Conrad von Hausen waren sie bis hierher gezogen und erwarteten nun, den Lauf der Geschichte zu ändern.

*

Die Quellen über Friedrich den Weichser – den zweiten dieses Namens übrigens, denn auch sein Vater hatte schon so geheißen – sind spärlich. Dokumente, in denen er sich selbst äußert, gibt es nicht, schon gleich gar keine, in denen er über die politischen Geschehnisse seiner Lebenszeit reflektiert. Überliefert sind einige Urkunden im fraglichen Zeitraum, zudem zwei weit später entstandene Geschichtswerke, die das Geschehen behandeln. Einerseits ist das die detaillierte Geschichte der Regensburger Bischöfe von Ferdinand Janner, andererseits die Regensburgische Chronik von Carl Theodor Gemeiner.

Streit um die Nachbesetzung bedeutender Ämter war gar nicht selten in der damaligen Zeit. Der Konflikt zwischen Bischof und Gegenbischof sowie die Parteinahmen der von diesen geistlichen Grundherren abhängigen Adeligen war beispielhaft. Auch in der Entscheidung von Friedrich dem Weichser hat vermutlich die vertragliche Bindung an Heinrich von Stein den Ausschlag gegeben. Da dieser kraft kaiserlicher Bestätigung Adelige vertraglich an sich binden konnte, war die Entscheidung von Friedrich dem Weichser für ihn sicher eine Möglichkeit, seinen Besitz abzusichern.

Dass daraus ein militärischer Konflikt entstehen würde, war nicht unbedingt abzusehen gewesen. Im Frühjahr 1343 ist die Situation aber so und wenn man den Quellen glaubt, wird der Kampf um die beiden Vesten (Donau)Stauf und (Nieder)Traubling mit aller Härte gefochten. Conrad von Hausen, der schließlich die Burg angreift, wird in der Folge schwer verwundet, Menschen und Pferde kommen in hoher Zahl ums Leben.

Aus den genannten Werken und neueren Forschungen lässt sich das äußere Geschehen rekonstruieren. Über die innere Haltung von Friedrich dem Weichser kann man hingegen nur vermuten. Wie schwierig das sein kann, deutet sich beispielsweise an, wenn ich den Niedertraublinger Grundherrn erklären lasse, warum er über Heinrich von Stein mit den

Auer verbündet sei, die doch die Weichser von ihrem Stammsitz, der Burg Weichs, verdrängt hatten.

Klar ist, dass die Weichser für die Entwicklung Niedertraublings eine bedeutende Rolle spielten. Mehr als ein Jahrhundert leiteten sie die Geschicke des Besitzes, bevor ihre Linie ausstarb und die Nothaft, eines der mächtigsten Adelsgeschlechter Altbayerns, übernahmen.

AUSFLUGSTIPP

Die Burgruine Donaustauf ist noch zu besichtigen. Dort wird auch der Bischofsstreit erwähnt. Hingegen ist von der Burg in Niedertraubling nichts mehr zu sehen. Schon 1852 wurde der Schlossturm (so wurde er damals genannt) abgerissen. In Regensburg bieten die Kunstsammlungen des Bistums Regensburg immer wieder hervorragende Führungen zur geistlichen Geschichte der Stadt an. Dabei sind auch für Erwachsene und erst recht für Kinder die Kinderführungen höchst interessant.

Literatur

Fendl, Josef: Die Burg Donaustauf. Regensburg, 1990.

Gemeiner, Carl Theodor: Der Reichsstadt Regensburgischer Chronik. Die wichtigsten und merkwürdigsten Begebenheiten, die sich in Regensburg und in der Nachbarschaft der Stadt seit Entstehung zugetragen haben, Bd. 2. Regensburg, 1803. S. 21–36.

Janner, Ferdinand: Geschichte der Bischöfe von Regensburg, Bd. 3. Regensburg, 1886. S. 209–216.

Schmid, Diethart: Regensburg II. Das Landgericht Haidau-Pfatter und die pfalz-neuburgische Herrschaft Heilsberg-Wiesent. München, 2014.

Zum Weiterlesen für Kinder

Zum Rittertum gibt es gerade auch für jüngere Kinder viel Literatur. Spielerisch und doch gut recherchiert ist: Boie, Kirsten: Der kleine Ritter Trenk. Verschiedene Ausgaben.

JOHANN,
DER UNSCHULDIGE,
UND DAS RÜGEGERICHT
(1371)

Streit und Zwist gab es überall und zu jeder Zeit. Wie man damit umgehen wollte, veränderte sich. Im Mittelalter existierte in Piesenkofen ein Rügegericht, in dem die angesehensten Männer der Gegend untersuchen sollten, welcher Vorwurf gerechtfertigt war und welche Anschuldigung nur aus niederen Beweggründen vorgebracht wurde. Dass dies schwierig war und irgendwann den Landesherrn zu einer neuen Regelung veranlasste, war ein Glück für Johann, der sich angeblich des Diebstahls schuldig gemacht hatte.

*

Dieses Mal hatte es Johann getroffen. Der Piesenkofener musste sich vor dem Rügegericht verantworten, das mehrmals im Jahr abgehalten wurde. Dabei hatte er sich doch gar nichts zuschulden kommen lassen. Untadelig war sein Lebenswandel. Und doch hatte der Nachbar behauptet, dass er den Zaun zwischen ihren Weiden verrückt habe.

Der Rüger, der auftragsgemäß handelte, hatte dem Nachbarn offensichtlich geglaubt. Und seinen Fall vor das Rügegericht gebracht. Er hatte auf seinen Rüge-Eid verwiesen und gemeint, er habe bei Gott geschworen, der Obrigkeit in allem treu zu sein, vor allem, indem er alle „Exzesse" im Gehölz, auf dem Feld und den Weiden wie auch jede Dieberei nicht nur wahrnehmen, sondern bei der Herrschaft anzeigen werde.

Bei Johann wog die Sache besonders schwer, denn dem Nachbarn hatten sich gleich zwei weitere Personen angeschlossen, die behaupteten, ihn mit einer Schaufel auf dem Weg zur Weide gesehen zu haben. Vielleicht hatten sie ihn auch nur von seinem Vorhaben erzählen hören.

Es waren Menschen, die ihm missgünstig waren. Solche gab es in jeder Dorfgemeinschaft und er hatte gehofft, dass sie ihn in Ruhe lassen würden.

Nun war es anders gekommen. Johann war vor die Gruppe finster dreinblickender Männer geladen worden. Der Vorsitzende war als Amtmann berufen worden, einige der Dorfälteren kamen als Helfer hinzu und der Rüger erstattete als Dinggenosse nun Anzeige gegen ihn.

Dem Angeklagten Johann war schleierhaft, wie er sich wehren sollte. Wie konnte er beweisen, dass er etwas nicht getan hatte? Dass er unschuldig war? Er hatte nicht genügend Menschen auf seiner Seite, die bezeugen konnten, dass er keineswegs vorhatte, das Land des Nachbarn zu stehlen. Blieb ihm etwa nur noch der Reinigungseid? Oder würde man ihm glauben, wenn er zu seiner Entlastung anführte, dass man doch das Loch des alten Zaunverlaufs auf der Weide sehen müsste, wenn die Anschuldigung denn wahr wäre.

Wenn es ihm nicht gelänge, seine Unschuld zu beweisen, dann drohte ihm und seiner Familie Ungemach. Er würde einen Dorffrevel zahlen müssen und woher er dieses Geld nehmen sollte, das wusste nur Gott. Vielleicht wäre eine Entschuldigung möglich in aller Öffentlichkeit und eine Aussprache der beiden. Aber daran glaubte er nicht wirklich, wenn er seinen Nachbarn so besah.

Auf jeden Fall erreichte er eine Unterbrechung, um sein Argument zu prüfen. Und dann hatte er Glück im Unglück, denn just an diesem 13. Mai 1371 traf von Straubing her die Botschaft des Herzogs Albrecht I. ein, der durch Landgraf Johannes zu Leuchtenberg, Graf zu Haidau und Pfleger des Herzogs in Niederbayern verkünden ließ, dass die Rügung in Obertraubling und Piesenkofen für alle Zeit abgeschafft sei. Nur noch das herzogliche Recht sollte Geltung haben.

Johann konnte sein Glück nicht fassen. Warum gab es nun eine solche Veränderung? Seit er denken konnte, hatte es die Rügung gegeben. Er hatte gesehen, wie sie Menschen traf, die tatsächlich Unfrieden gestiftet hatten. Aber auch solche wie ihn, die einfach nicht beweisen konnten, dass die Wortführer dem Rüger nur Unsinn erzählt hatten. Das „Dorfauge" war eben manchmal wachsam und manchmal verblendet – und so war es gut, dass nun das „Auge des Herzogs" das Recht pflegte.

*

Geschichte ist dann besonders spannend, wenn scheinbare Alltäglichkeiten – wie unser klar strukturiertes Rechtssystem im modernen Staat – in der Vergangenheit nicht existierten. So ist es mit der Rechtsprechung im Mittelalter (und auch der Frühen Neuzeit). Damals wurde das Recht durch viele verschiedene Institutionen durchgesetzt.

Neben der grundherrschaftlichen Rechtsprechung gab es seit dem neunten und zehnten Jahrhundert auch noch eine andere Form der dörflichen Konfliktregulierung. Dabei ging es meist um kleinere Vergehen, die sozusagen gemeinschaftsintern geklärt wurden. Nicht umsonst ist manchmal der Begriff des „Dorfauges" zu lesen. Es handelte sich hier um eine Form von sozialer Kontrolle, die einen Rahmen erhalten hatte.

Dieser Rahmen – und auch seine Bezeichnung als Rügegericht – hatte den Anstrich eines festgelegten Verfahrens und damit eine gewisse Bedeutung. Doch die Tatsache, dass damit Denunziation möglich war, stand im Widerspruch dazu.

Ein Blick auf den erfundenen Fall des Johann, dem von seinem Nachbarn vorgeworfen wurde, den Weidezaun verrückt zu haben, gibt Aufschluss: Aus welchem Grund auch immer beschuldigt der Nachbar Johann des Diebstahls. Dies tut er aber nicht (oder nicht nur) im Stillen, im Gezänk zwischen zwei Nachbarn. Er bringt dies – hier unterstützt von zwei Fürsprechern – über einen glaubwürdigen Dinggenossen, den örtlichen Rüger, einem vom Herzog bestellten Amtmann zur Kenntnis.

Es ist die Besonderheit des Rügegerichts, dass stets ein Dritter aktiv wird. Ein Unbeteiligter. So wird aus Gerücht, Gerede und Verleumdung ein Rechtsfall. Um seine Behauptung zu stützen, kann der Nachbar sich auf zwei Unterstützer verlassen. Das sind in seinem Fall andere Dorfbewohner, die gewillt sind, die Anschuldigung des Nachbarn zu untermauern. Ihre Motive sind unklar. Sie können tatsächliche Zeugen im heutigen Sinne sein, womöglich sind sie Johann gegenüber aber auch nur missgünstig oder sehen eigene Vorteile in einer Strafe ihm gegenüber.

Wie genau die Rügung funktionierte, ist bisher noch wenig erforscht in der Rechtsgeschichte. Man weiß, dass sich diese Form der Rechtsprechung im süddeutschen und österreichischen Raum lange gehalten hat. Aus Westfalen gibt es eine recht ausführliche Untersuchung von schriftlich überlieferten Fällen sogar noch aus dem 18. Jahrhundert. Auch über Beleidigung und Verleumdung wurde in diesem Zusammenhang schon geforscht, sodass klar ist: Hier geht es nicht nur um Recht, sondern auch um eine soziale

Dynamik. Insgesamt aber ist die „Beweislage" dünn, wenn wir fassen wollen, wie genau Konflikte in Piesenkofen im 14. Jahrhundert gelöst wurden. Nur wenige Quellen erhellen diese Zeit.

Zurück zu Johanns Fall: Die Motive des Nachbarn und seiner Fürsprecher waren unklar. Es konnte sein, dass Johann tatsächlich versucht hatte, sich einen ungerechtfertigten Vorteil zu verschaffen. Er hätte damit die dörfliche Ordnung gestört. Genauso gut ist es möglich, dass die Nachbarn einander nicht leiden konnten und deswegen eine Beschuldigung gesucht wurde, die Johann für die Dorfgemeinschaft unmöglich machen sollte. Zwischen Verbrechen und Denunziation ist alles denkbar.

Die Folgen für Johann und seine Familie konnten beträchtlich sein. Gelang es nicht, durch Reinigungseid, Entschuldigung und anschließenden Vergleich oder eine andere Form der außergerichtlichen Einigung den Konflikt beizulegen, so drohten Geld- oder sogar Leibstrafen (körperliche Strafen). Sie trafen oft Angeklagte, die kaum über persönliche Mittel verfügten. Außerdem schädigten sie empfindlich den Ruf des Beschuldigten, was in einer Dorfgemeinschaft fatal sein konnte.

Genau diese problematischen Umstände erkannte Albrecht I., Herzog von Bayern, als er am 13. Mai 1371 über seinen Rechtspfleger, Landgraf Johannes zu Leuchtenberg, Graf zu Haidau, verkünden ließ, dass die Rügung in Obertraubling und Piesenkofen für alle Zeit abgeschafft sein sollte. Er begründete dies damit, dass „den großen Gepresten der armen Leut im Gericht abzuhelfen" sei.

Aber auch der Herzog hatte vermutlich trotz dieser großen Worte nicht nur die „armen Leut" im Sinn, sondern versprach sich auch einen Zuwachs an Macht, wenn Konfliktregulierung und Rechtsprechung wohlgeordnet und bestenfalls landesherrlich überwacht waren.

AUSFLUGSTIPP

Ein umfangreiches Angebot zur mittelalterlichen Rechtsgeschichte – sowohl vor Ort als auch digital – gibt es im/vom Mittelalterlichen Kriminalmuseum in Rothenburg ob der Tauber.

Literatur

Hägermann, Melanie: Das Strafgerichtswesen im kurpfälzischen Territorialstaat

Entwicklungen der Strafgerichtsbarkeit in der Kurpfalz, dargestellt anhand von ländlichen Rechtsquellen aus vier rechtsrheinischen Zenten. Würzburg 2002.

Krug-Richter, Barbara: Konfliktregulierung zwischen dörflicher Sozialkontrolle und patrimonialer Gerichtsbarkeit. Das Rügegericht in der Westfälischen Gerichtsherrschaft Canstein 1718/19. In: Historische Anthropologie 5/1997. S. 212–228, bes. S. 215 (Rüger-Eid).

Müller, Mario: Verletzende Worte. Beleidigung und Verleumdung in Rechtstexten aus dem Mittelalter und aus dem 16. Jahrhundert. Hildesheim u.a., 2017.

Schieder, Elmar: Haberfeldtreiben. In: Historisches Lexikon Bayerns vom 02.03.2020. Online: https://www.historisches-lexikon-bayerns.de/Lexikon/Haberfeldtreiben (29.12.2022)

Zum Weiterlesen für Kinder

Parigger, Harald: Die Hexe von Zeil. München, 2002. (Das Buch beleuchtet einen Hexenprozess im 17. Jahrhundert. Es hat zwar nichts mit der Rügung zu tun, aber erzählt von einem vergangenen Rechtsverständnis.)

HEINRICH, DER LÖWLER, GEGEN DEN HERZOG (1491)

Unberechtigte Forderungen lehnten die Oberpfälzer, die damals noch gar nicht so hießen, schon immer gern ab. Auch im 15. Jahrhundert, als Herzog Albrecht IV. von den Rittern in seinem Gebiet Geld eintreiben wollte, um damit ein Heer zu finanzieren. Das sollte für ihn gegen den Schwäbischen Bund kämpfen. Aber die wollten das Geld nicht zahlen und der Herzog beschloss, einfach Steuern einzutreiben, um seine Kosten zu decken. Doch 46 Vertreter der Ritterschaft trafen sich in Cham und schlossen sich unter dem Zeichen des Löwen zusammen, um dem Herzog Einhalt zu gebieten.

*

Heinrich von Nothaft war fest entschlossen. Er würde dem Herzog die Stirn bieten – und hatte andere Ritter gefunden, die es ihm gleichtaten. Es konnte doch wohl nicht sein, dass der Herzog glaubte, alles machen zu können. Dieser Albrecht IV. der Weise konnte behaupten, dass er die Steuern ganz allein einführen durfte, wie er wollte. Recht wurde es dadurch immer noch nicht. Heinrich musste wegen des Namens „der Weise", der so gar nicht passte, fast lachen. Sie, die Ritter, wussten es besser: Sie hatten Heerfolge zu leisten und konnten nicht verpflichtet werden, ihm Geld zu geben.

Sie hatten sich vor zwei Jahren deswegen in Cham getroffen. 46 von ihnen waren entschlossen, das Verhalten des Herzogs nicht zu dulden. Als Abzeichen trugen die Ritter alle einen goldenen, die Edelknechte einen silbernen Löwen an einer Kette von 16 Gliedern. Dass der Herzog auf keinen Fall im Recht war, sah man schon daran, dass seine Brüder Wolfgang und Christoph der Starke bei den Löwlern mitmachten. Es ging ihnen natürlich nur um den eigenen Vorteil. Egal: Heinrich war einer der ersten gewesen, die dem Herzog ihre Dienste aufgekündigt hatten. Sollte er doch sehen, wo er Geld und Soldaten für den Feldzug gegen den Schwäbischen Bund herbekam. Das konnte Heinrich und den anderen gleich sein.

Er hatte sagen hören, dass der Herzog furchtbar wütend gewesen war, als er vom Löwlerbund, wie sie sich nannten, erfahren hatte. Erst war er scheinbar wie in einer Schockstarre gewesen, dann hatte er es mit Verhandlungen versucht. Aber die Löwler hatten sich die Unterstützung des Schwäbischen Bundes, des Königs von Böhmen und des Kaisers gesichert. Doch Albrecht wollte nicht aufgeben. Nicht einmal, nachdem über Regensburg die Reichsacht verhängt worden war, weil die Stadt mit dem Herzog sympathisierte. Als Antwort darauf und wegen eines Überfalls auf Pfatter durch einige der Bündischen schickte sich Herzog Albrecht an, eine Burg nach der anderen zu überfallen und den Rittern zu zeigen, dass er die Macht hatte.

Fieberhaft überlegte Heinrich von Nothaft, was nun zu tun sei. Schließlich besaß er etliche Liegenschaften, darunter auch die Burg in Niedertraubling. Albrecht würde dort sicher ebenso wüten wie in der Veste Köfering, der Burg in Triftlfing und der Burg Prunn. Alle hatte er erstürmt und teilweise zerstört. In den umliegenden Dörfern hatte er geplündert. So würde es wohl auch Niedertraubling ergehen. Aber Heinrich würde ihm entgegensetzen, was immer er konnte. Vielleicht gelang es ihm und seinen Männern, den Ansturm abzuwehren und durchzuhalten, bis jemand zu Hilfe eilte. König Maximilian war allseits als geschickter Kämpfer bekannt, verstand es aber auch gut zu verhandeln. Wie er wohl diese beunruhigende Entwicklung sah?

*

Jahrzehntelang ist die Bedeutung der adeligen Familie Nothaft (manchmal auch Nothafft geschrieben) für Niedertraubling in den Quellen bezeugt. Zuvor waren die Weichser dort ansässig gewesen. 1309 führte Friedrich (I.) den Zusatz „von Traubling". Deshalb kann man annehmen, dass es dort auch ein Schloss, eine Burg oder ähnliche Wohnstatt gegeben hat. Sicher nachgewiesen ist der Besitz mit der Erwähnung der Niederungsburg der Weichser am 21. Januar 1343. Damals hat „Fridrich der Weichsär von Traubling" dem Regensburger Bischof eine Dienstverschreibung ausgestellt. Sie ist im Urkundenbuch des Bistums Regensburg nachzulesen.

Friedrich versprach darin: „meinem genädigen herren Bischof Hainrich ze Regenspurch ... treuleichen ze dienen und ze warten mit meiner Veste ze Traubling". 1367 wurden die Weichser jedoch durch das Hochstift Regensburg von Niedertraubling vertrieben und die Veste wurde an den Ritter Konrad Lichtenberger weitergegeben. 1369 ging es wieder andersherum und die Weichser kamen zurück. Doch ihnen folgten schon bald – als neue Besitzer – die Nothaft. 1471 beispielsweise vermerkt eine Urkunde den Besitz der Schlösser Wernberg, Runding, Haybach und Traubling durch das Geschlecht der Nothaft.

Nach weiteren Nennungen der Nothaft von Niedertraubling kam das Schloss im sogenannten Löwlerkrieg wieder in den Blick der Geschichte. Der damalige Nothaft in Niedertraubling war Heinrich. Er war einer der Vorreiter in der Gründung des Löwlerbundes, der im Löwlerkrieg zwischen 1489 und 1492 gegen den Herzog von Bayern-München Albrecht IV. den Weisen arbeitete. Der Herzog wollte für einen Feldzug finanzielle Unterstützung erwirken, was vielen Adeligen jedoch als nicht rechtens erschien. Sie waren zur Heerfolge verpflichtet, jedoch nicht zu Zahlungen.

Albrecht IV. bestand darauf, über Steuereintreibungen die nötigen Finanzmittel zu erwirken. So kam es zunächst zur Entstehung des gegen den Herzog gerichteten Löwlerbundes und schon bald zum Krieg. In ihm standen Kaiser Friedrich III. und König Maximilian auf Seiten der Verbündeten.

Aber Albrecht IV. war erfolgreich und erstürmte und schleifte (zerstörte) zahlreiche Burgen vor allem in Niederbayern. Dass es genau dazu in Niedertraubling nicht kam, ist der Tatsache zu verdanken, dass während der Belagerung des Ortes König Maximilian (der spätere Kaiser) mit dem Herzog über einen Frieden verhandelte. Nach einem Schiedsspruch in Augsburg im Mai 1492 gab der Herzog alle Erwerbungen zurück – Schloss Niedertraubling war gerettet.

Jedoch nicht für die Nothaft, deren Stammburg sich in Runding bei Cham befand. Sie hielten sich nur ab und an in Niedertraubling auf. Durch den Löwlerkrieg war die Familie verschuldet, so dass Heinrich VI. von Nothaft sich entschloss, am 21. November 1530 die Hofmark Niedertraubling nebst Embach, Mangolding und Sengkofen an seinen Schwager Christoph Freiherr von Schwarzenberg zu verkaufen.

Das alte Wasserschloss in Niedertraubling hat nur durch ein paar Mauerteile überlebt. Doch bis in die jüngste Vergangenheit und nun wieder erinnert die Gastwirtschaft „Altes Schloss" an den früheren Ort. In der Hofmarkstraße lässt sich die alte Hofmark nur noch erahnen. Hinter einem verschlossenen Tor und hohen Mauern verbergen sich dort die Gebäude der ehemaligen Saatzuchtwirtschaft Lang-Dörfler-Bauer, die auf dem Gelände einer auf historischem Grund errichteten Gutsanlage eineinhalb Jahrhunderte Niedertraubling mit ihren Getreidesaaten international bekannt gemacht haben.

Literatur

Chronik der Wernberger Linie, 1625, Bayerisches Hauptstaatsarchiv München, Notthafft-Lit. 902b, Blatt 116-120 (Transkription von Harald Stark). Online: http://www.notthafft.de/archiv/chronik1625.htm (04.11.2022)

Gemeindeverwaltung Köfering (Hrsg.): Ortschronik für Köfering und Egglfing 2009. Köfering, 2009. Online: https://www.koefering.de/media/8768/091217endproduktortschronik_neu.pdf (04.11.2022)

Graf, Karina: Kunigunde, Erzherzogin von Österreich und Herzogin von Bayern-München (1465–1520) – Eine Biographie. (Dissertation). Kaiserslautern 2000.

Piendl, Max: Die Ritterbünde der Böckler und Löwler im Bayerischen Wald, in: Unbekanntes Bayern. Burgen-Schlösser-Residenzen, Bd. 5. München 1975, S.72–80.

Schmid, Peter: Herzog Albrecht IV. von Oberbayern und Regensburg. Vom Augsburger Schiedsspruch am 25. Mai 1492 zum Straubinger Vertrag vom 23. August 1496. In: Fried, Pankratz / Ziegler, Walter (Hrsg.): Festschrift für Andreas Kraus zum 60. Geburtstag. Kallmünz 1982. S.143–160.

Stark, Harald: Die Nothaffts. Online: http://www.notthafft.de/ (04.11.2022)

Zum Weiterlesen für Kinder

Le Goff, Jacques: Das Mittelalter für Kinder. München 2007.

BARTHOLOMÄUS, DER PFARRER, UND DIE PEST (1520)

In kleinen Dörfern wie Ober- und Niedertraubling schien zwischen der Gründung und dem ausgehenden 18. Jahrhundert die Zeit fast stillzustehen. Die meisten Menschen arbeiteten als – arme oder reiche – Bauern für einen geistlichen oder weltlichen Grundherrn. Das tägliche, jahrein jahraus zu vollbringende Tagwerk in Freiheit oder Leibeigenschaft aber war durchbrochen durch die großen Katastrophen jener Zeit, darunter die Pest, die Regensburg und Umgebung immer wieder heimsuchte.

*

Als Bartholomäus Wieland, der Niedertraublinger Pfarrer, im November 1520 zu seiner Kirche kam, um die Messe vorzubereiten, bot sich ihm ein vertrautes Bild. Auf der Kirchenstufe saß eine junge Frau mit einem verdrehten Bein. Sie stand auf und humpelte ihm entgegen. Sie wolle zur „Schönen Maria" in Regensburg, so erzählte sie ihm, während er vorsichtig Abstand zu ihr hielt.

Seit einem halben Jahr tauchten immer wieder Alte und Kranke bei ihm auf, die denselben Weg wählten wie diese junge Frau. Sie waren auf dem Weg zu der kleinen Kapelle am heutigen Regensburger Neupfarrplatz, der erst wenige Monate zuvor als Dank für ein angebliches Wunder erbaut worden war. 1519 hatten die Regensburger ihre jüdischen Mitmenschen aus der Stadt vertrieben. Beim Abriss der Synagoge war ein Arbeiter verunglückt und doch am nächsten Tag gesund und munter erneut zur Arbeit erschienen. Ein unerklärliches Geschehen.

Das machte sich die katholische Kirche zunutze und richtete eine Kapelle ein. So wurde Regensburg ab 1520 zu einem Zentrum einer Wallfahrt, die täglich neue Besucher auch auf Bartholomäus' Kirchentreppen spülte. Der aber sah die Reisenden – erst recht, wenn sie gebündelt in Prozessionen durch Niedertraubling zogen – skeptisch. Ebenso dachte er über die Niedertraublinger, die in Scharen nach Regensburg eilten, um die schöne Maria um Glück und Segen zu bitten.

Das alles gefiel ihm gar nicht. Schließlich wütete in und um Regensburg wieder einmal die Pest. Bartholomäus wusste nicht, wie das mit der Pest genau funktionierte. Aber die seit mehr als einhundert Jahren in Regensburg geltende Pestordnung unterstützte er. Auch wenn er ein Kirchenmann und deshalb angehalten war, den Menschen die Krankheit als Gottes Strafe zu erklären.

Er fand aber: Ordnung und Sauberkeit konnten sicher nicht schaden. Aus Regensburg hatte er gehört, dass dort die Straßen wöchentlich gesäubert werden mussten, dass das Austreiben der Schweine im Stadtgebiet und das Ausschütten unreiner Flüssigkeiten auf die Straße verboten waren. Häuser und Gegenstände sollten mit Essiglösungen gereinigt werden. Kranke Personen und die, die sie pflegten, durften vier Wochen lang keine öffentlichen Bäder oder Kirchen besuchen.

Wenn er diese Gebote bedachte und sich die Pilger zur „Schönen Maria" ansah, dann hatte er einen Verdacht: Gemeinsam zu pilgern und zusammen in der Kapelle um die Gnade Gottes zu bitten, war womöglich der falsche Weg: Was, wenn das die Krankheit begünstigte? Bartholomäus wurde nicht müde, seine Niedertraublinger daran zu erinnern, dass Gottesfürchtigkeit zwar wichtig war, gegen die Pestilenzia aber auch umsichtiges Verhalten – und ein wenig Abstand – half.

Den versuchte er auch einzuhalten, wenn er die zahlreichen Pesttoten aus seiner Gemeinde auf ihrem letzten Weg begleitete oder den Piesenkofenern beistand, neben deren St.-Martins-Kirche sogar ein Massengrab ausgehoben werden musste, um die vielen Toten zu beerdigen.

Am liebsten hätte Bartholomäus die schaurige Erinnerung samt seiner mahnenden Worte in einem kleinen Mahnmal verewigt. Doch wer hatte schon die Zeit und das Geld für solche Extravaganzen. In den Visitationen fiel Obertraublings Kirche immer wieder durch das Wort „ruinös" auf. Die Gedanken des Pfarrers sollten wohl Träumereien bleiben. Es blieb ihm nur, zum heiligen Sebastian zu beten, dem Pestpatron.

*

Während Bartholomäus Wieland (oder Wielant) als Pfarrer von Nieder-traubling (1518–1535) und Obertraubling (1535–1560) bezeugt ist, wissen wir nichts über seine Gedanken zu der ihn umgebenden Welt. Womöglich war er einer jener wenigen Menschen, die die Seuchen der damaligen Zeit hinterfragten. Vielleicht gehörte er zu den vielen, die die Ausbrüche als Strafe Gottes ansahen oder zumindest als unabwendbares Schicksal hin-nahmen – nur eine Schwierigkeit in ihrem oft mühseligen, von Not, Krank-heit und Tod geprägten Dasein.

Dass ein Pfarrer in den Dörfern des heutigen Gemeindegebiets kaum Mittel gehabt haben dürfte, ein teures Steinkreuz anzuschaffen, ergibt sich aus den Visitationsberichten. Dort werden die Kirchen von Nieder- und Obertraubling häufig als ruinös bezeichnet.

Ein Seitenaltar, der das Thema der Pest im Kirchenraum aufnahm, wurde für die Obertraublinger St.-Georg-Kirche erst 1909 gestiftet. Er ist dem heiligen Sebastian, dem Pestpatron, gewidmet. Das Medaillon im obe-ren Teil des Rahmens erinnert an den heiligen Aloisius Gonzaga. Aloisius war am 21. Juni 1591 an der Pest gestorben, die er sich bei der Pflege Kran-ker zugezogen hatte. Seitdem galt sein Todestag als Gedenktag.

Die Pest war eine recht regelmäßige Plage in der Oberpfalz. Nicht im-mer ist in den Überlieferungen klar, ob es sich bei den mit „Pest" bezeich-neten Krankheitswellen tatsächlich um die Pest oder andere verheerende Infektionen handelte: Auch die Cholera, Pocken, Blattern oder Fleckfieber wurden durchaus mit diesem Wort bezeichnet. „Pestilenzia" hieß schließ-lich nichts anderes als „Seuche" und das waren alle diese Krankheiten.

Das auf dem Kreuz erinnerte Ereignis von 1520 – eine zwei Jahre dau-ernde Heimsuchung durch die Beulenpest – war jedenfalls nicht die erste Pestepidemie rund um Regensburg. Schon aus dem neunten Jahrhundert war ein „grausames Sterben" dokumentiert.

Weitere große Pestwellen erlebten die Menschen im 13. und 14. Jahrhundert. Die große europäische Pestwelle von 1347/1348 erreichte die Oberpfalz mit einem Jahr Verzögerung, dafür aber umso heftiger: In manchen Orten starben drei Viertel aller Menschen. Kaum hatten sich die Oberpfälzer etwas erholt, schwappten weitere Pestwellen durch Stadt und Land.

Regensburg erließ daraufhin 1412 die erste Pestordnung, die vier Jahr-hunderte lang gültig blieb. Ihre Maßnahmen erscheinen uns gar nicht so un-bekannt: Es gab Abstandsgebote, Kontaktverbote, Quarantänemaßnahmen und Desinfektionsvorschriften – natürlich noch ohne tatsächliche Gründe der Pest zu kennen.

Hinsichtlich des Kreuzes in Obertraubling bleibt festzuhalten: Es ist wahrscheinlich, dass das Pestkreuz nicht ursprünglich als solches errichtet wurde. Wahrscheinlich hatte es eine ganz andere Bedeutung, die im Laufe von Jahrzehnten oder sogar Jahrhunderten verlorengegangen ist. Die Steinkreuzforscher Rainer Schmeissner und Heinrich Riebeling erklären das so: Die meisten Pestkreuze lassen sich weder archäologisch noch archivalisch klar in der Zeit der Pestwellen verorten. Eine solch wichtige Stiftung anlässlich des Gedenkens nirgends zu erwähnen, wäre aber doch recht ungewöhnlich. Zudem ist es unwahrscheinlich, dass in den von großer Not geprägten Pestzeiten jemand Geld für ein Steinkreuz hatte. Der mittelalterliche Begriff „steinreich" zeigt ja schon, dass Steine eine teure Anschaffung waren.

Auch andere Zuschreibungen zu Kreuzen zeigen, dass oft vorhandene Steine, deren Bedeutung die Menschen nicht mehr kannten, umgewidmet wurden. Besonders in der Zeit des Dreißigjährigen Krieges wurden so viele Menschen getötet oder kamen durch die Verheerungen ums Leben, dass Erinnerungslinien unterbrochen wurden. So entstanden – womöglich auch in Obertraubling – sogenannte „Erklärsagen", die dem Kreuz einen Zweck gaben.

Das Kreuz in Obertraubling steckt, so behauptete es Heinrich Doerfler, zu zwei Dritteln im Boden. Der sichtbare Teil ist 65 Zentimeter hoch, 53 Zentimeter breit und 25 Zentimeter tief. Es ist ein lateinisches Kreuz mit einer Einritzung in der Vierung zwischen Längs- und Querbalken, die wahrscheinlich den Gekreuzigten symbolisiert.

AUSFLUGSTIPP

Das Pestkreuz an der dem Rathaus zugewandten südlichen Seite der Obertraublinger Friedhofsmauer lässt sich bis heute ansehen. Seit 1992 erklärt eine Tafel der Gemeinde, welche Bedeutung das Kreuz haben soll. Dort steht: „Pestkreuz / 1520 / 3000 Pesttote / Obertraubling / Regensburg".

Literatur

Burkes, Peter: Die Pest in Regensburg - wem kommt das bekannt vor? Aus: Regensburger Tagebuch – Persönliche Tagebuch-Notizen aus der nördlichsten Stadt Italiens mit Schwerpunkten Kunst, Kultur, Wissenwertem und fotografischen Impressionen. 03.02.2021. Online: https://www.regensburger-tagebuch.de/2021/02/die-pest-in-regensburg-wem-kommt-das.html (01.01.2023)

Gerth, Sven: Steinkreuze-Datenbank. Obertraubling. Online: http://www.suehnekreuz.de/bayern/obertraubling.htm (01.01.2023)

Heinrich Riebeling: Steinkreuze und Kreuzsteine in Hessen. Dossenheim/Heidelberg, 1977.

Katholische Pfarrgemeinde Obertraubling: Pfarrkirche St. Georg in Obertraubling. Vorgeschichte. Online: https://www.pfarrei-obertraubling.de/ki/kiot.html (01.01.2023)

Martin, Andreas: Pestkreuz Obertraubling. Online: http://www.kreuzstein.eu/html/body_obertraublng.html (01.01.2023)

Möckershoff-Goy, Barbara: Die Pfarrei Obertraubling. In: Die Oberpfalz. Eine Heimatzeitschrift für den ehemaligen Bayerischen Nordgau. 9/1975. S. 264–271.

Möckershoff-Goy, Barbara: Die Pfarrei Obertraubling. In: Die Oberpfalz. Eine Heimatzeitschrift für den ehemaligen Bayerischen Nordgau. 11/1975. S. 338–343.

Schmeissner, Rainer: Steinkreuze im Landkreis Regensburg. Regensburg, 1993.

Schmeissner, Rainer: Steinkreuze in der Oberpfalz. Regensburg, 1977.

Zum Weiterlesen für Kinder

Parigger, Harald: Im Schatten des Schwarzen Todes. München 2021.

ALBRECHT, DER MALER, UND SEIN LEHEN (1537)

Als 1537 Albrecht Altdorfer in der Geschichte Obertraublings erscheint, war er bereits ein berühmter Maler, Mitglied des Rats der Stadt Regensburg, Stadtbaumeister und Gesandter. In diesen gewichtigen Positionen war er Lehnsnehmer zahlreicher städtischer Häuser, aber auch des Obertraublinger ehemaligen Scherer-Hofs.

*

Er würde seinem neuen Lehen einen Besuch abstatten. An diesem wunderbaren Tag mit seinem prächtigen Farbenspiel aus dichten Wolken mit durchdringenden Sonnenstrahlen war es die Gelegenheit, in Augenschein zu nehmen, was ihm die Äbtissin Wandula von Schaumberg des Stifts Obermünster zu Lehen übertragen hatte. Die Priorin Kunigunde hatte ihm bescheinigt, dass sie „unssern Hoff zu obern trawbling darauff der scherer sytzt lehen empfangen ... trager des lehens ist allbrecht altdorfer purger hye zu Regenspurg".

Albrecht Altdorfer ließ ein Pferd in die Malstube am Judenstein kommen. Er blickte sich um. Diese Malstube war wirklich sein Ein und Alles. Gartenhaus war es nur wegen seiner Lage genannt. Tatsächlich schloss sich an die Malstube ein großer, nach Süden hin ausgerichteter Garten an. Der Mittelbau des Hauses zeigte giebelseitig zur Weitoldstraße. Als Stadtbaumeister brachte er im Ausbau traditionellere und modernere Formen zusammen.

Über Oberisling und Piesenkofen würde er nach Obertraubling unterwegs sein. Er hatte sich für den längeren Weg entschieden, der ihn über die Anhöhen führte. Dass es eine ganze Weile dauern würde, kam ihm gerade recht. Er wollte seine Ruhe haben. Das städtische Leben war schön, er mochte Regensburg und war ihm treu verbunden. Doch es zog ihn auch nach draußen, weg von den Verpflichtungen seiner Ämter und dem Wunsch der Großen, ihn für sich zu beschäftigen.

Vor nicht allzulanger Zeit war er von seiner Gesandtschaft an den Wiener Hof zurückgekehrt. Natürlich war es ehrenvoll, von der Stadt Regensburg mit so einer heiklen Mission zum Kaiser geschickt zu werden. Sie wussten natürlich, dass er gute Beziehungen nach Wien unterhielt. Darum hatten sie ihn in diplomatischer Sache nach Osten geschickt, denn Regensburg hatte sich unbeliebt gemacht mit seinen religiösen und politischen Alleingängen. Darum hatte er den Entschuldigungsbrief persönlich nach Wien getragen. Als er aber zurückgekommen war, war er froh gewesen, das friedliche Frauenstift wiederzusehen, mit dem er nun auch über das Lehen verbunden war.

Er dachte über seine Landschaftsbilder nach. Dafür war Inspiration immer wichtig. Erst kürzlich erinnerte er sich wieder einmal an sein Gemälde der Donaulandschaft bei Schloss Wörth. Für Bilder wie dieses brauchte es Inspiration. Beim Ritt über Land konnte er sein Auge schweifen lassen.

Was ihn erwartete, wusste er nur bruchstückhaft. Es handelte sich um den Schererhof in dem kleinen Dorf Obertraubling. Der letzte Scherer war 1532 gestorben, doch bei dem Namen wusste gleich jedermann Bescheid. Gleich bei der Kirche lag er. Er war gespannt, welche Erträgnisse der Hof wohl bringen würde. Und wer weiß, was man aus der vorhandenen Tavernwirtschaft machen konnte?

*

Offensichtlich hat überhaupt erst Heinrich Doerfler, der Gutspächter von Niedertraubling und Chronist der entstehenden Großgemeinde, die Beziehung von Albrecht Altdorfer zu Obertraubling bei einer Prüfung von Archivalien aus dem Kloster Heilig Kreuz und dem Stift entdeckt. Er war es, der in einem alten Lehenbuch den entscheidenden Eintrag fand: Recht kurz vor seinem Tod 1538 hatte Albrecht Altdorfer, der berühmte Regensburger Maler, vom Stift Obermünster das Lehen erhalten. Bis 1532 war viele Jahrzehnte die Familie Scherer auf dem Hof gewesen, der letzte Scherer aber war 1532 gestorben.

Lehensverhältnisse stellten Übertragungen von Erträgen aus einer Hofstelle dar. Dabei wechselten Grund und Boden den Eigentümer nicht.

Das Stift blieb also immer Inhaber der Hofstelle. Auch deshalb wurde nach Albrecht Altdorfers Tod am 12. Februar 1538 nachgetragen: „Itzt der altdorfer ist gestorben und unsser smid bey sant Jacob mayster bartolme ist an seiner stat lehentrager."

Das Lehen zeigt Albrecht Altdorfers Bedeutung an. Er war ja nicht nur Maler, sondern vor allem Ratsmitglied der Stadt Regensburg und Stadtbaumeister. So wollte er auch gesehen werden, denn das war prestigeträchtiger, als ein Künstler zu sein. Heute ist er jedoch eher für Letzteres bekannt.

Das ist kein Wunder, denn Albrecht Altdorfer brachte mit dem so genannten „Donaustil" eine neue Stilrichtung hervor. Dabei wurden Linien, Farben und Licht über die natürliche Erscheinung hinausgeführt. Beispielsweise leuchteten die Farben intensiver als in der Realität. Albrecht Altdorfer wendete das aber nicht nur bei seinen Darstellungen religiöser Szenen und von Gebäuden oder Personen an, sondern auch auf die Landschaftsmalerei, die es vor ihm noch gar nicht vertieft gegeben hatte.

Eines seiner bekannteren Werke ist ein Beispiel dafür. Es ist die Donaulandschaft bei Wörth mit dem Schloss Wörth im Hintergrund. Einerseits ist es ein an der tatsächlichen Erscheinung orientiertes Gemälde, andererseits auch eine phantasievolle Interpretation. Es ist natürlich nicht überliefert, wo genau Albrecht Altdorfer seine Inspirationen für solche Ansichten erhielt – aber es ist reizvoll sich auszumalen, dass der erdachte Ausflug nach Obertraubling zu seiner Lehenstelle der Anlass für neue Bildideen gewesen sein könnte.

Unabhängig von der wohlwollenden Besprechung der Bedeutung Altdorfers für Obertraubling, muss in die Gesamtbewertung seiner Person aber auch sein Verhalten bei der Vertreibung der Juden aus Regensburg einfließen. Albrecht Altdorfer trug mit seinen Zeichnungen der Synagoge, die 1519 zerstört wurde, dazu bei, diesen grausamen Akt zu rechtfertigen.

Keinerlei Spuren zeugen von Albrecht Altdorfers Lehen in Obertraubling, selbst der Hof – später Wieland-Hof genannt – ist nur noch auf einer der Stelen zur Ortsgeschichte dokumentiert. Lediglich eine Straße, der Albrecht-Altdorfer-Ring, wurde nach ihm benannt. Der unmittelbare Bezug dürfte aber den wenigsten Menschen, selbst den Anwohnern, nur teilweise bekannt sein. Aber wer sich für die Werke Albrecht Altdorfers interessiert, kann ins Historische Museum der Stadt Regensburg gehen und dort fündig werden.

Literatur

Angerstorfer, Andreas: Die Rolle Altdorfers beim Judenpogrom 1519 und bei der Wallfahrt zur Schönen Maria. In: Wagner, Christof / Jehle, Oliver: Albrecht Altdorfer. Kunst als zweite Natur. Regensburg 2012. S. 161–170.

Bavarikon (Hrsg.): Albrecht Altdorfer und seine Werkstatt. Online: https://www.bavarikon.de/object/BSB-CMS-00000000000002111 (04.11.2022)

Fendl, Josef: Albrecht Altdorfer – Hofbesitzer und Wirt in Obertraubling. In: Ders. (Hrsg.): Obertraubling. Beiträge zur Geschichte einer Stadtrandgemeinde. Regensburg, 1982. S. 51–53.

Hofinger, Bernadette u.a.: Die Korrespondenz Ferdinands I. Familienkorrespondenz Bd. 5: 1535 und 1536. Wien / Köln / Weimar 2015.

Paulus, Helmut-Eberhart: Albrecht Altdorfer als Stadtbaumeister von Regensburg. In: Verhandlungen des Historischen Vereins für Oberpfalz und Regensburg 127/1987. S.165–170

Stadlober, Margit: Donaustil. In: Historisches Lexikon Bayerns. Online: https://www.historisches-lexikon-bayerns.de/Lexikon/Donaustil (04.11.2022)

Zum Weiterlesen für Kinder

Nicht zu Albrecht Altdorfer, aber zu seiner Zeit gibt es einige Kinder(Kunst)Bücher. Hier ist eines:

Daynes, Katie: Alles über Kunst: über 50 schlaue Fragen über Künstler, Stile und Kunstgeschichte. London 2021.

JOSEF, DER ALTE, UND DER GROSSE KRIEG (1633)

Dass es ein Dreißigjähriger Krieg (1618–1648) sein würde, der auch die Menschen in der südlichen Oberpfalz immer wieder betraf, konnte der Protagonist der folgenden Geschichte, der Bauer Josef aus Scharmassing, nicht wissen. In seinem langen Leben wurde ihm der Krieg allerdings zu einem fast ständigen Begleiter. Meist erlebte Josef ihn nicht in Form von Kämpfen, sondern als Bewohner eines Landstrichs, der unterschiedlichen Armeen als Rückzugs-, Durchmarsch- und Nachschubgebiet diente. Zwei Parteien standen sich unversöhnlich gegenüber: die Katholische Liga, mit dem Kaiser an der Spitze, und die Protestantische Union, die vom Schwedenkönig angeführt wurde. Die schlimmen Folgen des nicht zur Ruhe kommenden Konflikts spürten Josef und seine Dorfnachbarn deutlich.

*

Josef saß auf der kleinen Bank unter dem Birnbaum in Scharmassing und blinzelte in die Frühlingssonne. Er war nun schon ein alter Mann, 64 Jahre würde er bald werden. Gott hatte ihm ein langes Leben geschenkt. Doch was für eines. Er wusste, man musste dankbar für jeden Tag sein. Im Rückblick aber wirkten zumindest die letzten Jahre wie ein Alptraum.

Im Dorf gab es nur ein Thema: den Krieg. Schon seit Jahren wütete er. Freilich, nicht immer war er nach Scharmassing gekommen. Manches Mal hatte Josef nur von ihm erzählen hören, aus fernen Orten, deren Namen er sich nicht hatte merken können. Ab und zu hatte er ihn tatsächlich gehört, aus der nahen Stadt Regensburg. Und noch seltener, aber umso schlimmer war es gewesen, wenn der Krieg ins Dorf gekommen war.

Die Wegsperre am Dorfeingang hatte die fremden Soldaten ebenso wenig abgehalten wie die Holzzäune, die Josef und seine Nachbarn nach der ersten Plünderung errichtet hatten. Erst versuchten die Soldaten, die aus Norddeutschland und Schweden kamen, sich mit Händen und Füßen verständlich zu machen und verlangten nach Essen und Trinken. Immer wieder beteuerten die Bauern, dass es an allem fehle.

Doch diese Männer, die in fremden Sprachen redeten und teils erschreckend aussahen, hatten sich genommen, was immer sie gebraucht hatten: Lebensmittelvorräte, Vieh, Werkzeuge. Einem Bauern hatten sie zwei Pferde direkt aus dem Pflug gespannt und mitgenommen.

Josef durfte gar nicht an den nächsten Winter denken. Würden sie wieder Hunger leiden müssen, wie schon in den vergangenen Monaten? Kinder hatten dicke Bäuche und dünne Ärmchen. Würden wieder viele krank werden? Es war ein Husten und Krächzen gewesen in der kalten Zeit. Und einige hatten nicht überlebt, sogar sein Nachbar Hans, ein Mann, groß und stark wie ein Bär, lag nun auf dem Friedhof. Und sein Hof war öd und leer.

Beim Ammerbauern hatten die Schweden sogar Mobiliar entwendet. Ein Soldat selbst konnte solcherlei Dinge sicher nicht brauchen. Aber im hinterherziehenden Tross sorgten die Marketender schon für blühende Geschäfte. Was den Soldaten noch in die Quere kam und nicht zu ihrem Nutzen war, hatten sie kurz und klein geschlagen. Und was sonst noch auf diesem und den anderen Höfen geschehen war, darüber wurde nur hinter vorgehaltener Hand gesprochen. Klar war: Diesen umherziehenden Marodeuren – mochten es Uniformierte sein oder Zerlumpte – war nichts heilig. In wie vielen Dörfern hatten sie die Kirchen niedergebrannt, die Pfarrhäuser durchsucht und mitgenommen, was ihnen wertvoll erschien.

„Bet' Kindlein bet', morgen kommt der Schwed", mahnten die Mütter ihre Kinder. In Josefs Gedanken aber mischte sich die Angst mit Wut. Denn wie es den verfluchten Soldaten gehen würde, das wusste der gottesfürchtige Josef genau. Sie würden sich das gestohlene Brot wohl schmecken lassen, aber im Mund würde es zu Kieselstein werden. Und er war sich sicher: Der Teufel war Gottes Henker und Bote, der würde sie schon noch besuchen kommen.

Auf der anderen Seite taten ihm manche der Durchziehenden leid. Sie hatten nicht viel mehr Fleisch auf den Knochen als er selbst und die Mitglieder seiner Familie. Ihre Knochen waren von den endlosen Märschen ramponiert, von schmerzhaften Entzündungen geplagt, von Parasiten gequält und von Verwundungen gezeichnet. Wenn er nur daran dachte, dass sich auch Franz, der halbwüchsige Sohn seines Bruders, dazu entschieden hatte, Soldat zu werden... Regelmäßige Mahlzeiten und einen Sold hatten sie ihm versprochen – und so war er auf und davon. Alles erschien seinem Neffen besser als das Elend daheim.

Als der Pfarrer Josef bei seinem Besuch kürzlich gefragt hatte, ob er so etwas in seinem Leben schon einmal erlebt habe, da hatte ihm der alte Mann mit einer Liedstrophe geantwortet, die er irgendwo aufgeschnappt hatte:

„Groß' Jammer, Angst und Herzeleid
bestimmt den Tag der armen Leut'.
Wir sind verängstigt und verzagt,
ein rauschend' Blatt uns schon verjagd."

*

Als der Krieg 1618 mit dem Prager Fenstersturz begann und das konfessionell und politisch gespaltene Europa in eine Serie von Konflikten katapultierte, war die heutige südliche Oberpfalz weitab vom Kriegsgeschehen. Nach einigen Unruhen bis 1621 wurde es rasch ruhig. Erst in den 1630er Jahren kam der Krieg mit dem Vormarsch durch die nördliche Oberpfalz zurück. Umso verheerender waren in dieser Zeit neben den Kämpfen vor allem die Durchzüge, Einquartierungen und Plünderungen – durch Soldaten aus den Heeren, den ihnen folgenden Tross, aber auch durch entwurzelte Menschen, die im Gefolge der fortwährenden Gewalt oder aus schlichter Not jeden moralischen Kompass verloren hatten.

Im letzten Quartal 1633 rückte der Krieg ganz nah an die Orte der heutigen Großgemeinde Obertraubling heran. Aus allen Ortsteilen – auch aus dem kleinen Scharmassing – sind Zerstörungen überliefert. Wann genau diese stattfanden, lässt sich nicht mehr rekonstruieren. Aber auch das, was nicht überliefert ist, lässt sich aus den allgemeinen Zeitläufen vermuten: Es geht um eine Zeit existenzieller Unsicherheit – und das wird in Josefs Geschichte in jeder Zeile deutlich, auch wenn der lebenserfahrene Mann in seiner tiefen Frömmigkeit Trost in der erhofften himmlischen Gerechtigkeit findet.

Bekannt ist, dass Regensburg im November 1633 von den Schweden belagert und schon bald eingenommen wurde. In den folgenden zwei Jahren bemühten sich – letztlich erfolgreich – kaiserliche und bayerische

Truppen um die Rückeroberung. Für diese militärische Auseinandersetzung waren Mensch, Material und nicht zuletzt große Mengen Nahrungsmittel nötig. Die Plünderung von Regensburg war verboten worden. Die Soldaten schöpften also ohne Rücksicht auf die Bevölkerung aus dem Umland ab, was möglich war. Oftmals ist in den kurzen Quellen davon die Rede, dass Land und Höfe „öd lagen", also nach der Zerstörung verlassen worden waren. In einer Chronik von 1763 hieß es sogar: „Die Gegend um Regenspurg ward zu einer völligen Einöde gemacht."

Zu Obertraubling heißt es in Wenings Historico-Topographica Descriptio sogar: „Diser Hofmarch ist auch in dem Schwedischen Krieg und zweymahliger Belägerung der Statt Regenspurg mit Brandt der Garauß gemacht worden unnd bis auf den Grund geschehner Verderbung."

Noch einmal am Ende des Krieges, 1647 und 1648, wurde in Regensburg und seiner unmittelbaren Umgebung bekämpft. Der Scharmassinger Josef, für den es keine historischen Belege gibt, sondern der für die vielen einfachen Bauern in Regensburgs Umland steht, war da – statistisch gesehen – längst tot. Die durchschnittliche Lebenserwartung von Männern, rechnet man die extrem hohe Kindersterblichkeit heraus, betrug etwa 60 bis 65 Jahre. Woher Heinrich Doerfler, der ehemalige Gutspächter in Niedertraubling und Ortschronist von Obertraubling, die Information bezog, welche Zerstörungen es in Scharmassing gegeben hatte, konnte nicht ermittelt werden. Plausibel ist es allemal, wenn man sich die (knappen) Überlieferungen der Nachbarflecken ansieht.

Für die Menschen in Josefs Lebenszeit war der Krieg ein jahrelanger Prozess der Verrohung. Grundlagen eines menschlichen Miteinanders weichten auf, viele waren sich selbst die Nächsten. Die Sterblichkeit war sehr hoch – weniger durch militärische Gewalt, sondern vor allem durch Unterernährung und Krankheiten, die sich in der geschwächten Bevölkerung rasch ausbreiteten. Kriegsverbrechen wie Vergewaltigungen, Folter und Verschleppungen kamen dazu.

Den meisten Menschen war es vermutlich recht egal, welche der rivalisierenden Kriegsparteien im jeweiligen Fall für Leid und Schäden verantwortlich war – sie hoffte auf Frieden und darauf, in der Sonne nicht nur Atem holen zu können, sondern Wärme in vielerlei Hinsicht zu spüren.

AUSFLUGSTIPP

Da der Dreißigjährige Krieg vor allem Verheerungen mit sich brachte, kann man seine Spuren weder im Ortsbild finden, noch gibt es in der Nähe Museen, die sich mit ihm befassen. Aber sollten Sie einmal in Berlin sein, besuchen Sie die Abteilung im Deutschen Historischen Museum. Und wenn es noch nördlicher geht, erzählt nicht nur der Friedenssaal im Rathaus von Münster, wie kriegsmüde die Menschen nach Jahrzehnten des Kampfes waren.

Literatur

Adrians, Frauke: „Das sich einem Stein solt erbarmet haben". Der Dreißigjährige Krieg im Erleben der Zivilbevölkerung. In: Aus Politik und Zeitgeschichte 68/2018. S. 30f.

Baibl, Lorenz: Krieg, Pest und Schwedennot. Das Diarium des Johann Georg Fuchs. Der Dreißigjährige Krieg in Regensburg. Begleitband zu einer Ausstellungsreihe zur Geschichte des Dreißigjährigen Krieges in Regensburg. Regensburg 2018.

Benz, Stefan (Hrsg.): Der Dreißigjährige Krieg im Geschichtsunterricht. Bayreuth 2018.

Doerfler, Heinrich: Scharmassing. In: Fendl, Josef: Obertraubling. Beiträge zur Geschichte einer Stadtrandgemeinde. Regensburg, 1982. S. 88–92.

Fendl, Josef: Der Dreißigjährige Krieg vor den Toren Regensburgs. In: Ders.: Beiträge zur Geschichte des Landkreises Regensburgs. Heft 1. Regensburg 1973. S. 13–15.

Friesenegger, M./Mathäser, W. (Hrsg): Tagebuch aus dem 30jährigen Krieg. Nach einer Handschrift im Kloster Andechs. München 2015.

Heberle, Hans: Zeytregister. Weidenstetten / Neenstetten, zeitgenössisch. Online (in Auszügen): https://ghdi.ghi-dc.org/sub_document.cfm?document_id=3709 (31.01.2023)

Lenz, Katharina (Hrsg.): Burgweinting. Vom Dorf zum Regensburger Stadtteil. Regensburg, 2019.

Wening, Michael: Topographiae bavariae. Online: https://www.bavarikon.de/object/bav:BSB-ANG-0000HSS000MWK006

Zum Weiterlesen für Kinder

Letria, José Jorge: Der Krieg. 2022.

BARBARA, DIE BÄUERIN, SEPPI UND NAPOLEON (1809)

Zwar war das Gebiet der heutigen Gemeinde Obertraubling niemals Schauplatz eines bedeutenden Kriegsereignisses, doch Kriege machten nicht halt vor den Dörfern der Gemeinde – und sie richteten oft großen Schaden an. Das war auch 1809 nicht anders, als die Menschen abermals den Durchzug Napoleonischer Truppen erdulden mussten. Auch die Bäuerin Barbara Englbrecht musste zwar keinen Soldaten einquartieren, aber immer wieder einmal Essen bereitstellen.

*

Sie hatte es ja geahnt. Warum sollte gerade ihr Haus verschont bleiben? Seit Jahren ging das nun schon so, Durchzug, Kampf, Rückzug – und dann wieder von vorn. Dieser Napoleon konnte Barbara gestohlen bleiben. Und all die anderen Soldaten, gleich welcher Armee, ebenso. Ihr war es doch vollkommen egal, wer mit wem verbündet oder verfeindet war und wer irgendwo weit weg herrschte. In ihrem Niedertraubling wollte sie in Ruhe leben können mit ihrem Mann Xaver und den Kindern. Der Kleinste, Seppi, war erst fünf Jahre alt. Und Kanonendonner war ihm kein fremdes Geräusch.

Auch dass Seppis Mutter an diesem Tag im Morgengrauen hektisch dies und jenes versteckt hatte – am Dach, im kleinen Taubenkobel und im Hühnerstall – kam dem kleinen Jungen keineswegs merkwürdig vor. Er nahm es auch hin, dass Soldaten ins Haus kamen. Wenige versuchten freundlich zu sein und machten in ihren fremden Sprachen wohl auch mal einen Scherz. Die Mehrzahl aber benahm sich keineswegs so, wie es der Pfarrer in der Kirche nicht weit vom Haus sonntags predigte. Ganz im

Gegenteil: Diese schäbigen Männer nahmen sich meist, was sie brauchen konnten, hausten wie die Schweine und scherten sich einen Dreck um die Bauernfamilien, die doch selbst kaum etwas hatten.

In diesem April 1809 war es besonders schlimm: Jede Nacht eine Einquartierung oder ein Soldat, der an die Tür klopfte und unmissverständlich dieses oder jenes forderte. Aus Alteglofsheim hatte sie vernommen, es sei noch schlimmer. Dort sei Napoleon selbst im Anmarsch, um nach einer gewonnenen Schlacht zu pausieren.

Der Krieg und was er für die Menschen in den Dörfern bedeutete, war für Barbara nichts Neues. Schon jahrelang hörte man immer wieder einmal Gefechtslärm, vor vielleicht vier Jahren war in Niedertraubling angeordnet worden, Vorbereitungen für den Durchzug der verbündeten Truppen zu treffen – also nicht nur Franzosen, sondern auch Bayern und Badener. Das hieß, Futter und Getreide zu sammeln und Fuhrwerke bereitzuhalten.

Napoleons Gegner, die Österreicher, kamen von ganz allein und nahmen sich ebenfalls alles, dessen sie habhaft werden konnten. Aber mit dem Raub nicht genug, vor einiger Zeit waren die Männer des Dorfes eingezogen worden, um in Ingolstadt Schanzarbeiten auszuführen. Bei wem Geld zu holen war, dem wurden Kriegssteuern abgeknöpft. Was nicht vor Ort von der Armee verbraucht wurde, musste womöglich abgegeben werden, Heu beispielsweise.

Es war eine elende Lage und Barbara wünschte sich nichts mehr, als dass der Schrecken endlich ein Ende hätte. Da klopfte es an der Tür, energisch und bestimmt.

Sie stand vom kleinen Tisch auf, an dem sie vorhin Kartoffeln geschält und sie dann in kleine Würfel geteilt hatte. Am Morgen hatte sie überlegt, was sie kochen könnte. Viele Vorräte waren nicht geblieben. Und sie mussten sparsam sein, denn wer wusste schon, was noch passieren würde. So hatte sie sich für die Suppe entschieden. Gerade, als es klopfte, war sie dabei gewesen, die Suppe umzurühren und die Zwiebeln dazuzutun. Ein kleines bisschen Geselchtes hatte sie in den Topf getan – für den Geschmack –, bevor sie den Rest sorgsam verstaut hatte.

Nun aber der Soldat, der im Türrahmen erschien. Er war Franzose, das erkannte sie an der blauen Uniform. Mit wenigen Brocken Deutsch bat er um Fleisch. Jedenfalls dachte sie, er bitte. Er wühlte nicht durch ihr Zeug, er riss nichts an sich, er schrie nicht.

Barbara wusste nicht, was sie denken sollte. Wie lange würde die Ruhe halten? Roch er das Fleisch in der Suppe? Ihr fiel ein, was die anderen über Alteglofsheim erzählt hatten: Alles verloren hatten viele, sogar die Musikinstrumente hatten die Franzosen mitgenommen – und der Arzt konnte niemanden mehr behandeln, denn seine Geräte waren weg. Pferde, Fuhrwerke, Ochsen, was die Soldaten nicht tragen konnten, hatten sie die Nachhut holen lassen.

Das alles ging Barbara in Sekundenschnelle durch den Kopf, während sie fieberhaft überlegte, was sie dem Mann anbieten konnte. Sie zeigte auf einen Stuhl und legte einen Löffel vor ihn. Dann setzte sie ihm die Kartoffelsuppe vor. Er guckte sie von der Seite an, zuckte die Schultern und schaufelte gleichmütig die Suppe in seinen Mund.

Dabei schaute er hin und wieder zu dem kleinen Kerl, der sich im Zimmer herumdrückte und mit großen Augen den Soldaten unverwandt anschaute. Dem gefiel die Aufmerksamkeit und so platzte er plötzlich heraus: „D'Mutta hat fei's Gselchte im Taubenkobel droben." Ein fragender Blick ging zu Barbara, der das Blut aus dem Gesicht wich. Einen Moment, dann antwortete der Soldat: „Oui, oui", nahm seinen Soldatenhut, schulterte die Ausrüstung und brach auf.

∗

Viele Jahre lang machten sich die Napoleonischen Kriege rund um Regensburg bemerkbar. In der Geschichte des Soldaten in Niedertraubling geht es um die Zeit des fünften Koalitionskrieges. Napoleon führte seit seiner Machtübernahme 1799 immer wieder Kriege mit verschiedenen anderen europäischen Staaten. Erst war er dabei sehr erfolgreich, dann wendete sich das Blatt. Da einer der Gegner oft Österreich war, wurde die Oberpfalz mehrmals zum Durchzugsgebiet für Truppen der beiden Seiten. Und gekämpft wurde auch – egal, wer gerade mit wem verbündet war.

Die meisten Menschen auf dem Lande hatten selbst kaum Interesse an der großen europäischen Politik. Umso mehr fürchteten sie die Verheerungen durch die Kämpfe, die Einquartierungen und die Truppendurchzüge. Davon erzählt auch die Geschichte aus Niedertraubling, deren Wahrheitsgehalt sich nicht überprüfen lässt. Sie wurde von Heinrich Doerfler überliefert, der sie vermutlich vom Hörensagen aus seinem Heimatort kannte.

Für die vorliegende Beschreibung wurde sie durch Berichte über diese Zeit aus verschiedenen Orten, durch bildliche Quellen zu den Uniformen und durch Akten über die Verluste der Landbevölkerung in Alteglofsheim ergänzt.

Dass die Bevölkerung versuchte, Vorräte und persönliche Besitztümer zu verstecken, ist unter diesen Umständen gut vorstellbar. Besonders wenn man sich denkt, dass von vorherigen Durchzügen, durch das Hörensagen aus anderen Orten und womöglich sogar durch eigenes Erleben das Verhalten der Armeen bekannt war, dann fürchtete die Bäuerin Englbrecht – deren Vorname Barbara ich mir ausgedacht habe – vielleicht sogar noch mehr als nur den Raub aller Dinge, die nicht niet- und nagelfest waren.

Aus den erschütternden Zeugnissen des nahen Alteglofsheim geht nämlich hervor, was der Durchzug der Napoleonischen Armee auf dem Weg nach Regensburg bedeutete: Dort geriet das halbe Dorf in Flammen und aus den restlichen Häusern wurde herausgeholt, was ging: „Sie haben meine Bienen getötet! Bei mir haben's alle Türen eingetreten und alle Schlösser aufgebrochen. Meine Felder sind verwüstet", beklagte der Bauer Bartl. Anna Schindler gab an: „Meine gute Haubm, meine schlechte Haubm, mein Leiberl auf alle Tag, mein Kopfdichl! Alles ist weg!" Und der Schuster Rauch zählte auf: „Mein Schusterbankl, mein Windmil, mein geliebte Violin, das Klavier, im Garten alle Baum! Ich habe alles verloren(!)" – So könnte es wohl auch den Niedertraublingern ergangen sein.

Dass nun der kleine Seppi seine Mutter verriet, ist Teil der Doerflerschen Geschichte und wird wohl vor allem Eltern bekannt vorkommen. Kinder sind ja manches Mal erschreckend ehrlich. Hier wäre es nun fast gefährlich geworden. Glück hatten die beiden – wenn die Geschichte so stimmt –, dass der französische Soldat nichts verstand und mit einem „Ja, ja" von dannen zog. Denn es gab empfindliche Strafen für jene, die sich ihrer Untertanenpflicht entzogen, dem Landesherrn (und seinen Verbündeten) Unterstützung zu gewähren.

Die Geschichte der Verbindung von Napoleon und Niedertraubling ging übrigens noch weiter, denn es ist überliefert, dass Napoleon, der in der Schlacht um Regensburg am 23. April 1809 verwundet und daraufhin nach Pürkelgut gebracht wurde, dorthin mit einem Wagen transportiert wurde, der später der Freiwilligen Feuerwehr Niedertraubling als Feuerwehr-Mannschaftswagen diente.

Ausflugstipp

Im Gegensatz zu anderen Orten der Umgebung wie Eggmühl und Alteglofsheim erinnert in der Großgemeinde nichts mehr an den französischen Kaiser und Feldherrn. In den beiden genannten Orten gibt es Erinnerungsstätten, ein Restaurant mit entsprechendem Namen, 2009 sogar Napoleon-Festspiele und ab und zu Reenactments. Etwas weiter weg ist das Armeemuseum Ingolstadt, in dem ab und zu eine der Ausstellungen auch Napoleon thematisiert.

Literatur

Doerfler, Heinrich: Von Kriegen und Kriegsnot. In: Fendl, Josef: Obertraubling. Beiträge zur Geschichte einer Stadtrandgemeinde. Regensburg, 1982. S. 122–130.

FFW Niedertraubling (Hrsg.): 100-jähriges Gründungsfest mit Fahnenweihe der Freiwilligen Feuerwehr Niedertraubling am 30. Juni – 3. Juli 1978. Obertraubling, 1978.

Haus der bayerischen Geschichte (Hrsg.): Napoleon und Bayern. Katalog zur Bayerischen Landesausstellung 2015. Augsburg, 2015.

Kausler, Franz Georg Friedrich von / Woerl, Joseph Edmund: Die Kriege von 1792 bis 1815 in Europa und Ägypten mit besonderer Rücksicht auf die Schlachten Napoleons und seiner Zeit, Bd. 1. Karlsruhe / Freiburg, 1840, S. 433–434.

Klotz, Udo: Napoleon in Alteglofsheim. Die Verlustprotokolle Alteglofsheimer Bürger nach Napoleons Übernachtung im Schloss am 22. April 1809. In: Feuerer, Thomas: Regensburger Land 2/2009. S. 97–116.

Ullrich, Volker: Napoleon. Reinbek, 2006. S. 100–103.

Zum Weiterlesen für Kinder

Parigger, Harald: Napoleon. Der unersättliche Kaiser. Würzburg, 2013.

SCHERG, DER GERICHTSDIENER, UND DIE HENKERSMAHLZEIT (1830)

Mitten in Niedertraubling befindet sich an einem Wohnhaus eine Stein-platte mit dem Wappen der Familie von Berchem, das das Gebäude als früheres Gerichtshalterhaus ausweist. Denn was uns heute so selbstver-ständlich ist – eine klare Ordnung von in Städten angesiedelten Gerichten mit ausgebildeten Richtern –, gab es so nicht immer. Die längste Zeit der Geschichte bestimmte der Grundherr über das Recht. Er legte die Strafe fest, die bei einem Verbrechen drohte. So wohl auch für den Postillion, der 1830 vor dem Richter in Niedertraubling erscheinen musste.

*

Endlich mal ein richtiger Fall. Keine zeternden Weiber, die ihren Streit schon beilegen würden, wenn sie sich mal einen Tag in der Halsgeige von früh bis spät in die Augen gesehen hatten. Kein harmloser Sünder, der dem Freiherrn nicht gehorsam genug gewesen war und deshalb von ihm, dem Schergen – in Bayern Schirg genannt –, auf den Bock gespannt wurde. Und kein fauler Knecht, der im Arrestlokal über seine Haltung nachdenken sollte.

Heute war ein Postillion gebracht worden, dem man vorwarf, be-sonders schweren Diebstahl begangen zu haben. Beim Transport mit der Kutsche von Niedertraubling nach Köfering hatte er angeblich eine Talerkiste verloren. Unauffindbar war sie gewesen, so hatte er behaup-tet. Konnte das stimmen und dem Armen war tatsächlich unbemerkt das wertvolle Gut heruntergefallen und dann von einem anderen Wegenutzer an sich genommen worden? Das konnte er kaum glauben. Vermutlich log der Mann und hatte die Geldkassette beiseite geschafft. Nun, er würde schon sehen, was aus solchem Verhalten folgte.

Er führte den schlotternden Postkutscher durch die Tür nach links in einen vergitterten Raum und gab ihm einen Becher Wasser. Ihm war aufgefallen, dass der Mann einen genauen Blick auf die Steinplatte an der Hauswand geworfen hatte. „Fiat iustitia et ordo" stand dort geschrieben. „Es geschehe Gerechtigkeit und Ordnung" hatte der Gerichtsdiener auf Deutsch wiederholt.

Nun warteten sie beide auf den Richter, der sie schon bald nach oben in das Amtszimmer rief. Der Raum im ersten Stock hatte etwas Persönliches an sich. Keine kahle Amtsstube, nein, der Richter wohnte hier ja auch und so lagen einige Dinge herum, die nichts mit dem Fall und der Arbeit als Rechtsprecher zu tun hatten.

Der Richter stellte sich vor und betonte, dass er die volle Gerichtsbarkeit ausübe. Nach Haidau zum Pfleg- und Landgericht werde man nicht erst schicken, er habe die volle Befugnis, sich ein Bild der Situation zu machen und zu urteilen. Dann nahm er Blatt und Feder heraus und schrieb nieder, was ihm der Postillion in leisen, aber klaren Worten schilderte. Zeugen gab es keine und so vergingen einige Tage, in denen der Richter für sich selbst zu einem Schluss gelangte.

Wie auch die Gemeinde, deren Meinung hin- und herwogte. Was allerdings, so befand der Schirg, sowieso keine Rolle spielte. Recht sprechen würde der Richter nach dem Leitspruch des Grundherrn Wilhelm Clemens Anton Freiherr von Berchem, dem Gerechtigkeit und Ordnung über alles gingen. Und für ihn selbst, den Schirg, war es besser, wenn der Postkutscher verurteilt wurde. Er wurde schließlich nach Aufwand bezahlt und ein Mann am Galgen brachte ihm doch einiges ein. Nicht, dass er deswegen das Recht beugen würde, aber in so einem unklaren Fall ...

Und so fiel denn der Urteilsspruch, für den der Angeklagte vor den Richter geführt wurde. Er musste vernehmen, dass er seiner verübten Dieberei halber und wegen der Unauffindbarkeit der Taler als verdiente Strafe gehenkt werden würde. Das Urteil solle am nächsten Morgen vollstreckt werden.

Jetzt, so dachte der Schirg, wäre die letzte Möglichkeit, den Verbleib des Geldes aufzuklären. Doch der Postillion senkte nur den Kopf und blieb stumm. Auch als er ihn in den Arrest zurückführte und nach einer Henkersmahlzeit fragte, schüttelte der Verurteilte nur den Kopf.

Am nächsten Morgen führte ihn daher der Schirg zur Lohe-Flur hinter dem Waldl, eine Viertelstunde vom Dorf entfernt, um ihn unter den Augen einiger Zuschauer an den Galgen zu knüpfen.

*

Gerichtsbarkeit war über Jahrhunderte Sache der Grundherren, zumindest was die niedere Gerichtsbarkeit vor Ort anging. Zusätzlich existierten Pfleg- und Landgerichte der Landesherren, die geeignete Adelige als Landrichter einsetzten. Das für Niedertraubling zuständige kurfürstliche Landgericht war jenes in Haidau-Pfatter. (Obertraubling, Piesenkofen und Oberhinkofen hingegen waren dem Landgericht Stadtamhof unterstellt.)

Das Grundgericht (Patrimonialgericht) für die einfacheren Fälle jedoch befand sich im Gerichtshalterhaus in Niedertraubling. Ihm gegenüber war das sogenannte Schirgenhäusel, die Wohnstätte des Gerichtsdieners, wo sich auch ein Arrestlokal befand. Das heute noch vorhandene Gerichtshalterhaus wurde von dem erwähnten Wilhelm Clemens Anton Freiherr von Berchem 1819 erbaut. Sein Wahlspruch „Fiat iustitia et ordo" geht auf eine lange Tradition zurück – meist allerdings in umgekehrter Reihenfolge: Ordnung und Gerechtigkeit. Diese Tugenden finden sich schon bei Aristoteles und auch moderne Staaten sollen diese beiden Dinge herstellen.

Die Herren von Niedertraubling – seit 1683 waren das die Freiherren von Berchem – beanspruchten allerdings nicht nur die sogenannte Edelmannfreiheit. Dies war ein Vorrecht, das 1557 durch den Herzog Albrecht V. von Bayern sogenannten rittermäßigen und adeligen Personen erteilt worden war, auf ihren Besitzungen die niedere Gerichtsbarkeit auszuüben. Das im Niedertraublinger Gerichtshalterhaus in der Hofmarkstraße tagende sogenannte Gericht hatte aber auch einige Befugnisse der höheren Gerichtsbarkeit. Der Richter oder Gerichtshalter war also ein mächtiger Mann vor Ort.

Unter die niedere Gerichtsbarkeit, die eigentlich im Dorf verhandelt wurde, fielen Streitigkeiten wie die, die der Schirg in der Geschichte zuerst beschreibt, auch andere Delikte des Alltags, die mit Geldbußen, Arrest- oder leichteren Leibstrafen sühnbar waren. Dazu zählten Eigentumskonflikte und Erbangelegenheiten, einfache Körperverletzungen,

Sachbeschädigungen, Beschimpfungen und Beleidigungen, Verstöße gegen die Flur- und Waldordnung, Ehebruch oder Geschlechtsverkehr zwischen Nichtverheirateten und ähnliche Vergehen. Auch Ehrstrafen waren möglich, bei denen die Verurteilten öffentlich zur Schau gestellt wurden.

Schwere Leibstrafen und erst recht Todesstrafen wie in der Geschichte wurden üblicherweise bei den Landgerichten verhandelt. In Niedertraubling ist jedoch schon aus der Zeit der Weichser von Niedertraubling überliefert, dass sie auch die Todesstrafe verhängen konnten. Allerdings durften sie nicht mit dem Schwert hinrichten, sondern „nur" am Galgen. Der stand auf der Galgenbreite, südöstlich des Ortes in Richtung des heute noch vorhandenen Lohgrabens.

Diese Hinrichtung nahm der Schirg oder auch Scherge vor. Entgegen dem heutigen abwertenden Sprachgebrauch war diese Person der Gerichtsdiener, der für viele operative Aufgaben bei der Rechtsprechung zuständig war, Arrestierte bewachte, dem Richter zur Hand ging, als Henker fungierte und vieles mehr.

In Niedertraubling gab es eine Sage, die sich mit dem Schirg verband: Angeblich spukte dieser mitternachts bisweilen durch den Schlossturm – in einen langen Mantel gehüllt mit hoher Perücke als weiße Gestalt. Man hörte ihn dann wohl mit schweren Schritten über die steinerne Brücke des Wassergrabens gehen, bis er im Gerichtshalterhaus verschwand und die schwere Tür ins Schloss fiel.

Ausflugstipp

Das frühere Gerichtshalterhaus befindet sich in der Hofmarkstraße in Niedertraubling. Es ist heute ein Wohnhaus, die Steintafel ist aber gut sichtbar über dem Eingang angebracht. In Regensburg lassen sich im Alten Rathaus noch alte Folterinstrumente besichtigen und Führungen zum Thema Kriminal- und Rechtsgeschichte besuchen.

Literatur

Detterbeck, Pius: Obertraubling – eine historische Skizze. In: Ländliche Entwicklung in Bayern – Dorferneuerung in der Gemeinde Obertraubling. Regensburg, 1998. S. 8–11.

Doerfler, Heinrich: Recht und Gericht (S. 96–101) / Ders.: Der Schirg (S. 102). Beide in: Fendl, Josef: Obertraubling. Beiträge zur Geschichte einer Stadtrandgemeinde. Regensburg, 1982.

Dopsch, Heinz: Zu den Anfängen der Kriminalgerichtsbarkeit. Vom Bußensystem zu Todesstrafe. 2005. Online: https://www.plus.ac.at/wp-content/uploads/2021/02/543242.pdf (01.01.2023)

FFW Niedertraubling (Hrsg.): 100-jähriges Gründungsfest mit Fahnenweihe der Freiwilligen Feuerwehr Niedertraubling am 30. Juni – 3. Juli 1978. Obertraubling, 1978.

Härter, Karl: Strafrechts- und Kriminalitätsgeschichte der Frühen Neuzeit. München 2018.

Heigl, Claudia: Die Amtmänner und Gendarme in Steinach. Online: https://heimatgeschichte-steinach.de/gemeinde/steinach/34-hausler.html (01.01.2023)

Scheutz, Martin: Zwischen Schlägen und gerichtlichem Ausgleich. Formen der Konfliktaustragung in niederösterreichischen Gerichtsakten des 18. Jahrhunderts. In: Krug-Richter, Barbara / Mohrmann, Ruth (Hrsg.): Praktiken des Konfliktaustrags in der Frühen Neuzeit. Münster 2004. S. 169–186.

Schmid, Diethart: Regensburg II. Das Landgericht Haidau-Pfatter und die pfalz-neuburgische Herrschaft Heilsberg-Wiesent. München, 2014.

Zum Weiterlesen für Kinder

Detterbeck, Pius: Sagen und Erzählungen aus der Großgemeinde Obertraubling. Obertraubling, 1989.

JOHANN, DER UNTERNEHMER, UND DIE TASSE DER KÖNIGIN (1830)

Im Jahre 1829 übernahm Johann Anton Schwerdtner die Regensburger Porzellan-Manufaktur, eine kleine Fabrik, von einem Vorbesitzer. Von Anfang an allerdings war klar: Porzellan allein reichte als Geschäftsidee nicht aus, Steingut erlebte einen ungeahnten Aufschwung. Doch für vermögendere Liebhaber des besonders feinen Materials schuf Schwerdtner auch dekorative Porzellanstücke.

*

Was könnte er dem Magistrat wohl anbieten, fragte sich Johann Anton Schwerdtner. Ihm war die Auszeichnung zuteil geworden, anlässlich des königlichen Besuchs bei der Grundsteinlegung der Walhalla, für die Königin ein Frühstücksgeschirr als Geschenk des Regensburger Magistrats zu kreieren.

Und was würde gleichzeitig die Herzen begüterterer Regensburger höher schlagen lassen, überlegte er mit Blick auf seine Geschäftszahlen. Gebrauchsgeschirr in Steingut und Porzellan – schön und gut. Ein einmaliger Besuch des Königspaares allerdings wäre ein blendender Auftakt. Für einen dauerhaften Erfolg jedoch musste er sich stets mit Besonderheiten auszeichnen. Feinste Porzellanmalerei, wie er sie schon aus großen Manufakturen in München und Meißen gesehen hatte – das wäre etwas.

Er hatte eine Idee: Wie wäre es mit einer Serie mit Miniaturen von Regensburger Stadtansichten und Ansichten der umliegenden Dörfer?

Auf seinen Ausfahrten und durch Besuche von Bekannten und Freunden war er durch den einen oder anderen Weiler gekommen. Sie alle boten durchaus liebliche Ansichten. Und wer sehnte sich nach Jahren des Krieges und der Ungewissheit nicht nach etwas Ruhe und Beschaulichkeit? Wer es sich leisten konnte, würde doch gewiss gern zeigen wollen, wie schön die Heimat war. Und die Königin könnte sich so immer an angenehme Stunden in und um Regensburg erinnern.

Als er kürzlich bei Georg Ignatz Arbeiter, dem praktischen Arzt in Köfering, eingeladen war, hatte er auf dem Hinweg Obertraubling passiert. Zurück hatte er einen Abstecher nach Niedertraubling gemacht, nachdem ihm der Arzt vom dortigen Gasthof und der alten Pappelpflanzung vorgeschwärmt hatte. Beide Orte hatten etwas, das er auf solch besonderem Geschirr – am besten auf einem Tassen-Ensemble, festzuhalten gedachte.

Sogar einige Notizen hatte er schon gemacht für seinen Porzellanmaler. Für Obertraubling müsste die alte barocke Kirche im Mittelpunkt stehen. Sie überragte das ganze Dorf und gab ihm ein Zentrum. Rechts und links der Kirche sollten einige Bauern- und Handwerkerhäuser das Dorf illustrieren. Am rechten Bildrand würde dann der Kreuzhof abgebildet werden, der den Dominikanerinnen von Heilig Kreuz in Regensburg gehörte. Ein kleiner, von Pappeln gesäumter Weg würde sich gen Horizont schlängeln, wo Niedertraubling lag. So hätte das Tassenmotiv gleich eine Verbindung zu einem anderen Sammlerstück.

Selbstverständlich würde man im Hintergrund die Berge des Bayerischen Waldes und im Vordergrund die Felder des Dorfes sehen. Wenn auch üblicherweise weder die Berge sichtbar, noch das Land so sanft gewellt war, so ging es doch darum, ein Bild zu erschaffen, das die Menschen gern ansehen wollten.

Genauso sollte es dann auch für Niedertraubling ausgeführt werden: Johann Anton Schwerdtner machte fleißig Notizen. Niedertraublings Ansicht würde er vom Schlossturm bestimmen lassen. Davor sollte die breite Dorfstraße auf einige Häuser und Gebäude zuführen, die den dörflichen Charakter mit Zäunen und den Pappelanpflanzungen unterstrichen.

In den folgenden Wochen arbeitete man in der Porzellanfabrik mit Feuereifer an den Stücken. Alles musste pünktlich fertig sein, Mitte Oktober wurde das Königspaar erwartet. Wenn sich nun noch die Königin Therese wohlwollend äußerte, dann stand seinem Erfolg in Regensburg nichts mehr entgegen. Einen besseren Auftakt zu seiner Geschäftstätigkeit in Regensburg konnte er sich wohl kaum vorstellen.

Und in der Tat hörte er von jenen, die dabeigewesen, dass die Königin das Geschenk mit den Worten angenommen habe: „So schön auch alles ist, so werde ich es doch zum Gebrauche nehmen, um mich nur recht oft der frohen Tage in Regensburg erinnern zu können." Und ein Brief an den Bürgermeister hatte diesen Hörensagen-Eindruck bestätigt. Schwerdtner lehnte sich einen Moment zurück, blickte aus dem Fenster seines Büros und ersann seine unternehmerische Zukunft in den leuchtendsten Farben.

*

Die erste Ortsansicht von Obertraubling und eine der ersten von Niedertraubling – dort existieren ähnlich alte Ansichten der Hofmark – verdankt sich einem Besuch von König Ludwig I. und seiner Gemahlin Therese vom 16. bis 19. Oktober 1830 in Regensburg. Die beiden hielten sich anlässlich der Grundsteinlegung der Walhalla in der Stadt auf und Schwerdtner war beauftragt worden, für die Königin ein Dejeuner, ein Frühstücksgeschirr, zu fertigen. Der Magistrat wollte dieses der Königin als Geschenk überreichen.

1803 hatte ein Johann Heinrich Koch eine Porzellanfabrik gegründet und dann begonnen, neben Gebrauchsstücken auch Andenkentassen, sogenannte Türkenbecher, Pfeifenköpfe und anderes herzustellen. Nach mehreren Besitzerwechseln erwarb 1829 Johann Anton Schwerdtner die Manufaktur. Er war Regensburger und kannte sich in der Stadt und Umgebung aus. Die Kaffeeservice mit Regensburger Ansichten und Veduten (Miniaturbildern) aus der Umgebung entstanden in seiner Geschäftszeit. Für die Bemalung der Tassen konnte er aus vielen Regensburger Porzellanmalern auswählen, im Adressbuch von 1835 sind beispielsweise etwa 30 genannt. Und auch die vielen Akten zu Porzellanmalern im Stadtarchiv zeigen den florierenden Beruf.

Ob das Service tatsächlich nur einmal gefertigt wurde und Teile davon auf Georg Ignatz Arbeiter aus Köfering übergingen, der zwei Tassen nachweislich der Familie Artinger aus Niedertraubling schenkte, konnte ich nicht herausfinden. Ich halte es für unwahrscheinlich, zumal einzelne vergleichbare Stücke existieren. Andererseits ist die Zahl der überlieferten Stücke so klein, dass es sich keinesfalls um eine große Auflage gehandelt haben kann, womöglich doch Einzelstücke. Die Entdeckung der Obertraublinger und Niedertraublinger Tassen in den 1940er Jahren war jedenfalls eine kleine lokalgeschichtliche Sensation. Denn damit fand man eine Ansicht von Obertraubling, die um einiges älter war als die leicht kolorierte, über einen Meter breite Federzeichnung vom Ende des 19. Jahrhunderts. Die letztere war ein Entwurf für eine Ansichtskarte, die das moderne Obertraubling – mit der Eisenbahn – zeigen sollte.

AUSFLUGSTIPP

Im Rathaus Obertraubling hängt eine großformatige Abbildung des Ansichtskartenmotivs von Obertraubling. Die meisten Gebäude darauf lassen sich auch heute noch identifizieren. Bei den Tassen wäre es schwieriger. Denn in Obertraubling gibt es den Zehentstadel nicht mehr, auch die Kirche ist einer neueren gewichen. Und das Niedertraubling der Tasse kann man nicht mehr erkennen, weil der Schlossturm nicht mehr steht. Trotzdem laden die Tassen ein, die Gemeindeorte selbst zu erlaufen und schöne Ansichten zu finden, die den heutigen Charakter der Gemeindeteile einfangen.

Literatur

Bauer, Karl: Regensburg. Kunst-, Kultur- und Alltagsgeschichte. Regensburg 1997.
S. 390–392 (Am Singrün 1).

Burkes, Peter: 1803-1869 Porzellanfabrik Am Singrün 1. Geschrieben am 13.02.2018.
Online: https://regensburg-historisch.blogspot.com/2018/02/1803-1869-porzellanfabrik-
am-singrun-1.html (27.12.2022)

Daxl, Petra / Doerfler, Heinrich: Die ältesten Ansichten von Obertraubling: In: Fendl, Josef:
Obertraubling. Beiträge zur Geschichte einer Stadtrandgemeinde. Regensburg, 1982.
S. 229–235.

Kluge, Arnd: Die deutsche Porzellanindustrie bis 1914. Stuttgart, 2020.

Zum Weiterlesen für Kinder

Nichts über Obertraubling, aber für Kinder und Jugendliche, die sich für die Erfindung des
Porzellans interessieren: Thomas, Charlotte: Der Goldmacher. Eine Erzählung um Johann
Friedrich Böttger. Weimar 2019.

WOLFGANG, DER LANDBESITZER, UND DIE WALHALLASTRASSE (1834)

Mit der Errichtung der Walhalla am gegenüberliegenden Donauufer wurde Obertraubling Teil eines großen Infrastrukturprojekts. Denn es war nicht nur dieser „Ruhmestempel der Deutschen", der von Ludwig I. im Sinne der nationalen Einigung und gleichzeitig als bayerisches Prestigeprojekt erbaut wurde. Auch eine von Obertraubling geradlinig auf das Bauwerk zulaufende Straße wurde geschaffen. Dafür mussten einige Landwirte Teile ihres Grund und Bodens abgeben. Einer davon war Wolfgang Weinzierl.

*

Nun konnte er sie schon sehen. Von seinem Hof aus bildete er sich fast ein, das geschäftige Werken auf der Baustelle oberhalb von Donaustauf zu spüren. Dort war vor nur vier Jahren der Grundstein für ein wahrhaft erhebendes Bauwerk gelegt worden: die Walhalla.

Wolfgang Weinzierl war selbst dabei gewesen, als am 18. Oktober 1830 der Grundstein gelegt worden war. Und nicht erst in Donaustauf war er dazugekommen. Nein, für ihn hatte der denkwürdige Tag bereits in Obertraubling begonnen. Der König war mit seiner Gemahlin von München her gekommen und ab der Grenze des Landgerichts Stadtamhof hatten pflanzenumkränzte Ehrenpforten zur Huldigung gestanden. Die erste in Eggmühl, eine zweite bei Hagelstadt, dann welche bei und in Alteglofsheim sowie Köfering. Dort hatten die gutsherrlichen Gemeinden Gebelkofen und Hinkofen sich neben blau-weiß umwundenen Säulen aufgestellt. Weiter war es am Lerchenfeldschen Gut und über Embach durch Obertraubling gegangen. Wolfgang war mit an der Kirche gewesen, wo die neunte Ehrenpforte gestanden hatte. Dort wurden die Majestäten mit Jubel und unter der Ehrenpforten-Aufschrift „Deus regem optimum conservet" – Wahrlich, Gott schütze den besten König – empfangen.

Während die königliche Kutsche zuerst nach Regensburg gefahren war, hatte Wolfgang sich auf den Weg zur Walhalla gemacht. Dort war es später weitergegangen: Unter dem freudigen Zuströmen einer ungeheuren Masse an Menschen, die diesem nationalen Projekt die Ehre erweisen wollten, war der erste Stein zu diesem Ruhmestempel gelegt worden. Ganz im Zeichen der Abgrenzung von den Geschehnissen der jüngeren Vergangenheit ging es hier um das Deutschsein.

Der König selbst hatte gesagt, er lege den Grundstein dieser sturmbewegten Zeit in felsenfestem Vertrauen in seine treuen Bayern. So hatte sich zumindest sein Wort in Windeseile von Ohr zu Ohr gesagt, verbreitet. Dass der König ihn als guten Untertanen wahrnahm, das war Wolfgang wichtig. So stimmte er auch den nächsten Worten des Königs zu, der verkündet hatte: „Kein Stand nicht, auch das weibliche Geschlecht nicht, ist ausgeschlossen. Gleichheit besteht in der Walhalla; hebt doch der Tod jeden irdischen Unterschied auf."

Vom Sterben war er selbst glücklicherweise weit entfernt und hatte in ganz anderer Weise mit dem Mammutprojekt auf der anderen Seite der Donau zu tun. Während nämlich dort die Bauarbeiten – weithin sichtbar durch die Gerüste – stetig voranschritten, hatten die Projektierer nächste Überlegungen angestellt. Der Standpunkt der Walhalla war seit 1829 klar, doch wie die Straße dorthin verlaufen sollte, war immer noch Gegenstand hitziger Verhandlungen.

Auch Wolfgang hatte unzählige Male mitdiskutiert, wenn die Bauern einander von den neuesten Gerüchten oder Tatsachen erzählten. Klar war: Die Walhallastraße sollte auf den letzten Meilen schnurgerade auf den Tempel zuführen. Schließlich wollte nicht nur der König sehen können, worauf er zustrebte. Aber wie viele Meilen schnurgerade waren nun gemeint? Und welche Orte würden dabei an der Strecke liegen? Wolfgang Weinzierl und die anderen Bauern hatten mehrfach gehört, man würde die Straße von Köfering aus über Embach, Niedertraubling, Pirka Richtung Donaustauf führen. Aber kürzlich hatte sich eine andere Variante durchgesetzt, deretwegen sie nun hier waren.

Heute, am 29. August 1834, waren Wolfgang Weinzierl und 12 weitere Gemeindemitglieder bereit, ihre Vaterlandsliebe unter Beweis zu stellen. Die Walhallastraße, so war es wohl schon ausgemachte Sache, würde von Obertraubling nach Barbing verlaufen. Dabei lag ihr Grund und Boden zumindest teilweise im Weg.

Bayern hatte ein Angebot gemacht, das er durchaus anzunehmen bereit war. Es sollte eine Entschädigung geben. Obwohl, so hatte man es ihm erzählt, bei der anderen Straßenführung alle Bauern mit Ausnahme des einen bereit gewesen wären, den zur Anlage und Erweiterung der Straße erforderlichen Grund unentgeltlich abzugeben. Aber es war nur recht, dass sie eine Entschädigung erhielten. Er war zwar bereit, aus Liebe, Ehrfurcht und Anhänglichkeit für den allerhöchsten Monarchen von seinem Grunde so viel abzutreten, als erforderlich war, die neu projektierte Straßenlinie von Obertraubling nach Barbing herzustellen, aber er musste auch sehen, wie er ein Auskommen fand.

Bei der heutigen Versammlung wurde das alles noch einmal vollständig und deutlich erklärt: Sie würden das Land abgeben und dafür 200 Gulden pro Tagwerk als Entschädigung erhalten. Nun musste er nur noch nach vorn gehen und seine Unterschrift unter den Vertrag zu setzen. Er war der zweite in der Reihe. Sauber schrieb er seinen Namen unter das Dokument. Andere taten es ihm nach. Manche, wie Johann Inkofer, konnten nicht schreiben. Sie bekräftigten ihre Überzeugung mit drei Kreuzen und der Protokollführer ergänzte ihre Namen.

Schon bald, in wenigen Jahren, so hoffte er, würde er sein Pferdefuhrwerk auf diese Straße lenken. Dann würde er es König Ludwig I. gleichmachen: In den Morgenstunden würde er sein Gesicht leicht der Sonne zuwenden und die Walhalla grüßen. Und im Abendrot würde er den Marmor orangerot leuchten sehen. Er freute sich auf diesen Moment und bat Gott darum, ihn noch erleben zu dürfen.

*

So gut wie der Bau der Walhalla und die ihn begleitenden Festlichkeiten zur Grundsteinlegung und zur Eröffnung dokumentiert sind, so gering ist die Zahl der Publikationen, die sich mit dem Bau der dazugehörigen Walhallastraße befassen. Im Staatsarchiv Amberg finden sich hingegen zahlreiche Akten zum Straßenbau. Eine davon weist Wolfgang Weinzierl als von den Straßenbauarbeiten betroffenen Obertraublinger aus, der unterzeichnen sollte – was er auch tat –, dass er aus vaterländischer Liebe heraus gewillt war, Teile seines Landes gegen eine Entschädigung von 200 Gulden pro Tagwerk (etwa 3.500 Quadratmeter) abzutreten. Fein säuberlich lesbar findet man seine Unterschrift an zweiter Stelle unter einem Vertrag, der diese Landabgabe regelt. 13 Personen, 3 davon mit „xxx" statt einer Unterschrift, haben damals ihre Bereitschaft bekundet und so zum Gelingen des Straßenbauprojekts beigetragen.

Es ist gut vorstellbar, dass diese Bereitschaft auch durch das Gefühl entstand, an etwas Großem, Höherem teilzuhaben. Schaut man sich die Berichte von der Grundsteinlegung und der Fahrt des Königs mit seiner Frau dorthin an, so meint man die Begeisterung zu spüren. Natürlich ist dieser Bericht tendenziös und doch glaubt man dem Verfasser, dass nach Jahren der Napoleonischen Kriege und im Erwachen eines deutschen nationalen Bewusstseins die Menschen jubelnd an den Straßen standen, als Ludwig I. den Grundstein für die Walhalla am 18. Oktober 1830 legte. Es war kein Zufall, dass dies der Jahrestag der Völkerschlacht bei Leipzig war und auch die feierliche Eröffnung der Walhalla 1842 wieder an diesem Tag stattfand.

Wer dieser Wolfgang Weinzierl, Bauer aus Obertraubling, war, lässt sich heute nicht mehr zweifelsfrei sagen. Ein Mann gleichen Namens taucht mit dem Geburtsdatum 4. Juli 1807 als Pfarrer von Hebramsdorf bei Neufahrn wieder auf, zum Priester geweiht am 14. Juli 1841 und 1861 zu dieser Pfarrstelle gesandt. Oder war dies sein Sohn, er selbst hingegen bleibt im Dunkel der Geschichte?

Ausflugstipp

Die Walhalla ist immer einen Besuch wert. Sei es, um sich drinnen umzuschauen (für Kinder ist das übrigens kostenlos), sei es, um tolle Fotos zu machen oder ein Picknick zu genießen. Man kann bequem bis fast ganz oben fahren oder sportlich vom Donauufer her über unzählige Treppen den Tempel erklimmen. Einen Museumsführer gibt es leider nur für Erwachsene, für die ist er allerdings höchst aufschlussreich und erklärt alle in der Walhalla aufgestellten Büsten. Hin und zurück ist man dann auf der von Bauer Weinzierl beschriebenen Walhallastraße unterwegs, im Ortsbereich Obertraubling zeigt die „Alte Walhallastraße" zudem auf, wie die Wegführung früher durch den Ort gegangen ist.

Literatur

Bischöfliches Ordinariat (Hrsg.): Schematismus des Bistums Regensburg. Regensburg, 1874. S. 62.

Conversations-Lexikon der neuesten Zeit und Literatur. 4: S bis Z. Leipzig, 1834. S. 954 (Lemma: Walhalla)

Fendl, Josef: Die „Walhallastraße". In: Ders.: Obertraubling. Beiträge zur Geschichte einer Stadtrandgemeinde. Regensburg, 1982. S. 215–216.

König, Eginhard: „Bei Regensburg lässt er erbaun eine marmorne Schädelstätte ...". Ein Leseheft zur Walhalla. Regensburg, 2014.

Mühlhans, Manfred: Barbing. Eine Zeitreise. Barbing, 2012. S. 70–71.

O.V.: Ratisbona und Walhalla. Denkschrift auf die Festfeyer bey der höchst erfreulichen Anwesenheit Ihrer Koeniglichen Majestaeten von Bayern in Regensburg sowohl als bey der Grundsteinlegung der Walhalla nächst Donaustauf am 16ten bis 19ten Oktober 1830. Regensburg, 1831.

Schmid, Emanuel: Die Feierlichkeiten anläßlich der Grundsteinlegung zur Walhalla. In: Karl Möseneder (Hrsg.): Feste in Regensburg. Regensburg, 1986. S. 443–459.

Klose, Dietrich, Jungmann-Stadler, Franziska, Königlich Bayerisches Geld. Zahlungsmittel und Finanzen im Königreich Bayern 1806-1918. Online als Auszug: https://www.pressglas-korrespondenz.de/aktuelles/pdf/pk-2011-3w-klose-preise-1800-1900.pdf (01.01.2023)

„Die Walhalla bei Donaustauf", eine Audiotour im App-Format.

Zum Weiterlesen für Kinder

Ein paar Tipps, wie man mit Kindern die Walhalla erkunden kann, gibt es hier: Regensburg mit Kindern. Online: https://www.stadtlandtour.de/reisen-orte/regensburg-mit-kindern#item-7949 (01.01.2023)

JOSEPH, DER LEHRER, UND DIE OBERTRAUBLINGER SCHULE (1825)

Joseph Pronadl war sich seiner Verantwortung bewusst. Schon bei seinem Vater Gregor hatte er beobachten können, was es bedeutete, den Obertraublinger Kindern ein wenig Bildung zukommen zu lassen. Nun war er der neue Lehrer im Schulsprengel. Seine Eindrücke und Gedanken könnte er in einem Tagebuch wie dem folgenden niedergelegt haben.

*

1. Januar 1803

Ein neues Jahr beginnt. Was es wohl bringen mag? In Obertraubling geht ungeachtet der allgemeinen und großen Umwälzungen durch unseren Kurfürsten das Meiste weiter wie bisher. Was soll sich im Leben der Bauern schon groß ändern? Ob nun das Stift Obermünster, das Kloster Heilig Kreuz oder irgendwelche anderen Grundherren unsere Geschicke bestimmen, das ist für die Meisten doch herzlich egal.

Aber gerade für meine Familie, meinen Vater vor allem, wird eine neue Zeit anbrechen, da bin ich mir sicher. Vor wenigen Tagen hat unser Kurfürst nämlich eine Allerhöchste Verordnung erlassen, die den Beruf meines Vaters auf den Kopf stellen wird. Darin heißt es:

„Da uns immer die christliche, moralische und standgemäße nützliche Bildung der Jugend als eine der vorzüglichsten Regentenpflichten am Herzen ist, und Wir entschlossen sind, keine Gelegenheit und Tunlichkeit der Umstände zu versäumen, bei welchem Wir diesem wichtigen

Zwecke näher kommen können: so haben Wir nach reiflicher Überlegung in Unsrer geheimen Staatskonferenz beschlossen, daß allenthalben alle schulfähigen Kinder vom sechsten bis wenigst ins vollstreckte zwölfte Jahr ihres Alters die Schule besuchen sollen. Die Schule soll das ganze Jahr hindurch, von Mitte des Julius bis 8. September, als der gewöhnlichen Erntezeit ausgenommen, unaufhörlich gehalten werden, und die Eltern oder Vormünder sollen gehalten sein, von jedem schulpflichtigen Kinde wöchentlich zwei Kreuzer zu bezahlen."

Das ist doch mal eine wirkliche Volksschule und – so sagt Vater – ein Gewinn für unser Land. So lernen die Kinder die nützlichsten Fähigkeiten: Schreiben, Rechnen und was sie sonst brauchen im Leben. Nicht überall ist es nämlich so wie bei uns in Obertraubling, wo es schon seit über 100 Jahren eine Schule gibt und immer wieder tüchtige Lehrer, die aus den schwierigen Verhältnissen das Beste machen. So auch mein Vater, Gregor Pronadl, der aber nicht nur Lehrer ist, sondern gleichzeitig auch der Sattler, Hochzeitslader und Mesner am Ort. Mit dem Verdienst eines Lehrers könnten wir auch gar nicht überleben.

1. Januar 1805

Und wieder ist ein Jahr vergangen. Noch im letzten schrieb ich, wie mein Vater sich so mit den neuen Umständen zurechtgefunden hatte, wie er weiter mit den Kindern im Schulhaus gleich bei der Kirche im Schul- und Mesnerhaus gearbeitet und wir darinnen gewohnt hatten. Alles schien so passend – die Ernte im Obstgarten mit einem Viertel Tagwerk war gut gewesen.

Doch dann ist Vater plötzlich verstorben. Am 5. Dezember schloss er für immer die Augen. Nun stellt sich die Frage: Was wird aus uns, was aus der Schule? Vorerst sollen mein Bruder Thomas und ich die Kirchen- und Schulverrichtungen vornehmen, doch man hat uns schon angekündigt, dass das als Schullehrer aufzustellende Subjekt einer gnädigen Prüfung der Hofmarksherrschaft unterliegt.

Einer von uns Söhnen sollte sich bemühen, Vater nachzufolgen. Ich könnte mir diese Tätigkeit wohl vorstellen, doch Mutter denkt, es wäre besser, meinem Bruder den Vortritt zu lassen. Er ist ein guter, treuer Mensch, doch ob er ein geschickter Lehrer wäre? Als Mesner könnte ich ihn mir wohl vorstellen – doch eine rechte Freude am Lesen, Schreiben und Rechnen habe ich nie bei ihm gespürt. Aber der Pfarrer hat angekündigt, ihn für die Stelle zu empfehlen, und so füge ich mich. Allein, dass ich nun einige Aufsätze abschreiben sollte, die mein Bruder dann dem Pfarrer übergeben möchte, macht mich stutzig ...

1. Januar 1806

Im Laufe eines Jahres hat sich nun alles gefunden. Mein Bruder Thomas wurde als Schullehrer von Obertraubling abgelehnt. Es ist wohl zu aller besten, dass es so gekommen ist. Schließlich hätte er sich nicht verstecken können. Wohl war der Pfarrer gewillt, ihm noch einiges im Rechnen beizubringen, doch in der Handschrift und im Zusammenhang der Worte wäre das schwerlich möglich gewesen.

So bin ich nun in definitiver Form als Schullehrer seit März bestellt und ich kann sagen, es ist erhebend. Ich unterrichte die Kinder aus Obertraubling und den Ortschaften Niedertraubling mit Einthal, Oberhinkofen mit Scharmassing und aus den Einöden Höhenhof und Tenacker.

Mein Auskommen habe ich ganz ähnlich wie Vater damals aus einer Mischung von verschiedenen Einkünften. So erhalte ich als Mesner ein Fixum, dazu komme ich in den Genuss von sieben kleinen Kirchenäckern mit einem Ertrag von etwa 25 Gulden, dann erhalte ich Messgebühren, Getreide aus Läut- und Zehentgaben und freie Wohnung im Mesnerhaus. Als Schullehrer habe ich zwar keine festen Bezüge, aber die Verordnung des Kurfürsten legt fest, dass alle Familien ein Schulgeld zu entrichten haben. Schließlich erhalte ich noch einige Klafter Brennholz samt dem Überholz. Das ist nicht viel, aber es reicht irgendwie zum Leben.

1. Januar 1810

Ich bin nun schon bald im fünften Jahre der Schullehrer hier und habe ein Geschick entwickelt, die Kinder in drei Klassen in dem einen Zimmer zu unterrichten. Da nicht alle gleichzeitig in das Zimmer passen, habe ich den Unterricht nach verschiedenen Zeiten geteilt. In der ersten Klasse lehre ich die Kinder die Buchstaben mit Handfibeln und an der Tafel. Alsdann fahren wir in der zweiten und dritten Klasse mit dem Buchstabieren nach den Schulbüchern fort. In der zweiten Klasse fängt auch das Schreiben an. Zugleich soll aus dem Kopf gerechnet werden. In der dritten Klasse diktiere ich gern und lasse nach Vorschrift schreiben, auch müssen die Kinder die unorthographischen Aufsätze verbessern. Hier ergänze ich mit Naturgeschichte, Vaterlandsgeschichte und Ähnlichem durch Vorlesung.

1. Januar 1819

Der Lokalschulinspektor Pfarrer Michael Hotter war da und hat mir ein gutes Zeugnis ausgestellt. Er hat mir auch versprochen, mit dem Distrikts-schulinspektor der Königlichen Distriktsschulinspektion Stadtamhof II, Josef Kerner, zu sprechen. Das bestätigt mich, mit unserer Schule voran-zuschreiten. Gewiss, wir sind nur eine Landschule und es braucht noch viel Arbeit, um die Menschen von dem Sinne der Schule gänzlich zu über-zeugen. Am besten wäre wohl ein Lokalschulfonds mit einigen Mitteln für die Schule und ein Landgerichtlicher Armenfonds, um das Schulgeld für die Ärmsten zu begleichen. Bis ich das erreiche, werde ich selbst das Möglichste tun, das Schulzimmer reinlich zu erhalten und den Schulplan zu befolgen.

Meine Erfolge können sich auch schon sehen lassen, denn bei der öf-fentlichen Prüfung am 1. Mai in Gegenwart der Schulinspektion sind gute Ergebnisse gezeigt worden. Ein Problem ist noch immer die Feiertagsschu-le für die Älteren. Zu viele kommen nur im Winter, wenn das Schulhaus be-heizt ist und die Feldarbeit ruht. Im Sommer ist der Schulbesuch höchstens mittelmäßig. Wobei ich eigentlich froh sein muss, wenn nicht alle da sind. Wie fänden sie sonst Platz in diesem kleinen Raume?

1. Januar 1825

Für dieses Jahr habe ich mir einiges vorgenommen. Es muss doch möglich sein, die Zustände in unserem Schulhause zu verbessern. Im vorletzten Jahr kam, nach langem Hin und Her, endlich einmal der Landbaumeister Maier. Er sah das Elend im Schulhause und machte einen Kostenplan für eine Erneuerung, wie es von der Regierung vorgesehen war.

Der Bau ist schließlich nichts als ein altes, von Holz gezimmertes und mit Schneidschindeln so leidlich gedecktes Haus mit angebautem Stall und Stadel. Das Schulzimmer darin ist nur 5 Fuß und drei Zoll hoch, dass die über 80 schulpflichtigen Kinder – Buben und Madel – nicht einmal bequem stehen, schwieriger wegen der geringen Fläche von 15 mal 15 Schuh sitzen, noch weniger schreiben können.

Das ganze Haus ist aus alten, schon vermoderten Holzwänden gebaut. Wir brauchen eine Erweiterung und eigentlich auch eine Verlegung des Schulzimmers, das nach der Mitternachtsseite geht und feucht und unge-sund ist. Im letzten Winter hat man nun die allernotwendigsten Repara-turen gemacht, aber nicht mehr. Kirchen und Regierung müssen sich nun endlich einigen. Mir sind hingegen die Hände gebunden. Man kann es nicht anders sagen, als es die Leute im Gasthaus tun: „Kein Tag ist ohne Kreuz und Pein, *o armes Dorfschullehrerlein.*"

∗

Häufig ist die historische Überlieferung aus ländlichen Gebieten weniger dicht als für die Städte. Für die Schulgeschichte trifft das meist nicht zu. Und auch in Obertraubling gilt: Über wenige Themen wissen wir über einen so langen Zeitraum so viel wie über die Schule. Das hat zum einen mit dem Engagement des Lehrers Joseph Pronadl – dem Sohn des hier porträtierten Joseph Pronadl – zu tun. Er hat in seiner 1844 erschienenen „Local-Geographie des Pfarrdorfes Obertraubling" auch über die frühe Geschichte der Dorfschule seit dem 17. Jahrhundert berichtet.

Zum anderen geben Inspektionsberichte und ähnliche offizielle Dokumente für die Zeit nach der Einführung des staatlichen Schulwesens in Bayern ab 1802 regelmäßig Auskunft über die Geschicke der Schule. Sie zeigen die großen Schwierigkeiten, auf dem Lande zu einer uns so selbstverständlichen Schulpflicht zu kommen und dafür angemessene Mittel bereitzustellen. Die Schule in Obertraubling ist lange ein Sorgenkind der Gemeinde gewesen und die Lehrer dort müssen unter wirtschaftlich schwierigen Bedingungen mit großem Idealismus gearbeitet haben.

Ab 1765 lag das Schulwesen des Schulsprengels Obertraubling, zu dem damals schon Niedertraubling, Oberhinkofen und Piesenkofen gehörten, in den Händen der Familie Pronadl – immerhin für mehr als ein Jahrhundert. Auf Gregor Pronadl folgte – wenig erfolgreich für nur einige Monate – dessen Sohn Thomas Pronadl. Noch 1805 übernahm Joseph Pronadl, der bis 1841 die Schule leitete, bevor ihm wiederum sein Sohn gleichen Namens folgte. Da dieser Joseph jedoch schon 1851 starb, übernahm sein Bruder Michael die Lehrerstelle bis 1882, weitere Pronadls finden sich später in Obertraubling und angrenzenden Dörfern.

Was hier in Joseph Pronadls fiktivem Tagebuch niedergelegt ist, ergibt sich aus den vorhandenen Überlieferungen der Jahresberichte, Inspektionen, Briefen, Regierungsverordnungen, einem Hofmarksgerichtsbericht, Akten zum Schulhausbau und Korrespondenzen der Behörden. Nur im Austausch mit der Verwaltung hat sich Pronadl selbst geäußert. Sein Selbstverständnis als Lehrer wird dabei weniger klar als in den ausgedachten

Einträgen des Tagebuchs. Doch wer unter den beschriebenen Bedingungen jahrzehntelang als Lehrer arbeitet und immer wieder als „unermüdet" und in „seiner Sittlichkeit auszeichnend" beschrieben wird, wer seine Kinder womöglich ebenso für diesen Beruf begeistert hat, der hat wahrscheinlich so geschrieben.

Die Einträge sind weitgehend selbsterklärend. Nur an wenigen Stellen sollen kleinere Erklärungen helfen: Joseph Pronadls Tätigkeit als Lehrer beginnt in einer Zeit, in der das Schulwesen einen wichtigen Umbruch erlebt. Vor 1802 waren Schulen in Bayern entweder von der Kirche oder von einzelnen Engagierten betrieben worden. Sie waren nicht flächendeckend, es gab keine Schulpflicht und keinen verbindlichen Lehrplan.

Nachdem das Volksschulwesen eingeführt wurde, bemühte man sich um die allgemeine Bildung von Kindern – ein jahrzehntelanger Prozess der Durchsetzung von Mindeststandards begann. Allein schon die Tatsache, dass der Lehrerberuf anfangs gar nicht bezahlt war, dass sich Tauglichkeitsprüfungen und erst recht eine festgelegte Ausbildung erst nach Jahren einheitlich durchsetzten, zeigt die Dauer dieses Umdenkens. Außerdem blieben die Lehrer bis 1918 „Diener zweier Herren", denn zumeist waren sie gleichzeitig für die Kirche tätig als auch vom Ortspfarrer abhängig. In der Geschichte der Familie Pronadl kommt als Besonderheit hinzu, dass sich der Bruder offenbar die Lehrerstelle mit gefälschten Aufsatzreferenzen erschlich und als nicht tauglich nach nur zwei Monaten wieder abberufen wurde.

Mit der wichtigste Aspekt der Schulentwicklung in vielen Dörfern war der Schulhausbau. Die meisten frühen Schulhäuser waren eigentlich Multifunktionsgebäude. Darin wohnte die Lehrerfamilie, oft gab es weitere Räume mit unterschiedlichem Zweck – und eben ein Schulzimmer. In Obertraubling scheint das ein Raum gewesen zu sein, in dem sich nur schwerlich lernen ließ – nach Norden (Mitternachtsseite) ausgerichtet, feucht und dunkel.

Der Ortsgeschichtsschreiber Xaver Bäumel hat zudem ausgerechnet, was die Schulzimmergröße bedeutete: Auf etwas mehr als 19 Quadratmetern wurden relativ zeitgleich etwa 80 Schüler*innen (in der Werktagsschule von Montag bis Freitag/Samstag und in der Feiertagsschule nachmittags und am Wochenende) unterrichtet, jede*r auf einem Viertelquadratmeter. Die heutige Schulverordnung sieht zwei Quadratmeter mindestens pro Kind vor. Kein Wunder, dass ein großer Teil der Überlieferung den Versuchen gewidmet ist, die Schulhaussituation von Obertraubling zu verbessern, was 1825 zu einer Erweiterung des Schulhauses – beim heutigen Rathaus – führte. 1864 musste eine nächste Erweiterung her, ebenso war definitiv bis 1879 ein neu erbautes Schulhaus an der Landshuter Straße entstanden. Dann kehrte längere Zeit Ruhe ein, bis 1954 das heute bekannte Schulhaus an der Piesenkofener Straße eingeweiht wurde – erst als Vollschule, später nur noch als Grundschule und Teilhauptschule. Zudem gab es Schulen in den heutigen Ortsteilen Niedertraubling, Oberhinkofen und Gebelkofen, die erst mit der Gemeindegebietsreform aufgelöst wurden.

Die Bemerkung „Kein Tag ist ohne Kreuz und Pein, o armes Dorf-schullehrerlein", die ich Joseph Pronadl in den Mund gelegt habe, entstammt einem mündlich in verschiedenen Fassungen überlieferten Gedicht aus dem 19. Jahrhundert, das ironisch zeigt, wie es einem Großteil der Lehrer (ausnahmslos Männer) in der damaligen Zeit erging.

AUSFLUGSTIPP

Zumindest die alten Schulstandorte lassen sich besuchen, wenn sie auch teilweise überbaut sind. In Obertraubling befand sich die Schule früher im heutigen Rathaus, in Gebelkofen war die Schule im Schloss, dann in der Oberen Dorfstraße 4 („Alte Schule"). In Oberhinkofen existierte das Schulhaus in der gleichnamigen Straße, in Niedertraubling ist dort heute eine Wohnstätte der Lebenshilfe (Schloßstraße 19).

Literatur

Bäumel, Xaver: Die Geschichte der Schule Obertraubling (S. 175–195) / Die Schulen der eingemeindeten Orte (S. 196–203) / Die Obertraublinger Lehrer (S. 204–208). / Als die Kinder des Lehrers noch betteln mussten (S. 209–211). Alle in: Fendl, Josef: Obertraubling. Beiträge zur Geschichte einer Stadtrandgemeinde. Regensburg, 1982.

Fendl, Josef: Beiträge zur Schulgeschichte des Regensburger Südostens (= Beiträge zur Geschichte des Landkreises Regensburg 11). Regensburg, 1976.

Lippert, Heinrich: Geschichte der Schule und des ehemaligen Schulsprengels Thalmassing (1643–2016). Kollersried, 2018. Besonders S. 89 und S. 526–528.

O.V.: Das Dorfschulmeisterlein. In: Feuerwerker-Liederbuch von 1883. Online: https://www.volksliederarchiv.de/willst-wissen-du-mein-lieber-christ-das-arme-dorfschulmeister-lein/ (27.12.2022)

Pronadl, Joseph: Local-Geographie des Pfarrdorfes Obertraubling. O.O., 1844.

Zum Weiterlesen für Kinder

Holtei, Christa: Damals und heute – Kinderalltag vor 100 Jahren und heute. Hamburg, 2013.

Smith, Shoham: Wer hat eigentlich die Schule erfunden? Basel / Lausanne, 2021.

95

GEORG, DER HOFBESITZER, UND DIE FREIHEIT (1847)

Jahrhundertelang war ländliches Leben durch Lehnsformen geregelt. Im 19. Jahrhundert ist es allerdings rasch verschwunden und glücklicherweise erinnert keine deutsche Rechtsinstitution heute mehr an die Ordnung der Menschen in Freie und Unfreie. Georg Ebentheuer aus Scharmassing war ein Mann, der sich noch lebhaft an das neue aufregende Gefühl der Freiheit erinnern konnte.

*

Manchmal konnte man sich schon die Augen reiben, wie sich die Welt veränderte. Nein, Georg meinte nicht das kürzliche Unglück auf seinem Scharmassinger Hof. Vor zwei Wochen war dort seine gesamte Heu- und Wagenschupfe abgebrannt. Und das nicht wegen Fahrlässigkeit oder schlicht durch Pech. Er war überzeugt: Dieser Brand war gelegt worden. Und endlich hatte das nun auch die Polizei eingesehen und Ermittlungen eingeleitet. Als er heute das „Königlich bayerische Intelligenzblatt für die Oberpfalz und von Regensburg" aufgeschlagen hatte, las er mit Genugtuung die dortige Bekanntmachung:

Am 11. Dezember, nachmittags nach drei Uhr sei die Scheune vom Feuer in Asche verwandelt worden, welches gelegt worden sein soll. „Einiger Verdacht fällt auf einen Mann von mittlerem Alter und solcher Größe, mit einem gelbblassen, pockennarbigen Gesichte ohne Bart, mit einer Mütze von grauweißem Pelze, und einem weißlichen tuchenen Mantel angetan, in der Hand einen Sack tragend. Dieser Mann bettelte um 2 ¾ Uhr an jenem Nachmittage im Ebentheuer'schen Hause und war mit der erhaltenen Gabe sehr unzufrieden. Woher er kam, oder wohin er ging, wie seine nähere Beschreibung, kann nicht angegeben werden. Man stellt an alle Justiz- und Polizeibehörden das Ersuchen, um Anordnung geeigneter Spähe [Ermittler] und um Mittheilung etwaiger Wahrnehmungen."

Sich um solcherlei Dinge zu kümmern, war ein Ärgernis und gleichzeitig ein Privileg der Freiheit, die Georg Ebentheuers Familie seit einigen Jahrzehnten genießen durfte. Dazu hatte gleich am Anfang gehört, den alten, nun frei gewordenen Hof in der Ortsmitte zu verlassen und einen neuen östlich der Ortschaft zu bauen. Eben jener, der nun offenbar in den Fokus eines gemeinen Brandstifters gerückt war, der Vergeltung für ein angebliches Unrecht üben wollte. Aber das scherte Georg Ebentheuer weniger, als er vermutet hatte. Verglichen mit dem Unglück vor zwei Jahren, als sein kleiner Sohn beim Hausbau verunglückt und zwei Stockwerke tief gefallen, danach jedoch wieder genesen war, war das nichts. Niemand war zu Schaden gekommen, das war das Wichtigste.

Vor diesen Unglücksfällen aber hatten zufriedenstellende Jahre gelegen. Auch auf dem alten Ebentheuer-Hof in der Ortsmitte. Und das war es, woran Georg nun ganz plötzlich hatte denken müssen. Mehr als zwei Jahrzehnte war es her, dass der Hof nun wirklich sein Eigentum und er selbst und seine Familie unabhängig waren.

Zuvor hatte alles dem Grafen von und zu Lerchenfeld in Gebelkofen als Gutsherrn gehört. Zwar hatten sie zwischen 1797 und 1822 ein Erbrecht gehabt, aber doch blieb ein Stück Unfreiheit. Als er noch Kind gewesen war, so erinnerte er sich, waren stets Zehntabgaben zu erbringen: Getreide-, Geflügel- und andere Zehente, ebenso wie Gespannarbeiten und andere Abgaben, zu denen sein Vater Johann Georg verpflichtet war. Der konnte sich sogar noch erinnern, wie in seiner Kindheit das Leibrecht gegolten hatte. Erst 1797 war ihm das Erbrecht gegen 2000 Gulden verliehen worden. Das hatte er als ungeheuren Fortschritt empfunden. Für Georg hingegen war es fast unvorstellbar, nicht gänzlich frei und sein eigener Herr zu sein.

Er malte sich aus, was das für seine Kinder und Kindeskinder bedeuten würde: Frei zu sein. Würden sie bei all diesen Möglichkeiten den Hof verlassen? Oder würde auch noch in Generationen ein Ebentheuer auf dem Hof wohnen und vielleicht ebenso kopfschüttelnd zurückschauen? Georg lief zur kleinen Kapelle hinüber. Sie hatten sie nach dem Unglück mit dem Sturz zum Dank gebaut. Immer, wenn er dort war, überkam ihn eine seltsame Ruhe – und die Gewissheit, dass die Welt sich weiterdrehen würde und er und die Seinen darin ihren gerechten Platz hätten.

*

Die Familie Ebentheuer ist bereits seit Jahrhunderten auf Bauernhöfen in Scharmassing nachgewiesen. Häufiger tauchen beispielsweise Johann Georg (1772–1852) und dessen Sohn Georg (1805–1874) in den Qellen auf. Besonders viel über die Bedeutung der Familie habe ich aber in einem intensiven Gespräch mit Maria Wittich (1926–2022), geborene Ebentheuer, erfahren. Sie hat das Wissen um Atmosphäre ergänzt.

Viele Geschichten hätte man erzählen können. Für Georg Ebentheuer habe ich mich entschieden, weil er in einer Zeit gelebt hat, in der sich für viele Menschen in Bayern das Leben entscheidend änderte. Es waren jene Jahre, in der sich unter dem Einfluss der Französischen Revolution und der Napoleonischen Herrschaft in Bayern ein moderner Staat herausbildete. Wesentlich dafür war das Wirken des Ministers Maximilian von Montgelas. Als Aufklärer war er mit den fortschrittlichen Ideen aus Frankreich vertraut und übernahm einiges für seine Neuordnungsbemühungen in Bayern. Darunter war auch die Aufhebung der Leibeigenschaft mit dem sogenannten Organischen Edikt über die Rechte der Grundherren vom 28. Juli 1808.

Für Menschen wie die Familie Ebentheuer bedeutete das eine völlig neue rechtliche Stellung. Zuvor waren sie Teil eines Systems von Abhängigkeiten gewesen. Für den Lehnsherren, hier den Grafen von und zu Lerchenfeld, war das eine komfortable Einnahmequelle. Sie blieb aber auch erhalten, wenn damit nicht mehr persönliche Unfreiheit verbunden war. Das erkannten viele bayerische Adelige und gewährten – noch vor dem Edikt von 1808 – zunehmend mehr Rechte.

So könnte es auch auf dem Ebentheuer-Hof in Scharmassing gewesen sein, denn es ist überliefert, dass Johann Georg Ebentheuer 1797 durch den Grafen von und zu Lerchenfeld das Erbrecht verliehen worden war. Es stellte die sicherste Rechtsform eines Lehenträgers, aber immer noch persönliche Unfreiheit dar. Im Gegensatz zum Stiftrecht, das nur wenige Jahre galt und jederzeit kündbar war, und zum Leibrecht, das ein lebenslanges Bewirtschaftungsrecht bedeutete, war das Erbrecht dauerhaft.

Erst 1822 – so lange zog sich der 1808 begonnene Prozess hin – wurden die Ebentheuers im modernen Sinne frei. Nun wirtschafteten sie in die eigene Kasse und Georg Ebentheuer nutzte diese Chance, um sich am Rand von Scharmassing zu vergrößern. Dabei geschah das geschilderte Unglück, das einen glimpflichen Ausgang hatte. Wie bedeutsam dieses Glück der Rettung des kleinen Jungen für die Familie war, zeigt sich bis heute in der kleinen Marien-Kapelle mit Glockenturm.

AUSFLUGSTIPP

Über die Entstehung des modernen Bayern erzählt lebhaft die Dauerausstellung im Haus der Bayerischen Geschichte in Regensburg. Sowohl Führungen für Erwachsene, als auch das Mitmachheft für Kinder nimmt auch die Zeit des Ministers Montgelas unter die Lupe.

Literatur

Ich danke Maria Wittich für das ausführliche Gespräch zum Ebentheuer-Hof in Scharmassing. (21.07.2021)

Bader, Matthias: Lehenswesen in Altbayern. In: Historisches Lexikon Bayerns. Online. http://www.historisches-lexikon-bayerns.de/Lexikon/Lehenswesen_in_Altbayern (06.02.2023)

Doerfler, Heinrich: Scharmassing. In: Fendl, Josef: Obertraubling. Beiträge zur Geschichte einer Stadtrandgemeinde. Regensburg, 1982. S. 88–92.

Weis, Eberhard: Montgelas – Der Architekt des modernen bayerischen Staates 1799–1838. München, 2005.

Zum Weiterlesen für Kinder

Bentele, Günther: Leben im Mittelalter - Der Kesselflicker und die Rache der Bauern. Würzburg, 2010. (Es geht zwar um das Mittelalter, aber die Idee des Lehnswesens wird hier gut erklärt.)

ERNA, DIE NEUGIERIGE, UND DIE EISENBAHN (1859)

Überall war es das gleiche Bild: Wo die Eisenbahn zum ersten Mal fuhr, da staunten die Leute. In Scharen liefen sie herbei, um das „eiserne Ross" zu sehen, das die Kutsche nach und nach ablösen würde. Viele fürchteten sich jedoch auch. Nur eines konnte niemand: Egal finden, was da Revolutionäres geschah. In Obertraubling war es 1859 so weit.

*

Erna träumte von der Eisenbahn. Nun ja, nicht direkt vom Zug, sie hatte ja solch eine Maschine noch nie gesehen. Aber gehört hatte sie davon und sie stellte sich das Ganze irgendwie als ein metallenes Pferd vor, das aber statt auf Beinen auf Rädern stand und mächtig schnaubte. So wie der Ackergaul aus dem Stall, wenn er ordentlich zu ziehen hatte.

Aber morgen, da würde es soweit sein. Sie hätte dann nicht mehr nur von der Eisenbahn gehört und geträumt, sie hätte sie tatsächlich gesehen. Denn morgen würde der Zug nach Obertraubling kommen. Der Lehrer Pronadl hatte es vor einigen Wochen ernst und würdevoll aus dem Regensburger Tagblatt vorgelesen:

„Die Bahnstrecke von Landshut nach Regensburg und von da nach Hersbruck, sowie die Bahnstrecke von Geiselhöring nach Straubing wird am Montag, den 12. Dezember sowohl für die Personen- und Reisegepäck-, als für die Güterbeförderung dem allgemeinen Verkehr übergeben. Hiernach ist der Betrieb für die Linie München – Regensburg – Nürnberg vollständig eröffnet.

Den Verkehr vermitteln: 6 Personenzüge, wovon 2 von München, 2 von Regensburg, 2 von Nürnberg abgehen. Die Abgangs- und Ankunftszeiten auf den Haupt- und Zwischenstationen sind aus dem veröffentlichten Fahrplan, welcher in den Stationslokalitäten und in den Gasthäusern angeschlagen ist, zu ersehen. Die Betriebsordnung mit Tarifen und die Fahrpläne liegen bei den Expeditionsstellen zum Verkauf gegen die Selbstkosten auf.“

Seit Monaten war gebaut worden: Erde wurde bewegt, Schwellen befestigt, Schienen verlegt. Sie hatte jemanden sagen hören, dass der Fürst Maximilian von Thurn und Taxis selbst eine Eisenbahngesellschaft gegründet hatte. Ob er wohl auch selbst mit der Bahn fahren wollte? Seine Kutsche war bestimmt sehr bequem und brachte ihn auf angenehme Weise, wohin er wollte. Erna brachte keine Kutsche irgendwohin. Wohin sie wollte, da lief sie hin. Im Dorf sowieso, vielleicht auch mal nach Oberhinkofen. Ein paar Mal war sie auch in Regensburg gewesen in den 23 Jahren ihres bisherigen Lebens. Und in diesen mehr als zwei Jahrzehnten konnte sie sich kaum an einen aufregenderen Tag als morgen erinnern.

Nachdem sie endlich eingeschlafen war, erwachte sie mit dem ersten Licht. Es war noch neblig an diesem Dezembertag des Jahres 1859, von der Donau zogen die Schwaden herauf. Es würde noch eine Weile dauern, bis die Eisenbahn kam. Erna zog ihr schönstes Festkleid an. Heute war schließlich ein besonderer Tag.

Als sie auf die Straße trat, bemerkte sie, dass fast der ganze Ort auf den Beinen war. Auf dem Weg zum Bahnwärterhäuschen begegneten ihr Freundinnen und Nachbarn, aber auch Pfarrer Gottscheid und einige wichtig aussehende Männer, die sich offenbar über allerlei Fachliches zur

Eisenbahn unterhielten. Am Gleis dann strebte die Aufregung dem Höhepunkt zu. So weit Erna sehen konnte, reihten sich die Menschen auf beiden Seiten der Schienen. Jeder postierte sich, dass er gut sehen konnte. Und dann hörte man auch schon das dumpfe Gerassel, man sah den Dampf der heranbrausenden Lokomotive. Fast meinte Erna, den Fürsten hinter einem der Fenster erkannt zu haben. Aber sicher wusste sie das nicht. Schließlich schoss die Eisenbahn an ihr vorbei, bestimmt dreimal so schnell wie eine Kutsche. Sie sah kurz das Stadtwappen von München, dann war der Zug schon weg.

Es war nur eine Sache von Minuten gewesen, aber sie war sich sicher: Dieses Erlebnis würde sie ihr Lebtag nicht mehr vergessen. Im Gegensatz zu der alten Frau Schwarzbacher neben ihr, die mit angstvoll aufgerissenen Augen auf den Koloss gestarrt hatte, war Erna vollkommen begeistert gewesen. Diese neue Sache bot so viele Möglichkeiten. Wenn sie irgendwann ein bisschen Geld hätte, könnte sie selbst zu anderen Orten fahren, die sie noch nie gesehen hatte. Vater hatte gesagt, er könnte das, was sie von der Ernte nicht brauchten, nach Regensburg verkaufen. Und wer weiß, was noch alles möglich war.

Das musste sie der Mutter schreiben, die derzeit bei Verwandten in Pfatter war, und so nahm sie noch an Ort und Stelle Papier und Bleistift zur Hand. Sie würde ihrer Mutter jedes Detail genau schildern. Zu schade, dass sie dieses Ereignis verpasst hatte. Und dann würde bestimmt jemand den Brief mitnehmen. Das würde zwar eine Weile brauchen, aber jetzt, wo es die Eisenbahn gab, konnte es da noch lange dauern, bis die Post auch mit dem Zug fuhr?

Und würde dann vielleicht auch Obertraubling eine Poststelle bekommen, wo es doch so wunderbar an der Eisenbahnstrecke lag? Das alles schrieb Erna für ihre Mutter nieder und konnte doch nicht ganz in Worte fassen, wie bedeutend ihr das Geschehene gewesen war.

*

1835 begann in Bayern das „Eisenbahnzeitalter". Mit der Eröffnung der Zugstrecke von Nürnberg nach Fürth war der Umschwung vom Zeitalter der Pferdekutschen zum Maschinenzeitalter auf der Bahnstrecke unaufhaltsam eingeläutet. Dazu war vieles nötig gewesen: die Erfindung der Dampfmaschine, die umfangreiche Nutzung von Kohle als Brennstoff und die Erschließung des Landes für diese neue Art der Fortbewegung.

Als das alles jedoch geschafft war, gab es kein Halten mehr. Viele Gegenden wollten erschlossen werden – und der bayerische Staat unterstützte kräftig. Doch nicht überall war das Interesse der Investoren gleich groß. Ostbayern verharrte noch ein wenig in einem Dornröschenschlaf, bis sich 1856 Fürst Maximilian von Thurn und Taxis, der Kaufmann Georg Neuffer aus Regensburg sowie mehrere Banken und Bankiers zusammentaten und die „Königlich privilegierte Gesellschaft der bayerischen Ostbahnen" gründeten. Sie erhielt am 12. April des Jahres die Konzession zum Bau von vier Eisenbahnlinien. Obertraubling lag an der Linie Landshut – Geiselhöring – Nürnberg. Erst später – nämlich 1873 – wurde es durch die Abkürzungsstrecke, die die Passauer und die Münchner Strecke miteinander verknüpfte, zum Eisenbahnknotenpunkt.

Doch schon als 1859 der allererste Zug durch Obertraubling dampfte, konnten die Bewohner*innen ahnen, dass dieses Ungetüm ihre kleine Welt umkrempeln und größer machen würde. Das galt nicht nur für die vier Bediensteten, die bei der Bahn in Obertraubling eine Anstellung in einem Beruf fanden, den es zuvor noch gar nicht gegeben hatte. Auch den für den Bahnbau beschäftigten Handwerkern, den Postbediensteten, Gast- und Landwirten bot die Eisenbahn ungeahnte Möglichkeiten. Und auch private Kontakte wurden vielfältiger und weitläufiger, wenn man nun unkompliziert in andere, weiter entfernte Orte kam.

Bis am Ende des 19. Jahrhunderts die bekannte Federzeichnung des Pfarrdorfs Obertraubling entstand, die so prominent am unteren Bildrand einen durchfahrenden Zug zeigt, hatte Obertraubling noch einmal erheblich an eisenbahnerischer Bedeutung gewonnen. Durch den Bau der Abkürzung 1873 auf der Strecke München – Regensburg über Obertraubling teilten sich hier die Linien nach München und Passau. Deshalb wurde die Strecke im Laufe der folgenden Jahre zweigleisig ausgebaut, ein Weichenturm entstand, immer mehr Bedienstete waren in Obertraubling angestellt.

Und auch im 20. Jahrhundert erlebte die Eisenbahn in Obertraubling noch einen Aufstieg, bevor andere Verkehrsmittel und Infrastrukturplanungen nach und nach zu einem Rückgang führten. Wohin Obertraublings Eisenbahngeschichte zukünftig verläuft, das wird sich zeigen müssen. Mit dem Flughafenexpress Richtung München ist Obertraubling erneut die Eisenbahn „regelrecht in den Schoß gefallen". Aber ohne ein schöneres Bahnhofsumfeld, einen modernen barrierefreien Ausbau des Bahngeländes und einen Busanschluss wird eine Nachkommin von Erna womöglich bald das Ende der Eisenbahn in Obertraubling beklagen müssen.

AUSFLUGSTIPP

Der Bahnhof ist nicht nur aus praktischen Beweggründen ein gutes Ziel, um klimafreundlich Richtung Ingolstadt, München, Plattling, Schwandorf, Straubing und vor allem Regensburg zu reisen. Auch Trainspottern bieten sich vom Bahnhof oder der Brücke über die B15 gute Ausblicke auf Züge und Bahngelände. Und wer noch mehr wissen will: Das DB-Museum in Nürnberg kann man bequem mit der Bahn erreichen und dort nicht nur die Geschichte der Bayerischen Ostbahnen kennenlernen.

Literatur

Mages, Emma: Bayerische Ostbahn-Aktiengesellschaft (1856–1875). In: Historisches Lexikon Bayerns. Online: https://www.historisches-lexikon-bayerns.de/Lexikon/Bayerische_Ostbahn-Aktiengesellschaft_(1856–1875) (27.12.2022)

Mages, Emma: „... mit Dampfesflügeln auf der Eisenstraße fahren ...". 150 Jahre Eisenbahn im Regensburger Land. In: Regensburger Land 2/2009. S. 45–62. Online: https://www.heimatforschung-regensburg.de/225/1/RL_2_2009_Mages.pdf (27.12.2022)

Zeitler, Walther: Obertraubling und die Eisenbahn. In: Fendl, Josef: Obertraubling. Beiträge zur Geschichte einer Stadtrandgemeinde. Regensburg, 1982. S. 217–228.

Schivelbusch, Wolfgang: Die Geschichte der Eisenbahnreise. Zur Industrialisierung von Raum und Zeit im 19. Jahrhundert. Frankfurt, 2000.

Zum Weiterlesen für Kinder

Steele, Alastair: Auf Schienen durch die Zeit. Die Geschichte der Eisenbahn. München, 2022.

JOSEF UND MATHIAS, DIE FEUERWEHRLER, UND DAS NEUE HAUS (1890)

Noch bevor sich 1868 der Bayerische Landes-Feuerwehr-Verband in München gründete, hatten mehr als ein Dutzend Männer aus Gebelkofen die Idee, zu Floriansjüngern zu werden. Sie engagierten sich in der Freiwilligen Feuerwehr Gebelkofen, die wuchs und gedieh und sich schon bald vergrößerte. Davon erzählt auch das Treffen zwischen Josef und Mathias, die den Bau eines neuen Feuerwehrhauses auf den Weg brachten.

*

Josef Rieger und Mathias Folger saßen an diesem Juniabend des Jahres 1890 eng nebeneinander im Gasthaus in Gebelkofen. Sie studierten noch einmal den Plan zur Erbauung des Feuerhauses, den sie zusammen mit einer Erklärung der Situation vor Ort an das Königliche Bezirksamt schicken und um Genehmigung ansuchen wollten. Der Kommandant und der Vorstand waren überzeugte Feuerwehrler. Mathias war seit 1881 mit Feuereifer dabei, Josef hatte sich sogar schon 1876 in den Dienst der Wehr gestellt. Als Müller wusste Josef nur zu gut, wie eine Feuerwehr vor Ort im Notfall oft Schlimmeres verhindern konnte.

Die letzten zweieinhalb Jahrzehnte seit der Gründung der Freiwilligen Feuerwehr in Gebelkofen 1865 hatten es gezeigt: Eine Wehr am Ort war durch nichts zu ersetzen. 16 Männer hatten sich deshalb dem Motto „Gott zur Ehr', dem Nächsten zur Wehr" verschrieben. Und das unter anfangs schwierigen Bedingungen. Sie hatten wohl, das hatte ihm der Wagner Michael erzählt, zunächst nur eine alte Feuerspritze vom Lerchenfelder Gutsbetrieb ihr Eigen genannt. Die hatte kaum der ersten feuerpolizeilichen Überprüfung standgehalten und war als reparaturbedürftig eingestuft worden.

Als Josef der Feuerwehr beigetreten war, hatte die Sache schon anders ausgesehen: Eine vierrädrige Saug- und Druckpumpe war angeschafft und für sie ein Löschmaschinenhaus gebaut worden. Weitere Geräte und ein Pferdemannschaftswagen waren dazugekommen. Das alles war wichtig für eine moderne Brandbekämpfung, aber ein Problem hatten sie nun: Ihr Maschinenhaus war einfach zu klein. Deshalb saß Josef am heutigen Abend mit Mathias zusammen und sie gingen noch einmal den Plan und ihren schriftlichen Antrag durch.

Sie hatten ganz exakt zeichnen lassen, wie das neue Feuerhaus aussehen sollte. In vier Ansichten lag der Plan vor. Im Schnitt zeigte sich die Dachbalkenlage, der Grundriss verriet, wie die gesamte Ausstattung im Haus Platz finden konnten. Nur der zweireihige Mannschaftswagen würde weiterhin im nahegelegenen Gutshof stehen. Die Seitenansicht diente der Erhellung der Dachplanung und die Giebelseite zeigte, wie das Haus von der Straße aus zu sehen sein würde. Sie hatten neben der großen Einfahrt sogar eine abgesetzte Fassade geplant.

All das war dringend nötig. Schließlich wurde die Wehr immer öfter zu Einsätzen gerufen. Brände in Gebelkofen und den umliegenden Dörfern kamen zwar selten vor, aber wenn es brannte, dann musste schnell und mit allen verfügbaren Mitteln und Männern geholfen werden. Deshalb löschten die Gebelkofener auch nicht nur im eigenen Dorf.

Gab es Alarm und sie erfuhren davon, so eilten sie nach Wolkering, Köfering, Alteglofsheim, Obertraubling, Niedertraubling, Thalmassing, Weilohe, Oberhinkofen, Scharmassing und Egglfing. In nachbarschaftlicher Löschhilfe taten sie, was sie konnten – und wussten, dass auch sie Hilfe erwarten könnten, wenn es einmal in Gebelkofen im Wortsinne brenzlig würde.

Mathias verstaute den Plan und das Schreiben und versprach beides am nächsten Tag zur Poststation zu nehmen. Geschafft. Nun konnten die beiden nur hoffen, dass das Bezirksamt die Dringlichkeit ihrer Lage erkannte und das neue Feuerhaus recht bald genehmigte. Darauf prosteten sie einander gehörig mit den Bierkrügen zu und wandten sich anderen Themen zu.

*

Rasch hintereinander jährten sich in den Jahren 1965, 1973, 1974 und 1978 die 100-jährigen Gründungsjubiläen der Freiwilligen Feuerwehren Gebelkofen, Obertraubling, Oberhinkofen und Niedertraubling. Nun werden es in ebenso rascher Folge die 150-jährigen Jubiläen sein. Daran ist schon erkennbar, dass es in der zweiten Hälfte des 19. Jahrhunderts eine regelrechte Gründungswelle gegeben haben musste.

Im Gemeindegebiet konnte dabei Gebelkofen auf die längste Geschichte zurückblicken, sie ist überhaupt die drittälteste Wehr im Landkreis Regensburg. Die Obertraublinger zogen 1873 nach, Oberhinkofen folgte 1874 dicht darauf und Niedertraubling schloss schließlich 1878 den Reigen.

Die Geschichte um den dritten Kommandanten in der Geschichte der Gebelkofener Wehr, Josef Rieger, und, nach Georg Schuster, den zweiten Vorstand Mathias Folger, ist im Juni 1890 angesiedelt. Damals existierte die Feuerwehr in Gebelkofen schon stolze zweieinhalb Jahrzehnte und war zu einer wichtigen Institution im Dorf geworden. Bei wohl nicht viel mehr als 50 Häusern am Ort waren – so sagt es die 1899 rückblickend aufgeschriebene Mitgliederliste – vermutlich knapp 30 Männer in der Freiwilligen Feuerwehr.

Aber warum entstand nun in der zweiten Hälfte des 19. Jahrhunderts der Wunsch nach Freiwilligen Feuerwehren? Das hatte viele Gründe. Die Brandbekämpfung war nur einer davon. Schon vorher war sie im Bedarfsfall oberste Bürgerpflicht gewesen. Und vor allem Grundherren hatten auch schon Brandbekämpfungsgerät angeschafft, um ihr Hab und Gut zu sichern. So war es auch in Gebelkofen, wo auf dem Lerchenfeldschen Gut eine Löschspritze vorhanden war.

Doch mit der Industrialisierung entstanden neue Waren – auch Angebote zur Brandbekämpfung –, mit der nationalen Bewegung im Zuge der deutschen Reichsgründung kam das Vereinswesen in Schwung und auch die bayerische Staatsregierung wies ihre Bezirksämter an, die Gründungen tatkräftig zu unterstützen. Was genau in Gebelkofen den Ausschlag gab, lässt sich nicht mehr ermitteln.

Aus dem Juni 1890 ist noch die Genehmigungsurkunde für das Feuerhaus überliefert. Denn das königliche Bezirksamt beschied den Antrag positiv. Es wusste um die Erfolge der Gebelkofener Wehr wie auch des gesamten bayerischen Feuerwehrwesens. In der regelmäßig erscheinenden „Zeitung für Feuerlöschwesen" konnten die Beamten sehen, wie sich die Wehren professionalisierten, eine Ausbildung für ihre Mitglieder und ein

Unterstützungsnetzwerk für die wichtige, gleichwohl aber auch gefährliche Tätigkeit bereitstellten.

Das 1890 beantragte neue Feuerwehrhaus gibt es seit 1969 nicht mehr. Die Entwicklung der Feuerwehren, einschließlich ihrer Motorisierung, hat neue Gebäude nötig gemacht und die Freiwillige Feuerwehr Gebelkofen ist seitdem mehrmals umgezogen.

Ähnliche Geschichten ließen sich von den Freiwilligen Feuerwehren Obertraubling, Niedertraubling und Oberhinkofen erzählen. Da diese drei das aber auch digital tun und dazu teils wunderbare historische Fotos liefern, war diese Erzählung stellvertretend für alle Feuerwehrler und mittlerweile in großer Zahl auch Feuerwehrlerinnen zwei Urgesteinen aus Gebelkofen gewidmet.

AUSFLUGSTIPP

Möglichkeiten zur Begegnung mit der Freiwilligen Feuerwehr – sei es bei Festen, durch Mitgliedschaft oder während öffentlicher Auftritte – gibt es reichlich. Noch immer haben die Ortsteile eigene Freiwillige Feuerwehren, die sich über Interesse der Bürger*innen stets freuen und auch für Kinder und Jugendliche ein breites Nachwuchsangebot bereitstellen. Wer einen größeren Ausflug machen möchte, wird im bayerischen Feuerwehrmuseum im oberbayerischen Waldkraiburg fündig.

Literatur

FFW Gebelkofen (Hrsg.): 120 Jahre Freiwillige Feuerwehr Gebelkofen. 1865–1985. Gebelkofen, 1985.

FFW Niedertraubling (Hrsg.): 100-jähriges Gründungsfest mit Fahnenweihe der Freiwilligen Feuerwehr Niedertraubling am 30. Juni – 3. Juli 1978. Niedertraubling, 1978.

FFW Niedertraubling (Hrsg.): Die Chronik der FF Niedertraubling. Online: https://niedertraubling.feuerwehren.bayern/verein/chronik/ (01.01.2023)

FFW Oberhinkofen (Hrsg.): 125 Jahre Freiwillige Feuerwehr Oberhinkofen. 25. bis 28. Juni 1999. Oberhinkofen, 1999.

FFW Obertraubling (Hrsg.): 125 Jahre Freiwillige Feuerwehr Obertraubling. Obertraubling, 1998.

Generaldirektion der Staatlichen Archive Bayern (Hrsg.): „Gott zur Ehr, dem Nächsten zur Wehr". Zur Geschichte der Feuerwehr in Bayerisch-Schwaben. München, 2000.

Neugebauer, Florian: Historie der Feuerwehren – weit mehr als »fade« Geschichte. In: Brandwacht. Zeitschrift für Brand- und Katastrophenschutz 4/2019. S. 133–134.

Rassek, Bernd-Dietrich: „Feuerswehren": Das Entstehen der Freiwilligen Feuerwehren in Deutschland. Wuppertal, 2016.

Zum Weiterlesen für Kinder

Finan, Karin: Feuerwehr. Retter im Einsatz. Nürnberg, 2013.

Hüttner, Hannes: Bei der Feuerwehr wird der Kaffee kalt. Berlin, 2003. (Das ist ein Klassiker von 1969.)

MARIA, DIE NÄHERIN, UND IHRE ERSTE NÄHMASCHINE (1895)

Viele Berufe wurden früher im Haus des Kunden angeboten. Die Handwerker*innen gingen dafür auf die Stör, sie zogen herum, boten ihre Dienste an und führten sie vor Ort aus. Auch die Naderin, ein altes Wort für Schneiderin, Maria Bremm zog so in der Gemeinde herum und bot ihre Dienste beispielsweise auf dem Ebentheuer-Hof in Scharmassing, beim Stierstorfer in Piesenkofen, auf dem Heimlerhof in Niedertraubling an.

*

Sie würde es schaffen. Sie hatte so viel erreicht in ihrem Leben – und sie hatte große Träume. Andere hatten zwar immer wieder behauptet, sie führe ein elendes Leben, aber das stimmte einfach nicht. Ihre Eltern sollten sie nur machen lassen, sie würde schon zeigen, was in ihr steckte. Ganz gewiss eine Damenschneiderin. Darum wollte sie auch ein eigenes Geschäft eröffnen, hier im elterlichen Anwesen. Sie sah die Anzeige im amtlichen Adressbuch für Handel und Gewerbe von 1895 schon vor sich: Maria Bremm, Naderin aus Piesenkofen.

Sie erinnerte sich an ihre Lehre zurück. Als sie sich – nach vielen erfolglosen Versuchen bei anderen Schneidermeisterinnen – in Alteglofsheim bei Maria Beer-Aumeier vorstellte, hatte sie ihre Lebensgeschichte erzählen müssen. Als sie fertig war, hatte die Meisterin anerkennend genickt und sie als Lehrling aufgenommen.

Maria hatte ihr erzählt, wie es dazu gekommen war, dass sie einhändig und trotzdem überaus geschickt war. Sie war am 29. Juli 1876 mit zwei gesunden Händen geboren, aber – sie wusste es nicht mehr ganz genau – mit sieben oder acht Jahren war sie von einem Insekt gestochen worden. Die Wunde hatte sich entzündet und die Behandlung beim Bader nichts gebracht. Als der aus Donaustauf hinzugerufene Landarzt den Verband abnahm und die blauschwarz verfärbte Hand sah, schüttelte er nur bedächtig den Kopf. Da war nichts mehr zu retten. Wollte sie überleben und nicht an einer Blutvergiftung sterben, so musste die Hand abgenommen werden. Maria hatte sich schrecklich gefürchtet. Wohl noch mehr, wenn sie geahnt hätte, dass zwar die Amputation gut verlaufen würde, die Wunde sich aber entzünden und sie schwer erkranken würde.

Als sie sich endlich wieder erholt hatte, stellten die Eltern fest, dass sie als Bauersfrau nun ganz sicher kein Auskommen mehr finden würde, sie müsse sich auf ein Leben als Hausiererin einstellen. Maria war entsetzt – und kämpferisch. Sie wollte nicht von der Hand in den Mund leben müssen und irgendwelche Kleinigkeiten von Haustür zu Haustür gehend verkaufen. Nein, sie würde mit der linken Hand das Nähen lernen und Schneiderin werden. Die Eltern mahnten wieder: „Schneiderin, mit nur einer Hand? Nein, das geht nicht." Sie blieb dabei, es musste einen Weg geben. Unermüdlich übte sie und war bald so geschickt wie die anderen Mädchen. Sie stopfte Socken und flickte Kleidung. Doch als sie die Schule beendet hatte und nach einer Lehrstelle suchte, sahen die angesprochenen Schneidermeisterinnen stets nur eines: die fehlende Hand.

Bis Maria Beer-Aumeier den Schritt gewagt und sie als Lehrmädchen eingestellt hatte. Sie lehrte sie innerhalb eines halben Jahres das Schneidern von Hemden, Röcken und Hosen, das Ausbessern und Verzieren von Kleidung. Das vierteljährliche Lehrgeld von immerhin 35 Mark musste die Familie mit elf Kindern mühsam erwirtschaften. Die Mutter Sophie baute mehr Kraut an und verkaufte es. Maria sparte, wo sie konnte. Zum Mittag brachte sie sich einen Bröselschmarrn oder Fingernudeln mit. Etwas so Gutes wie die Meisterin, die am Nachmittag Kaffee trank und Gesundheitskuchen aß, konnte sie sich nicht leisten.

Als Maria ihre Lehre beendet hatte und erste Stücke selbst fertigte, wurde sie eine allseits beliebte und gesuchte Schneiderin. Die Eltern unterstützten sie, sich eine erste Ausstattung zuzulegen: Knopflochschere, Zuschneideschere, Handschere, Fingerhut, Maßband, Nadelkissen, Steck-

und Nähnadeln brauchte sie. Und natürlich Zwirn, der teuer war. Eine der ersten Kundinnen war Frau Lang vom Gutshof in Niedertraubling. Sie hatte wegen einer Bluse nach ihr schicken lassen und sie hatte sie zur großen Zufriedenheit der Gutshofpächtersfrau maßgeschneidert. Von dem Geld hatte sie sich eine handbetriebene Nähmaschine gekauft und war auch an ihr kunstfertig geworden.

Wegen dieser Erfolge war sie sich sicher: Bald schon würde sie nicht mehr nur auf die Stör gehen, sondern ihr eigenes Geschäft haben und – wenn sie einen Mann gefunden hatte – die Liebe zur Schneiderei auch an ihre eigenen Töchter weitergeben.

*

Vor mehr als drei Jahrzehnten hat glücklicherweise der damalige Ortsheimatpfleger Pius Detterbeck viele Menschen aus Obertraubling und den anderen Dörfern der Großgemeinde interviewt, die besonders traditionsreichen Berufen nachgingen. So hat er unschätzbare Zeugnisse gesammelt, die das frühere Dorfleben erhellen. Besonders berührt hat mich die Geschichte von Maria Bremm, verheiratete Wirth, deren Tochter Maria (verheiratete Bücherl) die Schneiderei der Mutter fortführte und dem Heimatpfleger die Geschichte der Naderei in Piesenkofen 1987 erzählte.

Aus diesem Grund und wegen der im Heimatmuseum Oberhinkofen ausgestellten Schneiderutensilien von Maria Wirth und ihrer Tochter wissen wir ziemlich genau über den Lebensweg und den Beruf der beiden Bescheid.

Dabei ist der unbedingte Wille von Maria Bremm, Schneiderin zu werden, besonders auffallend. Die Umstände sprachen keineswegs für diesen Weg. Denn Maria hatte ein Schicksal erlitten, wie es damals noch häufig war. Eine schwere Erkrankung zeichnete sie fürs Leben. In diesem Fall, weil ihr, nach einem Insektenstich, einer vermutlich unzureichenden Behandlung durch den Bader und einer womöglich unsauberen Operation die rechte Hand fehlte und sie lange Zeit krank gewesen war.

Dass nämlich im späten 19. Jahrhundert in den großen Städten und unter Ärzten bereits lange bekannt war, was es mit Krankheitserregern auf sich hatte und wie man sie vernichten konnte, änderte die hygienischen Gegebenheiten nicht sofort. Ein langer Prozess begann, in dem sich dieses Wissen nach und nach durchsetzte. Hinzu kam, dass für uns heute selbstverständliche Vorkehrungen, wie beispielsweise eine Tetanus-Impfung zwar möglicherweise schon erfunden waren, sich aber noch nicht verbreitet hatten.

So musste also Maria Bremm unter denkbar schlechten Bedingungen in ihr Berufsleben starten. Offensichtlich glich sie dies allerdings durch ihre Beharrlichkeit und Geschicklichkeit aus. Und überwand auch die wirtschaftlichen Schwierigkeiten, die offenbar die Aufbringung des Lehrgeldes für die vielköpfige Familie bedeutete. Im Gegensatz zu heute erhielten nämlich Lehrmädchen und -buben keinen Lohn, sondern mussten – auch im Wortsinn – Lehrgeld zahlen. Auch wenn beispielsweise in der preußischen Gewerbeordnung ein Lehrgeld am Ende des 19. Jahrhunderts nicht mehr vorgesehen war, scheint es also noch fortgelebt zu haben.

Der Name der Schneidermeisterin aus Alteglofsheim ist verschieden überliefert in der Literatur – einmal als „Beer-Aumeier" und einmal als „Bernameier". Während Doppelnamen damals nicht sehr gebräuchlich waren, findet sich doch im Regensburger Verzeichnis des königlichen Lyzeums von 1851/52 ein Schneidermeister Friedrich Beer aus Regensburg, dessen verheiratete Tochter die Meisterin gewesen sein könnte. Der Name Bernameier kommt heute in Alteglofsheim nicht vor, Aumeier schon. Aber dies sind nur Indizien.

Übrigens: Die erwähnten und heute weniger bekannten Speisen sind Bröselschmarrn (ein Kartoffelgericht aus der Pfanne) und Gesundheitskuchen (meist ein Rührkuchen, oft mit Zitronengeschmack).

AUSFLUGSTIPP

Das Heimatmuseum Oberhinkofen bietet Einblicke in verschiedene verschwundene Berufe im Dorfleben, darunter die originalen Schneiderutensilien von Maria Bremm und Maria Bücherl sowie einiges heimisches Nähmaterial vom Niedertraublinger Gutshof Lang – Doerfler – Bauer. Im Textil- und Industriemuseum in Augsburg geht es viel um Mode, doch eher um die industrielle Schneiderei, wie sie im 19. Jahrhundert langsam entsteht.

Literatur

Detterbeck, Pius: Bauernschweiß und Handwerkerfleiß. Obertraubling, 1995. S. 71–73.

Dubler, Anne-Marie: Störarbeit. In: Historisches Lexikon der Schweiz. 2012. Online: https://hls-dhs-dss.ch/de/articles/007935/2012-05-30/ (02.01.2023)

Klose, Dietrich, Jungmann-Stadler, Franziska, Königlich Bayerisches Geld. Zahlungsmittel und Finanzen im Königreich Bayern 1806–1918. Online als Auszug: https://www.pressglas-korrespondenz.de/aktuelles/pdf/pk-2011-3w-klose-preise-1800-1900.pdf (02.01.2023)

Ruhland, Josef und Brigitte: Von Schneidem und Naderinnen auf der Stör ... 26.06.2018. Online: https://www.kulturhaus-kopfing.info/geschichte-in-geschichten/erinnerungen-ent-wicklungen/auf-der-stoer/ (02.01.2023)

Vilsmeier, Gabriele: Obertraublinger Firmen und Betriebe. In: Fendl, Josef: Obertraubling. Beiträge zur Geschichte einer Stadtrandgemeinde. Regensburg, 1982. S. 253–267.

Zum Weiterlesen für Kinder

Erne, Andrea: Wieso? Weshalb? Warum? Wir entdecken Kleidung und Mode. Ravensburg, 2018.

Zwar nicht über die Näherin / Schneiderin, aber von anderen Berufen längst vergangener Zeiten erzählen: Vieser, Michaela / Schautz, Irmela: Von Kaffeeriechern, Abtrittanbietem und Fischbeinreißern. Berufe aus vergangenen Zeiten. München, 2012.

MICHAEL, DER PFARRER, UND DIE NEUE KIRCHE (1907)

Schule und Kirche – das sind die zwei am besten dokumentierten Bauten in Obertraubling. So wie von ersterer zahlreiche Inspektionsberichte vorliegen, so gibt es zur Kirche über Jahrhunderte neben den internen Pfarrbüchern etliche Visitationsprotokolle und andere Unterlagen. Sie alle berichten einerseits von der langen Geschichte der Pfarrei, die durchaus wichtig war, andererseits mindestens ebenso oft vom „ruinösen" Zustand der Kirche, die dem Andrang kaum gewachsen war. 1907 war daher nur einer von vielen Kirchenneubauten und -renovierungen im Laufe der Obertraublinger Geschichte.

*

Pfarrer Michael Müllner wusste kaum noch, wo ihm der Kopf stand. Natürlich hatte er den Neubau der Kirche in Obertraubling herbeigesehnt. Seit Jahren hatte er sich deshalb an das Ordinariat gewandt. Er hatte argumentiert, dass der Platz so beschränkt sei, dass die Kinder im Gottesdienst um den Hochaltar gedrängt stehen müssten. Er hatte beteuert, dass viele Wohltäter schon einiges an Geld gespendet hätten und weitere Zuwendungen zu erwarten wären. Und er hatte versichert, dass er all seine Kraft dem Kirchenbau widmen wolle – neben seinen alltäglichen Pflichten als Pfarrer einer großen und aktiven Gemeinde.

Und dann war plötzlich Bewegung in die Sache gekommen. Johann Baptist Schott, ein Architekt aus München, hatte Pläne gezeichnet und verschiedene Kirchenmodelle vorgeschlagen. Er selbst war für eine bescheidene Lösung gewesen, doch Obertraublings Bürger samt Bürgermeister Schroll hatten eine große Form im Kopf gehabt und sich durchgesetzt.

So war er nun also dabei, das Transportgeschehen auf der großen Baustelle zu begutachten. Und er musste sagen: Sein Arbeitsort schickte sich wirklich an, eine weithin sichtbare Perle zu werden. Die neue Kirche war im Stil des Neobarock vorgesehen: ein großer Saalbau, in dem alles auf den monumentalen Hochaltar zustrebte. Dazu Elemente des Jugendstils, wie er gerade modern war, und klassizistische Formen, die einfach immer passten.

Doch Pfarrer Müllner konnte sich nicht nur mit dem Bau befassen, so verlockend es war, täglich das Gedeihen seiner neuen Wirkungsstätte zu verfolgen. Er hatte auch weiterhin die Heilige Messe zu feiern, Taufen vorzunehmen, Tote zu beerdigen und vieles mehr. Sein Tag hätte 48 Stunden haben können und er wäre noch nicht fertiggewesen.

Wenigstens für die Messen hatte sich eine Lösung gefunden. Das am Friedhof angrenzende Neumeierhaus mit Stallung wurde zu einer Notkirche hergerichtet. Die drei Glocken läuteten auf einem notdürftig gezimmerten Gestell. Als Notkirche und Glockenprovisorium im April erstmals genutzt worden waren, hatte man sofort am nächsten Tag mit dem Abbruch der alten Kirche begonnen. Schließlich durfte man keine Zeit verlieren, die warme Jahreszeit war viel zu schnell vorüber. Und so hatte man auch den Georgstag, den Tag des Kirchenpatrons, schon am Neumeieranwesen gefeiert.

Was dem Pfarrer Sorgen bereitete, war auch der Geldbedarf. 95.000 Mark waren veranschlagt worden. Dabei hatte das Ordinariat darauf bestanden, dass die drei Altäre des bisherigen Gotteshauses in der neuen Kirche wiederverwendet würden. Aber das war nicht mehr möglich, sie waren beim Abbau stark beschädigt worden und mussten nun ersetzt werden.

Trotz seiner Sorgen war die heutige Grundsteinlegung ein Tag des Jubels und der Freude für ihn und alle Gemeindemitglieder. Erst gestern hatte sein Neffe die Aufpflanzung und Weihe des heiligen Kreuzes auf dem Bauplatz vorgenommen. Die Bevölkerung hatte dafür Kränze und Gebinde gebunden und damit alles hübsch hergerichtet. Selbst der strömende Regen hatte niemanden abgehalten.

Der Segen Gottes lag nun hoffentlich auf dem Bauplatz. Anschließend waren sie alle in die Notkirche gezogen und hatten die Allerheiligen-Litanei gebetet. Nun, am 24. Juni, dem Hochfest der Geburt Johannes des Täufers, fand die feierliche Grundsteinlegung statt. Nachdem er alle von nah und fern Gekommenen begrüßt hatte, zog die ganze Gemeinde in einem Festzug zum Bauplatz. Vorn die Kinder – die Mädchen in weißen Kleidern, die Jungen mit Fahnen. Danach folgten die Feuerwehren von Harting, Oberhinkofen, Obertraubling, anschließend der Veteranen- und Kriegerverein. Und so ging es weiter mit bekannteren und unbekannteren Gesichtern. Natürlich waren auch der Architekt Schott und die beiden Baumeister Koch und Spiegel dabei. Mit Kirchenliedern, einem Festgedicht und einem Segen geriet der Gottesdienst besonders festlich.

Pater Cornelius trat an den Altar und bestätigte, dass der Bau der neuen Kirche ein Beweis des Glaubens und der Opferwilligkeit sei. Es war ein erhabener Moment, als er dreimal auf den Grundstein klopfte und den Segen des Himmels erbat. Danach taten alle Anwesenden es ihm gleich, bevor zum Abschluss eines der wunderbarsten Kirchenlieder erklang: „Großer Gott, wir loben dich."

Abschließend und noch vor dem Festessen verlas Pfarrer Michael Müllner die Urkunde, die in den Grundstein eingelassen wurde, darin die Worte: „Im Jahre des Heiles unseres Herrn Jesu Christi 1907 am 24. Juni, als am Feste des heiligen Johannes des Täufers, unter dem Pontifikate Pius X., unter der Regentschaft seiner königlichen Hoheit des Prinzregenten Luitpold als Stellvertreter seiner Majestät des Königs Otto I. von Bayern, unter dem Episkopat seiner Exzellenz, des hochwürdigen Herrn Bischofes Antonius Dr. Ritter von Henle von Regensburg ... wurde mit oberhirtlicher Vollmacht von dem Karmeliten-Ordenspriester P. Cornelius a.a. Eliseo von Regensburg unter zahlreicher Beteiligung des gläubigen Volkes der Grundstein zu dieser Kirche gelegt und geweiht."

Danach erinnerte Müllner noch einmal an den Weg bis zu diesem Tag: „Da die bisherige Kirche sich immer mehr als zu klein erwies, so wurde besonders seit dem Jahre 1895, unter der Pfarramtsführung des Herrn Paul Brunner und unter dem Provisorate des Herrn Joseph Sperl, anfänglich eine Vergrößerung der Kirche geplant, später mit dem Bau der neuen Kirche begonnen. Die Gemeinde Obertraubling übernahm auf einstimmigen Beschluss hin sämtliche Spanndienste, sowie die Deckung jener Kosten, für die der angesammelte Baufonds nicht mehr ausreicht."

Der Pfarrer bat gen Himmel: „Möge Gott durch die Fürbitte der lieben Gottesmutter und des Kirchenpatrons, des heiligen Georg, das begonnene und schon lange ersehnte große Werk segnen und die Pfarrei Obertraubling stets unter seinen mächtigen Schutz nehmen."

Nachdem nun dieser Tag so wunderbar zu Ende ging, wollte Müllner das Seine tun, um den Bau auch gelingen zu lassen. Schließlich kann auch ein Pfarrer tatkräftig anpacken.

*

In mehreren Festschriften und Broschüren, die die wichtigsten Quellen zur Vergangenheit der Pfarrkirche St. Georg in Obertraubling versammeln, ist die Geschichte der größten Kirche der Gemeinde festgehalten. Auf der Internetseite der Kirchengemeinde ergänzen zahlreiche Bilder die Eindrücke von den Besonderheiten der Kirche. Dort wird auch die Historie der Pfarrei von ihren Anfängen vermutlich im neunten Jahrhundert bis in die Gegenwart erzählt. Das erste urkundliche Zeugnis stammt aus dem Jahr 1326 und ab da ist ein erstaunlich großer Teil der Pfarrer ebenso bekannt, wie sich die wichtigsten Geschicke des Gotteshauses rekonstruieren lassen.

Pfarrer Michael Müllner, der hier von 1899 bis 1914 wirkte, erscheint in seinen Notizen, den Erinnerungen alter Obertraublinger*innen vor einigen Jahren und den Zeitungsartikeln aus der Phase des Kirchenneubaus als anpackender Kirchenmann. Bis auf die eingearbeiteten kleinen Notizen zum Baugeschehen und die womöglich von ihm verfasste Grundsteinurkunde ist das Baugeschehen aus der Pfarrer-Perspektive allerdings auf der Basis der Quellen ausgedacht.

Sicher ist, dass der Neubau der Kirche 1907 dringend notwendig war. Gleichwohl fanden wohl einige, vor allem Auswärtige, dass es Obertraubling doch ein wenig übertrieb mit dem großen neuen Gotteshaus. Mit der rasch steigenden Einwohnerzahl hat sich jedoch erwiesen, dass die Kirche ein wichtiges spirituelles Zentrum der Gemeinde ist.

Ob dem Pfarrer der Geldbedarf tatsächlich Sorgen bereitete, kann man nicht wissen. Aber jede*r, der/die baut und plötzlich deutlich mehr Geld benötigt als geplant, wird vermutlich zustimmen, dass Sorge eine plausible Reaktion auf diese Tatsache ist. Und in der Tat dauerte es noch einige Jahre, bis die neuen Altäre sowohl finanziert als auch gefertigt waren.

Zum Zeitpunkt der Grundsteinlegung noch nicht erwähnt wurden von Michael Müllner die neuen Glocken, die erst 1908 ihren Dienst aufnahmen. Sie blieben nur bis 1942 in der Kirche, danach wurden sie ins Glockenlager nach Hamburg eingezogen, um zur Finanzierung des Weltkrieges eingeschmolzen zu werden. Fünf neue Glocken wurden 1947 geweiht und werden als große Bereicherung 2023 durch ein neues Glockenspiel ergänzt.

Man hätte auch andere Geschichten der Kirche in Obertraubling schreiben können. Oder Geschichten aus den anderen Kirchen der Pfarrei. Auch St. Peter in Niedertraubling, St. Michael in Oberhinkofen und St. Martin in Piesenkofen haben eine lange Geschichte und eine große Bedeutung für die Gläubigen.

So erinnern sich die Menschen beispielsweise daran, dass sie es dem Gut Lang-Doerfler zu verdanken haben, dass die große Niedertraublinger Glocke bis heute im Kirchturm hängt. Das Gut hatte den Abtransport dieser 110 Kilogramm schweren, von der Regensburger Gießerei Schelchshorn 1647 gegossenen Glocke im Jahr 1942 verhindert, indem es die entsprechende Ersatzmenge an Kupfer, Messing und Zinn aufbrachte.

Georg Gattinger aus Oberhinkofen dachte anlässlich seines Siebzigsten in seiner Autobiographie „Unser Heimatort Oberhinkofen" an seine langen Jahre als Himmelträger zurück. Als Mesner der Kirche trug er zu Fronleichnam den Baldachin, eine Ehrenaufgabe, die bis heute Tradition ist und meistens vom Vater auf den Sohn vererbt wird.

Und die mittelalterliche Kirche in Piesenkofen ist nicht nur mit einem jahrhundertealten Rokoko-Hochaltar geschmückt, sondern auch lebendiger Ausgangspunkt einer Fußwallfahrt nach Frauenbründl. Die hatten sich drei Piesenkofener Schützen 1991 als Dank an den lieben Gott für ein gelungenes und sonniges Schützenfest ausgedacht und sie wird seitdem als Tradition gepflegt.

Übrigens: Falls Sie sich wundern, dass die St. Johannes Baptist-Kirche von Gebelkofen bisher nicht erwähnt wurde: Diese Kirche ist zwar auf Obertraublinger Gemeindegebiet zu finden, gehört aber nicht zum Pfarrsprengel Obertraubling, sondern zu Wolkering. Besonders spannend ist eine Friedhofsgeschichte aus Gebelkofen, denn dort sind einige Stifter der Kirche aus der Familie Lerchenfeld beigesetzt. 1754 hatten die Freiherren von Lerchenfeld-Brennberg 1.000 Gulden gestiftet, um jeden Mittwoch für sich eine Wochenmesse lesen zu lassen.

AUSFLUGSTIPP

Alle genannten Kirchen der Gemeinde sind einen Besuch wert. Darüber hinaus lohnt es sich, die kleinen Kapellen der Gemeinde zu erkunden: an der Kirche in Niedertraubling, auf dem Feld gen Oberhinkofen, in Scharmassing, am Truppenübungsplatz oder die Schlosskapelle in Gebelkofen.

Literatur

Doerfler, Heinrich u.a.: Die Pfarrei Obertraubling (S. 131–145) / Ders.: Die Kirchen im Gemeindebereich Obertraubling (S. 148–168) / Fendl, Josef: Die barocken Heiligen von Piesenkofen (S. 170–171). Alle in: Fendl, Josef: Obertraubling. Beiträge zur Geschichte einer Stadtrandgemeinde. Regensburg, 1982.

Gattinger, Georg: Unser Heimatort Oberhinkofen. Erinnerungen von Georg Gattinger. Oberhinkofen, 2001.

Germanisches Nationalmuseum (Hrsg.): Glockenlager im Hamburger Hafen (mit einem Hinweis auf das Deutsche Glockenarchiv). Online: https://www.gnm.de/objekte/glockenlager-im-hamburger-hafen/ (28.12.2022)

Mayerhofer, Josef / Peis, Anton / Schinko, Bernhard: Festschrift zum 100. Jahrestag der Benediktion der Pfarrkirche St. Georg Obertraubling. 06. Juli 2008. Regensburg, 2008.

Morsbach, Peter: Kirchen der Pfarrei St. Georg Obertraubling. Regensburg, 2018.

Zum Weiterlesen für Kinder

Rothammer, Edgar: Wir erkunden unsere Pfarrkirche St. Georg: schauen – begreifen – erfahren. Obertraubling, 2011.

Empfehlenswert für katholische Kinder und alle, die sich interessieren, sind die Bände von Reinhard Abeln, die Kindern Kirche erzählen und erklären. Zum Beispiel: Die Messfeier den Kindern erklärt (Band 6).

IGNATZ, DER BALLKÜNSTLER, UND DER SVO (1923)

Im Jahre 1923 gründete sich in Obertraubling der Sportverein. Seine Anfänge liegen im Dunkeln, doch ist anzunehmen, dass vieles wie in anderen Dörfern der Region ablief. Gerade auch in Sachen Fußballgeschichte, die hier aus der Sicht von Ignatz Reich erzählt wird und in die Zeit nach dem Ende des Ersten Weltkriegs führt.

*

Als der Fußball nach Obertraubling kam, war Ignatz Reich als einer der Ersten mit dabei. Er war ein schneller Flügelspieler, im rechten Mittelfeld zu Hause, und begeistert, der noch jungen Sportart auch in Obertraubling zum Durchbruch zu verhelfen. Dass es aber so gekommen war, dazu hatte es doch ein bisschen Glück gebraucht. Schließlich war er zuerst nicht im Sport-, sondern im Gesangsverein „Treugold" gewesen. Doch in den Pausen und nach dem Singen hatten sie sich unterhalten und festgestellt, dass einer von ihnen nicht nur vom Spiel mit dem Fußball gehört, sondern es sogar erlernt hatte.

Als 1923 der Gesangsverein aufgab, fanden sich die jungen Sportler nun auch offiziell zusammen und beschlossen, stattdessen eben einen Sportverein zu gründen. Frisch, fromm, fröhlich, frei wollten sie sein. Ignatz war zwar nicht der Lauteste und Forscheste – das überließ er Fritz, Sepp und Ludwig –, aber sicher einer der Engagiertesten, wenn es darum ging, brüderlich zusammenzuhalten und jede Woche auf dem Platz zu stehen. Mit ihm waren heute der Neumüller Konrad, die beiden Segerers – Fritz und Sepp –, die Schusters – Ludwig und Willi –, der Stehberger Josef, der Huber Schorsch und der Huber Josef, Karl Dauerer und Heiner Fuchs gekommen.

„Sportverein" – diese Bezeichnung fand er etwas hochgestochen. Sie waren doch nur Fußballer, eine Herren- und eine Jugendmannschaft. Aber die anderen argumentierten, man könne ja durchaus auch anderen Sportlern eine Heimat sein. Ihm sollte es egal sein. Er war, wo er sein wollte: In einer Mannschaft, die Lust hatte, jede Woche gegen den dunkelbraunen Lederball zu treten. Sie hatten sogar schon für einen richtigen Spielbetrieb vorgesorgt und neben ihren eigenen Sachen rot-blaue Sportkleidung für Spiele gegen auswärtige Mannschaften organisiert.

Auch einen Platz hatten sie gefunden. Ludwig, ihr Vorstand, hatte alles geklärt: Am Exerzierplatz in Einthal gab es eine schöne große ebene Wiese, die sich hervorragend zum Fußballspielen eignete. Auch Burkhards aus Niedertraubling hatten eine Wiese angeboten. Das war gut zu wissen, falls es mal nicht mehr klappte, oben am Militärgelände.

Fußball war Ignatz' Leben. Es gab doch nichts Schöneres, als nach einem anstrengenden Arbeitstag oder am Wochenende mit den anderen den Ball zu kicken. Ob sie Glück hatten und im strahlenden Sonnenschein rannten, fielen, schossen, oder ob sie bei feuchtem Wetter die reinsten Schlammschlachten fochten – das alles war Ignatz egal. Er mochte es, seine Muskeln zu spüren, mit der Mannschaft eine Einheit zu bilden und gemeinsam zu feiern, wenn sie gesiegt hatten.

Als er nun zu den Jungen herüberschaute, war er froh, dass sie nun auch offiziell spielten. Wildes Ballgetrete hatte es in Obertraubling schon jahrelang gegeben. Aber es war doch eine wichtige und schöne Sache, die Schüler ganz direkt an das geordnete Fußballspiel heranzuführen. Schließlich gab es sogar schon Ligen und Meisterschaften, in die die Talentiertesten aufsteigen konnten.

*

In Deutschland kam der Fußballsport in der zweiten Hälfte des 19. Jahrhunderts an. Von England aus war die neue Sportart „herübergeschwappt" und wurde vor allem von Jugendlichen begeistert aufgenommen. Der – historisch nicht ganz korrekte – Spielfilm „Der ganz große Traum" erzählt lebendig von dieser Geschichte.

In Regensburg und Umgebung ging es etwas später los. Vermutlich hatte zwar dieser und jener schon inoffiziell vorher gekickt, doch eine erste Fußballabteilung bildete sich 1907 in Regensburg als Teil des Turnerbunds Jahn Regensburg. Eingeladen wurden mit einer kleinen Anzeige „Interessenten des Fußballspiels", sie „können an der neu gegründeten Fußballriege noch teilnehmen und werden ersucht, sich am Samstagabend im Vereinslokal zu melden."

Nach dem Ersten Weltkrieg gründeten sich auch in vielen Dörfern rund um Regensburg die ersten Fußballvereine. Teils entstanden sie neu, teils gingen sie aus anderen Vereinen hervor. Manchmal waren das Turnvereine, denn das Turnen – ganz im Sinne des deutschen Turnvaters Friedrich Ludwig Jahn – war weit verbreitet. Doch viele Junge suchten etwas Anderes, Neues. So auch einige Obertraublinger, die zunächst gemeinsam im Gesangsverein „Treugold" organisiert waren und dort ihre gemeinsame Liebe zum Fußball entdeckten.

Die in der Erzählung genannte Urmannschaft von 1920 scheint einem starken Wandel unterlegen zu haben, denn schon für 1927 erscheinen in den spärlichen Unterlagen ganz andere Namen. Da waren es nämlich die Herren Bauer, Hofer, Donhauser, Bauer, Kerl, Inkofer, Kammermeier, Vilsmeier, Bachmann, Wild und der bereits 1920 genannte Konrad Neumüller, die als A-Klasse der ersten Mannschaft gelistet wurden.

Leider liegt die Anfangszeit des Sportvereins Obertraubling vollkommen im Dunkeln. Nur wenige Informationen sind sicher überliefert. Eindeutig belegt ist: Der Sportverein war mehrere Jahrzehnte ausschließlich ein Fußballverein. Erst 1952 kam mit den Handballer*innen eine andere Sportart hinzu. Der Männerfußball begann 1920 mit einer Herrenmannschaft. Dann scheint es aufgrund finanzieller Engpässe eine kurze Unterbrechung gegeben zu haben.

1923 organisierten sich auch die Jugendlichen im SVO, schon bald ist auch eine zweite Herrenmannschaft belegt. Wenige Informationen gibt es auch noch zu den Spielstätten: Anfangs trafen sich die Fußballer am Exerzierplatz in Einthal, danach auf einer Wiese beim Burkhard in Niedertraubling und danach wieder in Niedertraubling auf dem Zacher. Doch dann wurde 1928 der Platz gekündigt und der Spielbetrieb kam zum Erliegen. Erst mit der Zusage Josef Wielands, dass der Wirtshausacker für das Spiel genutzt werden konnte, nahm die Fußballgeschichte von Obertraubling wieder Fahrt auf.

Wer genau das Fußballspiel und seine Regeln nach Obertraubling brachte, lässt sich nicht mehr ermitteln. Oft waren es Rückkehrer aus englischer Kriegsgefangenschaft nach dem Ersten Weltkrieg, die ihre Erfahrungen aus dem sogenannten Mutterland des Fußballs teilten. Vielleicht hatte auch jemand in Regensburg von den Fußballambitionen gehört oder war im Stadtpark gewesen, als die Männer des Jahn dort kickten. Leider existieren keine Unterlagen mehr, die diese Geschichte in weiteren Details enthüllen könnten. Am ausführlichsten ist noch die Chronik zum 45. Jubiläum des Sportvereins aus dem Jahr 1968, in der einige alte Fotografien und Texte auf der Basis damals noch lebender Zeitzeugen Auskunft geben.

Zu vermuten ist, dass die Anfänge des Fußballspiels in Obertraubling wie in fast allen Orten spartanisch waren. Womöglich nutzte man – wie in Regensburg – Fässer als Torbegrenzungen. Oder Tore wurden aus einigen Latten zusammengenagelt. Die Spielfeldbegrenzung war anfangs sicher eine ungefähre. Den Spielball erkennt man gut auf einem Foto. Er war wohl mehr als nur ein Lumpengebinde, sondern scheint ein richtiger Lederball gewesen zu sein.

Gespielt wurde – auf jeden Fall bei offiziellen Spielen – in rot-blau, bis heute sind das die Farben des SVO. Auf dem Foto von 1927 stehen die Spieler – es sind übrigens nur zehn, im Hintergrund drücken sich noch zwei Balljungen herum – in kurzen Hosen, Hemden mit abgesetztem Kragen und langen Socken um den Torwart, der dunkler gekleidet ist.

In den folgenden Jahrzehnten – mit Ausnahme der Zeit des National-sozialismus, in der viele Kinder und Jugendliche eher dem Jungvolk oder der Hitlerjugend beitraten und ältere Aktive im Krieg meist eingezogen wurden – wuchs der Sportverein unaufhörlich und bot nach und nach mehr Sportarten an. Er öffnete sich auch den Frauen, die in den 1920er Jahren noch keine Rolle im Vereinsleben gespielt hatten, es sei denn als unsichtbare Unterstützerinnen ihrer Männer.

Als der Verein 2020 – entsprechend der Gründung als Gesangsverein 1920 – sein hundertstes Jubiläum feierte, gab es 16 Abteilungen und über 1450 Mitglieder: ein beeindruckender Aufschwung. Auch 100 Jahre nach seiner Gründung steht ein Sportverein vor Herausforderungen, aber es ist zu hoffen, dass – wie schon in der Vergangenheit – auch in der Zukunft gute Lösungen dafür gefunden werden. Denn wenn auch „fromm" für die meisten Mitglieder nicht mehr zutrifft, „frisch, fröhlich und frei" – frei nach Turnvater Jahn – macht Sport immer noch.

Übrigens nicht nur in Obertraubling, sondern auch in den anderen Ortsteilen, die ebenfalls sehr aktive Sportvereine mit teils langer Geschichte haben: der DJK Gebelkofen und der FC Oberhinkofen.

Wer sich für Fußball begeistert, wird in der Großgemeinde als aktive*r Spieler*in und als Zuschauer*in glücklich. Jede Woche gibt es vielfältige Möglichkeiten für Training und Spiele. Interessent*innen an der Geschichte des Fußballs werden beispielsweise im Münchner Museum des FC Bayern oder – zugegebenermaßen weit weg – im Deutschen Fußballmuseum in Dortmund fündig.

Literatur

Honermeyer Christine / Oermann, Dirk: 1920 – wie der Fußball nach Oberbauerschaft kam. Online: https://www.oberbauerschaft.de/schaetze-aus-der-chronikgruppe-1920-wie-der-fussball-nach-oberbauerschaft-kam/ (31.01.2023)

Koller, Christian: Von den englischen Eliteschulen zum globalen Volkssport. Entstehung und Verbreitung des Fußballs bis zum Ersten Weltkrieg. In: Bouvier, Beatrix (Hrsg.): Zur Sozial- und Kulturgeschichte des Fußballs. Trier, 2006. S. 14–36.

Otto, Gerd / Otto, Wolfgang: Träume, Tränen und Triumphe – 100 Jahre Jahn-Fußball. Regensburg, 2007.

SVO (Hrsg.): 100 Jahre SV Obertraubling. 1920–2020. Obertraubling, 2020.

SVO (Hrsg.): SV Obertraubling. 1923–1968. 45 Jahre. Obertraubling, 1968.

Zum Weiterlesen für Kinder

Nielsen, Maja: Abenteuer! Fußballhelden. Der Weg zur Weltmeisterschaft. Hildesheim, 2014.

WILHELM, DER LIEBENDE, IN BIG APPLE (1924)

Besonders im 19. Jahrhundert kehrten viele Deutsche ihrem Heimatland den Rücken. Sie wollten auf der anderen Seite des Atlantiks ein neues Leben beginnen. Die Faszination der Neuen Welt hält aber bis heute an – und bewegte auch einige Obertraublinger zum Abenteuer Auswanderung.

*

Am 13. Dezember 1924 begab sich ein junger Oberpfälzer zusammen mit mehr als 1500 anderen Passagieren in Bremerhaven an Bord der „Columbus": der 18-jährige Wagnergeselle Wilhelm Ignaz Rothammer, genannt Willy. Die Passagierliste nannte den 23. Februar 1906 als sein Geburtsdatum und Obertraubling als Wohnort. Im Gegensatz zu den meisten Mitreisenden war seine Fahrt von gemischten Gefühlen begleitet. Gewiss, Amerika mochte ein Abenteuer sein. Aber eines, das er sich selbst nie ausgesucht hätte. Seine Eltern, die in Obertraubling eine Wagnerei betrieben, schickten ihren Ältesten zu Verwandten nach Amerika, weil sie mit seiner Freundin nicht einverstanden waren. In Amerika, so dachten sie, würde er die 16-jährige Fanny Fuchs aus Niedertraubling sicher bald vergessen.

Willys Reise führte ihn von Obertraubling mit dem Zug nach Bremerhaven, von dort aus auf das der stürmischen See trotzende Schiff und direkt in die Vereinigten Staaten. Am 23. Dezember 1924, nur einen Tag vor Heiligabend, erblickte er die türkis leuchtende Freiheitsstatue. Auf der Einwandererinsel Ellis Island vor New York betrat er amerikanischen Boden. Nach Abwicklung der Einreiseformalitäten wohnte Willy zunächst bei seiner Tante Anna Stock, die schon vor Jahren ausgewandert war. Die Fulton Street in Brooklyn wurde damals seine neue Heimat.

Für Willy war New York – wie für viele andere Einwanderer auch – in der Tat eine völlig „neue Welt". Zu dieser Zeit hatte die Metropole acht Millionen Einwohner, war die größte Stadt der Welt und zählte mehr Menschen als ganz Bayern. Die großen Brücken und Wolkenkratzer, die vielen Menschen unterschiedlicher Kulturen, der Straßenverkehr und die Subway – das alles hatte Willy noch nie so erlebt und es machte einen überwältigenden Eindruck auf ihn. Selbst die nächste Stadt seiner Heimat – Regensburg mit seinen Cafés, Kinos und Warenhäusern – war dagegen ein kleines Nest.

Von der Hoffnung auf ein besseres Leben getrieben, waren in den Jahren und Jahrzehnten zuvor bereits mehrere seiner Verwandten aus der Oberpfalz und aus Niederbayern in die USA ausgewandert. Viele von ihnen hatten sich in Hartford im Bundesstaat Connecticut niedergelassen. Die Stadt liegt rund 200 Kilometer von New York entfernt. Hierhin wollte Willy. Auch sein Cousinen Anni und Regina Rothammer aus Bruck in der Oberpfalz würden bald nachkommen, sobald sie das Geld für die Überfahrt zusammengespart hatten. Deshalb blieb Willy nicht in Big Apple.

In Hartford gab es eine große „German Community" mit deutscher Schule, Sängerbund und einem jährlichen Oktoberfest. Hier konnte man sich ein wenig wie zuhause in Bayern fühlen. Andererseits genoss Willy in Hartford den „American way of life": Vergnügungsparks, Schwimmbäder, Ice-Cream, amerikanische Zigaretten, Autos und Motorräder. Aber all diese Vergnügungen konnten über eines nicht hinwegtäuschen: Willy vermisste Fanny unendlich.

1926 war für ihn klar: Er würde nicht in Amerika bleiben. Erneut sagte er Menschen, die ihm lieb waren, Lebewohl. In New York bestieg er das Schiff, von Bremerhaven aus nahm er die Eisenbahn nach Obertraubling. Seine ersten Schritte vom Bahnhof lenkten ihn den kurzen Weg in die väterliche Wagnerei, aber schon am Abend lief er nach Niedertraubling: zu Fanny, die sehnsüchtig auf ihn gewartet hatte.

*

Auch wenn gerade die Geschichte ländlicher Gebiete oft als eine stabiler Gemeinschaften wirkt, so gehört doch das Weggehen (und Ankommen) unmittelbar dazu. Zu- und Wegzüge mögen nicht im selben Maße stattgefunden haben wie in Städten, aber Migrationen gab es stets. Viele führten in die nähere Umgebung, beispielsweise Ortswechsel durch Heirat, Landerwerb oder Arbeitsaufnahme. Doch manche Menschen verließen Obertraubling zeitweise oder ganz, um in weit entfernten Gegenden der Welt ein neues Zuhause zu finden.

Die Auswanderungsbewegung von Deutschland in die Vereinigten Staaten war eine dieser historischen Normalitäten des Weggehens und Ankommens. Als sich Wilhelm Rothammer 1924 auf den Weg machte, war zwar die Hochphase der Emigration in den 1880er Jahren längst vorbei, doch noch immer verließen jährlich zwischen 30.000 und 50.000 Menschen das Deutsche Reich, darunter beispielsweise 1923 16.000 aus Bayern. Eine Pause hatte es nur in der Zeit des Ersten Weltkriegs gegeben, danach bewegte die schwierige wirtschaftliche Lage in der unter einer Hyperinflation leidenden Weimarer Republik erneut viele Menschen zur Auswanderung, bis die US-amerikanische Einwanderungspolitik starke Zuzugsbeschränkungen verhängte. Doch auch andere als wirtschaftliche Gründe – wie beispielsweise die zutiefst private Entscheidung von Wilhelms Eltern auf das Sprichwort „Aus den Augen, aus dem Sinn" zu hoffen – konnten für eine Auswanderung verantwortlich sein. In 15 bis 20 Prozent der Fälle kamen die Emigrierten übrigens wieder zurück.

Auf ihrer Reise nutzten die Auswanderer nur wenige Überseehäfen, vor allem Bremerhaven und Hamburg. Dorthin gelangten sie zumeist mit der Eisenbahn. Die Strecken waren im 19. Jahrhundert stark ausgebaut worden und 1924 konnte Wilhelm Rothammer schon bequem und fast direkt von Bayern an die Küste fahren. Von dort aus ging es mit großen Ozeanlinern nach New York oder in andere Städte an der Ostküste Amerikas. Wilhelm fuhr mit dem Express-Dampfer „Columbus", der mit 236 Metern Länge und 25 Metern Breite das größte Schiff des Norddeutschen Lloyd war. Das Schnellschiff erreichte eine Höchstgeschwindigkeit von 19 Knoten (35 km/h). Die „Columbus" bot unter ihrem Kapitän Nikolaus Johannsen Platz für 1686 Auswanderer, die auf diesem Schiff überwiegend in Zweier- und Viererkabinen untergebracht wurden – und nicht mehr, wie in früheren Jahren, in großen Schlafsälen.

In Amerika angekommen wurden die Auswanderer – zwischen 1900 und 1924 oft 5.000 bis 7.000 täglich – zentral auf Ellis Island registriert und nach ihren finanziellen Mitteln befragt. Schließlich sollten die Neuankömmlinge weder betteln noch dem Sozialsystem zur Last fallen. Anna Stock übernahm die geforderte Bürgschaft für ihren Verwandten, was die Einwanderung enorm erleichterte. Normalerweise wurden die Einwanderer umgehend mit ihrem Gepäck zur Bahn gebracht und dann in alle Gegenden der Vereinigten Staaten weitertransportiert. Wilhelm dagegen verbrachte zunächst einige Zeit in New York, bevor er nach Hartford weiterreiste.

Viele Bayern ließen sich in Orten nieder, wo bereits bayerische oder zumindest deutsche Gemeinschaften bestanden. Auch Wilhelm Rothammer fand in Hartford zahlreiche Institutionen vor, die dem Deutschen ein wenig Heimatgefühl vermittelten.

Quellen zur Auswanderung, insbesondere im 19. und 20. Jahrhundert, gibt es in großer Zahl. Da sind einerseits formale Dokumente – Passagierlisten, Registrierungsformulare und weitere Verwaltungsakte –, zum anderen private Quellen wie Postkarten und Briefe, Tagebücher und zunehmend auch Fotografien. Auch Wilhelms Migration ist so umfassend belegt. Die Geschichte der Rothammerschen Wanderung ist zudem Teil der Familienforschung, so dass die Geschichte bereits weitgehend in der obigen Form aufgezeichnet war.

Für alle Romantiker: Die Liebesgeschichte zwischen Fanny Fuchs und Wilhelm Rothammer fand ein Happy End. Die beiden heirateten am 3. Juli 1933. Ihre Nachkommen leben bis heute in Obertraubling. Wilhelm Rothammer verstarb am 27. Oktober 1956 in Obertraubling.

AUSFLUGSTIPP

Ein kleiner Teil der Dauerausstellung im Regensburger Haus der bayerischen Geschichte beleuchtet die bayerische Auswanderung. Das Haus hat 2004 dem Thema auch eine Sonderausstellung gewidmet, die noch digital verfügbar ist (siehe Literatur). Wer den weiten Weg nicht scheut: Das Deutsche Auswandererhaus in Bremerhaven und die Ballin-Stadt in Hamburg sind hervorragende Museen zur Migrationsgeschichte.

Literatur

Ich danke Edgar Rothammer für die zahlreichen Informationen zur Geschichte von Wilhelm Rothammer, in die ganz neue Informationen aus den Archiven in Ellis Island und aus einer Reise nach Hartford eingeflossen sind.

Hamm, Margot / Henker, Michael / Brockhoff, Evamaria (Hrsg.): Good bye Bayern. Grüß Gott America. Auswanderung aus Bayern nach Amerika seit 1683. Augsburg, 2004. (Katalogband zur Ausstellung, die digital zusammengefasst ist unter: https://www.hdbg.de/auswanderung/) (08.03.2023)

Hartmannsgruber, Friedrich: Zur Statistik der Auswanderung aus der Oberpfalz und aus Regensburg im 19. Jahrhundert. In: Verhandlungen des Historischen Vereins von Oberpfalz und Regensburg. Bd. 122/2016. S. 337–369.

Historisches Museum Bremerhaven: Deutsche Auswanderer-Datenbank.

Jaumann, Michael: Über das Ankommen und das Fortgehen. In: Mittelbayerische Zeitung, 10.2.2014. https://www.mittelbayerische.de/region/regensburg-land-nachrichten/ueber-das-ankommen-und-das-fortgehen-21364-art1016791.html (08.03.2023)

Oltmer, Jochen: Grenzüberschreitende Abwanderung und Auswanderung. Online: https://www.bpb.de/nachschlagen/zahlen-und-fakten/deutschland-in-daten/220000/abwanderung-und-auswanderung (08.03.2023)

Rothammer, Edgar: Familienforschung zu Wilhelm Rothammer (ungedruckt).

Zum Weiterlesen für Kinder

Bär, Anke: Wilhelms Reise. Eine Auswanderergeschichte. Hildesheim, 2012.

MICH, DER BADER, UND DER ENTZÜNDETE ZAHN (1924)

In früheren Zeiten gab es im Dorf eine Vielzahl an Berufen, die heute niemand mehr kennt. Manchmal leitet sogar die Berufsbezeichnung in die Irre oder erzählt jedenfalls nicht vom ganzen Umfang der Tätigkeit. So ist es auch beim Beruf von Michael Gassner, der seit 1921 in Obertraubling und den angrenzenden Ortschaften als Bader tätig war.

*

Der Gassner Mich musste heute besonders früh raus. An diesem Montag ging es um drei Uhr in der Früh los. Seine zwei Lehrjungen standen schon vor der Baderei und warteten. Wie jede Woche würden sie heute die ganz große Runde drehen, denn der Bader kam ins Haus.

Und zwar zu jedem, der ihn rief und bezahlte. Er rasierte und frisierte, zog Zähne und stellte den Tod fest. Das alles durfte er, denn Mich war ein approbierter Bader. Als solcher hatte er nach der Bader-Ordnung von 1899 und einer dreijährigen Lehrzeit samt Vorprüfung zunächst als Gehilfe bei der Baderei Gräf in Obertraubling gearbeitet und war dann als Bader bestätigt worden.

Als solcher war es ihm nun offiziell gestattet, Rasuren vorzunehmen, einfache Wunden, Abszesse und Geschwüre, Hühneraugen und eingewachsene Nägel zu behandeln, Zähne zu reinigen oder – wenn das nichts mehr nutzte – zu ziehen, Einläufe zu verabreichen und Menschen zur Ader zu lassen, insgesamt notfallmäßig medizinisch zu helfen und bei Toten die

Leichenschau vorzunehmen und dem Arzt bei Leichenöffnungen zur Hand zu gehen.

Kein Wunder, dass seine Tage stets gut ausgefüllt waren und er dankbar für seine beiden Gesellen war. Sie begannen auf dem Bäumel-Hof. Ihr Werkzeug hatten sie stets dabei. Fein säuberlich und in kochendem Wasser sterilisiert lagen in einem Koffer Rasiermesser, Seife, Seifenschale, Rasierpinsel und ein weißer Umhang. Wenn Mich zur Tat schritt, schauten ihm die Lehrbuben über die Schulter. Beim Gesinde durften sie ihre Fähigkeiten dann schon selbst ausprobieren.

Danach ging es weiter zum Dietlmeier-Hof und dem Senebogenbauern, der schon auf ihn wartete, weil er mit seinem Ochsengespann in die Stadt fahren wollte. Nach einigen weiteren Stationen schaute Mich bei der Familie Hetzenegger vorbei, wo einen Arbeiter schreckliche Zahnschmerzen quälten. Die schienen wie verschwunden, als der Betreffende des Baders ansichtig wurde, aber mit der Zahnklopf-Methode war schnell klar, dass dieser Zahn gezogen werden musste.

Mich ließ also nach dem Schmiedemeister Hans Inkofer laufen, damit dieser den überaus ängstlichen Patienten festhalte. Dem riet er noch zu einem kräftigen Schluck Schnaps, dann griff er zu Wurzelzange und Zahnspiegel und tat, was getan werden musste. Nach wenigen Minuten war der Spuk vorbei. Er hieß dem Patienten noch, den Mund mit Kamillentee zu spülen, und verbot ihm das Rauchen für die nächsten Tage.

Danach erwartete ihn in der Küche eine schmackhafte Wurstbrühe, die sogenannte Brittsuppe. Während er sie löffelte, dachte er wieder einmal an all die Neuerungen, von denen er gehört hatte. Angeblich konnten sich die Männer nun auch selbst rasieren. Die entsprechenden Geräte gab es in den Städten zu kaufen, samt Anleitung, wie man sich damit von lästigen Haaren befreien konnte. Und einer der Männer im Dorf hatte vom Militärdienst einen solchen Rasierer mitgebracht, ein t-förmiges Instrument mit einer Art winzigem Kamm am Ende, der scharf geschliffen war.

Der Gassner Mich hatte keine Zeit mehr, um weiter darüber nachzudenken, was das für seinen Beruf bedeutete. Aber ganz geheuer war ihm die Sache nicht. Nun aber wanderte er mit seinen Werkzeugen erst einmal Richtung Niedertraubling, wo weitere Kunden auf ihn warteten. Einem sollte er die Ohren säubern, einem anderen die Nase spülen.

Und als er schon glaubte, für den heutigen Tag fertig zu sein, wurde er nach Piesenkofen gerufen. Dort sollte er prüfen, ob der alte Knecht auch wirklich tot war, wie man vermutete. Mich fühlte den Puls, schaute dem Toten in die Augen und stellte den Totenschein aus. Eine Krankheit, die zum Tode geführt hatte, konnte er zwar nicht erkennen, aber in einem war er sich sicher: Dieser Mann würde nicht wieder erwachen, er konnte begraben werden.

Als er abends nach Hause kam, dachte er noch einmal über den Tag nach. Er fand, dass er doch eigentlich fast wie ein Doktor war. Natürlich, er hatte nicht studiert, nur die Volksschule abgeschlossen. Doch träumte er davon, eines Tages mehr zu sein als ein einfacher Bader. Er würde ein Sanitäter werden, denn er war überaus geeignet. Schließlich besaß er schon einige Kenntnisse in der Versorgung Kranker und Verletzter.

*

Der Bader war früher eine feste Institution jedes Dorfes. Bei besserer Quellenlage lassen sich die Bader, die ihr Wissen oft über Generationen weitergaben, teils über Jahrzehnte oder sogar Jahrhunderte verfolgen. In Obertraubling lässt sich über Michael Gassner und seine Lehrbuben Alois Menzl und den „Forster-Burschen" wenig Schriftliches herausfinden. Daher habe ich mich in der Geschichte vor allem auf die Aufzeichnungen von Pius Detterbeck verlassen, der in den 1980er Jahren mit Michael Gassner noch persönliche Zeitzeugengespräche führen konnte.

Ein kurzer Absatz der Ortschronik von Obertraubling aus dem Jahr 1982 gibt zudem Einblicke in den Betrieb, in dem Michael Gassner zunächst arbeitete, bevor er sich selbstständig machte: die Baderei Gräf. Franz-Xaver Gräf war zunächst Militärsanitäter und ließ sich dann als approbierter Bader in Obertraubling nieder. Seine erste Frau war Hebamme und also auch im medizinischen Bereich tätig. In seiner Freizeit, so wissen noch Obertraublinger*innen zu erzählen, spielte er Bandonion und sang im Kirchenchor.

Von der Ernsthaftigkeit, mit der Michael Gassner sein Handwerk betrieb, zeugen die Instrumente, die er sein Eigen nannte und die er nach seinem Berufsleben dem Heimatmuseum in Oberhinkofen übergab. Das Bader-Besteck – also beispielsweise unterschiedliche Zangen zur Zahnbehandlung, Zahnspiegel, Ohrenschüssel und -sonde mit Spülspritze, Nadeln und Scheren, Pinzetten und Spiegel – verrät in seinem gut erhaltenen Zustand, wie Michael Gassner ausgestattet war und welche Tätigkeiten zu seinem Beruf gehörten.

Der war schon seit dem Mittelalter bekannt und ist mit dem modernen Wort des Friseurs oder – mittlerweile wieder in Mode – Barbiers zwar nicht falsch, aber unzureichend beschrieben. Denn Bader kümmerten sich in einer Zeit, in der es Ärzt*innen noch nicht oder nicht in ausreichender Zahl gab, um alle Belange des Körpers. Sie waren Friseur, Wundarzt und Heilkundiger in einem. Teils arbeiteten sie in einer Badstube, die die Menschen besuchten und wo sie tatsächlich auch dies tun konnten: Baden. Sie kamen aber – so wie es von Michael Gassner überliefert ist – auch ins Haus.

Dabei achteten sie – wenn sie gut ausgebildet und sorgsam waren – darauf, dass die Instrumente für jeden neuen Kunden desinfiziert waren. Denn in den 1920er Jahren war längst flächendeckend bekannt, was Ignaz Semmelweis 1840 herausgefunden hatte: Keime auf den Oberflächen von Instrumenten und Haut konnten krank machen. Entsprechend kochte Michael Gassner sein Werkzeug nach Gebrauch ab.

Die soziale Stellung von Badern war an unterschiedlichen Orten und zu unterschiedlichen Zeiten uneinheitlich. Im 20. Jahrhundert wurde ihr Beruf sicher nirgends mehr als „unehrlich" oder unehrenhaft angesehen. Im Mittelalter und in der Frühen Neuzeit war das noch die Bezeichnung für Berufe gewesen, die gesellschaftlich nicht geachtet waren. Ihre Angehörigen konnten sich beispielsweise nicht in Zünften organisieren. Bader waren in dieser Hinsicht nicht grundsätzlich, aber oft schlecht beleumundet.

Seit dem 19. Jahrhundert stand das Baderhandwerk im Zeichen der Professionalisierung und Institutionalisierung. Es gab in Bayern zu dieser Zeit erste Baderschulen und das Vorwort des Buches „Die Baderschulen in Bayern" von 1840 erzählt lebendig von den Anfechtungen, denen die Bader im Zuge der zunehmenden Ärzteschaft wohl ausgesetzt waren. Denn der Verfasser, ein Arzt, erklärt energisch auf 40 Seiten, warum Bader ganz und gar unqualifiziert seien – Baderschulen hin oder her.

Der bayerische Staat sei aber offensichtlich gewillt, die Bader zu schützen. Das wird auch durch die Approbationsordnung für Bader klar, die 1899 erlassen wurde. Sie ist in der Geschichte des Michael Gassner teilweise zitiert und zeigt sich auch in seinem Lebenslauf. Ohne dass wir genau wissen, warum er 1934 seine Arbeit in einem Münchner Krankenhaus begann, kann doch vermutet werden, dass die Sanitäterausbildung ein nächster logischer Schritt war. Im Laufe der folgenden Jahre wandelte sich allerdings das Berufsbild des Baders weiter und so wurde aus dem Baderbetrieb langsam ein Friseurgeschäft.

Das Heimatmuseum Oberhinkofen zeigt zu seinen Öffnungszeiten am Wochenende und beim Tag des offenen Museums nicht nur Ausrüstungsgegenstände des Baders, sondern auch anderer längst verschwundener Berufe. Im Sanitätsmuseum in München lassen sich viele Stücke bestaunen, die vor allem mit dem medizinischen Teil des Baderberufs zu tun haben.

Literatur

Ich konnte für diese Erzählung erheblich auf die Beschreibung des ehemaligen Ortsheimatpflegers Pius Detterbeck zurückgreifen. In dem wunderbaren Büchlein „Bauernschweiß und Handwerkerfleiß" (1995) sind Berufsbeschreibungen anhand konkreter Biographien aus Obertraubling zusammengetragen, die einen Blick auf das Dorfleben früher ermöglichen.

Tückmantel, Ulli: Rasier Dich richtig! Alles, was Dein Vater Dir über den Umgang mit Pinsel & Klinge nicht beigebracht hat, weil er es selbst nicht wusste. Norderstedt, 2019.

Anonymer Verfasser (Arzt): Die Baderschulen in Bayern. Augsburg, 1840.

Arbeitskreis für Heimatgeschichte Steinach (Hrsg.): Der „Bader" in Steinach. Online: https://heimatgeschichte-steinach.de/gemeinde/steinach/56-badersoelde.html (01.01.2023)

Braunschmidt, Bettina: Geschichte der Rettung. Die Entstehung des Hamburger Rettungsdienstes zu Wasser, zu Land und aus der Luft. Diepholz, 2019.

Esmarch, Friedrich von: Die erste Hilfe bei plötzlichen Unglücksfällen. Ein Leitfaden für Samariter-Schulen in sechs Vorträgen. Heidelberg, 1931.

Schmeller, Johann Andreas: Bayerisches Wörterbuch. Band I/I. München, 1872. Sp. 374. Online: https://www.digitale-sammlungen.de/de/view/bsb11007335 (01.01.2023)

Stolz, Susanne: Die Handwerke des Körpers. Bader, Barbier, Perückenmacher, Friseur. Folge und Ausdruck historischen Körperverständnisses. Marburg, 1992.

Vilsmeier, Gabriele: Obertraublinger Firmen und Betriebe. In: Fendl, Josef: Obertraubling. Beiträge zur Geschichte einer Stadtrandgemeinde. Regensburg, 1982. S. 253–267.

Zum Weiterlesen für Kinder

Socha, Piotr / Utnik-Strugala, Monika: Das Buch vom Dreck. Eine nicht ganz so feine Geschichte von Schmutz, Krankheit und Hygiene. Hildesheim, 2022.

Zwar nicht vom Bader, aber von anderen Berufen längst vergangener Zeiten erzählend: Vieser, Michaela / Schautz, Irmela: Von Kaffeeriechern, Abtrittanbietern und Fischbeinreißern. Berufe aus vergangenen Zeiten. München, 2012.

LUDWIG, DER TRACHTLER, UND DER MAIBAUM (1924)

Bräuche halten seit jeher Menschen zusammen. Diese gemeinsamen Rituale wollte auch Ludwig Wartlsteiner pflegen und wurde deshalb zu einem der Gründungsmitglieder des Obertraublinger Heimat- und Volkstrachtenvereins. Für einige Jahre erlebte er, wie in Obertraubling eine Gemeinschaft „Treu der Sitt', treu der Tracht, treu der Heimat" in einer Zeit vieler Umbrüche an die stärkenden Rituale der Vergangenheit erinnerte und neue schuf.

*

Ludwig war aufgeregt. Etwas mehr als ein halbes Jahr war es her, dass er mit acht anderen Trachtlern den Schuhplattlerverein gegründet hatte. In den vergangenen Monaten hatte sich gezeigt, dass der Verein einen Nerv getroffen hatte. Schuhplatteln, Tracht tragen, Brauchtum pflegen – das wollten so einige in Obertraubling. Und so waren sie schon mehr Mitglieder als am 14. Oktober 1923, an dem sie den Verein offiziell gegründet hatten.

Damals hatten sie sich klare Regeln gegeben. Ludwig war selbst an der Ausarbeitung beteiligt gewesen. Auch wenn er sonst eher im Hintergrund blieb und auch weder Vorstand noch Schriftführer noch Kassier geworden war. Ihm ging es vor allem um die Bräuche, die nicht in Vergessenheit geraten sollten.

Allen voran um das Schuhplatteln, auf das Ludwig sehr stolz war. Es war eine Kunst, sich so während des Tanzens in der Tracht auf Schenkel, Knie und Schuhsohlen zu schlagen und dabei im Takt zu bleiben. Sie übten regelmäßig im Gleixnerischen Gasthaus und brachten auch Interessierten das Schuhplatteln bei. Allerdings nur solchen, die nicht dem Verein „Wanderlust" angehörten. Das war Ehrensache.

Heute aber sollte es nicht ums Schuhplatteln gehen, sondern um den Maibaum. Schon bei der Gründung war klar gewesen, der Schuhplattlerverein würde Obertraubling jedes Jahr einen wahrhaft würdigen Maibaum bescheren. Nicht irgendwo, sondern direkt bei der Kirche sollte er stehen und zwar nicht über den Kirchturm hinausreichen, aber doch neben ihm bestehen können.

Ludwig verband mit dem Maibaum, den er einmal schon auf einer Reise anderswo gesehen hatte, ganz persönliche Gedanken. Für ihn war der Maibaum Lebensbaum und Dorfmittelpunkt zugleich. Die Idee, dass der fest in der heimischen Erde verankerte Baum so fast grenzenlos in den weiten Himmel ragte, machte ihn ehrfürchtig. Und er war überzeugt: Wer auf der Erde aus Glaube, Hoffnung und Liebe heraus lebte, der hatte den Himmel schon auf Erden.

So wie es auch der Maibaum zeigte, um den sich einmal im Jahr die Menschen aus dem Dorf versammelten. Wie die Kirche war er ein Mittelpunkt, an dem alle zusammenkamen und sich verbunden fühlen konnten. Er hoffte, dass die Obertraublinger so wie die Trachtler im Verein die Gemeinschaft spürten und sie alle vereinte, ohne sie gleichzumachen. – All das ging ihm durch den Kopf, als er vorgeschlagen hatte, ihren Verein durch solch einen Maibaum noch bekannter zu machen.

Wofür der Maibaum stand, dafür wollte sich Ludwig mit den anderen Vereinsmitgliedern einsetzen. Und er würde die Sache koordinieren. Schließlich war es nicht so einfach, einen Maibaum zu finden, zu fällen und für den ersten Maitag herzurichten. Groß sollte er sein, aber doch nicht zu schwer. Er musste im Wald fallen können ohne abzubrechen und am besten an einer Stelle stehen, die nicht leicht zu finden oder zumindest gut zu bewachen war. Wer weiß, ob der mächtige Stamm sonst nicht gestohlen würde. Dann hätte man ihn mit einer kräftigen Brotzeit und literweise Bier wieder auslösen müssen. So weit sollte es nicht kommen. Schon gar nicht bei der Premiere – dem ersten Maibaumaufstellen in Obertraubling.

Schon bald wurden Ludwig und seine Kameraden fündig. Der bestimmt 25 Meter hohe Baum war nicht nur gerade gewachsen, angemessen schwer und gut zu schälen gewesen. Die Trachtler hatten ihn auch mit vereinten Kräften heimgeholt. Dabei war ein Pferdefuhrwerk hilfreich gewesen und wo ein Hindernis gekommen war, hatten sie alle gemeinsam angepackt und den Baum darübergehoben. In Obertraubling ging es weiter. Es wurde gehobelt, geschnitzt und bemalt. Danach schmückten sie gemeinsam den Baum – mit Girlanden, Kränzen und Figuren, von denen einige den Schuhplattlern erstaunlich ähnlich sahen.

Derweil war in der Ortsmitte ein Erdloch ausgehoben worden. Ludwig blickte fachmännisch in das Loch und nickte. Danach prüfte er die mit Stricken verbundenen Stangen, Schwaiberl genannt, mit denen der Baum später aufgestellt wurde. Alles war zu seiner Zufriedenheit. Nun also konnte er heimgehen. Ob am morgigen 1. Mai 1924 alles gut verlaufen würde, lag nicht nur in ihrer, sondern auch in Gottes Hand.

Und die segnete das Unternehmen, denn nachdem sie sich alle in Festtagstracht getroffen hatten und unter den Klängen der Marschmusik zum Baum gelaufen waren, folgten Volkstänze. Am schwierigsten war der Holzhacker zu tanzen. Dabei ahmten sie die Arbeit der Holzhacker nach, sägten, hackten und spalteten symbolisch die Holzstämme.

Unter dem Applaus der Menge hieß Ludwig die Männer der Größe nach am Baum Aufstellung nehmen. Auf sein Wort hin schulterten sie den Baum und trugen ihn den kurzen Weg zum Aufstellplatz, wo sie ihn vorsichtig auf den vorher bereitgestellten Holzböcken ablegten. Alles lief nach Plan.

Nun kam der Höhepunkt des Tages. Unter den Augen der Dorfgemeinschaft und nach seinem Kommando nahmen die Männer Stangen und Stricke in die Hand. Bald zogen die Einen, die Anderen schoben. Bis der Maibaum – Schub um Schub – endlich stand. Beifall brandete auf und Ludwig merkte, wie ihm nicht nur die Last des Baumes, sondern auch der Verantwortung genommen war.

Als sie zum Feststadl marschierten, klopften ihm etliche auf die Schultern, luden ihn schon jetzt zu einem Freibier ein oder kündigten an, ihn im Laufe des Abends noch einmal beim Fest aufzusuchen. Ludwig war rundherum zufrieden – und malte sich aus, wie von nun an in Obertraubling auch dieser Brauch eine Heimat finden würde. Ganz im Sinne des Vereins, dessen Ziel es doch war, die Schönheit und Bedeutung der Heimat zu zeigen.

*

Am 14. Oktober 1923 gründete sich in Obertraubling ein Heimat- und Volkstrachtenverein, wie es ihn in vielen Dörfern Tirols und Oberbayerns schon länger gab. Von dort aus hatte sich vor allem mit den wandernden

Holzarbeitern die Tradition nach Norden fortgepflanzt und auch in der Oberpfalz waren nach und nach Vereine entstanden, die bayerische Bräuche pflegten. Sie taten das mit (Stuben)Musik und Tanz, durch Trachten und althergebrachte Feste. Eines davon war das Maifest.

Zu ihm gehört traditionellerweise das Aufstellen des Maibaums, das in der Geschichte unter der Leitung von Ludwig Wartlsteiner geschieht. Tatsächlich ist nicht bekannt, welches der neun Gründungsmitglieder des Vereins die Idee hatte und ob tatsächlich einer der Männer das Kommando übernahm oder aber alle gleichermaßen in die Vorbereitungen und die Feierlichkeiten einbezogen waren.

Ludwig Wartlsteiner ist nur kurz im Verein bezeugt. Tragischerweise verunglückte er Ende 1926 bei einem Eisenbahnunfall und wurde am 6. Dezember 1926 begraben. So konnte er die Erfolgsgeschichte des Vereins, der 1926 bereits 23 Mitglieder zählte – also mehr als doppelt so groß war wie nur zwei Jahre zuvor –, weder miterleben noch mitgestalten.

Er wäre jedoch sicher begeistert gewesen, hätte er gewusst, dass auch noch ein Jahrhundert später in Obertraubling jedes Jahr der Maibaum bei der Kirche aufgestellt wird. Das Maibaumaufstellen ist eine der typischsten bayerischen Traditionen. Es hat eine wechselvolle Geschichte, teilweise gibt es auch widersprüchliche Angaben zu seinem Zweck.

In den Quellen schlägt es sich im Laufe der Jahrhunderte nur vereinzelt nieder, es blieb wohl ein lokales Brauchtum mit vielen unterschiedlichen Regeln und Formen. Frühlingsfeste wie rund um den ersten Mai gab es schon vor der Idee, dazu einen Maibaum aufzustellen. Neben einigen Darstellungen und Beschreibungen des Brauches finden sich auch Verbote. So hieß es 1657 in der oberpfälzischen Polizeiordnung, dass das „Maiaststecken" ein „unflätig und unchristlich Ding" sei.

Etwas weniger als 100 Jahre später wird das Maibaumaufstellen als „nichts als bloßer Bürger- und Bauernlust" dienender Brauch abermals unter Strafe gestellt und erst 1827 in einer sittenpolizeilichen Verordnung des Königs Ludwig I. wieder gestattet. Ludwig I. war der Meinung, es handele sich um „an sich unschädliche und wohl zu gönnende Vergnügungen" des Landvolkes. Lediglich ging es seiner Regierung um die Aufsicht über den Prozess, weshalb im Paragraphen 1120 detailliert festgelegt wurde, unter welchen Bedingungen solch ein Maibaum aufzustellen sei, woher das Holz stammen oder auch nicht stammen dürfe, wem das Maibaumaufstellen angezeigt werden müsse und so weiter.

Ludwig Wartlsteiners Gedanken zum Maibaum und seiner Funktion sind in keiner Quelle überliefert, Sie entstammen den Aufzeichnungen von Pfarrer Elmar Gruber aus Eichenau zur Tradition des Maifests. Der Ablauf des Maibaumaufstellens orientiert sich an den Beschreibungen des langjährigen Ortsheimatpflegers Pius Detterbeck, der nicht nur selbst im Heimat- und Volkstrachtenverein Mitglied ist, sondern auch mit zahlreichen Büchern Ortsgeschichte(n) geschrieben und in Interviews umfangreich vom früheren Dorfleben erzählt hat.

Ob Ludwig Wartlsteiner und seine Vereinskameraden auch schon fürchteten, der Maibaum könnte ihnen gestohlen werden? Das lässt sich nicht mehr rekonstruieren. Dass aber die Angst berechtigt wäre, zeigt das Jahr 2016, in welchem dem Verein der Maibaum vom Truppenübungsplatz Oberhinkofen weg entwendet wurde.

Die Tradition des Maibaumstehlens ist schon alt und bis heute lebendig. Dabei versuchen junge Männer (und heute manchmal auch Frauen) aus anderen Gemeinden einen noch versteckten Maibaum aufzuspüren und über die Dorfgrenze zu entführen. Er kann dann wieder ausgelöst werden, meist gegen Speis und Trank. Aber eine Regel gilt: „Wenn ein Bewacher seine Hand auf den Maibaum legt, ist's aus."

*A*USFLUGSTIPP

Zum jährlichen Maibaumaufstellen in Obertraubling (Heimat- und Volkstrachtenverein) oder Piesenkofen (Edelweiß-Schützen) sind Besucher*innen herzlich willkommen. Auch die Lebenshilfe Gebelkofen hat schon einmal ein Frühlingsfest mit kleinem Maibaum gefeiert und tut dies vielleicht wieder einmal.

Literatur

Charivari: Eigentümer des geklauten Maibaums meldet sich bei Charivari. 29.4.2016. On-line: https://www.charivari.com/denn-sie-wissen-nicht-was-sie-tun-landjugend-duenzling-klaut-maibaum-nur-welchen-das-wissen-sie-nicht-43740/ (01.01.2023)

Detterbeck. Pius: Bauernschweiß und Handwerkerfleiß. Obertraubling, 1995. S. 83–85.

Döllinger, Georg Ferdinand: Sammlung der im Gebiete der inneren Staats-Verwaltung des Königreichs Bayern bestehenden Verordnungen. Aus amtlichen Quellen geschöpft und systematisch geordnet Bd. 13 = Abt. 15, Tl. 2. Allgemeine Staats- und Landpolizei. S. 1421.

Eichenauer Maibaumverein e.V. (Hrsg.): Geschichte. Online: https://www.eichenauer-maibaumverein.de/geschichte/ (01.01.2023)

Heimat- und Volkstrachtenverein „Holzhacker" e.V. (Hrsg.): Festschrift anlässlich des 80jährigen Gründungsfestes. Obertraubling, 2003.

Landsherr, Uli / Schmelter-Kaiser, Antoinette: Der Maibaum – Hau ruck, pack mas! Würz-burg, 2021.

Niggel, Bettina: Maibaum: Wenn Stehlen erlaubt ist. In: Mittelbayerische Zeitung vom 30.4.2018. Online: https://www.mittelbayerische.de/region/regensburg-land-nachrichten/maibaum-wenn-stehlen-erlaubt-ist-21364-art1643068.html (01.01.2023)

Regensburger Wohnstätten Gemeinnützige GmbH der Lebenshilfe Regensburg e.V. (Hrsg.): Frühlingsfest vom 7.5.2011. Online: https://www.lebenshilfe-regensburg.de/de/wohnstaetten/Archiv/2011/Fruehlingsfest-2011.php (01.01.2023)

Zum Weiterlesen für Kinder

Wer sich auf die Suche nach dem Maibaum machen will, dem sei das folgende Buch für jüngere Kinder empfohlen: Grabner, Daniela: Das große bayerische Wimmelbuch. München, 2018.

GEORG, DER FLIEGER, IN EINTHAL (1930)

Das Segelfluggelände Oberhinkofen ist heute ein fester Bestandteil am Erholungsgebiet und Naturerbe Frauenholz auf dem ehemaligen Standortübungsplatz. Seit den 1930er Jahren waren im unteren Teil des heutigen Geländes bei Einthal die Segelflieger aktiv, die eine Halle erbauten und den ehemaligen Exerzierplatz für ihr Hobby nutzten. Georg Heim jun., Sohn des gleichnamigen Ballonfahrers, verbrachte einen großen Teil seiner Kindheit auf dem Segelflugplatz und träumte davon, dem Himmel noch ein Stück näher zu kommen.

*

Georg konnte sich keinen schöneren Platz vorstellen. Nirgends war er lieber als hier auf dem Flugplatzgelände Einthal. Und mit niemandem war er lieber dort als mit seinem Vater, von dem er nicht nur den Namen, sondern auch die Liebe zum Fliegen geerbt hatte.

Er war sechs Jahre alt und er übte für eine Karriere als Segelflieger. Für diese faszinierende Vorstellung lebte er. Dafür hatte er heute wieder einmal im Typ Zögling Platz genommen, dem die Kameraden den Namen „Draufgänger" gegeben hatten. Seine Beine reichten kaum durch das offene Cockpit und der Steuerknüppel war länger als sein Oberkörper. Gegen den noch frischen Frühlingswind hatte ihm die Mutter an diesem Märztag einen dicken Pullover angezogen, bevor er mit dem Vater von Regensburg aus aufgebrochen war.

Nun waren sie hier. Überall wuselten Flieger herum. Die Männer standen neben dem Baumaterial. Sie waren ja immer noch beim Aufbau der Segelflughalle, die ihren Flugzeugen Heimat geben würde.

Georgs Vater war eigentlich kein Segelflieger. Seine Liebe galt dem Ballonfahren. Aber mit den Segelfliegern verband ihn die Liebe zum Luftsport. So war er nun Mitglied im Flieger-Klub e.V. Regensburg und fühlte sich sichtlich wohl. Fast jedes Wochenende verbrachte er hier auf dem Flugplatz. Manchmal nahm ihn sein Vater dann auch noch mit in den Gasthof Maurer unten in Piesenkofen, wo die Fliegerfreunde gern zusammensaßen. Dort drückte er sich am Tisch herum und lauschte den Gesprächen über aufregende Flüge und technische Tüfteleien.

Gerade sammelte sich die Damengruppe. Nur eine einzige flog selbst, die anderen kümmerten sich um das leibliche Wohl der männlichen Segelflieger. Die drei jungen Frauen posierten vor einer Maschine, im Hintergrund saßen ein paar der Segelflieger lässig auf der Wiese. Irgendwann würde Georg auch dabei sein. Bisher aber blieb es bei Trockenübungen. Wenn er ein bisschen älter war – das hatte er schon bei anderen gesehen –, dann würde er am Gummiseil üben. Sein Vater würde ihn über die Wiese ziehen und ihm auftragen, das Gleichgewicht zu halten. Wenn er das konnte, würde der Vater den Flieger gegen den Wind stellen und so rasch ziehen, dass er einige Meter abhob. Und noch etwas später würde er endlich, endlich abheben – wenn auch nicht direkt in Einthal. Denn mit den Gummiseilstarts konnten keine großen Höhen erreicht werden.

Aber das machte nichts in den Träumen des kleinen Georg vom Fliegen. Er stellte sich vor, wie er den Flugplatz bei Einthal von oben betrachten würde. Sein Blick würde über Oberhinkofen und Piesenkofen schweifen und sich dann am Kirchturm von Obertraubling festhalten. Noch ein Stück weiter flöge er über Burgweinting Richtung Regensburger Heimat. Die Welt von oben – das war sein Traum.

*

Wenn in der Geschichte von Einthal, Piesenkofen oder Oberhinkofen die Rede ist, dann ist stets derselbe Flugplatz gemeint. Warum diese Vielfalt an Ortsnamen, das wird im Folgenden mit erklärt.

Der Flugplatz Einthal, die amtliche Bezeichnung ist heute „Segelfluggelände Oberhinkofen", der bis heute vom Luftsportverein Regensburg genutzt wird, kann auf eine lange Geschichte zurückblicken. Noch bevor ans Fliegen überhaupt zu denken war, wurde das Gelände ab 1861 von der bayerischen Armee als Garnisonsschießplatz genutzt. In der Nähe der heutigen Segelfliegerstartstelle befand sich damals ein Brunnen für eine

Pferdetränke. (Dieser wurde etwa 1980 von der Bundeswehr aus Sicherheitsgründen zugeschüttet.) Gleichzeitig diente das Gebiet der bayerischen Kavallerie als Exerzierplatz. Später dann setzte die Reichswehr diesen militärischen Gebrauch fort und übte ebenfalls auf dem Gelände. Als die Segelflieger sich dort ansiedeln wollten, gab es keine Bedenken. Die Genehmigung wurde unproblematisch erteilt. Da das Gebiet wegen der militärischen Nutzung für die Zivilbevölkerung gesperrt war, konnte der Flugbetrieb recht unkompliziert aufgenommen werden. Schließlich stand nicht zu befürchten, dass Spaziergänger, spielende Kinder oder andere Personen unbedarft über die Start- und Landebahn liefen. Die Segelflieger waren also meistens unter sich.

Dass sie ihre Freizeit wohl gern miteinander verbrachten, zeigen die Fotografien von der Erbauung der Halle für die Flugzeuge, die Gruppenbilder vor Flugzeugen oder bei anderen Vereinsaktivitäten und die Aufnahmen einzelner (meist stolzer) Flieger an und in den Segelflugzeugen. Darunter befinden sich auch zwei Aufnahmen von Georg Heim jun. Das Fluggelände erhielt in diesen Jahren die amtliche Bezeichnung „Flugplatz Piesenkofen".

Der 1924 geborene Georg wuchs in Regensburg auf, verbrachte aber zusammen mit seinem Vater den Großteil seiner Kindheit auf dem Flugplatz Piesenkofen (Ortsteil Einthal). Aus dieser Zeit stammte seine Begeisterung für alles, was mit der Fliegerei zu tun hatte. In der hier erzählten Geschichte, die die Faszination des kleinen Jungen in den Mittelpunkt stellt, liegt vieles noch im Nebel der Zukunft. Georg Heim wurde in einer schweren Zeit erwachsen. Schon 1933 wurde der Flieger-Klub e.V. liquidiert und in das nationalsozialistische Fliegerkorps integriert. Dabei sahen sich die meisten Flieger als unpolitisch an: Sie waren jung und flugbegeistert. Sie wollten fliegen, ohne politische Hintergedanken.

Doch viele, auch Georg, dienten mit ihren Fähigkeiten dann aber dem NS-Staat. Georg Heim beispielsweise erwarb 1939 mit nur 15 Jahren seinen Flugschein und wurde dementsprechend bei der Luftwaffe im Krieg eingesetzt. Bis kurz vor Kriegsende flog er die Me 109, das Standardflugzeug der Luftwaffe in der Wehrmacht. Als er 1945 zurückkehrte, war die Welt eine andere – und an das Fliegen war erst einmal nicht mehr zu denken.

Nach dem Ende des Zweiten Weltkriegs war nämlich zunächst jede fliegerische Betätigung verboten. Weder war der Bau von Flugzeugen noch die Gründung von entsprechenden Vereinen erlaubt. Die Begeisterung am Fliegen konnte aber keine Macht der Welt verbieten und so warteten die

Flugbegeisterten je nach Temperament geduldig oder ungeduldig auf neue Möglichkeiten. Erst ab etwa 1950 gründeten sich wieder Luftsportvereine. In Regensburg und anderswo starteten zuerst die Modellflieger. Im Frühjahr 1951 wurde dann in Deutschland vom Alliierten Hochkommissar das Segelfliegen wieder offiziell erlaubt. Georg Heim hatte schon immer fest an die Rückkehr des Segelflugsports geglaubt. Als einer der Ersten erneuerte er seine Segelfluglizenz. Dann baute er sich mit drei weiteren Fliegerkameraden ein eigenes Segelflugzeug vom Typ A-Spatz und hob ab.

Ab 1961 war das Fliegen auch von Oberhinkofen aus wieder möglich, denn das Segelfluggelände wurde ab diesem Zeitpunkt vom Luftsportverein Regensburg genutzt. Schon seit 1956 waren die Flugzeuge des heute nicht mehr existierenden Luftsportvereins Geiselhöring von Einthal aus gestartet. Anfang der 1960er Jahre transportierte dann auch der Luftsportverein voller Elan das Gerüst der Regensburger Halle hierher, baute es wieder auf und ging dem Segelfliegen von nun an aus der heutigen Großgemeinde nach. Nur wenig später zeigten die Segelflieger bei einem Großflugtag, was sie konnten. Unter ihnen auch Georg Heim.

Heute ist das Gelände Teil eines Naturerbes der Deutschen Bundesstiftung Umwelt. Es handelt sich dabei um ein landschaftlich besonders geschütztes Gebiet, in dem vor allem Amphibien Raum finden und sich der Wald als naturnaher Laubmischwald regenerieren kann. Das Gebiet unmittelbar beim Segelflugplatz ist licht. Die Grünlandflächen werden durch Beweidung und Mahd extensiv genutzt. Und mittendrin auf dem Segelflugplatz gehen auch 2023 etwa 70 Aktive dem Segelflugsport nach.

AUSFLUGSTIPP

Nicht nur lohnt bei jedem Wetter und zu jeder Jahreszeit ein Spaziergang oder eine Jogging- bzw. Fahrradrunde durchs Frauenholz, auch der Segelflugplatz darin ist ein spannender Ort. Manches Mal kann man sogar den Segelfliegern zusehen. Achtung ist stets wegen möglicher Flugbewegungen, Starts und Landungen geboten. Selbst eine Segelflugausbildung ist ab dem 14. Lebensjahr möglich. Wer noch mehr über den Segelflug wissen will, der fährt am besten auf die Flugwerft Schleißheim, ein Teil des Deutschen Museums München.

Literatur

Egolf Biscan half mit zahlreichen Fotos und schriftlichen Quellen zum Flugplatz und dem Segelschulbetrieb, die er als Privatarchiv zusammengetragen hat. Ebenfalls erhielt ich von ihm dankenswerterweise die Trauerrede für Georg Heim jun. aus dem März 2021.

DBU Naturerbe GmbH (Hrsg.): DBU Naturerbe Frauenholz. Online: https://www.dbu.de/nnn/media/151018025846_305638.pdf (31.01.2023)

Jaumann, Michael: Mit dem Modellfliegen fing es 1950 an. In: Mittelbayerische Zeitung vom 20. Juli 2016. Online: https://www.mittelbayerische.de/region/regensburg-land/gemeinden/obertraubling/mit-dem-modellfliegen-fing-es-1950-an-21397-art1406688.html (31.01.2023)

Schmoll, Peter: Messerschmitt Me 109. Produktion und Einsatz. Regenstauf, 2017.

Zum Weiterlesen für Kinder

Augustin, Annegret / Schubert, Katharina: Warum kann ein Flugzeug fliegen? 2012. (Hörbuch)

Olshan, Matthew: Ballonfahrt mit Hund. Die (fast) wahre Geschichte der ersten internationalen Luftfahrt im Jahr 1785. Hildesheim, 2017.

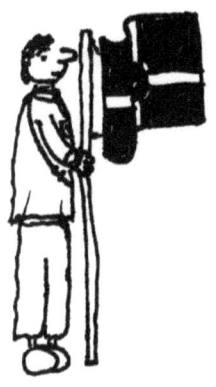

FRANZ,
DER SCHULBUB,
UND DER „FÜHRER"
(1937)

So sieht es aus, wenn sich kleine und große Geschichte verbinden. In Franz' Erinnerungen an jenen Tag, da Adolf Hitler – damals verehrt als der Führer – durch Obertraubling fuhr, ist das Nebeneinander zu bemerken. Auf eigentümliche Weise war alles, wie es schon immer war auf dem Dorf – und doch ganz anders, weil die Diktatur in jeden Bereich des Lebens drang.

*

Es war ein warmer Tag wie viele und doch ganz anders als sonst. Aufregung lag in der Luft, besonders, wenn sich die Hitlerjugend des Dorfes traf. Denn es war klar: In wenigen Tagen würde Adolf Hitler durch Obertraubling kommen. Franz konnte es kaum fassen: Der Führer im Dorf.

Er wusste nicht so recht, was er von ihm halten sollte. Gewiss, er war in der Hitlerjugend, Lehrer und Ortsgruppenführer unterrichteten alles Wesentliche über den Nationalsozialismus. Aber zu Hause gab es den Großvater, der immer über die Nazis schimpfte: Zwei Söhne hatte er schon im Krieg verloren und Hitler hielt er für den neuen Kriegstreiber.

Wie auch immer, Obertraubling brummte. Auch die Erwachsenen kannten kein anderes Thema. Wer im Dorf Rang und Namen hatte, wirkte bei der Vorbereitung mit. Man wusste, die Wagenkolonne würde lediglich durch den Ort fahren. Die B15 stellte nun einmal die Verbindung von München nach Regensburg dar – und sie führte als asphaltierte Straße mitten durch Obertraubling. Die Fahrzeuge, drei oder vier vermutlich, würden von Köfering kommend am Rathaus Obertraubling vorbeifahren, weiter nach Burgweinting und Regensburg.

Dort, so hatte es Franz gehört, würde der Führer die Stadtoberen treffen und dann gemeinsam mit ihnen in der Walhalla eine Büste von Anton Bruckner einweihen. Aber was in der Stadt geschah, war weit weg und für Franz ging es um die Minuten, in denen er und seine Kameraden mithalfen, Adolf Hitler in Obertraubling einen schönen Empfang zu bereiten.

Jeder hatte seine Ansagen erhalten. Die einen sollten aus den Fenstern der Schule herausschauen, die anderen an der Straße stehen. Bei der Kirche würde eine große Hakenkreuzfahne wehen und sie alle sollten dann winken, wenn die Autos durchfuhren.

Als es endlich soweit war, standen die Menschen zu Dutzenden an den Straßenrändern. Er sah den Ortsgruppenführer Neumüller, den Gutspächter Josef Wieland, vom Saatzuchtgut stand Heinrich Doerfler da. Muck und Schwarz, die beiden Polizisten, achteten darauf, dass niemand quer über die Straße rannte. Der Oberlehrer Karl Meindl, der sonst immer von der Volkswohlfahrt und dem Dienst sprach, war bei ihnen und erinnerte noch einmal daran, was sie zu tun hatten. Und dann – war es schon fast wieder vorbei. Die Wagenkolonne hatte nicht gehalten, binnen Sekunden war sie vorbei gewesen. Er hatte nicht einmal richtig durch die Autoscheiben sehen können. Aber der Ortsgruppenleiter Neumüller versicherte ihnen, dass der Führer sicher bemerkt hatte, wie sie ihn begrüßt hatten.

Nun ja, jetzt war die Aufregung vorbei – und Franz' Leben ging weiter wie bisher. Die Tage waren ausgefüllt mit Schule, Messdienst und Helfen auf dem Feld. Manchmal mussten sie Unkraut zupfen, ein anderes Mal Kartoffelkäfer sammeln. Besonders gern half er beim Bewegen der Pferde oder schaute zu, wenn sie in der Schwemm gebadet wurden. Vor dem Gasthaus Stocker spielten sie im Straßenstaub mit Stöcken und Murmeln.

Einmal in der Woche gab es einen Nachmittag der Hitlerjugend. Franz mochte diese Tage. Es war immer was geboten: Fanfarenspiel, Sport, Sammlungen. Am Feuerwehrhäusl standen vier Fassl, wo er mit seinen Freunden alles hintrug, was sie bekommen hatten. „Eisen, Knochen, Lumpen und Papier – alles sammeln wir", so hieß es. Das machte ihnen ziemlich viel Spaß.

Und wenn sie Zeit hatten, dann stromerten sie durch die Gegend. Am liebsten rannten sie zum Fliegerhorst Obertraubling, der gerade gebaut wurde. Sie konnten sich frei bewegen und verfolgten, wie nach und nach alles entstand, was zu einem richtigen Flugplatz gehörte.

*

Es kostet auch 2023 noch Mut, das zu erzählen, was in Obertraubling in den Jahren des Nationalsozialismus geschehen ist. In den meisten Familien zeigt sich dabei nämlich, wie diese Diktatur funktioniert hat. Zwar haben sich nur wenige aktiv politisch betätigt – für oder gegen das Regime –, doch mitgemacht im Kleinen haben fast alle. Und deshalb ist es auch heute noch schwierig, diese Zeit im Dorf zu erhellen. Denn fast überall geht es auch um die eigene Familie – und die Verbindungen zu anderen.

Umso dankbarer bin ich, dass Franz Rieger seine Erinnerungen mit mir geteilt hat. Er ist Ende 1930 in Obertraubling geboren und hat sein ganzes Leben hier verbracht. Seine Kinderjahre waren geprägt vom Nationalsozialismus, dem heraufziehenden Weltkrieg und danach dem Krieg an sich. Diese Jahre erlebte er in einem damals noch kleinen Dorf mit etwa 800 Einwohner*innen.

Viele seiner Erlebnisse könnten ebenso gut einige Jahre zuvor oder danach stattgefunden haben. Denn das Meiste im Dorf blieb in jenen Jahren noch unverändert. Der große Wandel im ländlichen Leben, der immense Bevölkerungszuwachs, die wirtschaftlichen Veränderungen – das alles begann erst einige Jahre, Jahrzehnte später. Das Dorfleben der 30er Jahre war nach wie vor bestimmt durch den Rhythmus der Jahreszeiten. Er regelte das Leben auf dem Land. Zwar wählten auch die Obertraublinger*innen in den letzten Mehrparteienwahlen – also 1930 bis 1933 – vier Mal, doch man muss davon ausgehen, dass Politik weit weg gemacht wurde.

Gleichwohl verfolgten die Menschen intensiv den Aufstieg der neuen Partei, der NSDAP – mehrheitlich wählten sie bis zur Machtübertragung an Adolf Hitler jedoch die Bayerische Volkspartei, eine katholische Interessenvertretung mit starker Anhängerschaft in der Oberpfalz und Niederbayern. Erst im März 1933 profitierte die NSDAP vom „Kanzlerbonus" Adolf Hitlers und von den Vorstößen gegen die Vertreter der KPD, SPD und sogar der BVP. Dass Reichspräsident Hindenburg zweimal mit Unterstützung der katholischen Partei zum Reichspräsidenten gewählt worden war und mit Hitler gemeinsam auftrat, führte in der autoritätstreuen katholischen Bevölkerung offenbar ebenso zu einem Vertrauenszuwachs.

Als klar wurde, dass die Nationalsozialisten mit allen Mitteln zu Macht, Einfluss und Alleinherrschaft strebten, standen in Obertraubling und den umliegenden Dörfern nun all jene auf, die mit den Nazis sympathisierten. Sie gaben Obertraublings Ortspolitik und der gesellschaftlichen Struktur neue Impulse und sorgten auch für Veränderungen im Ortsbild. Vor der

Schule entstand ein Bodenbild in Hakenkreuzform und bei jeder offiziellen Gelegenheit wurde in der Ortsmitte eine Hakenkreuzfahne gehisst.

Franz Rieger, der die Geschichte der Ortsdurchfahrt erzählt hat, erinnert sich noch lebendig an diesen Moment aus seinen Kinderjahren. Das Ereignis zeigt die ganze scheinbare Normalität des nationalsozialistischen Alltags. In ihm spielten für Franz die Schule, Hitlerjugend und das Elternhaus eine wichtige Rolle. Die drei standen in seinem Fall im Kontrast zueinander. Doch es stand außer Frage, dass Franz sich an den Vorbereitungen für die kurze Durchfahrt beteiligte und dann selbstverständlich an den Aktionen der Hitlerjugend teilnahm.

In einer Sache erinnerte Franz Rieger sich nicht richtig: Im Gespräch meinte er, Adolf Hitler sei zur Einweihung der Nibelungenbrücke in Regensburg gewesen. Nachdem sich mit dem Itinerar – dem Verzeichnis der Reisen von Hitler – nachprüfen lässt, dass dieser Regensburg und Umgebung nur ein einziges Mal besucht hat, habe ich hier stillschweigend korrigiert. Unwahrscheinlich wäre es nicht gewesen, dass sich der Diktator bei der Einweihung einer Brücke, die seinen Namen tragen sollte, gezeigt hätte. Es heißt jedoch, Hitler habe Regensburg erstens aufgrund der schlechten Wahlergebnisse der NSDAP dort und zweitens wegen jenes Besuchs an der Walhalla gehasst. Beim Empfang durch die Regensburger Stadtspitze im Alten Rathaus sei ihm angeblich fast ein Kristallleuchter auf den Kopf gefallen.

Was aber hatte es nun mit dem Walhalla-Besuch auf sich? Am 6. Juni 1937 plante die Propagandamaschine der Nationalsozialisten einen denkwürdigen Auftritt Adolf Hitlers, in der Walhalla, der von Ludwig I. erbauten Ruhmeshalle, in der herausragende Persönlichkeiten „teutscher Zunge" geehrt werden sollten. 1937 sollte das Anton Bruckner, ein Lieblingskomponist Hitlers sein. Doch schon zuvor hatten die Nationalsozialisten – vor allem mit ihrer Freizeitorganisation „Kraft durch Freude" – begonnen, die Walhalla als Reiseziel zu etablieren. 130.000 Besucher*innen kamen allein 1937, dem Jahr, in dem auch Hitler den Tempelbau besuchte.

Womöglich aber trügt die Erinnerung auch noch anders: Hitler nämlich reiste zum Walhalla-Besuch per Zug an und auch wieder ab. Stimmt das Ereignis – die Einweihung der damaligen Adolf-Hitler- und heutigen Nibelungenbrücke –, dann war es nicht Adolf Hitler, der durch Obertraubling fuhr, sondern womöglich die Wagenkolonne von Adolf Wagner, dem damaligen bayerischen Kultusminister und Gauleiter von Oberbayern. Dieser Antisemit und Nationalsozialist der ersten Stunde war nämlich der prominente Gast der Brückenfreigabe in Regensburg.

Allein, welche Rolle spielt das? Die Erzählung mag ihren Aufhänger in der „Begegnung mit dem Führer" haben, doch sie vermittelt ein sehr alltägliches Geschehen im Nationalsozialismus: die Durchdringung des gesamten Lebens von der Diktatur. Und sie lässt die eigenwillige Faszination erkennen, die die Menschen anlässlich des Geschehens auf die Dorfstraße trieb und sie dem Vertreter eines verbrecherischen Regimes zujubeln ließ.

AUSFLUGSTIPP

Nichts in Obertraubling und wenig in Regensburg erinnert an die Zeit des Nationalsozialismus. Zaghafte Bemühungen gelten einer Stadtgeschichtsschreibung, die das Kapitel nicht ausklammert, vereinzelt werden auch entsprechende Stadtführungen angeboten. Der Alltag im Nationalsozialismus lässt sich beispielsweise bei einem Besuch im NS-Dokumentationszentrum München, dem Dokumentationszentrum Reichsparteitage Nürnberg sowie – ab 2024 – dem Dokumentationszentrum Obersalzberg erkunden.

Literatur

Das Gespräch mit Franz Rieger hat mich sehr beeindruckt, die Erinnerungen haben mich in viele Zeiten seines Lebens mitgenommen. Dafür bedanke ich mich.

Bendikowski, Tillmann: Hitlerwetter. Das ganz normale Leben in der Diktatur. München, 2022.

Boyd, Julia: A Village in the Third Reich. How Ordinary Lives Were Transformed. London, 2022. (über Oberstdorf)

Graf, Hans Joachim: Eine Analyse der Regensburger Reichstagswahlergebnisse von 1912 bis 1933. In: Verhandlungen des Historischen Vereins für Oberpfalz und Regensburg 135/1995. S. 199–233.

Harten, Hans-Christian: Weltanschauliche Schulung der SS und der Polizei im Nationalsozialismus. Zusammenstellung personenbezogener Daten. 2017. Online: https://doi.org/10.25656/01:15155 (31.01.2023)

Haus der bayerischen Geschichte (Hrsg.): Adolf Wagner. Online: https://www.bavariathek.bayem/medien-themen/portale/geschichte-des-bayerischen-parlaments/person/120046733 (31.01.2023)

Kellermann, Bernd: Vor 80 Jahren nutzte Adolf Hitler die Walhalla für einen Propaganda-Auftritt. In: Regensburger Wochenblatt vom 11.07.2017. Online: https://www.wochenblatt.de/archiv/vor-80-jahren-nutzte-adolf-hitler-die-walhalla-fuer-einen-propaganda-auftritt-190049 (31.01.2023)

Sandner, Harald: Hitler - Das Itinerar. Aufenthaltsorte und Reisen von 1889 bis 1945. Bd. 3: 1934–1939. Berlin, 2017.

Schröder, Valentin: Wahlen in Deutschland. Weimarer Republik. Wahlergebnisse der Reichstagswahlen. Wahlkreis Niederbayern-Oberpfalz. Online: https://www.wahlen-in-deutschland.de/wrtwniedbayobpfal.htm (31.01.2023)

Stadt Regensburg (Hrsg.): Nibelungenbrücke. Neubau 2001–2004. Online: https://www.regensburg.de/fm/121/neubau-nibelungenbruecke-hintergrundinformationen.pdf (11.03.2023)

Weidinger, Wolfgang: Die Oberpfalz - historische Entwicklungslinien. In: 200 Jahre Regierung der Oberpfalz. Alt und neu zugleich. Regensburg, 2010. S. 110–139.

Wolter, Heike mit dem P-Seminar Geschichte 2010/11 des Gymnasiums Neutraubling: „Wenn der Krieg um 11 Uhr aus ist, seid ihr um 10 Uhr alle tot!" Sterben und Überleben im KZ-Außenlager Obertraubling. Salzburg, 2011.

Zum Weiterlesen für Kinder

Schwieger, Frank: Kinder unterm Hakenkreuz – Wie wir den Nationalsozialismus erlebten. München, 2023.

HERBERT, DAS KRIEGSKIND, UND DER ANGRIFF (1945)

Krieg ist immer schrecklich. Ganz besonders gilt das für Kinder. Im Zweiten Weltkrieg wuchs eine ganze Generation von Menschen auf, für die Verlust und Gewalt Alltag waren. Die Erinnerungen von Herbert Bauer, die er Weihnachten 2015 niedergeschrieben hat, zeigen, dass der Krieg noch lange nicht zu Ende ist, wenn der Frieden geschlossen wird. Im Rückblick sind seine Schrecken noch fühlbar.

*

Herbert war sieben Jahre alt, und der Krieg war wie immer nah. Heute jedoch, am 16. Februar 1945, kam er besonders dicht an Niedertraubling herangekrochen. An jenem Tag gab es Fliegeralarm durch die aufheulende Sirene. Es war ein Zeichen, dass sich wieder einmal – und in letzter Zeit war das immer öfter geschehen – feindliche Fliegerverbände näherten. Sie hatten den Flugplatz in Obertraubling im Blick oder auch die Messerschmitt-Werke in Regensburg. Im Dorf meinten sie auch, vielleicht sei eine der beiden Bahnlinien das Ziel. Denn dort wurden oft Züge abgestellt. Sicher war: Niedertraubling lag mittendrin im Geschehen. Herbert, seine Mutter und seine Großmutter begaben sich, wie sie es nun schon gewohnt waren, in den Keller des Hauses von Anna Bauer, Herberts Base.

Dort, an der Hauptstraße, fanden sie besseren Schutz als in ihrem eigenen Haus, das nicht unterkellert war. Da sie nicht wussten, was passieren würde und wie lange sie im Keller ausharren mussten, trugen sie eine kleine Tasche mit den nötigsten Utensilien in das kleine Kellerversteck. Von ferne hörte Herbert bereits das schwere, dumpfe Dröhnen der Bomber. Es verhieß nichts Gutes und versetzte ihn in Angst und Schrecken. Deutlich war zu spüren, dass dieses Mal der Fliegerhorst das Ziel der zerstörerischen Bombenlast war. An Niedertraubling ging der Angriff irgendwie vorüber. Nur von ferne hörte Herbert die Explosionen. Als er mit Mutter und Großmutter den Keller verließ, sahen sie die dicken Rauchsäulen in der Ferne. Seine Mutter zog ihn nicht gleich in Richtung zu Hause, sondern sie liefen neugierig die Straße bis zu ihrem höchsten Punkt hinauf, um besser in Richtung des Flugplatzes sehen zu können.

Frau Heimler, die Nachbarin, begleitete sie. Schon nach kurzer Zeit hörten sie wieder Fluggeräusche, eine weitere Bomberstaffel war im Anflug. Herbert hätte das Dröhnen überallheraus erkannt, wenn er auch nicht wusste, wie die einzelnen Flugzeugtypen klangen. Er war sich sicher, die Bomber gehört zu haben. Doch die Nachbarin und seine Mutter glaubten ihm nicht. Er bettelte: „Lass uns nach Hause gehen."

Schließlich gaben die Frauen nach. Mittlerweile war unverkennbar, dass Herbert recht gehabt hatte. Ein Höllenlärm tobte draußen. Im Erdgeschoss suchten die drei schnell unter der schützenden Treppe zum Dachgeschoss Schutz. In letzter Sekunde. Eine Explosion zerriss die Luft, die Druckwelle war deutlich zu spüren. Überall flogen Teile unterschiedlicher Größe umher: Dachziegel, Glasscherben von geborstenen Fenstern, Kleinteile und sogar die Semmeln, die Herberts Mutter nach dem Einkauf mit dem Korb abgestellt hatte.

Nachdem sich Explosionslärm und dichter Staub gelegt hatten, wagten sie sich aus dem Haus. Mit einem Blick war klar, was auf dem Anwesen der Nachbarin passiert war: In die Scheune hatte eine Bombe eingeschlagen. Rundherum herrschte Chaos. Die Explosion und die Druckwelle hatten die Scheune zur Hälfte zerstört und vieles in der Umgebung war schwer beschädigt. Auch Herberts Haus war nicht nur innen verwüstet, sondern die der Explosion zugewandte Seite des Daches war schwer zerstört. Haustür und Fenster waren aus den Angeln gehoben worden.

Herbert war trotz allem froh. Schließlich war weder Mutter noch Großmutter noch Nachbarin etwas geschehen. Es waren nur Dinge. All das war ein schmerzlicher Verlust, aber er war nicht gleichzusetzen mit dem allgegenwärtigen Tod, der ihn umgab. Was viel schwerer als die Zerstörung wog, war der Schrecken. Nicht nur für diesen Tag steckte er allen, die dabei gewesen waren, in den Gliedern. Er blieb das vorherrschende Gefühl der Niedertraublinger, bis am 27. April 1945 die Amerikaner den Ort einnahmen.

*

Die Geschichte beruht eng auf den von Herbert Bauer niedergeschriebenen Erinnerungen an das letzte Kriegsjahr, besonders an den Bombenangriff vom 16. Februar des Jahres. Seine Erinnerungen sind selbstverständlich in der ersten Person verfasst, das habe ich für diese Erzählung verändert.

Außerdem hat Herbert Bauer seinem Bericht noch Kartenmaterial beigegeben, das die Lage der einzelnen Geschehensorte zeigt. Dort werden auch Veränderungen in den Straßennamen und Hausnummern erklärt. Im Bericht selbst gibt es noch weitere Informationen zu anderen Zerstörungen, die Herbert Bauer nicht als Augenzeuge sah, aber die ihm erinnerlich waren. Außerdem schildert er Begebenheiten aus den nächsten Wochen und Monaten – vor und nach Kriegsende.

Niedertraubling war im Zweiten Weltkrieg nicht selbst bevorzugtes Ziel von Bombenangriffen, wohl aber der nahegelegene Fliegerhorst Obertraubling auf dem Gebiet der heutigen Stadt Neutraubling. Dabei handelte es sich bis 1938 um einen Fliegerhorst, auf dem die Wehrmacht ausbildete. Im November 1940 erhielt dann die Firma Messerschmitt GmbH den Platz. Durch das Kommando „Warschau-Süd" wurden auf dem Flugplatz Vorbereitungen zum Bau des Lastenseglers Me 321 getroffen.

Darüber hinaus errichtete man auf dem Gelände ein Kriegsgefangenenlager, die sogenannten „Russenlager" für rund 2.750 Inhaftierte. Die Alliierten wussten um die große Bedeutung des Fliegerhorsts für die industrielle Flugzeugproduktion und flogen daher immer wieder Luftangriffe, vor allem ab Anfang 1944. Besonders schwer waren die Angriffe vom 25. Februar und 21. Juli 1944 sowie vom 20. Januar, 16. Februar und 11. April 1945.

Dabei wurde auch Niedertraubling in Mitleidenschaft gezogen. Einmal stürzte ein Bomber in ein Feld östlich der Feldscheune, ein anderes Mal trafen Bomben die Scheunen der Familien Koch und Heimler. An das letzte Ereignis erinnerte sich Herbert Bauer lebhaft, war es doch das Nachbarshaus.

Während die Großangriffe wenige Wochen vor dem Kriegsende nachließen, nahmen die Überflüge von Tieffliegern noch zu. Dabei ging es nicht mehr um großflächige Zerstörungen der Infrastruktur, nun waren einzelne Häuser, Fahrzeuge – und manchmal wohl auch Personen im Blick der Piloten. Am 27. April 1945 nahmen die Soldaten der US-Armee den Ort ein.

Das Kriegsende scheint in Niedertraubling dem Geschehen in anderen Orten sehr ähnlich gewesen zu sein. Der rasch gebildete Volkssturm sollte den Vormarsch der Amerikaner stoppen, doch erkannten die dorthin beorderten älteren Männer die Sinnlosigkeit und entließen die zwangsverpflichteten Jungen, oft fast noch Kinder, aus der Verantwortung. Panzeralarm verkündete das Herannahen der wahlweise als Besetzer oder als Befreier wahrgenommenen Soldaten.

Mittendrin bewegten sich verschiedene Menschengruppen durch den Ort: Deutsche Soldaten versuchten sich auf den Heimweg zu begeben, englische Soldaten, die bis vor wenigen Tagen in Kriegsgefangenschaft in Niedertraubling gewesen waren, wollten Kontakt zu alliierten Verbänden herstellen, Flüchtlinge und Vertriebene kamen aus den Ostgebieten, Städter auf der Suche nach Essen kamen zu den Bauern. Vereinzelt baten befreite ehemalige KZ-Insassen um Kleidung und Nahrung.

Das alles berichtet Erna Doerfler für die 1982 erschienene Gemeindechronik. Sie ist keine Unbeteiligte. Ihre Erinnerungen sind sehr persönlich gefärbt, die Wertungen manchmal auch naiv angesichts der eigenen Rolle in den Jahren des Nationalsozialismus. Aber sie sind unmittelbar und das Geschehen an sich geben sie – das zeigen auch die Übereinstimmungen mit dem Bericht von Herbert Bauer – zutreffend wieder.

AUSFLUGSTIPP

Ein Weg mit Informationstafeln in Neutraubling erlaubt einen Blick auf die Geschichte des Fliegerhorsts. In Niedertraubling selbst weist nach so vielen Jahrzehnten nichts mehr auf die Zerstörungen des Krieges hin. Das Wohnhaus von Herbert Bauer in der Hofmarkstraße 8 existiert heute noch. Der damalige Bauernhof Heimler in der Hofmarkstraße 5 ist mittlerweile ein Wohnensemble.

Literatur

Vielen Dank an Familie Bauer für einen unterhaltsamen Nachmittag mit ernsten und nicht ganz so ernsten Themen.

Bauer, Herbert: Erinnerung an einen Tag in den letzten Kriegsmonaten in Niedertraubling. Niederschrift vom 25.12.2015. Unveröffentlicht.

Bode, Sabine: Die vergessene Generation – Die Kriegskinder brechen ihr Schweigen. Stuttgart, 2004.

Doerfler, Heinrich: Von Kriegen und Kriegsnot. In: Fendl, Josef (Hrsg.): Obertraubling. Beiträge zur Geschichte einer Stadtrandgemeinde. Regensburg, 1982. S. 122–130.

Haus der bayerischen Geschichte (Hrsg.): Atlas zum Wiederaufbau. Neutraubling. Online: https://www.bavariathek.bayern/wiederaufbau/orte/detail/neutraubling/113 (01.01.2023)

Kunstsammlungen des Bistums Regensburg (Hrsg.): 75 Jahre Kriegsende in Regensburg. Digitale Ausstellung. Online: https://kriegsende-regensburg.de/ (01.01.2023)

Schmoll, Peter: Der Fliegerhorst Obertraubling 1936–1945. (S. 65–76) / Wolter, Heike und Fritz, Ulrich: Das Außenlager Obertraubling (S. 77–84). Beide in: Stadt Neutraubling (Hrsg.): Stadtbuch Neutraubling: Niemand war schon immer da. Neutraubling, 2012.

Zum Weiterlesen für Kinder

Boie, Kirsten: Heul doch nicht, du lebst ja noch. Hamburg, 2022.

Verg, Martin: Gestern war noch Krieg: Die Zeit um 1945 in Erzählungen und Sachtexten. Stuttgart, 2020.

MOISHE, DER KZ-HÄFTLING, UND DER SCHLIMMSTE PLATZ AUF ERDEN (1945)

Es gibt Geschichten, die möchte man vielleicht am liebsten vergessen und verdrängen – so belastend und unangenehm können sie sein, gerade wenn sie in der unmittelbaren Nachbarschaft stattgefunden haben. So ist es auch mit den Erlebnissen von Moishe Mantelmacher, der zwei der schlimmsten Monate seines Lebens in Obertraubling verbracht hat.

*

Irgendwann Ende Februar 1945 kam der Zug, der Moishe in Richtung Obertraubling brachte, mit einem Quietschen zum Stehen. Er wusste nicht, wo er dieses Mal hingekommen war. Seine letzten Stationen waren alle gleichermaßen schrecklich gewesen: Plaszow, Auschwitz, Flossenbürg. Jeder der Namen stand für ein schreckliches Konzentrationslager, in dem Moishe irgendwie versucht hatte zu überleben.

Nun schaute er sich um: Es war kaum etwas zu sehen, was nach einem Lager aussah. Als Erstes fielen ihm ein paar Flugzeuge auf und natürlich die Rollbahn. Beides befand sich in einiger Entfernung. Er fragte sich, wo er und seine Mitgefangenen wohl unterkommen sollten. Sie waren wohl mehrere Hundert Männer und es gab hier offensichtlich keine Baracken, wie er sie aus anderen Lagern kannte.

Schon bald fand er auf seine Fragen eine fürchterliche Antwort. Es existierte lediglich ein einziges Haus für die Häftlinge, wenn man es so nennen wollte. Doch nur im Rohbau war es fertig. Ohne Dach, ohne Fußboden, ohne Fenster und Türen. Und hier sollten sie im eiskalten Februar hausen? Es gab keinen Ofen, keine Pritschen, einfach gar nichts. Und es war eng.

Man zeigte ihnen eine Küche. Zwei Brüder wurden eingeteilt, dort zu arbeiten. Sie hatten Glück, dort würden sie etwas mehr zu essen haben als die anderen. Auch eine behelfsmäßige Toilette und provisorische Waschanlage befand sich neben der Häftlingsunterkunft. Wie gern hätte Moishe einmal geduscht, doch daran war nicht zu denken. Kein Wasser, 68 Tage lang. Mit derselben Kleidung schlief er, arbeitete er.

Am auffälligsten war aber der Appellplatz, gleich vor dem Hauptgebäude. Schon in anderen Lagern war dies ein Ort ständiger Schikane gewesen und Moishe vermutete, dass es hier nicht anders werden würde. Und so war es auch: Jeden Morgen Appell. Da zählten sie und zählten und zählten. Und wehe, jemand fehlte. Wenn die Zahl, wie so oft, nicht stimmte, ging es von vorn los. Vielleicht war jemand geflohen, vielleicht unbemerkt gestorben, vielleicht konnte er sich auch nur nicht mehr erheben. Aber bis die Zahl nicht stimmte, blieben sie stehen – manchmal vier oder fünf Stunden lang.

Schon bald wurde klar, was ihre Aufgabe sein würde. Unter dem Eindruck wiederkehrender Luftangriffe mussten sie die Rollbahn instand setzen, um den deutschen Flugzeugen das Abheben zu ermöglichen. Und dabei wollten sie doch das Gegenteil, warteten sehnsüchtig auf jede amerikanische oder britische Bombe. Auch wenn das Lebensgefahr bedeutete. Denn während die Aufseher in kleinen Bunkern saßen, hockten sie sich schutzlos auf den Boden. Angetrieben wurden sie von einem furchtbaren Typen, der jeden schlug, der angeblich nicht schnell und gut genug arbeitete.

Arbeiten? Nur noch mühsam brachte Moishe die Kraft dazu auf. Zerlumpt, fast verhungert und in einem erbärmlichen Zustand war er. Er gehörte in ein warmes Bett – aber so etwas erschien wie aus einem fernen Traum. Fast gar nicht Realität. Und schon hörte er wieder die bellenden Rufe des Kapos, der die Arbeiter antrieb. Das war nicht nur schwere Arbeit, sondern auch höchst gefährliche.

Zwar zeugten die Luftangriffe vom Vorrücken ihrer Befreier, aber gleichzeitig war jede Bombe Todesgefahr. Diese Gefühle hatte wohl jeder der Männer, die mit ihm hier gequält wurden. Auch wenn er sich mit Vielen nicht verständigen konnte, denn sie waren aus aller Herren Länder Europas hier zusammengepfercht worden, fühlte er eine Verbundenheit. Jeden Tag sah er einige sterben: vor Entkräftigung, durch Folter, manche wurden erschossen.

Der Lagerführer war ein schrecklicher Mensch. Mehrmals verkündete er: Sie sollten verrecken, es gäbe kein Essen ohne Arbeit. Und dann strich er – mal wieder – die Verpflegung. In den ersten Tagen fehlte nicht nur das Essen, sondern auch Trinken. Nur der Schnee rettete sie vorm Verdursten. Später bekamen sie etwas zwischen die Zähne. Doch auch das war viel zu wenig zum Leben: Nur 100 Gramm Brot pro Tag und ungefähr einen halben Liter dünne Suppe.

Moishe fühlte sich elend, doch auch einen Krankenbau gab es nicht. Und selbst wenn: Er hatte gelernt: Dorthin ging man nicht, um gesund zu werden. Wer dorthin gebracht wurde, starb. Aber das war für Moishe keine Option. Er wollte überleben, unbedingt.

Im April wurde immer klarer: Nun würde es bald zu Ende sein mit den Nazis. Die alliierten Flugzeuge zeigten sich mehrmals täglich am Himmel. Das Personal wurde abgezogen, Chaos brach aus. Die Freiheit nahte. Doch sie war unsicher. Moishe ahnte, was noch bevorstehen könnte. Eines Tages kam ein Kapo auf ihn zu und sagte: „Ihr Stinkjuden! Ihr denkt, ihr werdet den Krieg überleben? Wenn der Krieg ist fertig um 11 Uhr, seid ihr um 10 Uhr alle fertig."

Er hatte Angst, Tag und Nacht. Mitte April war es soweit, ein Teil der Häftlinge wurde auf LKWs verladen und nach Dachau gebracht. Der Rest wurde zu Fuß auf einen Todesmarsch getrieben. Denn eines wollten die Nazis nicht: Dass Moishe und die anderen erzählen konnten, was hier in Obertraubling geschehen war.

*

Moishe (Max) Mantelmacher, ein jüdischer Pole aus Kozienice, kam wahrscheinlich am 20. Februar 1945 nach Obertraubling. In einem Interview 2011 bezeichnete er das dortige KZ-Außenlager des Konzentrationslagers Flossenbürg als das schlimmste Lager, in dem er je gewesen sei. Da zu diesen Lagern sowohl Flossenbürg als auch Auschwitz gehörten, erscheint seine Aussage zunächst verwunderlich. Doch wenn man sich die Forschungen zum Außenlager Obertraubling ansieht, wird verständlich, wie es zu dieser Einschätzung kam.

Das ehemalige KZ-Außenlager-Gelände befindet sich heute nicht mehr auf dem Gebiet der Großgemeinde Obertraubling, sondern der Stadt Neutraubling. 1945 aber gab es diese Stadt noch nicht und auf den ausgedehnten Flächen zwischen Niedertraubling und Harting, Barbing und Obertraubling erstreckte sich der Fliegerhorst Obertraubling.

Auf diesem war 1934/35 ein ziviler Flugplatz militärisch ausgebaut worden. Die Messerschmitt AG Augsburg wollte hier einen Werksflugplatz einrichten. Für die nationalsozialistische Wirtschaftsplanung, die in Vorbereitung auf einen Krieg war, war dies eine gute Nachricht und so wurde der Bau des Fliegerhorstes als geheime Reichssache eingestuft, eine Angelegenheit von besonderer politische Bedeutung.

Ab 1937 ging der Ausbau rasch voran. Neben dem Engagement der Messerschmitt AG gab es in Regensburg auch die Messerschmitt GmbH, die nach Fliegerangriffen im August 1943 in Regensburg-Prüfening fast vollständig zerstört worden war. Teile der Produktion wurden auf Obertraubling verlegt und mehr Platz für die Flugzeugproduktion geschaffen. Aus diesem Grund aber wurde der Fliegerhorst Ziel zahlreicher Bombenangriffe, beispielsweise im Februar und Juli 1944.

Bis in die letzten Kriegsmonate versuchten die Verantwortlichen, die Flugzeugproduktion in Obertraubling aufrecht zu erhalten. Aus genau diesem Grund wurde das Nebenlager des Konzentrationslagers Flossenbürg errichtet. Am 20. Februar 1945 ist es erstmals in den KZ-Akten erwähnt. Aus den Prozessakten des Cornelius Spanner, damals Lagerkommandant, wird klar, dass etwa 600 männliche Häftlinge aus Flossenbürg hierher verlegt worden waren. 50 Personen waren zudem als SS-Wachmannschaften zugeordnet, weitere 11 kamen nach Aktenlage dazu.

Die überwiegend jüdischen Häftlinge stammten aus unterschiedlichen europäischen Ländern, viele waren durch Evakuierungstransporte aus Auschwitz und Groß-Rosen zunächst nach Flossenbürg und dann nach Obertraubling gekommen. Die Männer wurden als Arbeiter auf dem völlig zerstörten Flugplatz eingesetzt. Sie beseitigten Bombenschäden und bauten an der Startbahn. Allerdings waren viele von ihnen zu schwach, um diese Arbeit zu leisten.

Die Bedingungen vor Ort, die auch Moishe Mantelmacher intensiv in seinem Interview beschrieben hat und die hier in seiner Geschichte verarbeitet sind, trugen ebenso dazu bei, Obertraubling als das schrecklichste Lager zu empfinden.

Am 13. April 1945, Datum der letzten so genannten Stärkeliste des Lagers, waren noch 426 Häftlinge registriert, die anderen waren bereits tot. Am 16. April folgte die sogenannte Evakuierung, wobei ein Teil der Häftlinge mit LKW nach Dachau gebracht wurde und ein anderer zu Fuß auf einem Todesmarsch dorthin getrieben wurde. Dieser Marsch kostete viele weitere Häftlinge ganz kurz vor ihrer möglichen Befreiung das Leben.

Ein Brief des damaligen Bürgermeisters von Gebelkofen vermeldete am 11. März 1946 auf Anfrage an den Landrat Regensburg den Durchzug einer solchen elenden Kolonne. Er zeigt, dass auch in der Bevölkerung die Existenz des KZ-Außenlagers, der Gefangenen und ihrer Evakuierungsmärsche bekannt war.

Am 23. oder 24. April 1945, so schrieb der Bürgermeister, wurde ein Zug Gefangener durch die Gemeinde geführt weg von Obertraubling nach Bad Abbach. Die Nationalität der Gefangenen konnte nicht festgestellt werden. Es könnten auch KZler gewesen sein. Dies war wohl nicht der Todesmarsch der Obertraublinger Gefangenen, zeigt aber, wie viele Menschen damals von den Nazis durchs Land getrieben wurden, um ihre Vernichtung bis zum Zusammenbruch des „Dritten Reichs" zu ermöglichen.

Moishe Mantelmacher erinnert sich sehr eindringlich an diesen Marsch, bei dem es keinerlei Essen mehr gab. Er hatte auch keine Kleidung mehr, ging nackt. Nur einen BH hatte er irgendwo gefunden und trug ihn mit sich, um darin Nahrungsmittel zu transportieren. Die Wachen, so erinnerte er sich über 75 Jahre später, hatten wohl kaum Interesse, die Häftlinge noch zu schikanieren, aber sie sorgten durch ihre Anwesenheit dafür, dass alle beisammen blieben. Er wusste noch, dass sie kaum mehr als 20 Personen waren, als sie in Dachau ankamen. Nach der Befreiung dieses Lagers durch die Amerikaner wurde Mantelmacher medizinisch untersucht: Er wog noch 31 Kilo – ein junger Mann von 19 Jahren. Aber er war am Leben.

Sicher hat jeder der Häftlinge seine Befreiung anders erlebt. Doch vielleicht kann auch Moishe Mantelmacher nachvollziehen, was Jack Terry, Sprecher der ehemaligen Häftlinge von Flossenbürg, bei einem Zeitzeugen-Besuch in der Realschule Obertraubling einmal sagte: „Ich wurde überwältigt von der Traurigkeit über meinen Verlust. ... Ich wusste nicht, wem ich trauen sollte. Nein, ich empfand keine Freude über die Befreiung. Das Gefühl, einen Neuanfang wagen zu können, stellte sich erst nach und nach ein." Und: „Ich habe die Konzentrationslager verlassen, aber die Konzentrationslager haben mich nie verlassen."

Moishe fand einen Hoffnungsschimmer in der Gewissheit, dass seine drei Geschwister überlebt hatten. Unzählige Andere hatten es nicht geschafft. Das prägte sein Leben, in dem er immer wieder von seinen schlimmen Erlebnissen erzählte. Damit es nie wieder geschehe.

AUSFLUGSTIPP

In Neutraubling und Obertraubling hat es lange gedauert, bis sich ein angemessenes Gedenken an das KZ-Außenlager etabliert hat. Wichtige Meilensteine waren ein (allerdings christliches) Kreuz und eine Beschriftung auf dem Städtischen Friedhof Neutraubling, die an den ersten KZ-Friedhof erinnern, ein Gedenkstein am Rathaus Neutraubling und ein Buch über die Geschichte des Außenlagers. In den letzten Jahren ist ein Stadtrundgang zur Geschichte Neutraublings entstanden. Er verzeichnet Informationen, die zum Verständnis des Außenlagers beitragen, an den Stationen 1, 2, 6, 7 und 8.

Literatur

Besonders danke ich den Schülerinnen und Schülern des P-Seminars Geschichte 2010/11, die zusammen mit mir das Buch zum KZ-Außenlager geschrieben haben. Teile ihrer Texte sind hier verwendet worden.

Fritz, Ulrich / Wolter, Heike: Das Außenlager Obertraubling. In: Stadt Neutraubling (Hrsg.): Stadtbuch Neutraubling. Niemand war schon immer da. Neutraubling, 2012. S. 77–84.

Schmoll, Peter: Messerschmitt-Giganten und der Fliegerhorst Regensburg-Obertraubling. 1936–45. Regensburg, 2002.

USHMM (Hrsg.): Interviewzusammenfassung Max (= Moishe) Mantelmacher vom 26. September 1983. Online: https://collections.ushmm.org/oh_findingaids/RG-50.462.0402_sum_en.pdf (27.10.2022)

Wolter, Heike mit dem P-Seminar Geschichte 2010/11 des Gymnasiums Neutraubling: „Wenn der Krieg um 11 Uhr aus ist, seid ihr um 10 Uhr alle tot!" Sterben und Überleben im KZ-Außenlager Obertraubling. Salzburg, 2011.

Zarlin, Brad (Interviewer) / USHMM (Hrsg.): Interview mit Moishe Mantelmacher, unbekanntes Datum. Online: https://collections.ushmm.org/search/catalog/irn701355 (27.10.2022)

Mit dem Außenlager beschäftigt sich auch ein Dokumentarfilm der Schüler*innen des P-Seminars: Das KZ-Außenlager Obertraubling. Bayerischer Rundfunk 2011. Online: https://www.br.de/mediathek/video/ausgezeichnete-recherchen-das-kz-aussenlager-ober-traubling-av:5a3c543ad8070c0018f2d049 (27.10.2022).

Zum Weiterlesen für Kinder

Auch mit Kindern können und sollten die Themen Nationalsozialismus und Holocaust diskutiert werden. Auf die Geschehnisse vor Ort kann dabei hingewiesen werden, besonders gut gelingt die (allgemeine) Auseinandersetzung mit einem passenden Kinderbuch, zum Beispiel:

Letterie, Martine: Kinder mit Stern. Hamburg, 2019.

Bate, Helen: Peter in Gefahr. Mut und Hoffnung im Zweiten Weltkrieg. Frankfurt (M), 2019.

Als Filmreihe geeignet ist: Der Krieg und ich (SWR). Online: https://www.kindernetz.de/sendungen/der-krieg-und-ich/index.html (27.10.2022).

HOWARD, DER SOLDAT, UND DER ABSTURZ DER BLACK CAT (1945)

Nicht nur in den letzten Kriegstagen waren Regensburg und seine Umgebung ein umkämpftes Gebiet. Die Messerschmitt-Rüstungsfabrik, der Flughafen Obertraubling, Eisenbahnknoten und Ölhafen machten Regensburg zu einem wichtigen Ziel der alliierten Bomber. Am 21. April 1945, wenige Tage vor Kriegsende, hatten die Flugzeuge es allerdings nicht auf die Donaustadt abgesehen, als im Areal zwischen Scharmassing, Höfling/Burgweinting, Obertraubling, Piesenkofen und Oberhinkofen der letzte US-Bomber, der im Zweiten Weltkrieg abgeschossen wurde, brennend auf einen Acker stürzte und zehn junge Männer mit sich in den Tod riss.

*

Howard Goodner war erst 21, aber schon ein erfahrener Soldat. Die Mission, zu der er am Morgen des 21. April aufbrach, war nicht seine erste. Jede war gefährlich – und jede, so hoffte er, würde ihn und seine Kameraden dem endgültigen Sieg über Hitlers Deutsches Reich näherbringen. Erst vor einigen Tagen hatte er seiner Familie einen Brief geschickt und geschrieben: „Ich hoffe nur, dass der Krieg bald zu Ende ist und wir alle wieder nach Hause kommen können."

Am Morgen um 6:30 Uhr Ortszeit war Howard mit elf Kameraden in die B24, Typ Liberator, gestiegen. Das Flugzeug war mit einem schwarzen Panther bemalt, der zum Sprung ansetzte. „Black Cat" nannten die Männer der 466th Bomb Group die Maschine, mit der schon einige heikle Einsätze gelungen waren. Ihr Pilot war der erfahrene und ausgezeichnete 1. Leutnant Richard Farrington, neben Howard flogen Louis Charles Wieser, John A. Regan, John Perella Jr., George E. Noe, Christ D. Manners, John C. Murphy, Jerome Barrett, Albert Seraydarian, John C. Brennan und Robert E. Peterson. Man hatte sie von der Basis in Norfolk in England losgeschickt, mit dem Auftrag, Ziele rund um Salzburg zu bombardieren. Dort vermutete man die letzten Bastionen der Nazis, dort wollte man Transport- und Rückzugswege blockieren. Die Black Cat sollte die dritte Staffel anführen.

Die Männer saßen in der Maschine, doch als sie nach langen vier Stunden endlich im Zielgebiet waren, machte ihnen das Wetter einen Strich durch die Rechnung. Bei derart dichten Wolken war ein Angriff unmöglich – die Mission musste abgebrochen werden. Nun lag ein zäher Rückweg vor ihnen und der sollte, wie sie hörten, über Regensburg gehen. Darüber hatte es im Cockpit einige Diskussionen gegeben. Schließlich war Regensburg in den vergangenen Monaten und Jahren von starker Flak verteidigt worden. Kein angenehmer Luftraum.

Die neunjährige Therese spielte derweil im Garten in Oberhinkofen. Dieser Samstag war ein wolkiger Tag und sie war vertieft in ihr Tun, als der Fliegeralarm ging. Das war in diesen Kriegstagen nichts Ungewöhnliches, doch nun ging sie wohl besser hinein. Auch die 19-jährige Maria vom Ebentheuer-Hof in Scharmassing hörte den Alarm.

Ausgelöst wurde er, weil sich die Bomber nun – um die Mittagszeit – in der Nähe befanden. Howard hatte eigentlich auf einen ereignislosen Überflug gehofft, da hörte er schon die Flak mit ihrem rhythmischen Geräusch. Zuerst schienen sie hier in etwa 6.000 Metern Höhe recht sicher, doch dann traf ein Geschoss den linken Flügel der Maschine. Sie begann zu trudeln, er sah erst Flammen und dann – nur ganz kurz – erblickte er noch einmal Christ und Albert. Er löste sich vom Flugzeug, so wie Bomben, Sauerstoffflaschen und anderes Inventar. Zum Nachdenken blieb keine Zeit, als er aus dem Himmel fiel.

Therese war nach drinnen gerannt, als ihr Vater schon rief: „Komm wieder raus, sie haben eine getroffen." Mit Brüdern und Schwestern lief sie zurück in den Garten und sah das Flugzeug in Richtung Erde stürzen. Es wackelte hin und her. Schließlich riss ein Flügel ab, dann der andere. Flugzeugtrümmer rasten gen Boden.

Maria hatte das Feuern der Flak ebenfalls vernommen, das Flugzeug aber nicht gesehen. Obwohl der Hof der Absturzstelle am nächsten war.

Das wurde ihr schlagartig klar, als sie eine gewaltige Erschütterung spürte – nicht nur krachte der Bomber in den Acker hinter den Bäumen auf dem Hügel, auch seine Ladung explodierte umgehend. Die Fenster der kleinen Kapelle hinter der Scheune barsten. Sie war froh, dass das Flugzeug nicht direkt ins Dorf getaumelt war. Dann machte sie sich auf den Weg zur Absturzstelle.

Auch Therese lief auf den Hügel zu. Eine Stunde brauchte sie hinauf. Als sie ankam, standen schon etliche Menschen um das noch rauchende Wrack. Soldaten waren darunter, Nachbarn, Unbekannte. Die Soldaten ließen sie nicht zu nah heran. Therese wäre sowieso keinen Meter weitergegangen, sie hatte Angst vor den Toten, die sich in einiger Entfernung erkennen ließen.

Maria hatte die Stelle bereits vor den Soldaten erreicht und sich direkt am Bomber umgesehen. In den Trümmern meinte sie vier junge Kerle auszumachen, zwei weitere lagen in einiger Entfernung auf dem Feld. Fallschirme hatten sie wohl nicht gehabt, bei einem war deutlich zu sehen, dass er ungebremst den Boden erreicht hatte. Der Mann sah gesund und sportlich aus, mit einem feinen Gesicht und langen, anmutigen Fingern. Doch nun war er tot.

*

Diese Geschichte hätte ohne die persönlichen Forschungen von Tom Childers so nicht geschrieben werden können. Obwohl jedenfalls die Teile, die sich mit den Erlebnissen der vielen Augenzeug*innen aus der Gemeinde befassen, in den Dörfern gut bekannt waren. Doch Childers brachte die Informationen mit jenen zusammen, die das Flugzeug und seine Besatzung betrafen.

Nachdem seine Großmutter 1991 in der kleinen Stadt Cleveland in Tennessee gestorben war, räumte er ihr Haus aus, bevor es verkauft werden würde. Als Historiker interessierte er sich gerade für die alten Dinge, die er dort fand. Unter anderem eine muffige Kiste mit mehr als 300 Briefen, die Howard Goodner, ihr Sohn, während des Krieges geschrieben hatte. Die Originaldokumente aus dem Zweiten Weltkrieg faszinierten ihn und er beschloss, die Geschichte der Flugbesatzung seines Onkels dem Vergessen zu entreißen. Unermüdlich sammelte er erst in den USA und später auch in Regensburg Hinweise zu den Geschicken der Black Cat. Bei seinen Recherchen traf er auf Peter Schmoll, der sich seit Jahrzehnten mit der Geschichte der Flugzeugproduktion und dem Luftkrieg in der Region Regensburg befasst. Ein Glücksfall, denn gemeinsam befragten die beiden unzählige Zeit- und Augenzeug*innen, darunter Maria Wittich aus Scharmassing und Therese Gattinger aus Oberhinkofen. Beide hatten damals den Absturz mitbekommen und waren danach an der Absturzstelle gewesen. Das alles und viel mehr hielt Childers in seinem Buch „Wings of morning" fest.

Von den Geschehnissen an Bord konnten nach dem Krieg nur die zwei Überlebenden berichten: Christ D. Manners und Albert Seraydarian, zwei der Schützen. Manners erinnerte sich, dass das Flugzeug innerhalb von zehn Sekunden in Flammen gestanden habe und ins Trudeln geraten war. Der linke Flügel sei von dem Geschoss abgerissen worden. Alle Sprechverbindungen seien ausgefallen.

Da er auf dem Boden gesessen und seine Beine in den Bugradschacht gestreckt habe, habe er sich selbst herausziehen und abspringen können. Auf einer Höhe von etwa 3.000 Metern habe er seinen Fallschirm geöffnet. Im langsameren Sinkflug zur Erde habe er dann Tragflächen und Höhenruder herunterfallen sehen und das Wrack des Bombers etwa fünf Kilometer von seiner Position entfernt auf dem Ackerboden brennen sehen.

Seraydarian und Manners waren unmittelbar nach dem Aufprall am Boden gefangengenommen worden. Sie waren sich recht sicher, dass keiner ihrer Kameraden überlebt hatte, denn sie hatten keine weiteren Fallschirme gesehen. Sie hatten aber auch keine Zeit, sich weitere Gedanken um ihre Kameraden zu machen, denn nun mussten sie um ihr Leben fürchten. In Obertraubling – so Konrada Lobenhofer, die Nichte des damaligen Pfarrers – wollte der Aufpasser angesichts der herannahenden amerikanischen Truppen offenbar kurzen Prozess mit den beiden Fallschirmspringern machen. Nur ihrem Onkel Xaver Schaller sei es zu verdanken gewesen, dass die beiden überlebten und ein offizieller Weg der Arrestierung gewählt wurde. Nachdem sie einige Zeit in einem Kriegsgefangenenlager bei Moosburg inhaftiert worden waren, kamen sie nach Kriegsende frei. Die Familien der Getöteten hingegen wurden am Tag des Kriegsendes informiert, dass ihre Söhne, Brüder, Männer nicht überlebt hatten. Sie waren im fernen Deutschland begraben worden.

Abgeschossen hat die beiden und ihre Kameraden vermutlich die Flak am Napoleonstein. Dabei handelte es sich um einen Teil der sogenannten Heimatflak. Regensburg war durch seine strategische Lage, seine Bedeutung für die Rüstungsindustrie und den Flughafen Obertraubling lange Zeit ein wichtiges Ziel im Luftkrieg gewesen mit verheerenden Angriffen besonders in den Jahren 1942 bis 1944.

1945 war die Bedeutung etwas zurückgegangen, doch immer noch war die Luftverteidigung deutscher Städte wichtig und so existierten auch in und um Regensburg zahlreiche Flakabwehrstellungen, darunter jene im Süden des Stadtgebiets. Diese war zunächst 1942 von Flaksoldaten und Flakwehrmännern besetzt, 1943 wurden erste Flakhelfer zugeteilt, für 1945 ist auch die Unterstützung durch ungarische Soldaten überliefert. Bei der Flak handelte es sich bei Kriegsende um eine Batterie mit sechs Geschützen. Das Gebiet um die Flakstellung war teilweise zerbombt, die Alliierten versuchten natürlich, Kaserne und Flak unbenutzbar zu machen. Am 21. April 1945 gelang der Abschuss des amerikanischen Bombers, dem zehn junge Männer zum Opfer fielen, die angetreten waren, das Deutsche Reich vom Nationalsozialismus zu befreien.

Die älteren Einwohner*innen der Großgemeinde hatten das Geschehene nicht vergessen. Sie berichteten Childers und Schmoll davon, als die beiden sie in den neunziger Jahren dazu befragten. Doch auch schon zuvor hatten sie Auskunft gegeben, unmittelbar nach dem Krieg beispielsweise der US-Militärpolizei, die die Absturzstelle begutachtete.

Prinz Johannes von Thurn und Taxis, der damals als 19-Jähriger auf Schloss Höfling nördlich des Feldes mit dem Wrack lebte, wurde offiziell als Augenzeuge vernommen. Peter Schmoll hat die Protokolle in einem amerikanischen Archiv ausfindig gemacht.

Darin heißt es: „Ich befand mich am 21. April 1945 in meinem Haus, als gegen 12 Uhr ca. 50 viermotorige Bomber mein Anwesen überflogen. Die Flughöhe betrug meiner Schätzung nach ca. 4.000 Meter, da wurde ein Flugzeug von der Flak getroffen und es stürzte in ein Feld südöstlich von meinem Haus. Um ca. 12:30 Uhr brachten zwei Flaksoldaten einen ungeöffneten amerikanischen Fallschirm zu meinem Anwesen. Sie erzählten mir, dass sie ihn vom Körper eines toten amerikanischen Fliegers genommen hatten. Um ca. 13 Uhr ging ich zu dem Feld und sah das Flugzeug und zwei tote amerikanische Soldaten. Der Bomber brannte, während ich da war. Als ich zu den zwei toten Soldaten hinkam, sah ich, dass einer von ihnen mit seinem Körper ca. 20 Zentimeter tief in das Erdreich eingedrungen war."

Fast 50 Jahre nach diesem denkwürdigen Tag kehrte auf Einladung von Schmoll der einstige Heckschütze der Black Cat, Albert Seraydarian, auf das Feld zurück. Er traf Zeitzeugen, die das Geschehen nicht vergessen hatten. In der kleinen Kapelle auf dem Hof von Maria Wittig versammelten sich etwa 100 Menschen – darunter neben Seraydarian auch Familienmitglieder der Opfer und besonders viele Gemeindebürger*innen. In einem Gedenkgottesdienst erinnerten sie sich. Maria Wittich hatte sicher noch einmal Howard Goodner vor Augen, den jungen Mann aus dem Feld. Sie und andere fanden in einem Feldkreuz mit einer Gedenktafel einen Ort, an dem sie genau wie die Angehörigen an diesen denkwürdigen Tag erinnern konnten.

In den Vereinigten Staaten fanden Überlebende der 466th Bomb Group noch eine andere Form der Erinnerung. Sie beantragten beim U. S. Postal Service die Herausgabe einer Briefmarke, die die Black Cat im Flug zeigt. Solche Empfehlungen für Briefmarkenmotive erreichen die Behörde jährlich tausendfach.

Doch die tragische Geschichte der Black Cat ließ offenbar auch die Entscheider*innen in der Postbehörde nicht los. Die Briefmarke wurde 2005 herausgegeben. Sie zeigt die Black Cat über eine idyllische Landschaft mit Fluss und Feldern fliegen – die Realität des 21. April 1945 war eine andere.

AUSFLUGSTIPP

Bei einem Spaziergang über die Fluren der Gemeinde lässt sich das Gedenkkreuz zwischen Obertraubling und Oberhinkofen / Scharmassing unschwer finden. Es erinnert an die getöteten Besatzungsmitglieder. Auch ein Geocache macht auf die Stelle und das Kreuz aufmerksam. Wer mehr zum Flugzeug und den Besatzungsmitgliedern – auf Englisch – wissen will, der wird im virtuellen American Air Museum in Britain (Link in den Literaturangaben) fündig.

Literatur

Childers, Thomas: April 1945. Life and death in the last days of World War II. In: Coffman, DMaris / James, Harold / Di Liberto, Nicholas (Hrsg.): People, Nations and Traditions in a Comparative Frame. London, 2021. S. 225–240.

Childers, Thomas: Wings of Morning. The Story of the Last American Bomber Shot Down over Germany in World War II. Reading 1995.

Lenz, Katharina (Hrsg.): Burgweinting. Vom Dorf zum Regensburger Stadtteil. Regensburg, 2019. S. 311–314.

O.V.: 42-95592. Eintrag beim American Air Museum in Britain. Online: https://www.americanairmuseum.com/aircraft/10047 (12.10.2022)

Schmoll, Peter: Sperrfeuer. Die Regensburger Flakhelfer. Regenstauf 2017.

Tucker, Neely: The 10 Lost Lives of the Black Cat. In: The Washington Post vom 30.07.2005. Online: https://www.washingtonpost.com/archive/lifestyle/2005/07/30/the-10-lost-lives-of-the-black-cat/b5f078af-424d-4fe0-99d0-967e6c985b13/ (12.02.2023)

Zum Weiterlesen für Kinder

Verg, Martin: Gestern war noch Krieg: Die Zeit um 1945 in Erzählungen und Sachtexten. Stuttgart, 2020.

JOSEF, DER OFFIZIER, GEGEN DIE SS (1945)

Josef „Sepp" Gangl wurde 2018 als „vergessener Held" aus Obertraubling bezeichnet, 2020 wurde er als „Ludwigsburger Soldat im Widerstand" tituliert. Auf jeden Fall war es eine außergewöhnliche Tat, die dazu führte, dass Sepp nur drei Tage vor Kriegsende tragisch auf Schloss Itter in Österreich durch die Kugel eines SS-Mannes starb – bei dem (erfolgreichen) Versuch, den früheren französischen Premierminister Paul Reynaud zu retten.

∗

Sepp, wie er seit seiner Kindheit von allen genannt wurde, schwang sich in seinen Kübelwagen. Vor einigen Minuten war ein Andreas Krobot, der aus Tschechien stammte, bei ihm vorstellig geworden. Er kam als KZ-Häftling im Auftrag prominenter französischer Gefangener aus Schloss Itter, wo sie alle auf das Kriegsende und die Befreiung durch die Amerikaner warteten. Sepp sollte laut Befehl seines Vorgesetzten Johann Giehl genau das verhindern. Aber er dachte gar nicht daran. Als vor etwa drei Wochen der Befehl gekommen war, hatte er sich an den österreichischen Widerstand gewandt.

Alois Mayr war dort sein Ansprechpartner gewesen, aber der war nicht allein. Es gab einige Wörgler Männer, die schon an die Ankunft der Amerikaner und die nachfolgende Zeit dachten. Sepp ließ sie wissen, was er von seinen Vorgesetzten über die deutschen Pläne erfahren hatte.

Spät war seine Einsicht gekommen: Erst kürzlich war er Major der Wehrmacht geworden und hatte das Deutsche Kreuz in Gold erhalten. Doch immer mehr war ihm klar geworden: Er konnte und wollte kein Himmelfahrtskommando leiten. Die Maßgabe, Wörgl bis zum Schluss gegen die

Amerikaner zu verteidigen, notfalls alle Brücken zu sprengen und Wege zu blockieren sowie alle Österreicher, die sich ergeben wollten, zu erschießen, schlug er jedenfalls getrost in den Wind.

Nun aber hatte Andreas Krobot vor ihm gestanden und atemlos berichtet, ein Angriff der SS auf das Schloss stünde unmittelbar bevor. Sie bräuchten sofort Hilfe. Zum Nachdenken blieb kaum Zeit. Sepp wusste, was zu tun war, und brauste Richtung Kufstein.

Von dort würden die Amerikaner kommen, dort würde er sicher jemanden finden, der helfen würde. Recht behielt er, denn nur einige Kilometer weiter begegnete er einer Aufklärungseinheit unter Hauptmann John C. Lee. Sepp erklärte sich kurz. Jedenfalls so kurz es ging, denn misstrauisch war der Amerikaner, der sich als Jack vorgestellt hatte, schon. Es kam schließlich nicht jeden Tag vor, dass ein Wehrmachtssoldat um Hilfe für französische Gefangene und österreichischen Widerstand bat.

Er ließ sich seinen Wehrpass zeigen und prüfte sorgfältig: Josef Gangl, geboren am 12. September 1910 in Obertraubling im Königreich Bayern, Deutscher, ursprünglich Berufssoldat, verheiratet. Er blickte den Major an: Er schien es wirklich ernst zu meinen. Es brauchte jetzt eine gemeinsame Anstrengung, um die Franzosen zu retten.

*

Gehört Josef Gangl zur Geschichte von Obertraubling? Schließlich zog seine Familie, schon als er noch ein kleines Kind war, nach Oberbayern. Doch die Eltern hatten hier länger gewohnt: Der Vater arbeitete als Stellwerksmeister bei den Königlich Bayerischen Staatseisenbahnen. Und Josef Gangls außergewöhnliche Lebensgeschichte ist es wert, auch in Obertraubling erinnert zu werden. Sie zeigt, dass Menschen immer Entscheidungsspielräume haben – und sie zum Besten nutzen können.

Die Geschichte von Josef Gangl habe ich wesentlich aus dem vor wenigen Jahren veröffentlichten Werk der Militärgeschichtlichen Gesellschaft Ludwigsburg entnommen. Dieses Werk ist mit tatkräftiger Unterstützung der Kinder Josef Gangls, Norbert und Sieglinde, entstanden und versammelt alle relevanten Quellen zu seinem Leben.

In die beschauliche Welt des kleinen Dorfes Obertraubling – das aber schon seit einem halben Jahrhundert über einen Bahnanschluss verfügte – wurde der kleine Sepp am 12. September 1910 hineingeboren. Er war das älteste von später einmal fünf Kindern. Schon 1914 zog er weg in die Nähe von Weilheim in Oberbayern. Womöglich arbeitete der Vater auch dort für die Staatseisenbahnen, die Strecke zwischen Weilheim und Peißenberg war ab 1916 in deren Besitz.

Offenbar hatte Josef Gangl aber andere Vorstellungen für sein Leben. Gerade volljährig geworden, verpflichtete er sich am 1. November 1928 für eine Karriere als Berufssoldat in der Reichswehr. Er ahnte sicher nicht, wie entscheidend der Krieg für sein Leben werden würde.

Bevor dieser 1939 begann, diente Josef Gangl, mittlerweile verheiratet und Vater zweier Kinder, in Ludwigsburg. Dort hatte er Walpurga Renz kennen- und liebengelernt. 1933 hatten sie sich verlobt und im Oktober 1935 geheiratet. Danach wohnte Josef nicht mehr in der Kaserne, sondern in einem privaten Haus. Bald kamen auch die Kinder zur Welt: 1936 Sieglinde und 1941 Norbert.

Der Weg von Josef Gangl im Zweiten Weltkrieg in verschiedenen Frontabschnitten ist genau bekannt. Dazu tragen auch seine Tagebuchaufzeichnungen bei. Diese gibt es jedoch nur bis zum 28. April 1945, also gerade nicht für den Zeitraum, in dem die hier erzählte Geschichte spielt. Sie wurde von einem der Soldaten Gangls überliefert: Erich Blechschmidt. Er berichtete, dass der Major im Frühjahr 1945 keinen Soldaten in diesem sinnlosen Krieg mehr opfern wollte. Er war zunächst nach Augsburg beordert worden, zog dann nach München und Rosenheim, dann Richtung Kufstein und Wörgl.

Dort nahm er nach wenigen Tagen Kontakt zu einer lokalen Gruppe des österreichischen Widerstands um Alois Mayr auf. Er teilte ihnen zum Beispiel mit, dass er den Befehl des Oberstleutnant Johann Giehl, Wörgl bis zum Schluss gegen die Amerikaner zu verteidigen und hierzu Brücken zu sprengen und Wege zu blockieren, nicht mittragen wolle. Außerdem wollte er – ebenfalls gegen den Befehl von Giehl – versuchen, die prominenten französischen Gefangenen aus dem nahen Schloss Itter zu schützen. In Itter hatte man ein Außenlager des Konzentrationslagers Dachau für sogenannte Sonderhäftlinge errichtet.

Am 3. Mai 1945 waren die Bewacher des KZ geflohen und hatten die Gefangenen sich selbst überlassen. Waffen-SS rückte allerdings bald nach, um das Schloss wieder unter Kontrolle zu bringen. Noch hatten sie den Ort nicht erreicht. Zeitgleich stießen die Amerikaner bis nach Wörgl vor, Gangl eilte ihnen entgegen. Der Führer der Panzerspitze John C. Lee stellte Josef

Gangl einen handschriftlichen Zettel aus mit den Worten – hier in Übersetzung: „Dieser Major ist in Ordnung – er leistet einen wichtigen Job für unsere Sache – lassen Sie ihn passieren."

Am 4. Mai 1945 erschien bei Gangl der tschechische Koch aus dem Außenlager Itter, Andreas Krobot. Er bat um Hilfe für die dortigen Gefangenen, da ein Angriff der Waffen-SS auf das Schloss bevorstünde. Gangl organisierte aus seiner eigenen Einheit und von den Amerikanern Kräfte, die diese Aufgabe übernehmen konnten. So wurden wohl etwa 24 kampfbereite Soldaten nach Itter abgeordnet. Dort kam es am nächsten Tag zur sogenannten Schlacht von Schloss Itter, der – neben der sogenannten Operation Cowboy – wahrscheinlich einzigen Kriegshandlung des Zweiten Weltkriegs, bei der Soldaten der US Army und der Wehrmacht Seite an Seite kämpften.

Ob Josef Gangl im Zuge dieses Kampfes starb, während er versuchte, einen der französischen Häftlinge zu schützen, der im Gefechtsfeuer stand, oder durch eigenen Wagemut, an das Schlosstor vorzurücken – darüber gibt es widersprüchliche Angaben. Auf jeden Fall wird Josef am 5. Mai 1945 vormittags von der Kugel eines Waffen-SS-Schützen tödlich getroffen.

Die Soldaten berichten, mit ihm einen „Vater" verloren zu haben – ein Zeichen großer Zuneigung für einen Mann, dem am Ende des Krieges klar geworden war, dass er lange für die falsche Seite gekämpft hatte. Zumindest in den letzten Kriegswochen und -tagen wollte er alles dafür tun, dass nicht nur seine Untergebenen, sondern auch die Wörgler Bevölkerung, die heranrückenden Amerikaner und die französischen Gefangenen diesen mörderischen Krieg überlebten. Darunter waren Albert Lebrun, der ehemalige Präsident der Französischen Republik, Édouard Daladier und Paul Reynaud, beide frühere Premierminister Frankreichs, sowie die ältere Schwester von General Charles de Gaulle, Marie-Agnès Cailliau. Für ihre Ideen eines demokratischen Europa war er bereit zu sterben.

Begraben wurde Josef Gangl am 9. Mai 1945 – einen Tag nach dem Ende des Zweiten Weltkriegs – auf dem Friedhof in Wörgl. Dort gibt es heute eine Gedenktafel ihm und anderen zu Ehren. Ebenso wurde eine Straße nach ihm benannt – vielleicht ein Vorbild für Obertraubling.

A USFLUGSTIPP

In Obertraubling und Umgebung erinnert nichts an Josef Gangl, fündig wird man in Wörgl (Straße und Ehrentafel am Friedhof). Die Berliner Gedenkstätte Deutscher Widerstand bietet umfangreiche Einblicke in die zahlenmäßig geringe, aber weltanschaulich breit gefächerte Gegnerschaft zum Nationalsozialismus.

Literatur

Eich, Martin: Der „vergessene Held" aus Obertraubling. In: Mittelbayerische Zeitung vom 7. Mai 2018. Online: https://www.mittelbayerische.de/bayern-nachrichten/der-vergessene-held-aus-obertraubling-21705-art1645584.html (15.02.2023)

Harding, Stephen: Die letzte Schlacht. Als Wehrmacht und GIs gegen die SS kämpften. Wien, 2015.

Militärgeschichtliche Gesellschaft Ludwigsburg (Hrsg.): Major Josef „Sepp" Gangl. Ein Ludwigsburger Soldat im Widerstand; 12. September 1910 in Obertraubling bei Regensburg geboren, 5. Mai 1945 in Wörgl (Tirol) von einem Scharfschützen der Waffen-SS getötet. Ubstadt-Weiher, 2020.

Schnabel, Clarissa: Voices from the past: The resistance in Wörgl. 25. August 2022. Online: https://clarissaschnabel.wordpress.com/tag/alois-mayr/ (08.03.2023)

Zum Weiterlesen für Kinder

Deutschkron, Inge: Papa Weidt: Er bot den Nazis die Stirn. Kevelaer, 2017. (Das ist kein Buch über Gangl oder die Geschehnisse in Itter, sondern über Otto Weidt aus Berlin, einen sogenannten „Gerechten unter den Völkern", der Juden gerettet hat.)

Voorhoeve, Anne C.: Einundzwanzigster Juli. Ravensburg, 2008. (Auch das ist kein Buch über Gangl, aber ein spannender Jugendroman – halb Fiktion, halb Dokumentation – über die Familie Stauffenberg.)

JOSEF,
DER SUDETENDEUTSCHE,
UND DIE NEUE HEIMAT
(1945)

Am Ende des Zweiten Weltkriegs war Europa nicht mehr wiederzuerkennen. In den vergangenen fast sechs Jahren hatten etwa 70 Millionen Menschen den Tod gefunden, Millionen weitere waren verwaist, entwurzelt, traumatisiert. Im Mai 1945, so schätzt man, mussten fast zwölf Millionen Displaced Persons – ehemalige Zwangsarbeiter und Insassen von Konzentrationslagern – integriert oder repatriiert werden sowie über zwölf Millionen Deutsche eine neue Heimat finden.

*

Als der Krieg 1945 endlich zu Ende ging, bewirtschaftete Josef Flor mit seiner Frau Magdalena, seiner Mutter und dem Stiefvater im Egerland eine 75 Tagwerk große Landwirtschaft in Wurken bei Tachau. Seine Söhne Josef und Reinhard waren drei und sechs Jahre alt, sie hatten in ihrem Leben nur Krieg erlebt – von der Ferne zwar, aber beängstigend genug.

Geahnt hatte er es schon eine Weile, im September 1945 war es soweit. Eines Tages stand ein Tscheche vor der Tür und forderte Josef und seine Familie auf, den Hof an ihn zu übergeben.

In einem kleinen Zimmer durften sie noch bleiben und mussten für den neuen Besitzer ohne Bezahlung – gegen Kost und Logis – arbeiten. Am 22. Dezember 1945 wurde Josef ein Brief des tschechischen Arbeitsamtes überstellt. Er sollte sich am Heiligen Abend dort melden. Mit einem mulmigen Gefühl ließ Josef seine Familie zurück.

Auf dem Weg in die zwei Stunden entfernte Stadt begegnete er dem Straßenwärter, der ihn warnte. Er könne zwar zum Amt gehen, das hätten aber viele vor ihm getan und keiner sei zurückgekommen. Josefs Unbehagen wuchs. Er kehrte um und beschloss, über die tschechisch-deutsche Grenze zu flüchten.

Von seiner Frau ließ er sich zu einem Versteck etwas Geld und Lebensmittel bringen. Danach machte er sich – um den Beistand der heiligen Mutter Gottes bittend – durch dichten Wald nach Eslarn im Bayerischen auf. Der Schnee war hoch, die Temperaturen deutlich unter null Grad und der Weg schwer zu finden. Doch mit etwas Glück gelangte Josef zu einer freundlichen Bauersfamilie, die ihm Unterschlupf bot. Eine großzügige Geste, denn die zwölfköpfige Familie hatte kein Bett übrig.

Mehrfach wagte Josef den Grenzgang, um das Nötigste für sich zu holen. Es glückte immer – ein wahres Weihnachtswunder. In den folgenden Wochen schmuggelte Josefs Frau alles Wichtige, vor allem Kleidung, über die Grenze. Mit einer weißen Armbinde als Deutschstämmige ausgewiesen, kam sie bis zum Grenzzaun. Josef wiederum hatte sich einen Registrierschein besorgt, mit dem ihn die Amerikaner bis dorthin vorließen. Trafen sich die beiden, so warteten sie bis zu einem unbeobachteten Moment, dann fand die Übergabe statt.

Vier Wochen später konnte Josef Frau und Kinder endgültig zu sich holen. 22 Kilometer musste auch der sechsjährige Reinhard laufen. Nur der Kleinste wurde im Kinderwagen transportiert. Einige Begegnungen mit Zivilpersonen und tschechischen Soldaten erregten glücklicherweise kein Aufsehen. Am Nachmittag erreichten sie mit letzter Kraft die Grenze, mussten allerdings noch einige Stunden warten, um sie ungesehen zu passieren.

Josef wusste das alles nicht. Er wartete mit zunehmender Verzweiflung an der Grenze. Seine Familie aber kam an anderer Stelle in der neuen Heimat an. Erst als Josef und seine Frau sich tränenreich wiedersahen, konnte sie ihm berichten, dass sie ein Kreuz als Talisman mitnehmen hatte können. Sie hatte es unter der Matratze im Kinderwagen, direkt unter den Beinchen des strampelnden Josef, versteckt. Es wird noch heute in der Familie als Andenken bewahrt.

Über Arbeitsstellen in Gansbach bei Aufhausen und Pfellkofen bei Pfakofen kamen die Flors schließlich nach Obertraubling. Dorthin hatte sich Josef erfolgreich für eine Sozialwohnung beworben. Am 1. Dezember 1953 zogen sie ein und wechselten noch einmal 1957 auf eine Nebenerwerbsstelle der Bayerischen Landessiedlung, die die unstete Zeit beendete.

*

Die Integration von Flüchtlingen und Vertriebenen nach dem Ende des Zweiten Weltkriegs ist eine Erfolgsgeschichte Bayerns, wenn auch eine unter schwierigen persönlichen Bedingungen. Vor dieser Eingliederung standen vielfältige, oft schmerzliche Migrationserfahrungen.

Die größte Gruppe der Einwanderer waren die Sudetendeutschen. Der Begriff war im frühen 20. Jahrhundert entstanden. Damit bezeichneten sich die deutsch sprechenden Bewohner der damals noch habsburgischen Gebiete Böhmen, Mähren und dem österreichischen Teil Schlesiens. In der 1918 neu gegründeten Tschechoslowakei waren sie als nationale Minderheit organisiert.

Durch die widerrechtliche Annektion Böhmens und Mährens 1938 kamen diese Gebiete zum Deutschen Reich und die Sudetendeutschen wurden deutsche Staatsbürger. Nach dem Ende des Zweiten Weltkriegs wurden die meisten Sudetendeutschen aus ihrer Heimat vertrieben. Das geschah einerseits indirekt durch tägliche Schikanen (z.B. Kennzeichnung, Konfiskation von Besitz, Inhaftierung), die die Menschen zur Flucht bewogen, es gab aber auch spontane und „wilde" Vertreibungen in Folge der vereinfacht so benannten Beneš-Dekrete, von denen acht explizit die Sudetendeutschen betrafen.

Ab Frühjahr 1946 wurden die Sudetendeutschen mit wenigen Ausnahmen dann systematisch „ausgesiedelt". Im Zuge dieser letzten Maßnahmen kamen mehr als 4.000 Menschen in Zügen eingepfercht auch in Regensburg an, davon – nach der Zählung von Egolf Biscan, der die Transporte lokal auswertete – 73 nach Obertraubling.

Viele davon – auch die Familie Flor – stammten aus dem Egerland, einer historischen Landschaft im Westen des heutigen Tschechiens und im Norden der Oberpfalz in Bayern. Da viele Menschen dort in kleinen Gemeinden in und mit dem Wald lebten, wurden sie oft als Waldler bezeichnet.

Doch nicht nur sie, sondern auch viele bereits zuvor Geflüchtete können oder konnten von ihren Erfahrungen berichten. Sie taten dies privat, bei den Treffen der Sudetendeutschen Landsmannschaft oder auch öffentlich – beispielsweise in der Zeitung oder, wie der 1912 geborene Josef Flor, für eine Berichtssammlung zu „Erlebter Zeitgeschichte". Diese wurde zwar erst anlässlich des 60. Jahrestags der Landsmannschaft in Obertraubling 2009 zugänglich gemacht, offenbar wurden die Erzählungen aber schon einige Jahre lang gesammelt, denn Josef Flor beispielsweise war bereits 2005 mit 93 Jahren gestorben. Typisch an der Geschichte der Familie Flor ist die Suche nach einem neuen Heimatort, oft über mehrere Stationen. In Obertraubling anzukommen, stellte für viele eine Chance dar, endlich wieder heimisch zu werden.

AUSFLUGSTIPP

*Die Sudetendeutsche Landsmannschaft in Obertraubling
tritt bei verschiedenen Anlässen in Erscheinung und bietet
Interessierten auch gemeinsame Unternehmungen an, die sich
mit dem Thema befassen. Wer sich näher für die Geschichte
der Sudetendeutschen interessiert, dem sei das 2020 eröffnete
Sudetendeutsche Museum in München empfohlen.*

Literatur

Ich danke Peter J. Flor für die zusätzlichen Informationen zu seiner Familie, die den Bericht seines Großvaters ergänzt haben.

Burk, Henning: „Flüchtling bleibt man sein Leben lang". In: Ders. / Fehse, Erika / Krauss, Marita / Spröer, Susanne / Wolter, Gudrun: Fremde Heimat. Das Schicksal der Vertriebenen nach 1945 (Sonderdruck für die BPB). Bonn 2011. S. 7–24.

Koschmal, Walter / Nekula, Marek / Rogall, Joachim (Hrsg.): Deutsche und Tschechen. Geschichte – Kultur – Politik. München 2003.

Matok, Karl: Zwei sind schon 65 Jahre dabei. In: Mittelbayerische Zeitung vom 28.01.2015. Online: https://www.mittelbayerische.de/region/regensburg-land/gemeinden/obertraubling/zwei-sind-schon-65-jahre-dabei-21397-art1183184.html (08.03.2023)

Matthias Stickler, Sudetendeutsche Landsmannschaft. In: Historisches Lexikon Bayerns. 2013. Online: https://www.historisches-lexikon-bayerns.de/Lexikon/Sudetendeutsche_Landsmannschaft (08.03.2023)

O.V.: Organisierte Vertreibung. Organisierte Inhumanität. In: Sudetenpost 15+16 (03.08.2006). S. 8f. (mit handschriftlichen Anmerkungen von Egolf Biscan)

Sudetendeutsche Landsmannschaft Obertraubling: Erlebte Zeitgeschichte. Sudetendeutsche berichten über die Jahre 1945 bis 1946. Obertraubling, 2009 (ungedruckt).

Zum Weiterlesen für Kinder

Krebs, Bernhard: Komm, wir fahren ins Sudetenland. Burglengenfeld, 2016.

Zöller, Elisabeth: Wir hatten trotzdem Glück. Die Geschichte einer Flucht. Berlin, 2010.

GERHARD, DER VERTRIEBENE, IN DER BARACKENSIEDLUNG (1950)

Wie auch andere Orte im Landkreis Regensburg, wuchs Obertraubling durch den Zuzug von Flüchtlingen und Vertriebenen nach dem Ende des Zweiten Weltkriegs rasch. Nicht für alle Neubürger war genug Wohnraum vorhanden. Es entstanden Improvisationslösungen. In Obertraubling kamen besonders viele Neuankömmlinge in der Barackensiedlung zwischen Landshuter Straße und Bäumelsiedlung, nahe der heutigen B15, unter.

*

Gerhard Löfflers Familie war 1947 aus Salow nach Obertraubling gekommen. Aber das war nur die letzte Station auf ihrer langen Reise gewesen, die sie im Laufe der Jahre von Prag nach Karlsbad zwangsweise auf verschiedene Güter und endlich nach Mecklenburg geführt hatte. Auf der Suche nach einer neuen Heimat hatten sie sich entschieden, seiner Tante mit ihrem Mann und anderen Familienmitgliedern nach Bayern zu folgen. In Obertraubling angekommen, wurden die Zwei – seine Mutter und er – in eine der drei Holzbaracken eingewiesen, die am südlichen Ortsrand von Neutraubling standen. Diese Baracken hatten zuvor als Wehrmachtsbaracken gedient, standen nun jedoch leer.

Wenn der 14-jährige Gerhard sich umsah, dann erkannte er in vielen Geschichten sein eigenes Schicksal. Egal, woher die Menschen kamen – aus dem westlichen Sudetenland, aus der Batschka oder Schlesien –, es verband sie die Erfahrung von Heimatlosigkeit. Und nicht nur bei ihm wurde der Vater schmerzlich vermisst. Es waren wohl etwa 25 Familien mit 90 Personen, die sich mit dem Notdürftigsten in ihrem neuen Leben einrichteten.

Die Männer fanden häufig in Regensburg oder in der aufstrebenden Vertriebenengemeinde Neutraubling Arbeit. Gerhard und die anderen Kinder gingen in Obertraubling zur Schule. Nach dem Unterricht half Gerhard der Mutter beim Gärtnern. Zwischen den Baracken wurde schließlich Gemüse für den Eigenbedarf angebaut.

Manchmal kam – und das war für Kinder wie Erwachsene ein besonderes Erlebnis – ein Filmvorführer in die Baracken. Er baute in dem langen Gang in der Mitte der Baracke Vorführgerät und Leinwand auf. Die alten Heimatfilme, die er im Gepäck hatte, mochten alle.

Schon bald sprach sich in Obertraubling herum, dass die „Neuen" musikalisch begabt waren. Einige der Flüchtlinge hatten in ihrer alten Heimat schon Musik gemacht. Sie spielten auch in und um Regensburg wieder - in der Sudetendeutschen Musikkapelle. Im großen Mittelgang der oberen Baracke wurde geprobt. Nun hatte Obertraubling seine eigene Tanzveranstaltung, denn zu den Proben waren auch Gäste herzlich gern gesehen.

Doch trotz so vieler hoffnungsvoller Momente gab es auch Rückschläge. Der schlimmste ereignete sich 1948. Plötzlich häuften sich die Krankheitsfälle – in fast jeder Familie. Der Obertraublinger Arzt Dr. Ullrich wurde als Erster aufmerksam. Er erkannte, dass es sich um Paratyphus handelte, eine Salmonellenerkrankung, die durch unreines Trinkwasser entsteht. Dass die Problematik im Barackenlager entstand, war naheliegend. Es gab keine Müllabfuhr. Der Abfall wurde im Einzugsbereich des Brunnens gelagert. Die Brunnenanlage war veraltet, die Leitungen brüchig. Ungefähr 50 Personen wurden in Regensburger Krankenhäuser eingeliefert, für vier von ihnen kam jede Hilfe zu spät.

So konnte es nicht weitergehen. 1951 wurden die Baracken abgerissen und stattdessen zwei große Häuserblocks errichtet. Dort fanden einige Familien Unterkunft, Gerhard und seine Familie waren unterdessen aber in ein zweites Baugebiet gezogen: die Anno-Santo-Siedlung. Im „heiligen Jahr" 1950 hatte dort das Katholische Werkvolk die ersten Hausbauten begonnen, um die Zugezogenen in modernen Häusern unterzubringen. 1951 waren die ersten 15 Gebäude fertig und konnten von den glücklichen Ausgelosten bezogen werden. Es war ein schönes Gefühl, nun wieder ein richtiges Zuhause zu haben.

*

Als 1945 das Deutsche Reich kapitulierte, war bereits eine der größten Migrationsbewegungen des 20. Jahrhunderts in Gang gekommen. Millionen Menschen auf dem europäischen Kontinent waren nicht mehr an dem Ort, an dem sie vor dem Krieg gelebt hatten: Aufgrund der Grenzverschiebungen wurden dabei Deutsche und Deutschstämmige aus vielen Gebieten östlich der später neu entstehenden beiden deutschen Staaten vertrieben oder sie flüchteten. Ehemalige Zwangsarbeiter kehrten in ihre Heimatstaaten zurück.

Ebenso waren frühere KZ-Häftlinge auf dem Weg zurück in ihre Heimat. Oder sie suchten neue Orte zum (Über)Leben – oft im Westen Europas, Juden häufig auch in Israel oder in den USA. Auch wenn nur ein Teil all dieser Menschen als Displaced Persons bezeichnet wurden: „ver-rückt", herausgerissen, wurzellos waren sie alle.

Das trifft besonders auch auf die Familie Löffler zu: Gerhard war 1933 in Prag geboren, 1939 nach Karlsbad gekommen und am Kriegsende mit seiner Mutter zwangsweise auf mehreren landwirtschaftlichen Gütern eingesetzt worden. Ihre Flucht führte sie dann nach Salow im heutigen Mecklenburg-Vorpommern. Stets war die Mutter allein, denn ihr Mann galt ab 1944 als in Frankreich vermisst. Er wurde erst in den 1960er Jahren für tot erklärt. Die beiden wandten sich schließlich nach Obertraubling, weil dort bereits Verwandte lebten, die Familien Smazal und Gerlitschka.

Sie waren zwei der vielen Familien, die nach Obertraubling kamen – vor allem aus dem Sudetenland (dann: Tschechoslowakei, heute: Tschechien), aber einige auch aus der Batschka (Rumänien) oder Schlesien (Polen). Was die Flucht für sie bedeutet hatte, wird in der Geschichte von „Josef, dem Sudetendeutschen" geschildert. Wenn es hier um Gerhard Löffler geht, dann mehr um das Leben im Provisorium.

Denn auch wenn Bayern viele der Flüchtlinge und Vertriebenen aufnahm und die Gemeinden wuchsen und gediehen, war der Neubeginn nicht ganz einfach. Die Unterbringung in Baracken war keine Seltenheit, jedenfalls wenn eine Einquartierung in den Häusern der Ortsansässigen wegen Überfüllung nicht mehr möglich war. Zumindest waren die notdürftigen Behausungen erst einmal ein Dach über dem Kopf.

Dass es bald mehr wurde, lag auch am Willen der Angekommenen, das Beste aus einer schwierigen Situation zu machen. Die Baracken am Ortsende von Obertraubling – in Richtung Neutraubling – waren im Krieg zur

Unterbringung von Wehrmachtssoldaten genutzt worden. Sie standen nun natürlich leer. Diese Art der Umnutzung war typisch.

Als die Vertriebenen kamen, mussten sie sich selbst einrichten. Von Schrottplätzen, aus Sperrmüll und nicht zuletzt durch Spenden gelang es, in allen Wohnungen das Nötigste einzurichten. Die Nähe zur Vertriebenengemeinde Neutraubling und nach Burgweinting, wo im Landkreis im Verhältnis zur bisherigen Bevölkerung am meisten Flüchtlinge aufgenommen wurden, half sicher. Es gab ein Netzwerk und Menschen mit ähnlichen Erfahrungen und Lebensbedingungen.

Die Selbstversorgung von Gerhard Löfflers Familie ist typisch für die damalige Zeit. Die Lebensmittelmarken boten nur eine Grundversorgung. Doch rund um die Baracken konnte zumindest gegärtnert und damit der karge Speiseplan aufgebessert werden.

In Obertraubling sorgte sicher der tragische Ausbruch von Paratyphus dafür, dass klar wurde: So konnten die Umstände nicht bleiben. Durch ein Gerichtsverfahren wurde später auch offiziell festgestellt, dass die desolate Unterbringung für den Ausbruch der Krankheitswelle verantwortlich war. Doch auch so – da reichte es, rundherum in andere Städte und Gemeinden zu blicken – war klar: Es brauchte eine dauerhafte Integration und angemessene Beherbergung. Deshalb entstanden zumeist Anfang der 1950er Jahre Wohnbauten für mehrere Familien, auch Einfamilienhäuser wurden im Rahmen des entstehenden Sozialwohnungsbaus zugewiesen beziehungsweise – wie am Beispiel der Löfflers zu sehen – zugelost.

Dass die Sudetendeutschen einmal als „vierter Stamm" Bayerns sehr selbstverständlich neben den Altbaiern, Schwaben und Franken dazugehören würden, war bei Kriegsende nicht abzusehen. Und auch als die Betroffenen zunächst meist unter sich an Ortsrändern oder in eigenen Vertriebenengemeinden – fünf waren es über Bayern verteilt – konzentriert wurden, war das nicht absehbar.

Doch diese Menschen waren es, die Bayerns Aufschwung wesentlich mitgetragen haben. Sie brachten ihre Kultur, ihre Innovationen und ihren Fleiß ein, um den Wiederaufbau nach dem Krieg zu gestalten.

A USFLUGSTIPP

Die Anno-Santo-Siedlung befindet sich heute zwischen Niedertraubling und der Bahnüberführung durch die B15. Sie ist noch immer begehrt und wird seit 2020 erweitert. Eine schöne Spazierrunde führt von der Siedlung am Litzelbach entlang zum Alten Schloss nach Niedertraubling. Wann das Museum der Stadt Neutraubling neu konzeptioniert wiedereröffnet wird, ist noch nicht klar. Doch sicher wird es ein informativer Ort für die Geschichte der Vertriebenen und Flüchtlinge in der Nähe von Obertraubling sein.

Literatur

Vielen Dank an Doris Blanke für die Informationen über ihren Vater.

Biscan, Egolf: 75 Jahre Vertriebene in Obertraubling. In: Gemeindeblatt Obertraubling 2/2020. S. 42–43.

Burk, Henning: „Flüchtling bleibt man sein Leben lang". In: Ders. / Fehse, Erika / Krauss, Marita / Spröer, Susanne / Wolter, Gudrun: Fremde Heimat. Das Schicksal der Vertriebenen nach 1945 (Sonderdruck für die BPB). Bonn 2011. S. 7–24.

Koschmal, Walter / Nekula, Marek / Rogall, Joachim (Hrsg.): Deutsche und Tschechen. Geschichte – Kultur – Politik. München 2003.

Matok, Karl: Zwei sind schon 65 Jahre dabei. In: Mittelbayerische Zeitung vom 28.01.2015. Online: https://www.mittelbayerische.de/region/regensburg-land/gemeinden/obertraubling/zwei-sind-schon-65-jahre-dabei-21397-art1183184.html (08.03.2023)

Matthias Stickler, Sudetendeutsche Landsmannschaft. In: Historisches Lexikon Bayerns. 2013. Online: https://www.historisches-lexikon-bayerns.de/Lexikon/Sudetendeutsche_Landsmannschaft (01.01.2023)

O.V.: Organisierte Vertreibung. Organisierte Inhumanität. In: Sudetenpost 15+16 (03.08.2006). S. 8f. (mit handschriftlichen Anmerkungen von Egolf Biscan)

Sudetendeutsche Landsmannschaft Obertraubling: Erlebte Zeitgeschichte. Sudetendeutsche berichten über die Jahre 1945 bis 1946. Obertraubling, 2009 (ungedruckt).

Zum Weiterlesen für Kinder

Damm, Antje: Plötzlich war Lysander da. Frankfurt (M), 2017. (Es geht um ein ganz anderes Flüchtlingsschicksal, aber die Erfahrungen sind universell.)

Langen, Anne: In einer stillen Nacht. Münster, 2020.

SIMON, DER SCHÜTZE, BEIM WEITZERWIRT (1956)

Gerade auf dem Land ist das Wirtshaus der Mittelpunkt der Dorfgemeinschaft. Von der Tauffeier bis zum Hochzeitsfest, vom Stammtisch bis zum Vereinsabend – im Wirtshaus ist für alles und für jede*n Platz, es ist der Ort, an dem die Fäden zusammenlaufen. Das ist auch in Oberhinkofen so, wo seit fast 100 Jahren die Familie Weitzer einerseits das Gasthaus führt und ihre Mitglieder andererseits überaus aktiv am Vereinsleben des Dorfes teilhaben. Einer von ihnen war Simon Weitzer, der Onkel des Wirtshausbesitzers und zuerst Kassier und später Vorsitzender der Eichenlaubschützen.

*

Simon dachte angestrengt nach. War denn der Sportverein wirklich nicht mehr zu retten? Ja, es mangelte an Spielern. Aus den ehemals 30 Mitgliedern waren wenige geworden. Dabei waren sie als Verein doch noch nicht mal sechs Jahre alt. Ohne Frage, sie hatten schwierige Zeiten überstehen müssen. Sein Bruder Xaver, der Vorstand gewesen war, war überraschend gestorben. Aber dann hatten sie sich neu aufgestellt. Er war selbst Vorstand geworden, die Jugendfußballmannschaft hatte die Meisterschaft geholt und eine Theatergruppe hatten sie ebenfalls gegründet.

Doch das wirkte weit weg, als er an diesem Januartag zur Gastwirtschaft seines Neffen Hermann lief, um mit den anderen Vorständen zu beraten, was in Sachen des Sportvereins von Oberhinkofen zu machen sei.

Am Ende des Abends trat er enttäuscht, aber auch irgendwie geläutert ins Freie. Einstimmig war ihr Beschluss gewesen, den Verein aufzulösen. Aber gleichzeitig hatten sie eine Idee entwickelt, wie sie das gesellige

Leben in Oberhinkofen aufrechterhalten könnten. Fast alle waren begeistert gewesen, als einer vorschlug, sie könnten doch einen Schützenverein gründen.

Sie waren sich sicher: Auch die Jugend im Dorf hätte Interesse an diesem Sport. Und sie selbst konnten sich auch gut vorstellen, dabeizubleiben. Die Tatsache, dass Hermann Weitzer sich bereiterklärte, dem Verein eine sportliche Heimat zu geben, machte die Tatsache noch einfacher. Sie würden sich einmal wöchentlich, an jedem Samstag, im Gasthaus treffen und einen Schießabend durchführen. Dafür gestattete ihnen der Wirt, die Hälfte des Gastzimmers zu nutzen. Da das aber nicht lang genug war, um die erforderlichen 10 Meter Schießabstand zu erreichen, wurden kurzerhand die Fenster zu einem Nebenzimmer ausgehängt. So fand sich – weil alle wollten – eine pragmatische Lösung.

Der Schießbetrieb im Wirtshaus hatte noch weitere Vorteile, fand Simon. Während zwei Schützen am Schießstand weilten, konnten die anderen ungestört im eigentlichen Gastraum sitzen. Dass nach dem Schießen auch einiges an Zielwasser getrunken wurde, war klar.

Das Gasthaus war schon immer der kulturelle Mittelpunkt des Dorfes gewesen. Simons Bruder hatte es 1925 gemeinsam mit seiner Frau dem Lehner zusammen mit einer kleinen Landwirtschaft abgekauft. Ein paar Kühe, eine Sau, einige Hühner – und schon ging es los. Simon erinnerte sich noch gut, wie er sich als Junge beim Eisen beteiligt hatte. Dabei wurde das Eis im Dorf mit Äxten von den Männern aufgehauen , aus dem Wasser gezogen und ans Ufer geschoben. Dann transportierte man es zum Gasthaus, wo Simon und seine Spielkameraden schon warteten, um die Eisschollen zu zerklopfen.

Seine Gedanken gingen zurück zum heutigen Abend. Der nächste Beschluss stand an: Was sollte mit dem Barvermögen des aufgelösten Sportvereins geschehen? Sie beschlossen, die etwa 500 Mark an den neuen Schützenverein zu übergeben. Dann beschlossen sie, den Hauptlehrer Paul Fenzl zum kommissarischen Vorstand zu ernennen und sich über eine Woche wieder zu treffen und den Verein offiziell zu gründen.

Am 3. Februar war es dann so weit. 31 Männer schrieben sich in die Liste der Gründungsmitglieder ein, 3 weitere entschlossen sich kurz darauf zum Eintritt. Und Simon überlegte, ob er sich nicht in die Vorstandschaft wählen lassen sollte. Er war schon immer gut darin gewesen, die Dinge ordentlich zu notieren, und so wäre er vielleicht ein guter Kassier.

Das konnte er sich ja noch überlegen. Die erste Generalversammlung des Vereins wurde unter der Leitung von Paul Fenzl für Ende Februar festgelegt. Vielleicht würden sich bis dahin noch einige weitere Oberhinkofener mit Interesse am Schießen finden oder aber sie konnten Dörfler gewinnen, die zwar nicht Schießen wollten, aber Geselligkeit suchten. Dafür wollten sie schon übernächste Woche einen Faschingsball im Gasthaus ausrichten. Simon konnte sich gut vorstellen, dass sich dafür doch der Eine oder die Andere begeistern würde.

*

Die Geschichte um Simon Weitzer versucht, zwei Themen miteinander zu verknüpfen, die im Dorfleben eine wichtige Rolle spielen: das örtliche Wirtshaus und der Schützenverein. Ähnliche Begebenheiten ließen sich wohl für alle Gemeindeteile von Obertraubling schreiben. Denn Gasthäuser gab es in allen Ortschaften – wenn auch heute nicht mehr alle existieren. Und die Schützenvereine sind nach wie vor wichtige Gruppen: Sei es der hier in seiner Anfangszeit porträtierte Verein der „Eichenlaubschützen" Oberhinkofen, die „Zimmerstutzen-Schützengesellschaft Weidtal" aus Scharmassing, der Schützenverein „Edelweiß" aus Piesenkofen, der Schützenverein „Freischütz" in Niedertraubling, die Obertraublinger „Immergrün-Schützen" oder der Gebelkofener Schützenvereinverein „Edelweiß".

Auch wenn die Schützenvereine der Großgemeinde noch nicht so alt sind: Die ersten dieser Vereinigungen – damals noch unter dem Namen „Schützengesellschaft" – entstanden bereits im Mittelalter. Was heute eher für den dörflichen Bereich typisch ist, war damals meist eine städtische Angelegenheit. Denn diese Gruppen waren nicht vorrangig Freizeitbetätigung, sondern Wehrgemeinschaften zur Abwehr von Feinden. Erst viel später wurde das Schießen als Sport begriffen. Die Städte förderten das Schützenwesen aber weiter, denn es war auch ein Stück militärische Reserve und Routine, die so erhalten blieb. Es waren auch die Städte, die Schützenfeste unterstützten. Üblicherweise wurden diese im Mai auf einem Schützenanger veranstaltet. Sie entwickelten sich bald zu Volksfesten, wie es sie auch heute noch zahlreich gibt.

Bis in die Gegenwart erfüllt der Schützenverein in der Dorfgemeinschaft wichtige Aufgaben. Einerseits begeistert der Schießsport viele Jugendliche und Erwachsene. In dem Sinne ist er ein Sportverein. Andererseits geht es den Schützen auch um die Brauchtumspflege und die Stärkung der Gemeinschaft. Insofern verwundert es auch nicht, dass in vielen kleineren Orten die Schützen eng mit dem Wirtshaus verbunden sind, dort ihre Schießanlage haben oder ihre Vereinstreffen abhalten. So wie es auch in Oberhinkofen der Fall war und ist.

Der 1956 gegründete Schützenverein aus Oberhinkofen war dabei ein besonders mitgliederstarker Verein im Kreisschützenverband. Das resultierte sicher auch daraus, dass im selben Jahr der Sportverein des Dorfes wegen Mitgliedermangel aufgelöst worden war. Wer sich sportlich betätigen wollte, der konnte nun zu den Schützen gehen.

Diese Bedeutung ahnend, lud Paul Fenzl am 25. Februar gleich die gesamte Dorfgemeinschaft zu einer ersten Generalversammlung des Schützenvereins ins Gasthaus Weitzer ein. In einer geheimen Wahl wurde die Vorstandschaft gewählt, die sich aus den beiden Schützenmeistern, den beiden Schriftführern und den beiden Kassieren zusammensetzte. Dem begrenzten Alternativangebot in Oberhinkofen entsprechend bot der neue Verein viel mehr Aktivitäten als nur das Schießen. Das stand zwar immer im Mittelpunkt, doch spielten auch andere Aktivitäten eine wichtige Rolle: Angebote für die Jugend neben dem Schießen wie Zeltlager und Gruppenabende, Schützenball und Fischessen, Kirtabaumstellen und Dorfweihnacht.

Nicht alles davon gab es schon ab 1956, aber im Laufe der Jahre überlegten die Schützen immer wieder, welches Angebot die Menschen überzeugen und sie für die Dorfgemeinschaft gewinnen konnte. Als Paul Fenzl 1962 für das neu eingeführte Protokollbuch einen kurzen Abriss zur Vereinsgeschichte schrieb, notierte er, wie die Anfangsjahre gewesen waren: Auf seinen Vorschlag hin wollte man einmal wöchentlich, ursprünglich an jedem Samstag, einen Schießabend durchführen. Hierfür beschloss man, eine Walther Meisterbüchse zu kaufen und einen Schießstand zu bauen. Ferner plante man Theateraufführungen und Tischtennis- und Unterhaltungsabende durchzuführen, um auch die Dorfbewohner ins Vereinsleben mit einzubeziehen, die dem Schützenverein nicht beigetreten waren.

Am 13. Februar 1956 wurde sogleich als erste Veranstaltung ein Faschingstanz abgehalten. Am 4. Dezember des Jahres führte man dann das Theaterstück „Sturm im Maßkrug" auf. Das Publikum war begeistert. Mit dem Strohschießen am 15. Dezember fand das offizielle Gründungsfest einen schönen Abschluss. Und so ging es weiter, Schlag auf Schlag. Kein Wunder, dass bis 1962 schon mehr als 80 Mitglieder im Verein aktiv waren.

Dabei spielte die Gastwirtschaft Weitzer eine wichtige Rolle. Denn hätten seit 1925 erst Xaver und Mathilde, später Hermann und Franziska sowie mittlerweile Hermann und Heike Weitzer nicht gefunden, dass genau solche Aktivitäten der Sinn eines oberpfälzischen Wirtshauses seien, dann wäre der Verein womöglich zum Erliegen gekommen.

Auch heute noch ist der Weitzerwirt der Mittelpunkt von Oberhinkofen. Das ganze Dorfleben findet sich im Gasthaus. Hier trifft man sich zum Stammtisch, hier tagen die Vereine. Es wird Theater gespielt und Hochzeiten werden gefeiert. Allein: All das reicht nicht, um eine Gastwirtschaft in Vollzeit zu betreiben. Und so arbeitet Hermann Weitzer im Hauptberuf als Elektriker – seine Liebe aber gehört dem Familienbetrieb, der nun bald 100 Jahre alt ist. Das Wirtshaussterben ist für ihn ein reales Thema: Was in Zahlen ganz nüchtern klingt – dass in Deutschland die Zahl der Schankwirtschaften seit Jahrzehnten zurückgeht –, lässt sich auch in der Oberpfalz verfolgen. Beim Weitzerwirt aber geben sich die Vereine die Klinke in die Hand und bei Stücken wie „Mucks Mäuserl Mord" ist der Saal rappelvoll.

Ausflugstipp

Die Schützenvereine freuen sich über neue Mitglieder genauso wie über Besucher*innen bei ihren verschiedenen Veranstaltungen. Auch die Gasthäuser in der Gemeinde sind einen Besuch wert. Oft finden sich beim Blick in die Räumlichkeiten erwartbare und überraschende Hinweise auf die lange Geschichte der Wirtschaften. Fahnen und Trophäen der Dorfvereine, Bilder aus längst vergangenen Zeiten oder Urkunden, Maßkrüge oder Zierteller zur Erinnerung erzählen spannende Geschichten. Auch wenn die Ausstellungen des Hauses der bayerischen Geschichte „Wirtshaussterben? Wirtshausleben!" und „Bier in Bayern" schon zu Ende gegangen sind, kann man immer noch eine virtuelle Museumstour unternehmen.

Literatur

Vielen Dank an Hermann Weitzer für das spannende Interview über die Freuden und Probleme als Betreiber eines bayerischen Wirtshauses.

Gattinger, Georg: Unser Heimatort Oberhinkofen. Erinnerungen von Georg Gattinger. Oberhinkofen, 2001. S. 18–20.

HdbG (Hrsg.): Bayernausstellung „Wirtshaussterben? Wirtshausleben!" vom 30. April 2022 bis zum 11. Dezember 2022 im Haus der Bayerischen Geschichte in Regensburg. Online: https://www.museum.bayern/ausstellungen/bayernausstellung-wirtshaussterben-wirtshausleben.html (01.01.2023)

HdbG (Hrsg.): Bayerische Landesausstellung 2016 „Bier in Bayern". Online: https://www.hdbg.de/bier/ (01.01.2023)

Kotteder, Franz: Wo Bier ausgeschenkt wird, kommen Menschen sich näher. In: Süddeutsche Zeitung vom 31. März 2018. Online: https://www.sueddeutsche.de/bayern/wirtshaussterben-wo-bier-ausgeschenkt-wird-kommen-menschen-sich-naeher-1.3926645-0 (08.03.2023)

Schützenverein „Eichenlaub Oberhinkofen" e.V. (Hrsg.): Chronik. Online: http://www.schützen-oberhinkofen.de/chronik.html (08.03.2023)

Schützenverein „Eichenlaub Oberhinkofen" e.V. (Hrsg.): Eichenlaubschützen Oberhinkofen. 50-jähriges Gründungsfest vom 25.5.–29.5.2006. Oberhinkofen, 2006.

Schützenverein Südkamen / Kamen – Süd 1830 e. V. (Hrsg.): Ursprung und Aufgaben der Schützenvereine. Online: https://www.svsuedkamen.de/ursprung-und-aufgaben-der-schuetzenvereine/ (08.03.2023)

Zum Weiterlesen für Kinder

Kinder und Wirtshaus, Kinder und Schützen – passt denn das zusammen? Beim Märchen vom „Wirtshaus im Spessart" von Wilhelm Hauff ist auf jeden Fall der erste Bezug gegeben. Das Märchen ist in jeder Märchensammlung des Dichters zu finden.

Für Kinder, die sich für den Schießsport interessieren, gibt es von Beate Dreilich, einer ehemaligen Schießtrainerin, und zwei Mitstreiter*innen das Buch: Ich lerne Sportschießen: Bogen – Gewehr – Pistole. Aachen, 2018.

XAVER,
DER GROSSHERZIGE,
UND DAS OFFENE HAUS
(1960)

Ohne Frage war es 1941 eine besondere Herausforderung, eine neue Kirchengemeinde zu übernehmen. Das spürte auch Franz-Xaver Schaller, der in diesem Jahr nach Obertraubling kam. Er ahnte sicher nur im Ansatz, dass er fast zwei Jahrzehnte bleiben und in dieser Zeit die Schrecken des Krieges, die Unsicherheiten der Nachkriegszeit und den Optimismus des Wiederaufbaus erleben würde. Als er bei seinem Abschied zurückblickte, fühlte er, als verließe er eine Heimat und eine Familie.

*

Er würde sie alle schrecklich vermissen. Einerseits freute Xaver sich auf seinen Ruhesitz. In der Alten Kapelle Regensburg würde er als Kanonikus seinen Lebensabend verbringen. Er würde lesen, sich ab und zu eine seiner geliebten Zigarillos und ein Gläschen Rotwein gönnen. Und mit etwas Glück würde er auch dort eine Gruppe Gleichgesinnter für das Schafkopfen finden. Doch er würde das nicht mehr zur Entspannung brauchen.

In Obertraubling, das er nun verließ, war es anders gewesen. Jeden Tag hatten ihn so viele Dinge beschäftigt, dass er beim Kartenspiel abschalten wollte. Wenn er mit den Kaplänen im Pfarrhaus oder mit den Männern aus dem Dorf im Gasthaus saß, dann konnte er für eine Zeitlang seine manchmal schweren Gedanken beiseiteschieben.

Insbesondere in den ersten Jahren seiner Tätigkeit in Obertraubling war es schwierig gewesen. 1941 war er, Xaver Schaller, zusammen mit seiner Schwester Susanne, die den Pfarrhaushalt führte, von Pettendorf gekommen. In Obertraubling hatten sie ein Bauerndorf vorgefunden, das sich wenig von anderen unterschied. Doch ihrer beider Leben war schon bald ganz anders geworden. Schließlich hatte ihre Schwester aus dem fernen München sich eines Tages gemeldet, ob ihre Tochter Konrada zu ihnen ziehen dürfte.

1943 war Konrada nach Obertraubling gekommen – vor 17 Jahren. Aus dem neunjährigen verschreckten Mädchen, das durch die Kinderlandverschickung auf der Flucht vor den Bombennächten zu ihnen gekommen war, war eine junge Frau mit guter Ausbildung geworden, die nun bald heiraten würde.

Xaver nickte nachdenklich mit dem Kopf. Die Kriegszeit war schlimm gewesen. Immer hatten seine Schwester und er sich in Acht nehmen müssen. Man wusste: Die Wände konnten Ohren haben – und auch in Obertraubling war nicht jedem zu trauen. Er hatte es damals in Pettendorf erlebt: Eine Kritik dem falschen Gegenüber geäußert und man fand sich womöglich vor einem Sondergericht wieder. Nach außen hatte er danach – vor allem in seinen Predigten – nur noch kritische Andeutungen gemacht. Aber innerlich war er aufrecht geblieben: Er hatte sich im April 1945 zwischen einen gefangenen amerikanischen Soldaten und seinen Bewacher gestellt und mit verzweifeltem Mut gesagt: „Bevor Sie den erschießen, müssen Sie erst mich erschießen." Und wenige Tage später hatte er im Obertraublinger Kirchturm eine weiße Fahne gehisst. Danach hatte er sich im Pfarrhaus hinter dem Schrank versteckt, bis die Amerikaner da waren.

Später hatten Susanne und Konrada erzählt, wie einer gekommen war und wutentbrannt gerufen hatte: „Wer hat das gemacht? Der wird bestraft." Sie wollten oder konnten ihm nicht sagen, wer es gewesen war. Vielleicht war das auch besser so. Schließlich gebot ihm nicht nur sein Beruf, sondern sein innerstes Gefühl, dass er allen Menschen offen, zugewandt und wohlwollend gegenübertreten musste. Auch oder gerade den Fehlbaren. Und dann waren da noch die Flüchtlinge und Vertriebenen, die zu Dutzenden nach Obertraubling und in die Dörfer seiner Filialkirchen gekommen waren – nach Niedertraubling, Piesenkofen, Oberhinkofen, Burgweinting und Harting. Sogar ein Pfarrer war unter den Flüchtlingen gewesen, der glücklicherweise bald die Pfarrstelle in Harting übernommen hatte.

Schließlich war Franz-Xaver in diesen ersten Nachkriegsjahren stets auf den Beinen gewesen und hatte trotzdem oft nicht alles geschafft. Es galt, tatkräftig beim Wiederaufbau anzupacken, die größer werdende Gemeinde zu organisieren und den Menschen in oft schrecklicher, körperlicher und seelischer Not beizustehen.

An manchem Abend stieg er, wenn er ins Pfarrhaus kam, über Menschen, die sich aus Matratzen und Decken im Flur des Obergeschosses eine provisorische Schlafstatt gebaut hatten. Wenn er dann um die Ecke in die Küche schaute, sah er Susanne geschäftig riesige Mengen Essen für alle vorbereiten. Auf das offene Pfarrhaus, das sie führten und in das für ihn aus tiefstem Herzen auch Konrada gehörte, war Xaver stolz. Er konnte kaum aufzählen, wie viele Menschen hier aus- und eingingen. Da waren der Bäcker Magerl, mit dem ihn eine tiefe Freundschaft verband, die Kapläne, die er kommen und gehen sah – allesamt fleißige Männer. Konrad Färber, der Werkvolkführer, die Damen vom Frauenbund und die Leiter*innen der Pfarrjugend suchten Abstimmung und Rat. Natürlich kannte jeder jeden auch aus alltäglichen Wegen: Inkofers vom Kramerladen, Egerers von der Limonadenfabrik und die Stockers von der Gastwirtschaft. Wie eine lange Reihe altvertrauter Gesichter erschienen sie jetzt alle noch einmal vor seinem inneren Auge.

Er hatte es geahnt: Die Idee für seine letzte Rede in Obertraubling würde von ganz allein zu ihm kommen. Er griff zum Stift, den er vor einigen Minuten beiseitegelegt hatte, und schrieb – in einem Zug und ohne zu zögern:

Beim Gehen von der Pfarrei Obertraubling grüße ich von Herzen alle Pfarrkinder! Fast zwei Fünftel meiner Priesterjahre durfte ich unter Euch wirken. Dank Euch allen für alles! Dank im besonderen dem Herrn für alle Gnaden; seiner barmherzigen Liebe seien die vergangenen und künftigen Tage in Ehrfurcht empfohlen. Mein tägliches Memento gilt Euch für alle Zukunft; wie ich auch um Euer Gebet bitte. „Und nun empfehle ich Euch Gott und dem Worte seiner Gnade, Ihm, der mächtig ist, Euch das Erbe zu geben." (Apg. 20, 32)

Franz Schaller, Bischöfl. Geistl. Rat,
1941–1960 Pfarrer in Obertraubling

*

Franz-Xaver Schaller muss ein außergewöhnlicher Mann gewesen sein. Immer wieder ist er mir in den Recherchen und den Interviews begegnet. Die Protestant*innen erinnern sich genauso an ihn wie die Flüchtlinge und Vertriebenen der Nachkriegszeit, die katholische Kirchengemeinde bewahrt sein Andenken ebenso, wie es Konrada Lobenhofer, seine Nichte, tut.

Einige offizielle Schriftstücke und Zeitungsartikel berichten über den engagierten Pfarrer, doch keine spiegelt das Wesen von Franz-Xaver so sehr wie die Erzählungen seiner Nichte. Konrada Lobenhofer kam 1943 in das Pfarrhaus. Ihre Mutter hatte sie im Rahmen der Kinderlandverschickung aus dem bombengefährdeten München zu Tante und Onkel gegeben. Das waren Franz-Xaver, der Priester, und dessen Schwester Susanne, die ihm den Haushalt führte. Beide müssen überaus fleißige Menschen gewesen sein. Nicht nur nahmen sie die kleine, manchmal traurige Konrada auf und gaben ihr ein warmes Heim – sie waren auch für viele andere Menschen ein offenes Haus.

Dabei packten beide an, wo immer Hilfe gebraucht wurde. Und das war in diesen Jahren mehr noch als sonst der Fall. Da war zuerst die Kriegszeit. Beständig erhielten Gemeindemitglieder Todesnachrichten von Liebsten. Bei manchen fehlte es zu Hause am Nötigsten. Heimatlos Gewordene irrten umher und versuchten, eine neue Heimat zu finden. Zum Kriegsende herrschten Chaos und Angst. Da waren die, die sicher nur wollten, dass der Krieg rasch endete. Und sei es mit dem Einmarsch der Alliierten. Andere sehnten diese Befreiung herbei. Und wieder andere mochten nicht aufgeben und fabulierten vom Endsieg für eine schreckliche Sache, wie Franz-Xaver Schaller fand. Er war es, der im Kirchturm von Obertraubling die weiße Fahne hisste und dafür beinahe mit dem eigenen Leben bezahlt hätte.

Immer ging es ihm darum, in einer schweren Zeit Hoffnung zu geben. Das gelang dem Pfarrer in seinen Predigten, die er stets auswendig lernte. Vor allem aber zeigte es sich in seinem täglichen Tun. Besonders nach dem Kriegsende entwickelte Franz-Xaver eine emsige Betriebsamkeit. Neben der kirchlichen Arbeit für die etwa 3800 Seelen in den Kirchengemeinden Burgweinting, Niedertraubling, Harting, Oberhinkofen, Scharmassing, Piesenkofen und Obertraubling – erst sieben Jahre lang allein, dann unterstützt durch einen Kaplan – machte sich Franz-Xaver um viele Projekte verdient. Dass er dabei selbst oft nicht mehr zum Schnaufen kam, wie er einmal selbst berichtete, ist verständlich.

16 Schulabteilungen hatte sein Pfarrbezirk beispielsweise – und in jeder war auch seine Arbeit gefragt. Durch den Zuzug gab es nun viel mehr Schüler*innen. Für die Lehrer*innen mussten zunächst Entnazifizierungsverfahren abgeschlossen werden. Religion galt als ein wichtiger Baustein der Re-Education, der Umerziehung durch eine demokratische Bildung. Während unter schwierigen Bedingungen klar war, wo und wann die

Schüler*innen unterrichtet werden sollten, stellte sich die Frage nach den Unterrichtsinhalten schwieriger dar. Hermann Höcherl sagte über die Ideen der amerikanischen Verwaltung dazu einmal, „sie wusste mehr von dem, was sie nicht wollte, als von dem, was sie wollte."

In Obertraubling und Umgebung war aber tatsächlich auch der Platzbedarf so hoch, dass Franz-Xaver Schaller schon bald Schulbaufragen beschäftigten. Der Pfarrer kümmerte sich um den Schulhausneubau. Ebenso sah er die Platznot an anderer Stelle. Ihm ist die Initiative zum Bau der Anno-Santo-Siedlung durch das Diözesan-Siedlungswerk zu verdanken. Damit wollte er zur Linderung der Wohnungsnot für die zugezogenen Flüchtlinge und Vertriebenen beitragen.

Außerdem entstanden mit seiner tatkräftigen Unterstützung eine Werkvolkgruppe, eine Gruppe des Frauenbunds und mehrere Pfarrjugendgruppen. Erstere war keine Erfindung von Pfarrer Schaller – überall gab es solche katholischen Arbeitnehmervertretungen, wenn sie auch oft in der Zeit des Nationalsozialismus ihre Arbeit hatten ruhen lassen. Regensburg war für diese Bewegung ein wichtiges Zentrum gewesen, hier war 1849 der erste katholische Arbeiterunterstützungsverein gegründet worden. Franz-Xaver Schaller initiierte – zumindest nach jetzigem Kenntnisstand – den Verein in Obertraubling nach dem Kriegsende als Gruppe des „Werkvolks – Süddeutscher Verband katholischer Arbeitnehmer". An die Pfarrjugendgruppe hingegen kann sich Konrada Lobenhofer, seine Nichte, noch gut erinnern. Unbeschwerte Stunden verlebte sie dort und überwand auch ein wenig das Gefühl der Fremdheit, das sie in Obertraubling noch immer verspürte. Vor allem die vielen Fahrradausflüge in die nähere und weitere Umgebung hatten es ihr angetan.

In Neutraubling richtete Franz-Xaver für die Neuankömmlinge eine Notkirche ein und übte die Seelsorge aus, bis dort eine eigene Pfarrei geschaffen wurde. Auch das Kirchengebäude in Piesenkofen, St. Martin, stellte er den evangelischen Gläubigen für ihre Gottesdienste zur Verfügung. Er sorgte jedoch auch dafür, dass die katholischen Gotteshäuser in der Gemeinde renoviert wurden. In Obertraubling gelang es durch ihn, bereits im Dezember 1945 neue Kirchenglocken bei der Glockengießerei Petit & Gebr. Edelbrock in Gescher (Westfalen) in Auftrag zu geben. Die alten Glocken waren im Zweiten Weltkrieg als Rohstoffmaterial eingezogen und ins Glockenheerlager nach Hamburg gebracht worden. Nimmermüde unterstützte der Pfarrer die Haussammlungen und warb um Spenden der

Obertraublinger*innen, damit neue Glocken finanziert werden konnten. Und so wurden schon am 30. Mai 1947 die fünf neuen Glocken gegossen. Währenddessen wurde der Glockenstuhl für sie vorbereitet. Im Juli empfing die Gemeinde die Glocken als sichtbares Zeichen des Neubeginns.

Als Franz-Xaver Schaller 1960 in den Ruhestand ging, hinterließ er eine gut aufgestellte Kirchengemeinde. Als Kanonikus der Alten Kapelle hatte er im stolzen Alter von 75 Jahren etwas mehr Ruhe, aber auch eine seinem Alter angemessene geistliche Tätigkeit verdient und fand sie in Regensburg sicher.

AUSFLUGSTIPP

Die Anno-Santo-Siedlung ist einen Spaziergang wert. An der Kirche St. Georg, wo Pfarrer Schaller fast zwei Jahrzehnte wirkte, kann der Rundgang begonnen und beendet werden. Auch der Besuch der Alten Kapelle Regensburg lohnt sich – mit dem Gedanken an den Obertraublinger Pfarrer im Hinterkopf, der so wie seine Glaubensbrüder Mitglied des Kollegiatsstifts war. Die Alte Kapelle, ein kunsthistorisches Kleinod, lässt sich im Rahmen von Führungen oder im Gottesdienst erfahren.

Literatur

Deffner, Sibylle: Die Nachkriegswirren im bayerischen Volksschulwesen 1945-1954 unter besonderer Berücksichtigung der amerikanischen Re-Educationsbemühungen. Online: https://opus4.kobv.de/opus4-fau/files/2/Deffner.Nachkriegs%C2%85_.pdf (08.03.2023)

Hömig, Herbert: Katholiken und Gewerkschaftsbewegung 1890–1945. Paderbom, 2003.

Matok, Karl: Große Glocken mit langer Geschichte. In Mittelbayerische Zeitung vom 21.9.2017. Online: https://www.mittelbayerische.de/region/regensburg-land/gemeinden/obertraubling/grosse-glocken-mit-langer-geschichte-21397-art1564865.html (08.03.2023)

O.V.: Festschrift zum 50-jährigen Bestehen der Anno-Santo-Siedlung in Obertraubling. Obertraubling, 2000.

O.V.: Pfarrer Franz X. Schaller. Zeitungsbeitrag, vermutlich aus dem Jahr 1956. Unbekannte Herkunft, aus dem Privatbestand von Konrada Lobenhofer.

Schaller, Franz Xaver: Abschiedsgruß an die Obertraublinger Gemeinde 1960. Privatbesitz von Konrada Lobenhofer.

Schiedermair, Werner (Hrsg.): Die Alte Kapelle in Regensburg. Regensburg, 2002 (mehrere Beiträge zum Kollegiatsstift). Erlangen-Nürnberg, 2001.

Zum Weiterlesen für Kinder

Kordon, Klaus: Die Lisa. Eine deutsche Geschichte. Weinheim, 2007.

Kordon, Klaus: Und alles neu macht der Mai. Weinheim, 2021. (über die Nachkriegszeit)

GUSTAVA, DIE MALERIN, UND EIN LEBENSABEND (1969)

Obertraubling und eine bekannte Malerin? Das ist noch eine weitgehend ungeschriebene Geschichte. Weder hat Gustava Engels-von Veith bereits die Aufmerksamkeit erfahren, die einer Frau ihres Talents gebühren würde, noch war in Obertraubling etwas über sie und ihre letzten Lebensjahre im Bruder-Konrad-Haus bekannt.

*

Als es an der Tür klopfte, richtete sich Gustava in ihrem Stuhl auf. Nicht in dem Lehnsessel, der in der Ecke ihres Zimmers stand. Lehnsessel waren etwas für Großmütter. Sie war keine und wollte auch nicht wie eine wirken. Jahrzehnte lebte sie nun schon allein und die Erinnerung an Robert, ihren Mann, besten Freund und Malerkollegen war einerseits so lebendig wie eh und je, andererseits verblassten die konkreten Bilder ein wenig.

Eine der Schwestern aus dem Bruder-Konrad-Haus steckte den Kopf zu ihr herein, wahrscheinlich, um nach dem Rechten zu sehen. Sie erinnerte sich nicht mehr genau an ihren Namen, obwohl doch hier in Obertraubling nur wenige Menschen für sie sorgten. Aber so war es wohl im hohen Alter, da hatte man manches, das längst vergangen war, sofort parat – und anderes, das sich täglich wiederholte und aktuell war, wollte sich einfach nicht erinnern lassen. Aber es war ja auch egal. Alle Schwestern waren gleichermaßen freundlich und zugewandt. Gustava hätte sich keinen schöneren Ort für ihren Lebensabend vorstellen können.

Meistens waren die Schwestern beschäftigt, schließlich gab es mehrere hier im Haus, die versorgt und umsorgt werden wollten. Heute aber zog die Schwester einen Stuhl heran und setzte sich darauf. Stimmt, nun erinnerte sich Gustava: Es war diejenige, die sie immer so neugierig nach ihrer Vergangenheit fragte. Als Erstes nach den Gemälden, die Gustava mitgebracht hatte, später auch nach Begebenheiten aus ihrem langen Leben. Gustava liebte diese Momente, denn nicht nur die Klosterschwester in dem schwarzen Gewand konnte so mit ihr in eine längst vergangene und – so fand Gustava – gute, alte Zeit, eintauchen, sondern auch sie selbst erinnerte sich an ihre Jugend zurück und an die Jahre, bevor sie ausgemustert worden war.

Anders konnte man das nicht nennen, was ihr im Nationalsozialismus passiert war. Da musste das schreckliche Wort von der entarteten Kunst nicht fallen, um Gustava klarzumachen, dass ihr Schaffen unerwünscht war. Nicht, dass sie Wert gelegt hätte auf die Zustimmung der damaligen Machthaber, aber nicht mehr arbeiten zu können, das war schlimm gewesen.

Ganz anders als die Jahre zuvor. Vielleicht war das ihr Glück, dass sie 1933 schon 54 Jahre alt gewesen war. Sie hatte eine Künstleridentität entwickeln können. Sie wusste, wer sie war – und auch was und wie sie malen wollte. Manche bezeichneten ihren Stil als expressionistisch. Aber es war mehr als das. Gustava erzählte der Schwester von ihren Bildern: von den Stillleben, den Landschaftsmalereien, den Portraits. Manche waren realitätsgetreuer gewesen, andere abstrakt in ungewöhnlichen Farben. Blau hatte sie besonders gemocht. Es war eine symbolbehaftete Farbe, tiefgründig und geheimnisvoll.

Doch nicht nur an die Kunst, erinnerte sie sich jetzt, freimütig erzählte sie auch von ihrem Leben, zuerst mit den Eltern und der weiteren Familie, später mit Robert. Familie war ihr immer wichtig gewesen. Als jüngste von fünf Schwestern hatte sie schon früh die Bande einer großen Verwandtschaft gespürt. Und ihre Liebe zu Robert, der zuerst ihr Professor und dann ihr Mann gewesen war, war ein Glück in ihrem Leben gewesen. Nur leider war ihnen zu wenig Zeit vergönnt gewesen, ab 1926 war sie allein.

Sie hatte immer weniger gemalt und 1934 beschlossen, den Nachlass ihres Mannes und auch Teile ihrer eigenen Hinterlassenschaften an die Stadt Solingen zu spenden. Es war Roberts Heimatstadt gewesen und auch wenn sie weit weg in Bayern wohnte, konnte sie diese Verbindung nicht einfach ignorieren. Mit Robert gemeinsam war München ihre zweite Heimat geworden, mittlerweile hatte es sie noch weiter nördlich verschlagen. Erst war sie kurzzeitig in verschiedene Gemeinden Niederbayerns gezogen und hatte sich schließlich auf Schloss Wörth niedergelassen. Aber dann hatte sie von dem Altenheim in Obertraubling gehört und beschlossen, dort hinzuziehen.

Und so saß sie nun gemeinsam mit der Schwester, deren Namen ihr noch immer nicht einfallen wollte, beisammen und erzählte. Sie ließ sich nun das dicke der Alben aus dem Schrank geben, in dem ihre persönlichen Dinge waren. Vor Jahrzehnten schon hatte sie es begonnen und immer weiter vervollständigt. Ansichten von Städten und Landschaften hatte sie darin arrangiert. Es waren Stücke aus dem 19. Jahrhundert, die sie intensiv an ihre Mutter, Tante und Großcousine erinnerten. Die Frauen stammten allesamt aus ostelbischem Adel und hatten sich die alte Heimat im Herzen bewahrt. Zwar war Gustava in Berlin aufgewachsen und danach noch weiter nach Westen gezogen, doch die Frauen der Familie hatten ihre Erfahrungen weitergegeben. Nicht immer hatte es dazu ein Gespräch oder etwas Schriftliches gebraucht. Doch die Erzählungen Adelheids aus dem Band „Aus altpreußischen Tagen", die Reisebeschreibungen Berthas und die an sie vererbten Tagebucheintragungen Maries hatten ein lebendiges Porträt ihrer Vorfahrinnen und ihres Ursprungs hinterlassen.

Gustava hatte schon vor langer Zeit beschlossen, all dies nicht für sich zu behalten, und dem Stadtarchiv in Solingen ihren Nachlass versprochen. Das letzte Hemd hatte keine Taschen. Sie wollte eine Spur von sich und ihren Lieben in der Welt hinterlassen.

*

Wenn es um die Zeit von Gustava Sophia Dorothea Engels, geborene von Veith (1879–1970), in Obertraubling geht, dann muss man gestehen, dass eine Quellengrundlage kaum vorhanden ist. Selbst ihre Anwesenheit in der Gemeinde erschließt sich vor allem aus einem Zufallsfund – der (falschen) Internet-Notiz über ihren Tod in Obertraubling am 21. Februar 1970 – sowie einigen Hinweisen des Stadtarchivs Solingen. Gestorben ist Gustava tatsächlich übrigens im Krankenhaus von Wörth – dem Ort, in dem sie offenbar gewohnt hat, bevor sie nach Obertraubling zog. Zusammen mit den unvollständigen Meldedaten und dem Hinweis, dass sie die letzten Jahre ihres Lebens in einem Altenheim verbrachte, ist nur eine Annahme plausibel: Sie wohnte bei den Schwestern im Bruder-Konrad-Haus.

Davon ausgehend lässt sich die Gesprächssituation zwischen Gustava und der namentlich nicht genannten Schwester beschreiben. Über die

Arbeit der Schwestern hieß es damals beispielsweise im Visitationsbericht: „Die alten Leute fühlen sich in Euerer Obhut recht wohl, es ist in jeder Hinsicht gut für sie gesorgt." Auch wenn es einfache und bescheidene Verhältnisse waren, so waren doch die Liebe und Geborgenheit, die die Schwestern ausstrahlten, für die Bewohner*innen am wichtigsten. Es herrschte eine familiäre Atmosphäre unter den maximal 15 Personen, die im Haus betreut wurden.

Das Essen war gut und wirkliche Hausmannskost, vielleicht erinnerte es manche der Älteren an das Zuhause, das sie hatten aufgeben müssen. Das war zumeist der Fall, weil sie sich allein nicht mehr versorgen konnten und auf tägliche Pflege angewiesen waren. Aber auch spirituelle Unterstützung erfuhren die Heimbewohner*innen, denn in der Hauskapelle konnten sie an Eucharistiefeiern teilnehmen und die Schwestern kamen auch regelmäßig, um ein Gespräch anzubieten.

Gustava Engels-von Veith hatte dabei – so stelle ich es mir vor – sicher aus ihrem langen, ereignisreichen Leben zu erzählen. Sie hatte in Berlin, im Rheinland und im großstädtischen München gelebt, war Frau eines bekannten Malers und Kunstprofessors, aber auch selbst Malerin gewesen. Und sie hatte eine Lebensspanne durchmessen, in der die Welt große Veränderungen erlebt hatte. Geboren am Anfang des Kaiserreichs, hatte sie Monarchie, einen erschütternden Weltkrieg und dann in ihren mittleren Lebensjahren den Übergang zur Demokratie erlebt. Anschließend waren die Zwanziger Jahre gekommen: Persönlich war diese Zeit von schweren Verlusten geprägt – ihre Mutter und ihr Mann waren kurz nacheinander verstorben –, aber es war auch eine Zeit des Um- und Aufbruchs gewesen. Sie hatte gemalt und ihren eigenen Stil entwickelt, bis sie im Nationalsozialismus zwar nicht zur sogenannten verlorenen oder verschollenen Generation von Maler*innen gehörte, aber doch „in der Versenkung" verschwand.

Bei der verschollenen Generation handelt es sich um Maler*innen, geboren zwischen 1890 und 1910, deren Karrieren durch die nationalsozialistische Diktatur unterbrochen wurden. Aus diesem Grund sind die meisten dieser Künstler*innen einem breiteren Publikum unbekannt. Gustava mag zu alt gewesen sein, um zum Kern dieser Gruppe zu gehören. Ihr Werk hatte sich noch entfalten können, aber trotzdem stelle ich mir einen Bruch vor. Ihre expressionistische Malweise ähnelt schließlich der verfemten Kunst anderer verfolgter Maler*innen – und offensichtlich hat sie nationalsozialistische Organisationen gemieden.

Auch danach bleiben ihre Spuren kaum sichtbar. Aus dem von Hartmut Roehr 2008 im Stadtarchiv Solingen verzeichneten Nachlass lässt sich ihre Persönlichkeit erspüren und ihre letzten Stationen über Wörth an der Donau nach Obertraubling können nachgewiesen werden. Doch darüber hinaus scheint sie sich unauffällig in ihre neuen Wohnorte eingegliedert zu haben, ohne gesteigerte Aufmerksamkeit zu erfahren.

Besonderen Aufschluss über ihre Persönlichkeit geben die Stücke des Nachlasses im Stadtarchiv Solingen, die nach Aussage Hartmut Roehrls ihre Handschrift tragen. Damit ist nicht nur gemeint, dass es zahlreiche handschriftliche Aufzeichnungen von ihr gibt, sondern auch, dass das Arrangement der überlassenen Unterlagen von ihr getätigt wurde. Gustava hatte bereits 1934 mit der Stadt Solingen die Übergabe persönlicher Dinge gegen eine kleine Rente vereinbart. Dabei handelte es sich um Gemälde und Zeichnungen ihres Mannes – in einer ersten Charge 110 Gemälde und 1300 Zeichnungen. Auch 1955 wurde von ihr ein etwa gleich großer Teil des Werks von Robert Engels an Solingen übergeben.

Nach ihrem Tod 1970 kamen dann die restlichen künstlerischen Arbeiten nach Solingen, dazu ihr persönlicher Nachlass. Und gerade der ist für die Wahrnehmung dieser Frau, die offenbar immer im Schatten ihres berühmten Mannes stand, besonders wichtig. Er erzählt von den engen Familienbanden. So hatte sie tiefe Bindungen zur Mutter – Adelheid von Veith –, zur Tante – Bertha Elten – und zur Großcousine – Marie von Steinkeller. All diese starken Frauen, alle offensichtlich mit erzählerischem, schriftstellerischem Talent, scheinen sie geprägt zu haben.

AUSFLUGSTIPP

Das Bruder-Konrad-Haus existiert in Obertraubling noch, die Mallersdorfer Schwestern haben es jedoch 2020 verlassen. Heute ist es Stützpunkt der Caritas Sozialstation. Wenn auch Gustavas Bilder nicht öffentlich zu besichtigen sind, so können doch Werke von Maler*innen aus ihrer Schaffenszeit in der Münchner Pinakothek der Moderne genossen werden.

Literatur

Ring, Abraham: Die Niederlassung Obertraubling der Mallersdorfer Schwestern. Petersberg, 2020.

Zimmermann, Rainer: Expressiver Realismus. Malerei der verschollenen Generation. München, 1994.

O.V.: Umbrüche: Maler einer verschollenen Generation. Berlin, 1998.

Von Veith, Adelheid: Aus altpreußischen Tagen. Leipzig, 1922.

Zum Weiterlesen für Kinder

Carle, Eric: Der Künstler und das blaue Pferd. Hildesheim, 2019.

Schümann, Bettina: 13 Künstlerinnen, die du kennen solltest: Kunst für Kids. Frankfurt (M), 2009. (Ein Buch nicht über Gustava von Veith, aber über Frauen in der Kunst.)

GEORG, DER BÜRGERMEISTER, UND DIE EINGEMEINDUNG (1972)

Der Regensburger Landrat Leonhard Deininger hatte den Leit-spruch „Wir wollen nichts – und wir geben nichts" als Motto für die bayerische Gemeindegebietsreform ausgegeben. Er deutete damit das zähe Ringen an, das mit dieser Veränderung in der Verwaltungs-struktur oft einsetzte. Hinsichtlich der möglichen Eingemeindungen nach Regensburg setzte er sich glücklicherweise durch. Innerhalb des Landkreises war das Ringen oft weniger intensiv. Die Erfahrungen von Georg Gattinger, dem letzten Bürgermeister von Oberhinkofen, zeigen das. Zwar nicht geräuschlos, aber doch ziemlich einvernehmlich wurde am Anfang der 1970er Jahre aus den eigenständigen Orten Obertraub-ling mit Piesenkofen, Niedertraubling, Oberhinkofen mit Scharmassing und Gebelkofen eine Großgemeinde.

*

Georg ließ seinen Blick durch den Versammlungsraum schweifen. Er hatte heute – wieder einmal – seine Gemeinderäte zusammengerufen, um über die Gemeindegebietsreform zu sprechen. Er entdeckte Zirngibl, Eichham-mer, Weitzer, Feigl, Schrödinger und Weinzierl – ins Gespräch vertieft. Das Thema war in aller Munde. Wer politisch interessiert war, der diskutierte mit. Schließlich betraf es alle: Oberhinkofen sollte kein eigenständiger Ort mehr sein. Das Dorf sollte zu Obertraubling kommen. Und er, Georg Gat-tinger, der Bürgermeister, würde dann keiner mehr sein.

Er war kein Aufrührer, kein Neinsager, kein Revoluzzer. Natürlich schmerzte es ihn, dass Oberhinkofen seine Eigenständigkeit aufgeben soll-te. Seitdem er vor etwa fünf Jahren Bürgermeister geworden war, hatten sie eine Menge erreicht. Und auch schon zuvor, als er Gemeinderat gewesen war. Oberhinkofen hatte sich nach dem Krieg prächtig entwickelt. Wegen der Nähe zur Stadt häuften sich die Baulandanfragen. Tauschfelder oder Geld wurden angeboten. Es hatte einen ersten Bebauungsplan gegeben, eine Wasserleitung wurde gelegt, Gewerbebetriebe siedelten sich an.

Er hätte gerne so weitergearbeitet – im Dienst für die Gemeinschaft. Als er Bürgermeister geworden war, hatte er sich viel vorgenommen. Aber die Gemeindereform wollte es anders. Natürlich hatte Georg nicht vorgehabt, gleich klein beizugeben. Ein von altersher gewachsenes Kulturgut gab man schließlich nicht so einfach auf. Doch nach Abwägung aller Argumente stand jedenfalls für Georg fest: Sie sollten dem Brautwerber Obertraubling das Jawort geben. Es mochte eine Vernunftehe werden, aber Georg sah auch die Vorteile.

Auch die anderen in der Runde waren willens, sich freiwillig Obertraubling anzuschließen. Und ebenso wie Georg bewegten sie unterschiedliche Gefühle. Insgesamt aber waren sie zufrieden. Würden sie die Eingemeindung in der Phase der Freiwilligkeit vollziehen, bekäme Oberhinkofen einige finanzielle Zuschüsse. Ganz konkret war ihnen auch Unterstützung beim Straßenausbau, die Installation einer Straßenbeleuchtung und die Fertigstellung des Friedhofs in Aussicht gestellt worden. Und einiges, das die Oberhinkofener verband, würde bleiben wie bisher: der Schützen- und der Sportverein beispielsweise.

Georg konnte den Gemeinderäten auch von einem Gespräch mit dem Obertraublinger Bürgermeister berichten. Der hatte ihm nochmal verdeutlicht, dass es darum ging, solche Gemeinden überhaupt überlebensfähig zu machen. Ihm war klar: Die Leute waren vielleicht nicht begeistert von der Aussicht auf einen Zusammenschluss, aber zumindest zufrieden. Georg konnte ihm versichern, dass die große Mehrheit der Oberhinkofener der Eingemeindung zustimmen würde. Man würde sich schon zusammenraufen.

Er selbst war sich sicher, dass er auch in einer Großgemeinde die Chance haben würde, sich einzubringen. Wenn alles so ging, wie er es sich vorstellte, dann würde er womöglich schon im Sommer das Verfahren zur Eingemeindung einleiten, vielleicht schaffte man noch in diesem Jahr die Abstimmung im Dorf und könnte dann zu den nächsten Gemeinderatswahlen bereits für die neue Großgemeinde antreten. Georg hatte Lust, eine Stimme aus und für Oberhinkofen zu werden. Sein Wissen und seine

Arbeitsbereitschaft könnte er genausogut in Obertraubling einbringen. In diesem Gedanken fand er Trost, denn noch immer konnte er nicht recht glauben, dass er tatsächlich der letzte Bürgermeister des Dorfes Oberhinkofen sein würde.

*

Die bayerische Gemeindegebietsreform gab dem Landkreis Regensburg bis 1978 ein neues Gesicht. Für die heutige Großgemeinde Obertraubling aber war der Prozess weitgehend schon 1972 abgeschlossen. Die jetzigen Gemeindeteile einigten sich nämlich freiwillig.

Doch wie war es überhaupt zu der Idee gekommen, die Dörfer einer gemeinsamen Verwaltung zusammenzuschließen? Ein wichtiger Grund war die Vereinfachung der Verwaltung. Im ländlich geprägten Bayern gab es sehr viele kleine Einheiten, die eigenständig agierten. Den Anforderungen an eine moderne Verwaltung konnten sie teilweise nicht nachkommen. Schließlich waren die öffentlichen Aufgaben nach und nach mehr geworden und besonders kleine Gemeinden hatten nur wenige geschulte Verwaltungskräfte und oft noch ehrenamtliche Bürgermeister. Zudem war die finanzielle Ausstattung der Landgemeinden häufig gering, manche Wünsche – zum Beispiel zum Ausbau der Infrastruktur – waren kaum zu stemmen.

Manches davon traf auch auf die Dörfer im heutigen Gemeindebereich zu und so verständigten sich Niedertraubling, Oberhinkofen, Gebelkofen und Obertraubling noch während der in Bayern hart geführten Verhandlungen über die Zuschnitte der neuen Landkreise und der Gebietswünsche unterschiedlicher Akteure freiwillig über einen Zusammenschluss. Freiwillig muss hier sicher als ambivalent verstanden werden, denn das Innenministerium übte deutlichen Druck aus. In einigen Orten – auch in Oberhinkofen – trafen die Politiker dabei auf (verhaltene) Zustimmung, in anderen auf energischen Widerstand.

Georg Gattinger, der sich anlässlich seines siebzigsten Geburtstags in seiner Ortsbiographie „Unser Heimatort Oberhinkofen" und für eine Ausstellung zum 50. Jahrestag der Gemeindegebietsreform 1972 an diese Zeit erinnerte, trat mir als lebenskluger, abwägender Mann gegenüber. Ihm gelang es herauszustellen, wie Oberhinkofen von der Gemeindegebietsreform profitieren konnte. Und er erkannte, dass dauerhafter Widerstand nicht zum Erfolg führen würde. Daher galt es die Chancen eines freiwilligen Zusammenschlusses zu nutzen.

Bei dieser Erkenntnis half sicher, dass Georg Gattinger schon als junger Mann, mit nur 29 Jahren, ab 1960 im Gemeinderat von Oberhinkofen und ab 1966 bis 1971 sogar erster Bürgermeister war. Er war vertraut mit allen Belangen des Dorfes.

Ganz ähnlich wie Oberhinkofen, das Georg in seinen Erinnerungen als „Braut" bezeichnet hat, entschieden auch die anderen „Bräute" von Obertraubling. In Niedertraubling, das Anfang 1971 als erster neuer Gemeindeteil zu Obertraubling kam, war die Abstimmung ziemlich knapp ausgefallen. Aber die Mehrheit hatte sich dafür entschieden – auch mit der Aussicht auf eine Förderung der Wasserversorgung und des Straßenausbaus. Als Anfang 1972 Gebelkofen und Oberhinkofen hinzukamen, war die Sache noch eindeutiger für eine Eingliederung. Später ergaben sich dann nur noch kleine Veränderungen: Höhenhof und Tenacker wurden 1974 eingemeindet, an Neutraubling musste zwangsweise eine mehrere Hektar große Fläche abgegeben werden.

Durch die Reform wuchs das schon durch Pendelbeziehungen eng mit Regensburg verknüpfte und auch von Industrie, Handel und Dienstleistung geprägte Obertraubling mit noch landwirtschaftlich geprägten Dörfern zusammen. Und trotzdem ist spürbar, dass die Ortsteile auch eine eigene Identität haben. Diese Mischung macht Obertraubling als Großgemeinde bis heute aus und bereichert das Zusammenleben.

AUSFLUGSTIPP

Alle Gemeindeteile sind einen Ausflug wert. Falls Sie es also nicht sowieso schon tun, besuchen Sie bewusst einmal Oberhinkofen mit seinem Heimatmuseum, Wander- und Spazierwegen; Scharmassing mit seiner Kapelle; das Wasserschloss in Gebelkofen; die Hofmark in Niedertraubling oder den Ortskern von Obertraubling. Gehen Sie in verschiedene Kirchen, Gasthäuser und vor allem – sprechen Sie mit den Menschen. Spüren Sie dem nach, was uns als Gemeinde verbindet, aber auch den unverwechselbaren Eigenheiten jedes Ortsteils.

Literatur

Gattinger, Georg: Unser Heimatort Oberhinkofen. Oberhinkofen, 2001.

Matok, Karl: Würdiger Abschied von Georg Gattinger. In: Mittelbayerische Zeitung vom 11.11.2020. Online: https://www.mittelbayerische.de/region/regensburg-land-nachrichten/wuerdiger-abschied-von-georg-gattinger-21364-art1956057.html (Abruf vom 28.2.2023)

Mattern, Julia: Gebietsreform. In: Historisches Lexikon Bayerns vom 02.12.2020. Online: https://www.historisches-lexikon-bayerns.de/Lexikon/Gebietsreform (Abruf vom 28.2.2023)

Mirbeth, Herbert (Hrsg.): Unser Landkreis Regensburg. Gebietsreform: Auswirkungen, Anekdoten, Ansichten. Regensburg, 2012.

Zum Weiterlesen für Kinder

Gattinger, Georg: Unser Heimatort Oberhinkofen. Oberhinkofen, 2001.

HERMANN, DER HOCHSPRINGER, BEI OLYMPIA (1972)

Im Sommer 1972 war die Bundesrepublik, ja die ganze Welt, im Olympiafieber. In München sollten die „heiteren Spiele" ein freundliches Bild der Bundesrepublik Deutschland zeichnen. In der Tat waren die Spiele ein voller Erfolg – die Stimmung ausgelassen, die deutschen Athleten erfolgreich, die Organisation hervorragend. Bis am 5. September alles anders wurde: palästinensische Terroristen überfielen, kidnappten, verletzten und ermordeten israelische Sportler. Ein Obertraublinger, der mit großen Hoffnungen nach München gekommen war, war hautnah dabei.

*

Als Hermann Magerl am 4. September 1972 auf dem Bahnhof München Olympiastadion mit seinem kleinen Koffer aus dem Zug ausstieg, war er aufgeregt. Noch eine knappe Woche bis zum Hochsprungfinale der Olympischen Spiele. Hermann Magerl, ein junger Mann aus Obertraubling, würde heute ins Olympische Dorf einziehen und an den Olympischen Spielen teilnehmen. Sein großer Traum war dabei, Wirklichkeit zu werden. Er hatte lange darum gekämpft, einmal bei Olympia dabei zu sein. Schließlich begann der Kampf eines Olympiateilnehmers vier Jahre vor dem eigentlichen Wettkampf.

Hermann Magerl hatte in dieser Zeit alles gegeben. Erst an diesem Morgen war er ein letztes Mal in seinen Gerätekeller gegangen und hatte sich umgeschaut: die Hantelbank, die Reckstange, die Gewichte. Das waren Erinnerungen an unzählige schweißtreibende Trainingstage. Jetzt war er so fit, dass er es weit bringen konnte. Sicher ins Finale. Gold würde er wahrscheinlich nicht gewinnen – aber die Qualifikation wollte er unbedingt schaffen und hoffentlich würde er unter die ersten fünf kommen. Oder sogar unter die ersten drei.

In seinem Zimmer im Olympischen Dorf setzte er sich an seinen Artikel für die Mittelbayerische Zeitung. Die Journalisten hatten mit ihm ein Olympia-Tagebuch verabredet. Er begann: „Bis zum Tag X bleibt nun das Olympische Dorf mein erster Wohnsitz. Dort kann ich meine Wettkampfvorbereitung mit der gebotenen Präzision zu Ende führen. Der Count-Down läuft."

Jetzt wollte sich Hermann Magerl auf den wichtigsten Wettkampf seiner bisherigen Sportkarriere konzentrieren. Der war nicht nur deshalb am wichtigsten, weil Olympische Spiele das Größte sind. Sondern auch, weil viele Wettkämpfe in der Vergangenheit nicht so verlaufen waren, wie er sich das vorgestellt hatte. Bei den Junioreneuropameisterschaften 1968 boykottierte die Bundesrepublik die Junioreneuropaspiele in Leipzig wegen des Prager Frühlings – und so hatte es keinen Hochsprung für ihn und seine Mannschaftskameraden gegeben. Auch 1969 hatte er kein Glück gehabt: Wegen eines Streits um die Starterlaubnis eines ehemaligen DDR-Athleten für die Bundesrepublik wurden alle Einzelstarter von den Leichtathletik-Europameisterschaften in Athen als politisches Zeichen zurückgezogen. Aber die Olympischen Spiele in München würden jetzt ganz anders werden, da war sich Hermann Magerl sicher.

Am Morgen des 5. September nahm sein Olympia-Traum jedoch eine überraschende Wende: Im olympischen Dorf gab es eine Geiselnahme. Israelische Sportler wurden von palästinensischen Terroristen in ihrem Quartier angegriffen, verletzt oder getötet.

Was Hermann Magerl an diesem erschütternden Tag erlebte, schilderte er wieder in seinem Olympia-Tagebuch für die Zeitung: „Erst beim Masseur wurde ich über die ersten Details, soweit sie sich im Dorf herumgesprochen hatten, informiert. Wir alle haben sehnlichst gehofft, dass es kein blutiges Ende geben möge, dass wir wieder an unsere Trainings- und Wettkampfstätten gehen könnten. Ich habe in der Nähe des Tatortes gesehen, wie Athleten evakuiert wurden, wie die DDR aus dem gegenüberliegenden Gebäude auszog. Der Tag im Dorf nahm trotzdem beinahe einen normalen Verlauf, lediglich unser Training wurde ausgesetzt. Am späten Abend erlebte ich den Abflug der Hubschrauber, und mein daraufhin in den Raum kommender Zimmerkollege Jürgen May erzählte mir, dass die Terroristen abgeflogen seien. Erst am Mittwochmorgen hörte ich von unserem Steward vom Tode der israelischen Sportler. Gegen solche Terroristen ist kein Kraut gewachsen. Sie haben für einen bitteren Beigeschmack gesorgt, aber wir Athleten müssen uns nun wieder auf unsere Wettkämpfe vorbereiten."

Auch wenn Hermann Magerl persönlich für eine Fortsetzung der Wettkämpfe war, fühlte er sich geschockt. Es wirkte fast wie ein böser Traum, dass nun schon wieder etwas passiert war, das alles veränderte. Er fragte sich: Konnte er sich unter diesen schrecklichen Umständen noch auf sein großes Ziel konzentrieren?

Im Tagebuch berichtete er den Zeitungslesern: „Ich war bei den Trauerfeierlichkeiten am Mittwoch im Stadion, und nach diesem Gedenken wurde die Fortführung der Wettkämpfe bekanntgegeben. Ich muss ehrlich sagen, dass ich diese Mitteilung begrüßte, wie auch so ziemlich alle Sportler im Olympischen Dorf. Ein solches Weltereignis sollte man wegen ein paar Banditen nicht absagen, denn auf diese Weise könnte jedes Großereignis gesprengt werden. Eine Fortsetzung der ‚heiteren Spiele' wird es sicher nicht geben, aber doch gute Leistungen, Kampfgeist und viel Beifall von den Rängen." So sah es auch der Präsident des Internationalen Olympischen Komitees und erklärte: „The Games must go on."

Hermann Magerl dachte an seine Unterstützer: seine Familie, seine Frau Eva und an die Menschen aus Obertraubling. Die guten Wünsche der Gemeinde begleiteten ihn. Am Morgen des 10. September erinnerte er sich an das „Toi, toi, toi" des Bürgermeisters Hermann Zierer, der ihm versicherte, die ganze Gemeinde stehe hinter ihm.

Hermann Magerl war startklar für seinen Wettkampf. Noch einmal ging er in Gedanken seine Planung durch. Dann zog er sich die Turnhose, das Trikot mit dem Deutschlandadler und seinen Deutschland-Trainingsanzug an. Er nahm seine Sporttasche und machte sich auf den Weg. Er war aufgeregt, aber das ließ er sich nicht anmerken. Als er sich warm machte, begegnete er dem Hochspringer Stefan Junge. Der war auch Deutscher, aber er kam aus der DDR. Dieser andere deutsche Staat versuchte den Wettkampf der politischen Systeme auch auf dem Sportplatz zu gewinnen.

Doch Hermann sah in Stefan Junge einen deutschen Sportler, der seine Unterstützung verdient hatte. Deshalb hatte er ihm in der Qualifikation geholfen. Da hatte Stefan Junge vor dem Aus gestanden. Bei 2,12 Meter hatte er schon zweimal gerissen und hatte nur noch einen Versuch. Hermann hatte ihm den Tipp gegeben, seinen Anlauf zu verändern – und, warum auch immer, Junge hatte den dritten Versuch gemeistert.

Der Wettkampf begann. Das Stadion war voll, die Menschen jubelten. Es war sonnig und ein bisschen windig. Bis zur Höhe von 2,18 Meter lief alles bestens. Hermann Magerl riss nur einmal die Latte. Aber bei 2,21 Meter hatte er, wie die Hochspringer so schön sagten, die Seuche am Fuß. Es war vorbei. Aus und vorbei. Dreimal hörte Hermann Magerl noch im Flug, wie die Latte auf den Boden krachte.

Der Sieger sprang über 2,23 Meter, zwei andere Hochspringer waren ebenfalls besser als er. Hermann Magerl blieb nur der undankbare vierte Platz, die Blechmedaille. Im Tagebuch konnte er seine Gefühle nicht verbergen: „Der Höhepunkt ist vorbei. Sicher können Sie sich meine Enttäuschung nach einem vierten Platz in der Hochsprung-Entscheidung vorstellen. So greifbar nahe war in den letzten 40 Jahren wohl noch kein Deutscher einer Hochsprung-Medaille gewesen. An weitere Ziele möchte ich im Moment nicht denken. Am liebsten möchte ich jetzt meine Sprungschuhe an den berühmten Nagel hängen, aber ich nehme an, dass wohl jedem Sportler nach solch einer Enttäuschung dieser Entschluss nahe liegt."

Aber als Hermann Magerl nach Hause kam, feierte ihn ganz Obertraubling. Die Gemeinde stand kopf, als er mit dem Sportflugzeug landete und im Auto mit Gattin und Bürgermeister zur Sporthalle fuhr. Diese herzliche Aufnahme traf ihn vollkommen unvorbereitet und berührte ihn tief. Es gab einen Empfang und minutenlang stehende Ovationen. Er wurde von vielen Menschen mit Autogrammwünschen umringt, die Blumen auf dem Arm konnte er kaum noch halten und versuchte doch, allen zuzuwinken. Die Leute fanden: Hermann hat uns zwar kein Gold gebracht, er ist uns aber trotzdem Gold wert.

Dass er auch Gold bringen konnte, bewies er nur eine Woche später. In Cham wartete eine begeisterte Menge anlässlich des Sepp-Simon-Sportfests auf ihn. Und dort geschah fast ein Wunder. Mühelos sprang er über die 2,21 Meter. Diese Höhe hatte er bei den Olympischen Spielen dreimal nicht geschafft. Weil die Hochsprunganlage gar nicht auf solche Höhen ausgerichtet war, trugen die Verantwortlichen Bierkästen heran, um die Latte höher zu legen.

Es konnte weitergehen. Magerl sprang unglaubliche 2,24 Meter. Wahnsinn! Wenn ihm das nur eine Woche zuvor gelungen wäre, wäre er Olympiasieger geworden. Das war nämlich Weltjahresbestleistung – ein überwältigender Triumph und eine unfassbare Tragik, dass es nicht schon früher geklappt hatte.

Die Überlieferung zu den Olympischen Spielen 1972 ist vielfältig. Dabei geht es selten um Obertraubling. Doch die zeitliche Nähe macht es möglich, mithilfe von Zeitzeugengesprächen das Bild des Sommers 1972 zu verfeinern.

Die Informationen über das Geschehen stammen einerseits aus zeitgenössischen Quellen. Es gibt zahlreiche Fernsehmitschnitte und andere filmische Dokumentationen zu den Olympischen Spielen. Auch der Finalwettbewerb mit Hermann Magerl ist festgehalten. Hinzu kommen schriftliche Dokumente zu diesem sportlichen Großereignis: Ablaufpläne, Athletenlisten, Ergebnistabellen und vieles mehr. Fotos aus den Wettkampfstätten, aus dem Olympischen Dorf und von Sportler*innen sind vielfach vorhanden.

Ein Glück ist es, dass die Mittelbayerische Zeitung Hermann Magerl gebeten hat, die Spiele auf sehr persönliche Weise in einem Olympia-Tagebuch zu kommentieren. Dieses erschien im Verlauf der Woche, die Hermann Magerl in München verbrachte, mehrfach. Es erlaubt Einblicke in die damaligen Wahrnehmungen. Und auch heute erinnern sich noch viele Menschen an die Sommerspiele, die älteren Obertraublinger*innen oft auch noch an den Hochspringer Hermann Magerl, dessen vierter Platz Obertraubling in die Schlagzeilen brachte. Nicht zuletzt stammen die Informationen von Wegbegleiter*innen des Sportlers und vor allem von Hermann Magerl selbst.

Angesichts dieser Quellenvielfalt waren nur wenige Fragen offen. Ein Geheimnis blieb der genaue Ablauf des Sensationssprungs beim Sepp-Simon-Sportfest. Aber da kamen die jungen Spurensucher aus Obertraubling zu Hilfe, die ungeahnte Qualitäten als zukünftige Sportreporter erkennen ließen und die atemlose Live-Berichterstattung für ihren Podcast und damit auch für diesen Text perfekt nachstellten.

Besonders wird Hermann Magerls Geschichte aber nicht nur durch Olympia, sondern durch die Auswirkungen des Kalten Krieges auch auf den Sport. Spannungen, Rivalitäten und Konflikte der beiden politischen Blöcke unter den Weltmächten USA und UdSSR wurden häufig in der Arena ausgetragen. Für Hermann Magerl waren vor allem die Boykotte bestimmend: 1968 wurde sein Start bei internationalen Wettbewerben als Teil eines Protests gegen das politische Ereignis des Prager Frühlings abgesagt. 1969 solidarisierte sich der Deutsche Leichtathletik-Verband mit dem Athleten Jürgen May, der aufgrund eines Vetos der DDR bei den Europameisterschaften keine Starterlaubnis erhielt. Wenn Hermann Magerl auch die politischen Dimensionen des Sports bewusst waren und er sie anerkannte, so stellten diese Rückschläge doch bittere Momente dar, die seine sportliche Karriere beeinflussten.

Nach den Olympischen Spielen, im besten Hochspringer-Alter, entschied sich Hermann Magerl, der mittlerweile verheiratet und studierter Arzt war, dem Leistungssport aus verschiedenen Gründen den Rücken zu kehren.

AUSFLUGSTIPP

Einen Eindruck von den Olympischen Spielen 1972 erhält man bei einer der geführten Touren im Olympiastadion München. Wer sich insgesamt für die Olympiageschichte interessiert, selbst Lust auf ein bisschen Bewegung hat (inkl. Fußballfeld auf dem Museumsdach) und noch mehr Sportler:innengeschichten lesen will, dem sei das Deutsche Sport- und Olympiamuseum in Köln wärmstens empfohlen.

Literatur

Vielen Dank an Hermann Magerl für das Interview zu Olympia 1972.

Ganz besonders danke ich den Spurensucher:innen aus Obertraubling für die Inspiration. Ihre Interviews und ihr Podcast zum Geschichtswettbewerb des Bundespräsidenten mit selbst geschriebenem Drehbuch haben es möglich gemacht, die Geschichte von Hermann Magerls Olympia-Abenteuer so plastisch zu erzählen: https://youtu.be/SxHsSagTyaM (01.01.2023)

Otto, Gerd: Olympisches Ostbayern. Die Sommerspiele. Regensburg, 2012.

Kratzer, Hans: Die unglaubliche Karriere des Hermann Magerl. In: Süddeutsche Zeitung vom 19.10.2021. Online: https://www.sueddeutsche.de/bayern/muenchen-hermann-magerl-olympia-hochsprung-geschichtswettbewerb-1.5442983 (01.01.2023)

Wotrube, Claus-Dieter: Der Beinahe-Olympiasieger Hermann Magerl. In: Mittelbayerische Zeitung vom 19.01.2019. Online: https://www.mittelbayerische.de/sport-nachrichten/der-beinahe-olympiasieger-hermann-magerl-21510-art1738208.html (01.01.2023)

Zum Weiterlesen und Nachhören für Kinder

Schädlich, Susanne / Knorre, Alexander von: Wie war das in der DDR? Einblicke in die Zeit des geteilten Deutschland. Hamburg, 2019.

Spurensucher: Was wäre gewesen, wenn … Ein Podcast über Hermann Magerl. Online: https://youtu.be/SxHsSagTyaM (01.01.2023)

BARBARA, DIE SCHÜLERIN, UND DAS GROSSE JUBILÄUM (1973)

Das Jahr 1973 war ein besonderes Jahr für Obertraubling: Man hatte beschlossen, 100 Jahre Trachtenverein, 50 Jahre Sportverein und 1150 Jahre Ortsgeschichte gemeinsam zu feiern. Für viele Menschen waren die Festtage eine bleibende Erinnerung, besonders für die Kinder von damals: Barbara, genannt Babsi, war damals Schülerin und kann noch 50 Jahre später lebhaft von ihren Eindrücken erzählen.

*

Es war noch nicht ganz sechs Uhr in der Früh, als Babsi mit Schwung aus dem Bett sprang. Schon gestern Abend hatte sie kaum einschlafen können vor lauter Aufregung. Drei Tage glich Obertraubling nun schon einem munteren Bienenschwarm. Kein Wunder, schließlich beging das Dorf seine 1100-Jahrfeier.

Babsis Opa hatte sogar eine blau-weiße Fahne aus dem Fenster gehangen. Wer weiß, wer zu diesem Anlass auch bei ihnen vorbeikam. Gewiss, der Festzug heute würde durch die Westendstraße führen, aber viele Menschen würden ins Mühlbergviertel strömen und womöglich auch bei ihnen entlangschlendern. Auch die Nachbarn hatten Fahnen aufgehängt – Bayernfahnen zumeist.

Sonst passierte immer alles Wichtige unten im Dorf, in die Mühlbergsiedlung kamen nur die, die dort wohnten. Aber dieses Mal war es anders. Die Feierlichkeiten hatten Fronleichnam mit einer Prozession und einer

Feldmesse auf dem Fußballplatz an der Jahnstraße begonnen und genau da würden sie heute auch enden.

Schon der erste Tag war phänomenal gewesen. Mit einer Schwester und zwei Burschen aus der Siedlung hatte sie auf dem Sportplatz an den zwei riesigen Käfigen ausgeharrt, in denen unzählige Tauben gurrten. Die Tiere faszinierten sie. Sie hatte einmal gehört, dass die Tauben ganz allein den weiten Weg zu ihrem Zuhause finden konnten, wenn man sie hier freiließ. Und genau das sollte auch geschehen: 400 Tauben füllten zum Auftakt der Festwoche den Himmel über dem Sportplatz. Als Friedenstauben kündeten sie von dem Wunsch, den hier alle für Obertraubling hegten.

Nun aber war schon Sonntag – und damit brach der letzte und wichtigste Tag der Feierlichkeiten an. Bestimmt würde es morgen in der Klasse 2a kein anderes Thema geben als den Festumzug. Nichts, wirklich gar nichts wollte sie heute verpassen.

Nach dem Frühstück kleidete sich ihr Vater festlich, sogar einen Anzug hatte er heute an. Erst würde es in der Pfarrkirche einen Festgottesdienst mit Festpredigt, Chorgesang und Fahnenabordnungen gaben, danach wollte der Vater mit Verwandten und Freunden in die Sporthalle, um zusammenzusitzen.

Die Mutter blieb mit den kleinen Geschwistern zu Hause. Aber am Nachmittag würde sie sicher auch einmal vorbeischauen. Punkt 14 Uhr startete nämlich der Festzug durch die Gemeinde. Babsi hatte schon ausgekundschaftet, wo sie am günstigsten stehen konnte: Wo der Umzug von der Regensburger Straße in die Westendstraße bog, hätte sie den besten Blick. Klein zu sein war hier von Vorteil, denn Babsi und ihre Freundinnen konnten sich geschickt durch die Menge schlängeln. Sie würden sehen, wie die Wagen die Hauptstraße entlangkamen und dann langsam um die Ecke fuhren.

Die zunehmende Lautstärke – Jubelrufe, Klatschen, aufgeregtes Flüstern – kündigte an, dass der Zug kam. Es war fast beängstigend, wie sich alle noch näher an die Straße drängten. Oh, da war er schon zu sehen. Voran ging ein Fanfarenzug. Die Instrumente glänzten, dahinter folgten drei Herolde. Dann entdeckte Babsi Frau Billich von der Schule: Mit den Größeren zeigte sie die Geschichte von Obertraubling. Alle waren in Kostüme gesteckt. Danach kamen lauter wichtige Männer im Anzug. Naja, das musste wohl auch sein.

Aber hinter ihnen machte die Festkapelle tolle Musik und jetzt war es endlich so weit: Die Wagen kamen. Der Festwagen der Gemeinde war schon vorbei, die Feuerwehr kam mit einer echten Spritze, gezogen von einem Pferdegespann. Nun entdeckte Babsi auch die Kirche, eine Postkutsche und einen Dampfpflug. Das hatte sie alles schon in echt gesehen – na gut, die Postkutsche kannte sie eher aus dem Schulbuch. Sie hüpfte von einem Bein aufs andere und dann mischte sie sich mitten in den Zug.

Sie hatte zwar die Worte der Mutter noch im Ohr, nicht zu nah ranzugehen. Doch diese Gelegenheit würde sich nie wieder bieten und jetzt kam es drauf an: Da, ein wahrhaftiges Märchenschloss. Sie war sich sicher: So etwas Prächtiges konnte es doch in Obertraubling gar nicht geben. Oder etwa doch? – Genau das würde sie morgen in der Schule erzählen.

Atemlos rannte sie die Westendstraße hinauf. Schneller war sie als der Zug und so trabten die Bilder aus Obertraublings Vergangenheit und Gegenwart nochmal an ihr vorbei. Vom Feuerwehrwagen bis zum Schloss.

Als es plötzlich losregnete, rannte sie heim. Die Mutter wartete schon auf sie, ihre Geschwister staunten, als sie alles berichtete, was sie erlebt und gesehen hatte. Doch lange hielt es sie nicht. Heute war (fast) alles erlaubt und so lief sie rasch zurück zur Sporthalle, wo mittlerweile alle saßen, aßen und tranken. Die Musik spielte, Kinder krochen unter den Tischen entlang, saßen zwischen den Erwachsenen und probierten Bierschaum von der Fingerspitze oder spielten im Keller Tischtennis.

Babsi ließ sich Limo und ein Eis schmecken. Nie würde sie diesen Tag vergessen. So ein Fest, das konnte es doch nur einmal geben. Oder?

*

Barbara Mullen war zur Festwoche vom 21. bis 24. Juni 1973 acht Jahre alt. Bis heute ist ihr die 1100-Jahrfeier der Gemeinde Obertraubling in lebhafter Erinnerung. Wie auch so vielen Anderen, die vor 50 Jahren dabei waren: Damals hatte Obertraubling nicht nur seine über eintausendjährige Geschichte gefeiert, sondern auch die Tatsache, dass die Gemeinde durch Geburten, Zuzüge und nicht zuletzt die frischen Eingemeindungen der Dörfer Niedertraubling, Piesenkofen, Oberhinkofen, Gebelkofen und Scharmassing erheblich gewachsen war.

Die Festlichkeiten begannen am Fronleichnamstag 1973 mit dem auch von Barbara erinnerten Aufsteigen der 400 Friedenstauben vom Sportplatz, der damals noch in der heutigen Olympiastraße lag. Danach folgte ein Nachmittag für die älteren Bürger der Gemeinde, mit einer Trachtenkapelle, Chorliedern und einem kleinen Schauspiel der Obertraublinger

Schüler:innen, die die Geschichte von Obertraubling von seinen Anfängen bis in die Gegenwart auf die Bühne brachten. Ganz besonders war auch die Aufführung des extra vom zweiten Bürgermeister Lothar Mandl für diesen Zweck komponierten Heimatliedes.

Dann begann in der Schulturnhalle der Festakt mit 250 Ehrengästen, Reden hielten unter anderem der Bürgermeister Hermann Zierer und der Gemeinderat Josef Wieland. Der Bürgermeister erinnerte alle Gäste an das Zwölfuhrläuten vom vorangegangenen Sonntag. Obertraubling hatte sich nämlich um die Übertragung des Glockengeläuts beim Bayerischen Rundfunk beworben. In der entsprechenden Sendung, die es bis heute gibt, erklang am 17. Juni 1973 das ausgefüllte Salve-Regina-Motiv und wurde in ganz Bayern übertragen.

Im Rahmen des Festaktes erhielt Heinrich Doerfler, der Gutshofpächter und Saatgutzüchter aus Niedertraubling, der anlässlich des Festes die erste Ortschronik geschrieben hatte, das Ehrenbürgerrecht. Es wurde im neu geschaffenen Goldenen Buch der Gemeinde als erster Eintrag aufgenommen. Heute würde man seine Verdienste gegen das problematische Verhalten in den Jahren 1933 bis 1945 wahrscheinlich anders abwägen. Nachdem auch einige Politiker aus nah und fern gesprochen hatten, konnten sich die geladenen Gäste eine Fotoausstellung mit alten und neuen Bildern aus der Gemeinde sowie Ausgrabungsfunde ansehen.

Gleichzeitig fand in der Sporthalle Jahnstraße der Heimatabend statt, zu dem alle Gemeindebürger:innen eingeladen waren. Nach einer Verschnaufpause ging es dann am Samstag mit dem Kindernachmittag, einem Standkonzert bei der Gemeindeverwaltung und der Enthüllung eines Gedenksteins mit einer Bronzeaufschrift zur Erinnerung an die Ortsgründung weiter. Auch an diesem Tag gab es ein abendliches Fest mit vielerlei Prominenz.

An den Sonntag konnte sich Barbara Mullen jedoch am intensivsten erinnern – mit dem Schwerpunkt auf dem für Kinder sicher aufregendsten Teil: dem Festumzug. Der Tag begann allerdings in der Pfarrkirche mit einem Festgottesdienst. Dort, in Anwesenheit des Bischofs, wurde in der Festpredigt die Bedeutung des Jubiläums gewürdigt. Anschließend gab es einen Stehempfang in der Schulturnhalle, bevor am Nachmittag der von Barbara lebendig beschriebene Festumzug ganz Obertraubling auf die Beine brachte. Der Umzug war von Johann Bücherl arrangiert worden und wurde durch das Engagement von Gemeinde, Vereinen und Einzelpersonen gleichermaßen getragen. Voraus ging ein Fanfarenzug aus Furth am Wald, dann folgten drei berittene Herolde, die von der langen Geschichte der Gemeinde kündeten. Anschließend folgten Schulkinder im Festspielzug der Schule. Sie waren in Kostüme aus unterschiedlichen Epochen gekleidet. Die Lehrerin Therese Billich hatte zum Anlass extra ein Obertraublinger Heimatlied gedichtet mit dem Refrain „Wer Obertraubling kennt, sich nie mehr von ihm trennt. Und muss er dennoch einmal fort, kehrt er zurück zum Heimatort." Nun folgten Gemeinderäte und Festgäste, bevor endlich das kam, worauf die Kinder besonders gewartet hatten: Die Festwägen. Ausgestellt wurden die alte Feuerspritze der Freiwilligen Feuerwehr Niedertraubling, ein Modell der Pfarrkirche im Wandel und eines des Wasserschlosses Niedertraubling. Es gab eine Postkutsche und einen Wagen mit Motiven aus dem Bauernleben sowie einen mit einem Blumenmeer. Natürlich durfte auch der Dampfpflug nicht fehlen und die BayWa zeigte alte landwirtschaftliche Geräte. Den Abschluss bildete der Musikzug aus Tirschenreuth. Dazwischen liefen Menschen aus allen Vereinen und vielen Firmen im Zug mit. Das abendliche Beisammensein, an das sich Barbara erinnert, war ein Sommernachtstanz mit Sonnenwendfeier, der das Festwochenende beschloss.

Das für 2023 geplante Fest wird an solche Traditionen anschließen, aber auch ganz anders sein. Was ein gutes Fest ausmacht und wie eine Gemeinde sich als Gemeinschaft verstehen kann, das verändert sich. Was bleibt, ist der Wunsch, aus dem Alltag herauszutreten und sich als Gemeinschaft selbst zu vergewissern. Einerseits wird also beispielsweise 2023 im ganzen Jahr eine Vielzahl von Veranstaltungen geboten – angefangen von Kirchen- und Ortsführungen über Seifenkistenrennen bis hin zu Theateraufführungen. Andererseits wird es erneut eine Festwoche geben mit Festakt, Festzug und Festgottesdienst.

AUSFLUGSTIPP

Die einzelnen Gemeindeteile Obertraublings bieten im Jahresverlauf stets eine große Zahl von Veranstaltungen und Festen, die im Veranstaltungskalender der Gemeinde gefunden werden können. Da ist sicher für jede*n ein passendes Ausflugsziel dabei.

Literatur

Ich danke Barbara Mullen, dass sie ihre Erinnerungen mit mir geteilt hat.

Billich, Therese: Obertraublinger Heimatlied. In: Fendl, Josef (Hrsg.): Beiträge zur Geschichte des Landkreises Regensburg 12. Regensburg, 1979.

Daxl, Petra: Die 1100-Jahr-Feier. In: Fendl, Josef (Hrsg.): Obertraubling. Beiträge zur Geschichte einer Stadtrandgemeinde. Regensburg, 1982. S. 340–343.

Gemeinde Obertraubling (Hrsg.): Jubiläumsjahr 2023. Online: https://www.obertraubling.de/jubilaeumsjahr-2023/ (31.01.2023)

Matok, Karl: Altes Dorfleben wird wieder lebendig. In: Mittelbayerische Zeitung vom 21. November 2013. Online: https://www.mittelbayerische.de/region/regensburg-land-nachrichten/altes-dorfleben-wird-wieder-lebendig-21364-art986532.html (31.01.2023)

O.V.: Film zur 1100-Jahrfeier von Obertraubling. Obertraubling, 1973. Online: https://www.youtube.com/watch?v=Cn2Feu3IYNk (31.01.2023) (Teilweise abgefilmt während eines Vortrags von ObertraublingNews)

Zum Weiterlesen für Kinder

Erne, Andrea: Wieso? Weshalb? Warum?, Band 72: Wir entdecken Feste und Bräuche. Ravensburg, 2019.

Grace, Claire / Corr, Christopher: Wir feiern! Ein Jahr, viele bunte Feste. 100 witzige und wichtige Feste aus der ganzen Welt. Leipzig, 2021.

CARITAS,
DIE EHRWÜRDIGE SCHWESTER,
UND DER KINDERGARTEN
(1973)

Zwischen 1935 und 2020 waren die Franziskanerinnen von der Hl. Familie zu Mallersdorf aus dem Ortsbild von Obertraubling nicht wegzudenken. Zentral gegenüber der Kirche lag das Bruder-Konrad-Haus, das im Laufe der Zeit als Altenheim, Nähschule, Kindergarten, Musikschule und nicht zuletzt als Lebensort der Schwestern genutzt wurde. 1973 wurde Maria Caritas Zimmermann eine von ihnen.

*

Das war jetzt doch überraschend schnell gegangen. Schwester Caritas goss sich einen Tee ein. Sie schüttelte leicht den Kopf: Der erste Tag in Obertraubling war vorüber und noch nie war es ihr passiert, dass sie sich gleich irgendwo so wohl und zu Hause gefühlt hatte wie hier.

Ihr Blick fiel auf den Kalender an der Wand: Es war der 3. Mai 1973. Würde dies der Beginn einer langen Zeit in Obertraubling sein? Sie hatte ja schon einige Stationen auf ihrem ordensschwesterlichen Weg erlebt, aber hier – das wusste sie – würde sie gern bleiben. Als sie angekommen war, hatten die Mitschwestern schon an der Tür gestanden, allen voran Oberin Cyrilla. Aber auch Schwester Gratiosa, die für die Küche zuständig war, und Schwester Gaudiosa, die als Krankenschwester durch den Ort fuhr, hatten sie erwartet. An den Namen der Letzten erinnerte sie sich nicht mehr, aber das würde kommen. So wie sie sich auch die Namen der Kinder rasch merken und die Eltern kennenlernen würde.

Schwester Caritas war direkt von München her angereist, obwohl ihr Mutterkloster in Mallersdorf stand. Dort war sie zwar erst vor wenigen Wochen für einige Exerzitientage gewesen, doch dann war sie nach München, zu ihrem alten Kindergarten, zurückgekehrt. Nicht ohne die Generaloberin in Mallersdorf wissen zu lassen, dass ihr die Zusammenarbeit mit einer der Schwestern in München ziemlich schwerfiel. Die Generaloberin hatte schon angedeutet, dass sie ihre Not sah und schauen würde, was sich machen ließ.

Wie immer hatte sich also alles gefügt und wieder einmal dachte Schwester Caritas, wie gut es doch gewesen war, ihren Weg ins Kloster zu gehen. Anfangs war es ihr nur um das Lernen gegangen. Es hatte nur wenige Schulen gegeben und in Mallersdorf war es möglich gewesen, die Realschule zu besuchen. Als sie überlegt hatte, was sie werden könnte, war ihr gleich der Beruf der Kindergärtnerin eingefallen. Als achtes von zehn Kindern wusste sie, was solch eine große Kinderschar bedeutet, und sehnte sich auch in ihrem Berufsleben nach der Lebendigkeit der Heranwachsenden.

Also hatte sie nach der Schule ein Praktikum gemacht, dann das Seminar besucht, dann wieder Praktikum. Der Weg der Ordensschwester war der Richtige, das spürte Caritas genau. Und auch das Armutsgelübde als Franziskanerin fiel ihr nicht schwer. Beim Umzug hatte sie es gemerkt: Leicht war er gewesen – unbeschwert von Dingen, Urteilen und Sorgen war sie bereit, mit 40 Jahren noch einmal neu zu beginnen in diesem oberpfälzischen Dorf nicht weit von Regensburg.

Leise sagte sie noch einmal den Leitspruch der Schwestern vor sich hin: Caritas Christi urget nos. Fürwahr, die Liebe Christi drängte sie zu dem, was sie tat: Kindergärtnerin war sie aus vollem Herzen, aber auch der Musik zugetan und bereit, diese Liebe zu den Tönen mit den Kindern zu teilen, die sie vielleicht irgendwann einmal mit den Instrumenten unterrichten würde.

Schon als sie heute zum ersten Mal den großen Spielsaal betreten hatte, war ihr alles ganz vertraut vorgekommen. Sicher, sie wusste, wie man als Kindergärtnerin auftrat. Und doch war es ganz anders als in München gewesen: So viel Licht und Luft. Mit den Kindern hatte sie gespielt und gesungen, dann waren sie einfach hinausgegangen in den großen Garten. In München war das immer ein Abenteuer und manches Mal wohl auch gefährlich gewesen, so mitten in der Großstadt. Hier fühlte sie sich wie im Paradies.

Und auch die ihr zugeteilte Kinderpflegerin Johanna mochte sie auf Anhieb. Die war zwar sehr ruhig und zurückhaltend, aber das musste kein Nachteil sein. Geschmunzelt hatte sie nur, als sie ein kleiner Bub bei der Verabschiedung am Habit gezupft und gemeint hatte: „Stimmt's, Schwester

Caritas, du bist stärker als die Johanna." Er meinte wohl strenger und ja, das stimmte wohl. Aber sie vermutete wohl zu Recht, dass das weder den Kindern schaden noch den Eltern missfallen würde. Sie war zwar streng, aber auch gütig und voller Liebe zu den ihr anvertrauten Kleinsten.

*

Keine andere der Mallersdorfer Schwestern in der Niederlassung Obertraubling prägte die Entwicklung des katholischen Kindergartens so nachhaltig wie Schwester Caritas. Sie kam 1973 nach Obertraubling.

Der Kindergarten an sich war schon am 25. Januar 1935 gegründet worden. Das war möglich, weil Pfarrer Obendorfer ein neues Pfarrhaus bauen ließ und daher das alte – das heutige Bruder-Konrad-Haus – für neue Zwecke zur Verfügung stand. Das Mutterhaus der Mallersdorfer Schwestern übernahm die Trägerschaft und schickte zuerst Schwester Gundislava, die 35 Jahre lang die Kinder betreute. Sie verließ Obertraubling 1970 aus gesundheitlichen Gründen. Die ihr nachfolgende Schwester wurde jedoch schon nach wenigen Jahren krank und so kam Schwester Caritas in die Gemeinde.

Bis dahin war der Kindergarten trotz aller Liebe und Fürsorge der Schwestern oft eher Bewahranstalt als Bildungsinstitution gewesen. Es gab nur wenig Spielmaterial und 45 Kinder waren mit lediglich zwei Betreuungspersonen zusammen. Der Kindergarten war ein Ganztageskindergarten, nur zum Mittagessen gingen die meisten Kinder nach Hause.

Damit folgte der erste Kindergarten dem Vorbild der im 19. Jahrhundert entstandenen Kinderbetreuungseinrichtungen. Wenn man vielleicht das Gefühl hat, dass doch 1935 wohl kaum Bedarf an einem Kindergarten bestanden haben könnte, dann täuscht man sich. Selbst im dörflichen Bereich, wo tatsächlich viele Menschen und Mütter noch im Haus oder wohnortnah beispielsweise in der Landwirtschaft arbeiteten, existierte bei vielen der Wunsch nach einer „richtigen" Kinderbetreuung.

Im Genehmigungsantrag heißt es: „Bereits seit 14 Monaten besuchen täglich 40–50 Kinder im Alter von 2–6 Lebensjahren den Kinderhort zur größten Freude der Schule, die schon vorgebildete Schüler zu lehren bekommt – zur größten Beruhigung vieler Eltern, die in der arbeitsreichen Zeit ihre Kinder in sicherer Hut wissen fern von der lebensgefährlich frequentierten Autostraße Regensburg – Landshut." Der Kindergarten ermöglichte das.

Dass es „Garten" hieß, kam nicht von ungefähr. Friedrich Fröbel, ein Schüler des großen Pädagogen Johann Heinrich Pestalozzi, hatte schon etwa 100 Jahre vor dem ersten Kindergartenbau in Obertraubling von einer institutionalisierten Form des Spielkreises geträumt. Mit dem Begriff des Gartens wollte er zeigen, dass die Kinder hier Freiraum zum Wachsen und Erblühen haben sollten. Mit dieser Idee des Raumes – wenn er auch im Obertraublinger Genehmigungsverfahren „Kinderbewahranstalt", „Kinderhort" oder „Kinderheim" hieß, der/die den Kindern gehören sollte – entstand auch die Einrichtung in Obertraubling.

Als Schwester Caritas kam, bestand der Kindergarten im Bruder-Konrad-Haus aus einem großen Saal, es gab Toiletten und auch eine Heizung. Doch das war für die 1975 prüfende Aufsicht nicht ausreichend. Bei einer Belegung mit 150 Kindern musste dringend erweitert und modernisiert werden. In nur einem Jahr entstand daraufhin ein Kindergartenneubau an der Piesenkofener Straße. Dorthin zog Schwester Caritas mit den zunächst zwei Vormittags- und zwei Nachmittagsgruppen am 14. Januar 1976.

Das entsprach dem Bedarf der rasch wachsenden Großgemeinde. Insbesondere durch die Entstehung der Mühlbergsiedlung und auch weiterer Siedlungsvorhaben wuchs die Einwohnerzahl rasch auf 4.200 Personen – und viele davon waren Kinder. Da diese Entwicklung anhielt, wurde auch der neue Kindergarten rasch zu klein und einige Zeit waren sogar Kinder in der Schule untergebracht. Daher wurde zwischen 1985 und 1987 nochmals erweitert, bis der neue Kindergarten – nun mit dem Namen „Sankt Konrad" eingeweiht werden konnte. Noch immer stand der Kindergarten unter der Leitung von Schwester Caritas, die erst mit Erreichen der Altersgrenze an eine jüngere Leiterin übergab. Doch auch dann prägte sie das Leben der Kinder in der Gemeinde. Viele von ihnen besuchten den Flötenunterricht, den sie bis 2019 fortführte – also bis ins 87. Lebensjahr.

Das pädagogische Geschick hörte schließlich mit dem Ruhestand nicht auf und Abraham Ring ist es in seinem Buch über die Obertraublinger Niederlassung der Mallersdorfer Schwestern gelungen, in Bildern, durch Zeitzeugenaussagen und in seiner Beschreibung das Besondere des Wirkens von Schwester Caritas einzufangen. Fast meint man beim Lesen, die Flötenklänge noch zu hören. Sie waren auch deshalb möglich geworden, weil die Eltern der Kindergartenkinder und Flötenschüler*innen eine Unterschriftenaktion starteten und das persönliche Gespräch mit der Generaloberin in Mallersdorf suchten, damit Schwester Caritas vor Ort bleiben durfte.

So ging es also noch viele Jahre weiter mit der musikalischen Früherziehung im Zentrum Obertraublings. Aber neben dem Musikunterricht, den Auftritten und Konzerten ging es noch um viel mehr: Schwester Caritas lebte lebendige Gemeinschaft.

AUSFLUGSTIPP

Das Kloster Mallersdorf ist unbedingt einen Besuch wert. Von einem kurzen Abstecher bis hin zu mehreren Tagen in der Gemeinschaft ist vieles möglich, um sich der Lebensweise der Schwestern zuzuwenden. Die Gruft von Pfarrer Andreas Obendorfer befindet sich in der Obertraublinger Kirche vorn links beim Hochaltar.

Literatur

Das Interview mit Schwester Caritas, in dem sie von ihrem ersten Tag in Obertraubling so ausführlich erzählte, wurde von Fabian Kutz in Vorbereitung der Ausstellung zur Migration in Obertraubling „Vom Weggehen und Ankommen" 2013 geführt. Auch in den Interviews mit Antonie Helget, Barbara Mullen und Schwester Caritas, die ich in den letzten Jahren in anderen Zusammenhängen geführt habe, wurden der Kindergarten und das Wirken der Mallersdorfer Schwester angesprochen.

Doerfler, Heinrich / Strupf, Georg: Das Bruder-Konrad-Haus. In: Fendl, Josef: S. 172–174.

Konrad, Franz-Michael: Der Kindergarten: seine Geschichte von den Anfängen bis zur Gegenwart. Freiburg, 2012.

Matok, Karl: Schwester Caritas wird 85 Jahre alt. In: Mittelbayerische Zeitung vom 12. Oktober 2017. Online: https://www.mittelbayerische.de/region/regensburg-land/gemeinden/obertraubling/schwester-caritas-wird-85-jahre-alt-21397-art1571928.html (02.01.2023)

Ring, Abraham: Die Niederlassung Obertraubling der Mallersdorfer Schwestern. Petersberg, 2020.

Zum Weiterlesen für Kinder

Auf der Seite https://www.katholisch.de gibt es die Rubrik „Für Kinder erklärt", wo beispielsweise auch das klösterliche Leben vorgestellt wird.

Kloster Ebstorf (Hrsg.): Hilda. Vom Leben einer Nonne im Mittelalter. Ebstorf, 2018.

PIUS, DER HEIMATPFLEGER, UND DAS ORTSGEDÄCHTNIS (1985)

Geschichte braucht Geschichtsschreiber*innen. Das mögen manchmal die großen Historiker*innen sein, doch gerade im ländlichen Bereich sind es oft Menschen mit Liebe zur Heimat und zur Vergangenheit, die die kleinen großen Geschichten schreiben und dafür sorgen, dass die Historie des Dorfes nicht in Vergessenheit gerät. Pius Detterbeck, der für seine Arbeit 2008 auch mit der Ehrennadel des Landkreises ausgezeichnet wurde, ist einer davon.

*

Pius schüttelte verwundert den Kopf. Wer hätte früher denken können, dass er einmal der Heimatpfleger von Obertraubling werden würde. Er war ja gar nicht hier geboren, sondern in Fußenberg. Erst nach dem Krieg war er mit seiner Familie hierhergekommen. Aber er hatte eine Liebe zur Region und zum Schreiben mitgebracht und bald schon erste Bücher veröffentlicht, die sich mit der Heimat beschäftigten. Er schrieb über Mundart und Bräuche, über das Dorfleben und alte Handwerksberufe. All das war in der Gemeinde auf Interesse gestoßen und Pius begann mit Heimatabenden in allen Ortsteilen.

Einmal war er in Gebelkofen im Pfarrheim gewesen und als er schloss, kam Lieselotte auf ihn zu. Sie beglückwünschte ihn zu seiner Präsentation und zeigte etwas weiter in den Raum hinein. Dort stand der damalige Bürgermeister Leo Graß und unterhielt sich. Einige Minuten später kam der auf ihn zu und meinte: „Wir brauchen einen Heimatpfleger. Was meinst'?" Pius erbat sich Bedenkzeit, doch eigentlich wusste er gleich: Das reizte ihn. Er sagte zu.

Dann legte er los: Er richtete das Heimatmuseum in Oberhinkofen ein. Und belegte Fortbildungen – Seminare für ehrenamtliche Museumsleiter*innen: Lagerung von Museumsobjekten, Trachtenfotografie, Bekleidungsgeschichte und weitere. Das alles hatte ihn bestens ausgerüstet, um den vielen Dingen, die sich im Laufe der Jahre aus Obertraublings Geschichte angesammelt hatten, auf dem Grundstück des ehemaligen Oberhinkofener Bürgermeisters Georg Gattinger eine Bleibe zu geben.

Neben der Museumsarbeit aber liebte er vor allem eines: die Dokumentation der Großgemeinde im Bild. Legendär waren mittlerweile seine Tafeln zur Geschichte. Jedes Jahr wurden sie zum Neujahrsempfang der Gemeinde in der Mehrzweckhalle ausgestellt. Und jedes Jahr waren es einige mehr, denn Pius war überall dabei. Er fotografierte Umzüge, Feste und Auftritte. Aber er hielt auch den Wandel der Jahreszeiten oder die Veränderungen im Ortsbild fest.

Auf seine Kamera war Pius besonders stolz. Der Apparat war ein wirkliches Schmuckstück und er hatte ihn im Sonderangebot erworben. Sogar Wackler glich er aus. Bei Foto Albrecht in Königswiesen wurde er Stammkunde. Dort ließ er nicht nur seine eigenen Fotos entwickeln, sondern legte auch Originale von den 33 Bauernhöfen der Gemeinde vor. Sie waren unschätzbare Bildzeugen der Vergangenheit, die man schon jetzt in Obertraubling kaum noch erkannte. Dann wandte er sich der Kirche zu, anschließend der Mühle. Ein bisschen ließ er sich auch treiben. Er fragte sich: Was interessierte ihn, was andere?

Wenn es um Ereignisse ging, dann war er stets bestens informiert. Er hatte einen guten Draht ins Rathaus, egal wer gerade Bürgermeister war. So erfuhr er rechtzeitig von allen Veranstaltungen und Vorkommnissen. In solchen Fällen schnappte er sich die Kamera und hielt alles aus vielen Perspektiven fest.

Doch Fotos allein hätten es nicht getan. Entscheidend waren die Gespräche mit den Menschen, die in der Gemeinde wohnten. Er war ein guter Zuhörer. Zwar konnte er sich Namen nicht so gut merken, aber das ließ sich ja schriftlich festhalten. Und davon machte er reichlich Gebrauch. Er schrieb aber nicht nur auf, was in Quellen verbürgt war. Ein offenes Ohr hatte er auch für all die Dinge zwischen Himmel und Erde. Bei ihm konnten die Menschen auch sagenhafte Anekdoten erzählen. Wie die vom warnenden Kindergeist am alten Brunnen der Gemeinde.

Hätte er in der Stadt gearbeitet, dann wäre er wohl ein rasender Reporter gewesen. Rasen musste man in und um Obertraubling nur selten, doch aufmerksam sein und Menschen kennen.

*

Pius Detterbeck ist in der Gemeinde Obertraubling seit vielen Jahrzehnten als (mittlerweile ehemaliger) Ortsheimatpfleger bekannt. Geboren wurde er allerdings nicht hier, sondern 1938 in Fußenberg in der Gemeinde Wenzenbach. 1945 zog er mit seinen Eltern Pius und Karoline nach Obertraubling.

Als ältestes von zwölf Kindern hatte Pius eine ganz besondere Verantwortung. Nach der Volksschule begann er also eine dreijährige Landwirtschaftslehre im Gutsbetrieb von Josef Wieland. Anschließend absolvierte er ein vierjähriges Praktikum. Neben der Arbeit erlernte Pius das Klarinette- und Saxofonspielen und es gelang ihm, bei der Bundeswehr erst im Heeresmusikkorps und später auch als Fahrlehrer beim Militär unterzukommen. Parallel dazu interessierte sich Pius schon immer für die Heimatgeschichte. Dass er aber 1984 Ortsheimatpfleger wurde, hatte er der Initiative und Anfrage des Bürgermeisters zu verdanken.

Wenn er auch vorher schon für die lokale Geschichte gebrannt und sie anderen in zahlreichen Vorträgen vermittelt hatte, konnte er nun richtig aufblühen. Seine Aufgabenschwerpunkte lagen in der Ortsgeschichte, der Volkskunde, dem Schrifttum und der Sprachpflege. Das 1991 von ihm eingerichtete Bauernmuseum auf dem Grundstück von Georg und Therese Gattinger stellt bis heute Werkzeuge und Geräte, Schriftstücke und Gegenstände des täglichen Lebens auf dem Dorf aus. Zwischen 1984 und 1990 hat Pius Detterbeck darüber hinaus alle Feldkreuze im Gebiet der Großgemeinde saniert und archivalisch erfassen lassen.

Die Zahl der Fotos, die er im Rahmen seines Ehrenamts gefertigt hat, ist schier unvorstellbar. Etwa 33.000 hat Pius bisher gemacht. 3.000 davon sind abfotografierte ältere Aufnahmen, oft die einzigen bildlichen Zeugnisse der alten Bauernhöfe, die Obertraublings Bild jahrhundertelang geprägt haben.

In Bayern gibt es ein besonderes Interesse an der Pflege des lokalen kulturellen Erbes. Deswegen sind im Freistaat alle Gemeinden aufgefordert, sowohl Heimat- als auch Archivpfleger zu beschäftigen. Sie arbeiten oft ehrenamtlich, werden aber offiziell bestellt. In der Ausgestaltung ihrer

Aufgabe sind sie in der Realität oft sehr frei, offiziell aber liegt ihr Schwerpunkt in der Denkmalpflege: Dort heißt es, dass sie „die Denkmalschutzbehörden und das Landesamt für Denkmalpflege in den Fragen der Denkmalpflege und des Denkmalschutzes" beraten und unterstützen.

Als Heimatpfleger war Pius Detterbeck aber keinen Weisungen zur konkreten Arbeit unterworfen, sondern „ausschließlich der sachgerechten Erfüllung des heimatpflegerischen Auftrags verpflichtet" und er konnte und sollte „im Rahmen der einschlägigen Verfahren die heimatpflegerischen Belange vorbringen".

Diese offizielle Aufgabenbeschreibung geht aber in ihrem Juristendeutsch nur unzureichend darauf ein, was die Arbeit eines Menschen wie Pius Detterbeck ausmacht: Er ist das Gedächtnis von Obertraubling. Zum Glück aber eines, das sich weitergeben lässt. Pius' Nachfolger*innen Birgit Ettl und Wolfgang Viehbacher finden also nach 40 Jahren Heimatpflege ein gut bestelltes Feld vor. Nun sind sie aufgerufen, Altes zu hegen und Neues zu säen.

AUSFLUGSTIPP

Das Heimat- und Bauernmuseum Oberhinkofen lädt einmal monatlich sonntagsnachmittags zur Besichtigung ein, auch am Tag des offenen Denkmals ist es geöffnet. Die Heimatpflege kann aber jede*r Gemeindebürger*in unterstützen – mit alten Fotos, Schriftstücken und Berichten aus der Vergangenheit. Und natürlich mit aktuellen Aufnahmen zum Thema Heimat und Brauchtum, wie sie in den Vereinen oder bei Festen entstehen. Vielleicht wird ja der nächste Sonntagsspaziergang eine Erkundung in Sachen Heimat. Der Schönwerther Märchenweg bei Sinzing lässt Kinder und Erwachsene gleichermaßen in die Welt der Oberpfälzer Sagen und Märchen eintauchen.

Literatur

Herzlichen Dank an Pius Detterbeck. Für sein Mentorat in Sachen Ortsgeschichte seit 15 Jahren und für unser jüngstes Gespräch zum Unruhestand eines Ortsheimatpflegers.

Bayerisches Ministerium für Bildung und Kultus (Hrsg.): Richtlinie über die Heimatpflege in den Landkreisen, kreisfreien Städten und Großen Kreisstädten (Heimatpflegerichtlinie – HeiPflR) vom 3. Dezember 2020. Online: https://www.gesetze-bayern.de/Content/Document/BayVV_2244_F_11644/true (31.01.2023)

Matok, Karl: Ehrenbürger Pius Detterbeck feiert 85. Geburtstag. In: Mittelbayerische Zeitung vom 13. Januar 2023. Online: https://www.mittelbayerische.de/region/regensburg-land-nachrichten/ehrenbuerger-pius-detterbeck-feiert-85-geburtstag-21364-art2185173.html (31.01.2023)

O.V.: Für diese Menschen ist Engagement eine Selbstverständlichkeit. In: Mittelbayerische Zeitung vom 15. Januar 2015. S. 41.

Zum Weiterlesen für Kinder

Vogel, Sibylle: Sagen aus Altbayern. Köln, 2018.

Krakow, Anke / Reiners, Tanja: Rosa, die rasende Reporterin. Burgwedel, 2018.

REINHARD,
DER ENTWICKLUNGSHELFER,
IM WILDEN OSTEN
(1991)

Am 9. November 1989 wurde ganz große Geschichte geschrieben. Durch den vielleicht schönsten Versprecher der Weltgeschichte öffneten sich in jener Nacht die Grenzen zwischen der DDR und der Bundesrepublik. Das Ereignis läutete die deutsche Wiedervereinigung ein. Ihre Auswirkungen waren bis in den letzten Winkel des ganzen Landes zu spüren, auch in Obertraubling. Auch vor der Verwaltung der Gemeinde machte sie nicht Halt – und ganz besonders nicht vor Reinhard, dem Verwaltungsleiter.

*

Reinhard Kilian war Verwaltungsbeamter mit Leib und Seele. Er hatte das Geschäft von der Pike auf gelernt. In seinem Chef, dem Bürgermeister Graß, hatte er einen Partner gefunden, mit dem er zwar auch seine Auseinandersetzungen hatte, den er aber schätzte und der ihm in seiner zupackenden Art gefiel.

An den Abend des 9. November erinnerte er sich noch gut, als er jetzt zusammen mit dem Gemeindekämmerer Alfons Lang Richtung Boxdorf bei Dresden fuhr. Sie hatten Gemeinderatssitzung gehabt. Schon kurz vor Sitzungsbeginn hatte man gemunkelt, in Ost-Berlin sei Bahnbrechendes passiert – von einer Reiseregelung war die Rede. Immer mehr hatten sich die Gerüchte verdichtet, dass die Grenzen offen seien.

Nach Sitzungsschluss eilten sie alle rasch nach Hause. Reinhard hatte sich auf dem Heimweg kurz an seinen letzten Besuch in der DDR 1972 als Schüler erinnert – eine eher bittere Angelegenheit, wenn es auch interessant gewesen war. Aber nach mehr als einer unschönen Begegnung mit der

Volkspolizei und den Grenzorganen hatte er nicht wieder erwogen, diesen Teil Deutschlands zu betreten.

Aber nun war es anders gekommen: Die DDR hatte sich vor wenigen Monaten aufgelöst. Die fünf neuen Länder, die es seit etwa einem halben Jahr gab, versuchten den Übergang zur Marktwirtschaft und in einen demokratischen Staat zu bewältigen. Was das bedeutete, war überall zu spüren – und es landete auf dem Amtstisch von Reinhard Kilian.

Bei ihm hatte nämlich eines Tages Willibald Löffler von der Gabelstapler-Firma Hetzenecker & Löffler vor der Tür gestanden und verkündet, er wolle sich Richtung Osten erweitern. Konkret hatte er eine Ansiedlung in einem Gewerbegebiet nördlich von Dresden ins Auge gefasst. Dort ginge es allerdings drunter und drüber. Die Gemeinde hätte einen sehr engagierten Bürgermeister und eine große Verwaltung, aber eigentlich wüsste niemand so recht, wie man mit all den neuen Regelungen und Verfahrensvorschriften umgehen sollte. Nun wolle er darum bitten, dort doch behilflich zu sein.

Da das bayerische Innenministerium bereits mit einem ähnlichen Anliegen auf die Gemeinden zugekommen war und um zeitlich befristete Abordnungen beispielsweise nach Sachsen geworben hatte, fand Reinhard, das sei doch eine gute Möglichkeit, hier unterstützend tätig zu werden.

So war es gekommen, dass Alfons Lang und er sich an diesem Freitag schon um drei Uhr morgens auf den Weg gemacht hatten, um beim Boxdorfer Bürgermeister Dr. Paul Storm vorstellig zu werden. Der Gemeinderat Gottfried Gruber lenkte das Fahrzeug und teilte ihnen stoisch mit: Entweder er halte sich an die Geschwindigkeitsbegrenzung von 80 km/h oder er fahre mindestens 120, damit die Achse in den vielen Schlaglöchern nicht breche.

Als sie im Boxdorfer Rathaus ankamen, saßen gerade alle Mitglieder der Gemeindeverwaltung beim Frühstück in einem großen Saal zusammen. Reinhard und Alfons staunten nicht schlecht. Aus jeder Ecke der Gemeinde waren die Mitarbeiter*innen zusammengekommen – für 30 Minuten Brotzeit und vielleicht 30 Minuten Fahrtweg. Das kostete.

Sie machten sich an die Arbeit. Herr Löffler hatte ja wegen des Gewerbegebiets bei ihnen angefragt. Also schauten sie mit dem dortigen Bürgermeister erst einmal dieses Thema an. Dr. Storm zeigte ihnen den Bebauungsplan und fragte die Obertraublinger nach ihrer Meinung.

Da hatten schon einige ihre Handschrift hinterlassen – private Unternehmer aus dem Westen vor allem, die ihre große Chance witterten. So war ein zwar schöner Bebauungsplan, allerdings mit allerlei Fallstricken für die Gemeinde entstanden. Als Erstes fiel Reinhard der Gehweg ins Auge. Sechs Meter Grünstreifen an jeder Seite? Welche Gemeinde könnte solche Unterhaltungskosten stemmen.

Also empfahl er: zwei Meter Grünstreifen und eine Auflage an die Gewerbetreibenden, ihre Grundstücke am Rand einzugrünen. Straßen mit zwölf Meter Breite? Wer sollte diese Baukosten aufbringen? Für zwei Schwerlaster reichten acht Meter vollkommen aus. Als Nächstes lag in der Akte ein Angebot einer Firma für eine Straßenkehrmaschine. Aber wo in Boxdorf gab es entsprechende Straßen? Sie waren nur über Kopfsteinpflaster gefahren. Gemeinsam arbeiteten sie sich durch die zahlreichen Unterlagen.

Alfons Lang setzte sich derweil mit dem Kämmerer zusammen. Er fragte ihn nach den Gewerbesteuereinnahmen. Angesichts der vielen Firmen, die sich am logistisch attraktiven Standort – nahe der Autobahn und neben dem Dresdner Flughafen – ansiedelten, musste die Gemeinde doch sehen, dass sie ebenfalls profitierte. Schließlich mussten zahlreiche gemeinschaftliche Aufgaben finanziert werden. Der Kämmerer verwies darauf, dass es noch kein zuständiges Finanzamt gab. Das Landratsamt würde sich um alles kümmern. Beim nächsten Termin würden sie gemeinsam dort hingehen.

Bei einer Tasse Kaffee versuchten Reinhard und Alfons dem Bürgermeister vor allem eines klarzumachen: Er war nicht, wie es die Bürgermeister in der DDR gewesen waren, Befehlsempfänger. Nein, er musste ein selbstbewusster Fürsprecher und Repräsentant seiner Gemeinde Boxdorf sein. Als Reinhard das sagte, erwähnte der Bürgermeister einen Fall, der ihm Kopfzerbrechen bereitete: Ein Unternehmer wollte die Gemeinde wegen Gewerbeuntersagung verklagen, weil der Bürgermeister ihn in einem freundlichen Schreiben um die Einhaltung einer Nachtruhe gebeten hatte. Reinhard winkte ab: Diese Klage hätte keine Aussicht auf Erfolg, der Bürgermeister könne nicht nur, sondern müsse geradezu Anwalt seiner Bürger sein.

Am Abend überlegten Reinhard und Alfons, was sie tun sollten: Ein Ausflug ins nahegelegene Dresden? Dafür war es schon zu spät, schließlich kannten sie sich auch nicht aus. Sie beschlossen, in Boxdorf zu bleiben und das nahegelegene Gasthaus auszuprobieren. Schon bald kamen sie über einem Radeberger Pilsner mit den gastfreundlichen Stammtischlern ins Gespräch. Es zeigte sich: Der Erwartungsdruck der Menschen war hoch. Kein Wunder: Den Westen vor Augen war es schwer, auf die blühenden Landschaften zu warten.

*

Was in der Historie als Schlüsseldatum der deutschen Geschichte gilt, erzeugte in vielen – gerade kleineren Orten – der Bundesrepublik zwar einen Widerhall, hatte aber zunächst nur geringe unmittelbare Auswirkungen. In Obertraubling kamen zwar vereinzelt DDR-Bürger*innen an, die ihr Begrüßungsgeld abholen wollten, und auch einige neue Bürger*innen gab es bald. Aber die fünf neuen Länder waren ansonsten für viele weit weg. Insbesondere wer keine Familie im Osten hatte, spürte womöglich nur wenige Berührungspunkte.

Für manche Firmen konnte die Wiedervereinigung auch wirtschaftliche Chancen bieten. So auch für Hetzenecker & Löffler, die ein attraktives Angebot an Gabelstaplern hatten, die in der Boom-Phase der Wiedervereinigung stark nachgefragt waren. Die Bitte von Willibald Löffler um Unterstützung der Gemeinde am zusätzlichen Standort ist der Ausgangspunkt für die Geschichte der Fahrten von Verwaltungsmitgliedern in die Gemeinde Boxdorf. Auch wenn alle Ereignisse und Anekdoten aus der Erinnerung von Reinhard Kilian stammen, sind sie doch nicht an einem einzigen gemeinsamen Arbeitswochenende geschehen. Ich habe sie verdichtet, um klarzumachen, in welcher Weise die Hilfe durch Obertraubling funktionierte.

Auch den Prozess des Lernens von Demokratie und Marktwirtschaft habe ich gebündelt. Schließlich kommt es weniger auf den konkreten Ablauf der Vorgänge an, sondern auf die Vielfalt der Themen: Unterschiede zwischen Diktatur und Demokratie, Plan- und Marktwirtschaft, zentral gesteuertes sozialistisches und bayerisches Kommunalrecht.

Die Erzählung zeigt auch den Mut, das Engagement und den Lerneifer seitens der Gemeindevertreter aus Boxdorf. Die Wiedervereinigung bedeutete nicht nur für den/die Einzelne*n eine ungeheure Anpassungsleistung, sondern auch für das Politik- und Verwaltungsverständnis eines ganzen Landes. Dass die Gemeindeordnung Pflichtaufgaben bestimmt und die Wünsche der Bürger entgegennimmt und dann allein über ihre

Berechtigung entscheiden muss, das hatte mit der Obrigkeitshörigkeit aus sozialistischen Zeiten, in denen alles von ganz oben herunter entschieden wurde, nichts mehr zu tun.

Hilfreich war, dass Sachsen sich im Wiedervereinigungsprozess entschieden hatte, sich an das süddeutsche Kommunalrecht anzulehnen. Diese ursprünglich als süddeutsche Bürgermeisterverfassung benannte Kommunalverfassung bedeutet, dass der Gemeinderat und der direkt gewählte Bürgermeister zusammen die Geschicke der Gemeinde lenken. Dabei hat der Bürgermeister – so auch der erwähnte Paul Storm, eigentlich ein Architekt – eine starke Stellung und muss sie nutzen. Er ist sowohl Leiter der Gemeindeverwaltung als auch Dienstherr der Beamten der Gemeinde. Er kann einen Verwaltungsleiter einsetzen, der die operativen Aufgaben übernimmt. So ist es in Obertraubling und auch in Boxdorf.

Im Zuge der Wiedervereinigung hat es aber nicht nur private Initiativen zum Zusammenwachsen gegeben, sondern auch institutionelle Unterstützungsangebote. Aufgrund eines Aufrufs des bayerischen Innenministeriums lud der bayerische Gemeindetag 1990 die bayerischen Gemeinden nach Schwarzenbruck ein, um Gemeinden zu finden, die in einer sächsischen Kommune Verwaltungshilfe übernehmen. Dafür konnten auch Mitarbeiter*innen der Gemeinden zeitlich befristet für einige Monate nach Sachsen gehen, um dort beim Aufbau der neuen Verwaltung zu helfen.

Wie sehr die Hilfe – übrigens nicht nur aus Obertraubling, sondern auch aus Kirchheim bei München – geschätzt wurde, zeigte sich bei der 750-Jahr-Feier von Boxdorf 1992. Dazu wurden nicht nur Reinhard Kilian und Alfons Lang eingeladen, sondern auch Bürgermeister Leo Graß, der mit einem Grußwort begeisterte.

Im Gegensatz zu vielen anderen ostdeutschen Gemeinden, die sich im Prozess der Wiedervereinigung für oft ganz praktisch veranlagte Gemeindepartnerschaften mit Gemeinden in den alten Bundesländern entschieden, gab es über die beschriebenen Kontakte hinaus nie eine formelle Partnerschaft mit Boxdorf. Doch allen Beteiligten sind diese „wilden" Anfangszeiten in einem gemeinsamen Deutschland in lebendiger Erinnerung.

AUSFLUGSTIPP

Dresden, auch Elbflorenz genannt, ist nicht nur für die, die nahe der „nördlichsten Stadt Italiens" (Regensburg) leben, immer eine Reise wert. Doch wer Spuren der deutschen Wiedervereinigung entdecken will, der muss die Gemeinde nicht verlassen. Wahrscheinlich hat jede*r nähere oder entferntere Nachbarn, deren Wurzeln in der ehemaligen DDR liegen. In Obertraubling zeigt sich – wie überall in Deutschland –, was Zusammenwachsen bedeutet.

Literatur

Reinhard Kilian danke ich für die lebendige Schilderung der persönlichen und beruflichen Verbindungen zur deutschen Wiedervereinigung.

Mages, Emma: Gemeindeverfassung (19./20. Jahrhundert). In: Historisches Lexikon Bayerns. Online: https://www.historisches-lexikon-bayerns.de/Lexikon/Gemeindeverfassung_(19./20._Jahrhundert) (27.01.2023)

Meißner, Siegfried / Storm, Paul / Zinn, Werner: 750 Jahre Boxdorf – 1242–1992: Geschichte(n) und Bilder einer Gemeinde. Boxdorf, 1992.

O.V.: Aufbauhilfe Ost. In: Donaukurier vom 8.10.2010. Online: https://www.donaukurier.de/archiv/aufbauhilfe-ost-5268634 (27.01.2023)

Richter, Michael: Die Bildung des Freistaates Sachsen: friedliche Revolution, Föderalisierung, deutsche Einheit 1989/90. Göttingen, 2004.

Zum Weiterlesen für Kinder

Gehm, Franziska / Klein, Horst: Hübendrüben. Als deine Eltern noch klein und Deutschland noch zwei waren. Leipzig, 2018.

LEO, DER GSTANZL-SÄNGER, UND DAS GROSSE LACHEN (1996)

Die Gabe zum Unterhalten bekommt man in die Wiege gelegt. In Bayern vielleicht auch die zum Witze erzählen und Gstanzl singen. Diese Vierzeiler nehmen frech-fröhlich Menschen und Situationen aufs Korn. Ein Obertraublinger konnte das besonders gut: Leo Graß, von 1981 bis 1996 auch Bürgermeister der Gemeinde. Ob ein gstanzlsingender Bürgermeister eine Zumutung oder ein Segen war, darüber wurden sich Befürworter und Skeptiker nicht einig, doch ein unverwechselbares Original war Leo ganz sicher.

*

Leo freute sich auf seinen Auftritt bei Gerd Rubenbauer. Beim bayerischen Monatsrückblick war er für „Rubis Februar. Die Bayern des Monats bei Gerd Rubenbauer" im Bayerischen Fernsehen als der gstanzlsingende Bürgermeister angekündigt, der er war. Zudem mochte er Rubenbauer wegen seiner Show „Gaudimax". Dort hatten zwischen 1991 und 1994 die Zuschauer*innen aus drei Bewerbern – je einer aus Deutschland, Österreich und der Schweiz – den besten Witzeerzähler gekürt. Das wäre ein Format für Leo gewesen, aber er hatte auf eine Bewerbung verzichtet.

Trotzdem konnte er lustig aus seinem Leben erzählen oder volkstümliche Witze zum Besten geben oder Gstanzl singen und das würde ihm auch in dieser Sendung zugutekommen. Wie oft hatte er schon von seiner Kindheit auf dem Dorf berichtet: „An mei Schulzeit, wenn I heut no dro denk, oh je. Solchane wie der Schorsch oder der Sepp, mit dene hast mehr Blödsinn glernt als wie's Einmaleins. Und trotzdem samma alle aus der Schul kemma, d' Hauptsach' du warst aufm Maul guat."

Film- oder Theaterschauspieler hatte er werden wollen. Aber der Vater hatte ihn sehr bestimmt in die Schranken gewiesen: „Leo, was willst denn du beim Film? Schreiner wirst, wie ich. Aus." Damit war die Sache erledigt gewesen und Leo hatte fortan nur in seiner Freizeit auf den Brettern, die die Welt bedeuten, gestanden und als Alleinunterhalter die Leute begeistert. Mit einem kleinen Köfferchen reiste er stets an – grobe Cordhose, Hemd und Hut darinnen. Dann noch die Blume hinters Ohr und fertig war er für den ganz großen Auftritt. Früher hatte er seinen Sohn Rudi manchmal mitgenommen. Doch der war längst erwachsen – und sang manchmal eigene Gstanzl. Leo war froh, dass er ihm diese Gabe vererbt hatte.

Die Gstanzl dachte Leo sich zu diesen Anlässen – Hochzeiten, Vereinsfeste, Gstanzl-Kämpfen – selbst aus. Manchmal machte er sich schon vorab Notizen, aber es fiel ihm auch leicht, spontan zu reimen. Wenn er sich mit einem anderen Gstanzl-Sänger duellierte, dann musste er ja sowieso auf dessen Spitzen reagieren, da war Vorbereitung gar nicht möglich. Erst kürzlich hatte ihn einer hochgenommen und behauptet: „Der Leo is groß und sauft aus d'r Schorrinn ...". Schlagfertig hatte er zurückgegeben: „Du bist a kloaner Grill und passt' durchs Saustalltürl ...". Die Leute hatten sich die Bäuche gehalten vor Lachen.

In jedem Fall brauchte er eine gute Beobachtungsgabe, um jemanden so richtig schön auszusingen. Er schaute sich im Raum um und nahm sich die eine oder andere Besonderheit vor. Hatte eine Bürgermeistergattin rote Haare, dann war das ein gesungenes Witzchen wert. Und auch bei der Jagd waren seine Dienste gefragt. Als Obertreiber war er anders als die Jäger auf der Pirsch. Er schaute sich an, wie sich die zur Treibjagd geladene Prominenz hinter Kimme und Korn so anstellte. Und wenn dann am Abend im Wielandhof alle gemütlich beisammensaßen, sang sich Leo so richtig warm. Er sang die Honoratioren nach Herzenslust aus.

Das kam immer gut an. Wie sonst wäre er bis nach Südafrika und Amerika gekommen? Schon ein paarmal hatten ihn vor einigen Jahren Firmen eingeladen, eine Unternehmensreise zu begleiten. Er war schon im Flieger für die gute Stimmung verantwortlich gewesen, später auch im Bus oder an den Abenden. Und auch in der Großgemeinde kamen seine Gstanzl gut an, schließlich wusste jeder von jedem und alle alles.

So hatte er denn auch gedichtet: „Wenn i heut über Gebelkofen sing, dann darf i's net übertreiben, weil da will oana übern andern umi und koana konn den andern leidn." Oder als ihn die Schützen eingeladen hatten. Da hatte er über jeden was zu vermelden gehabt, manchmal mit kleinem Seitenhieb wie kürzlich, als er über den Hermann meinte: „Der Roider Hermann hat der Jugend einen schönen Pokal g'stift', weil er einfach koan g'winna ko wenn ma d' Scheibn net trifft." Hermann hatte es sportlich genommen – so was gehört beim Gstanzlsingen einfach dazu.

Als der Abend zu Ende ging, war Leo mit sich und der Welt im Reinen. Nach der Sendung hatte er bei einem Feierabendbier noch einige Gstanzl gesungen. Alle hatten eine wunderbare Zeit gehabt – und darauf kam es an. Das wollte er auch als Bürgermeister nicht missen. Die heiter-schlagfertige Atmosphäre ließ ihn aufleben, nach dem Motto: Sagen darf man ja meistens nicht alles, singen aber schon.

∗

Manche Geschichten aus der Geschichte lassen sich eigentlich an keinem Jahr oder gar Datum festmachen. Sie gehören einfach zur Identität der Gemeinde. So auch das gemeinsame Theaterspielen, Witze machen, Singen. Als besonders begabter Unterhalter der jüngeren Vergangenheit galt Leo Graß, der ehemalige Bürgermeister von Obertraubling.

Gerade seine Funktion zwischen 1981 und 1996 als Repräsentant der Gemeinde schien sich nicht immer mit seiner Begeisterung für diese traditionelle bayerische Unterhaltungsform zu vertragen. Aber ein Original wandelt sich nicht von heute auf morgen, nur weil der Eine oder die Andere keinen Spaß versteht.

Denn um Spaß geht es beim Gstanzlsingen – da es sich um ein in vierzeiligen Strophen gedichtetes Spottlied handelt. Ausgesungen werden, bedeutet aber nur teilweise im ernsten Sinne sein Fett wegzubekommen, sondern oftmals mit den eigenen Besonderheiten aufs Korn genommen worden zu sein. Dafür merkte oder notierte sich Leo Graß stets einiges, so dass für seine Geschichte auf einige bei seinem Sohn Rudolf Graß noch verfügbare Gstanzl zurückgegriffen werden konnte, die er zu unterschiedlichen Anlässen vorbrachte. Für die Geschichte habe ich einige Spottlieder zeitlich versetzt, beispielsweise stammen die Bemerkungen zu Gebelkofen wahrscheinlich aus den späteren 1990er Jahren und die Schützencharakteristik aus dem Jahr 2000.

Leo Graß konnte das hervorragend und führte damit eine bayerisch-alpenländische Tradition fort. Sie war in früheren Jahrzehnten vor allem durch den Roider Jackl auch überregional bekannt geworden. Dieser hatte auch politisch gedichtet und sich einen Namen gemacht. Und mittlerweile traten sogar Frauen als Gstanzlsängerinnen an.

Besonders beeindruckend war Leos Fähigkeit, spontan zu dichten. Ließ er sich in irgendeinem Bierzelt blicken, dann hieß es nicht selten: „Der Graß Leo ist auch da, aber der traut sich bestimmt nicht."

Woraufhin er die Herausforderung annahm und ohne Vorbereitung loslegte. Die Improvisationen waren neu und aktuell, aber natürlich griff Leo dabei auch auf einen Gstanzlschatz zurück, den er sich im Laufe der Jahre angeeignet hatte und der an die entsprechende Situation angepasst wurde. Da die Melodie immer gleich blieb, konnte ihn jede Blaskapelle unterstützen, indem sie die passende Melodie einspielte, die das Ganze noch unterhaltsamer machte.

Das alles hätte Leo Graß auch bei einer beruflichen Laufbahn als Schauspieler einbringen können. Aber dafür war in seiner Jugend noch zu wenig Verständnis. Hatte der Vater einen Schreinerbetrieb, so folgte ihm der Sohn nach – ob er wollte oder nicht. So gab es keine Diskussion, als Leo vorbrachte, er könne doch Künstler werden. Aber es gelang ihm, seinen Traum zumindest in der Freizeit zu verwirklichen. Die Theatergruppe des SVO spielte dabei eine wichtige Rolle. In Obertraubling gab es damals zwei Theatervereine – beim Sport- oder beim Trachtenverein konnte man dieser Leidenschaft nachgehen. Und das tat Leo Graß, der beispielsweise auch als Großbauer und Knecht auftrat.

Die erwähnte Sendung „Gaudimax" hingegen hatte im engeren Sinne nichts mit der Kunst des Gstanzlsingens zu tun. In dieser wegen der manchmal anzüglichen und teils derben Witze umstrittenen Fernsehsendung des Bayerischen Rundfunks wurde in den 1990er Jahren von den Zuschauer*innen über den besten Unterhalter abgestimmt.

Dass Leo Graß sie mochte, ist vollkommen verständlich – war er doch selbst einer, der Humor schätzte und zur guten Stimmung durch seine Witze und Gstanzl beitrug. In der zweiten genannten Sendung „Rubis Februar" war er am 29. Februar 1996 eingeladen. Er verband in seiner Vorstellung dort in launiger Weise ein Statement zu seiner Tätigkeit als Bürgermeister mit einigen Anekdoten aus der Gemeinde Obertraubling. Und auch einen Aufruf zur Beteiligung an der Kommunalwahl schloss er an.

Am Ende bereitete er Obertraubling auf das Leben mit einem pensionierten Bürgermeister vor, indem er sich mit den Worten verabschiedete: „Die acht Tage halt i schon o her." Denn in etwas mehr als einer

Woche nach der Sendung würde er aufgrund seines Alters mit der Wahl eines neuen Bürgermeisters seine politische Karriere beenden.

Der besungene Hermann Roider war übrigens eines der treuesten Mitglieder des Sportvereins Obertraubling. Mehr als sieben Jahrzehnte war der Schütze, der sich auch bei der Feuerwehr engagierte, dabei. Über seine tatsächlichen Schießkünste ist nichts bekannt. Es wird wohl nicht das einzige Mal gewesen sein, dass Leo Graß ihn aussang.

AUSFLUGSTIPP

Gstanzl in einem Festzelt zu hören, dazu gehört immer auch ein bisschen Glück. Einen passionierten Gstanzlsänger oder ein weibliches Pendant mit regelmäßigen Auftritten in der Gemeinde gibt es nicht. Doch wer ins Deutsche Hopfenmuseum nach Wolnzach fährt, der kann sich dort einen Audioguide – „Hops – Die Hopfen-Zeitmaschine" ausleihen, der nicht nur unterhaltsam durch die Geschichte des Hopfenanbaus führt, sondern in dem auch zahlreiche Gstanzl zum Besten gegeben werden.

Literatur

Ich danke Rudolf Graß für die Informationen über seinen Vater und die Gstanzl, die er mir für die Recherche überlassen hat.

Graß, Leo: Gstanzl. Privatsammlung von Rudolf Graß.

O.V.: Seine Gstanzl machten ihn bekannt. In: Mittelbayerische Zeitung vom 15.02.2013. Online: https://www.mittelbayerische.de/region/regensburg-land-nachrichten/seine-gstanzl-machten-ihn-bekannt-21364-art881610.html (30.01.2023)

Reufsteck, Michael / Niggemeier, Stefan: Das Fernsehlexikon. Alles über 7.000 Sendungen von Ally McBeal bis zur ZDF-Hitparade. München, 2005.

Schoplocher, Petra: Gstanzl im Unterricht? So begeistert der „Bäff" die Schüler. In: Mittelbayerische Zeitung vom 26.07.2022. Online: https://www.mittelbayerische.de/region/cham-nachrichten/gstanzl-im-unterricht-so-begeistert-der-baeff-die-schueler-20909-art2141175.html (30.01.2023)

Sepp, Erich: „Dableckt". Gsangl - Gstanzl - Schnaderhüpfl ; über den Roider Jackl und das Gstanzlsingen. München, 2009.

Zachial, Michael (Hrsg.): Deutsches Volksliederarchiv. (darin: Gstanzl). Online: https://www.volksliederarchiv.de/scherzlieder/gstanzln/ (30.01.2023)

Zum Weiterlesen für Kinder

Sternschnuppe Kinderlied: Gell, do schaugst (Gstanzl). Online und sogar mit den Noten zum Herunterladen: https://www.sternschnuppe-kinderlieder.de/kinderlieder-texte/76/Gell,%20do%20schaugst!%20(Gstanzl) (30.01.2023)

JOSEF, DER RADFAHRER, UND DIE PARTNERSTADT DOBRANY (2007)

Städte- und Gemeindepartnerschaften verbinden Orte – meist in unterschiedlichen Ländern. Menschen, die sich sonst wahrscheinlich nie getroffen hätten, begegnen sich so. Lebenswege kreuzen und Geschichten berühren sich. So wie die von Josef und Libor, deren Freundschaft zwischen Dobřany und Gebelkofen über der Leidenschaft für die Feuerwehr, Fahrradfachsimpeleien, bayerischem und böhmischem Bier gewachsen ist.

*

Josef und die anderen traten noch einmal kräftig in die Pedale. Fast einhundert Kilometer hatten sie in den Knochen, aber jetzt trug sie die Aussicht auf ein gutes Essen und ein süffiges Bier die letzten Meter bis zum Gasthaus Wagner in Kothmaißling. Libor und die anderen tschechischen Radfahrer würden sie bestimmt schon erwarten. Ihre Anreise war idyllisch gewesen. Während Josef seine Gruppe auf dem Regental-Radweg bis Cham und dann noch ein kleines Stück auf der Chambtal-Trasse recht flach Richtung Furth im Wald geführt hatte, hatten Libor und seine Mitstreiter*innen aus Dobřany es zwar kürzer gehabt, aber ordentlich Höhenmeter gesammelt, als sie über den Böhmerwald über die Grenze nach Bayern hineingerollt waren.

Wenn sich Josef jetzt an die Anfänge erinnerte, musste er schmunzeln. Dank der Wettbewerbstruppe bei der Gebelkofener Feuerwehr, deren

Kommandant er war, hatte es sie schon mehrfach nach Dobřany geführt. Schließlich hielt die dortige Feuerwehr jedes Jahr einen großen Wettkampf ab. So war er Libor, dem Übersetzer, begegnet. Sie hatten sich gemocht und über einem böhmischen Gulasch mit dampfenden Knödeln war die Idee entstanden, sich doch einmal im Jahr mit den Fahrrädern zu treffen.

Das war ein Hallo, als sie sich an der Wirtshaustür begrüßten. Sie waren fast 50 Leute. Josef hatte ordentlich die Werbetrommel gerührt, Feuerwehrler*innen, Gemeinderät*innen und Radfahrbegeisterte waren seinem Aufruf gefolgt. Aus Dobřany waren die meisten vom Radfahrverein der Stadt, aber auch einige Stadträte hatten sich für den Ausflug begeistert. Während sie es sich schmecken ließen, wogte das Gespräch hin und her. Einmal kam es auch auf die Städtepartnerschaft zu sprechen, aus der man – das fand jedenfalls Josef – noch mehr machen konnte.

Die Delegationen der Gemeinderäte und ähnliche offizielle Anlässe waren zwar schön, wurden aber spärlich wahrgenommen. Die meisten Obertraublinger*innen wussten vermutlich gar nichts davon. Dabei gab es so viel zu entdecken – in beiden Regionen. Die Schulpartnerschaft war da schon eine andere Sache. Da gab es einen regen Austausch mit Schülerfahrten in beide Gemeinden und gemeinsamen Projekten. Oder eben die Feuerwehren: Er erlebte ja selbst, wie es sein konnte. Die Begegnung mit den Menschen machte es. Er lernte andere Leute kennen aus einer anderen Kultur, die allesamt freundlich, unkompliziert und rustikal waren – so wie er es mochte. Und so wie er selbst war.

Am späten Abend warteten sie alle auf die Fahrzeuge der Feuerwehr, die sie zurück nach Obertraubling bringen würden. Josef und Libor verabschiedeten sich herzlich. Der Tag war ein Erfolg gewesen, das Wetter hatte mitgespielt und Josef freute sich schon auf November. Da würde er für den Feuerwehrwettbewerb zurückkehren. 200 Kilometer hin, 200 Kilometer zurück – und 100 Sekunden volle Konzentration bei Löschangriff und Staffellauf. Zeit genug, um rund um den Wettbewerb Spaß und Gelegenheit zu haben, sich immer besser kennenzulernen.

Und um Dobřany zu entdecken, wo es allerlei gab, für das man sich begeistern konnte: Kino, Freibad, Musikschule. Und irgendwann kämen die Feuerwehrler*innen aus Dobřany auch mal wieder nach Bayern. Die Feuerwehrfeste bei den Freiwilligen Feuerwehren der Großgemeinde waren ja auch wirklich ein Erlebnis. Das kannten die Tschech*innen gar nicht bei sich. Sie würden nicht schlecht staunen, wenn sie den riesigen Festumzug sahen.

*

Am 27. Oktober 2001 unterzeichneten die damaligen Bürgermeister Jaroslav Sýkora und Alfons Lang die Partnerschaftsurkunde zwischen Dobřany und Obertraubling. Sie begründeten so eine Städte-/Gemeindepartnerschaft, wie sie von vielen deutschen Städten und Gemeinden mit Partnern im Ausland gepflegt werden. Die Idee solcher Partnerschaften war ursprünglich einerseits die Verständigung – gerade nach zwei Weltkriegen auf europäischem Boden – und andererseits im Kalten Krieg die Hilfe gerade für Orte im Osten Europas.

Maßgeblich war in Obertraubling an der Partnerschaftsidee auch Hans Schmitzer von der Sudetendeutschen Landsmannschaft beteiligt. Aus den eigenen Erfahrungen der Bedeutung von Heimat und Kontakten zwischen Menschen aus verschiedenen Kulturen hat hier die Idee der Verständigung über Grenzen hinweg eine besondere Bedeutung bekommen.

Die Partnerschaft von Obertraubling und Dobřany ist noch recht jung, sie wächst und muss sich mit Leben füllen. In der Partnerschaftsurkunde heißt es: „Wir versprechen, im Geiste der Verständigung unserer Völker und in der Bereitschaft voneinander zu lernen, unsere Bürger zueinander zu führen und einen Beitrag zur Einigung Europas zu leisten."

Es gibt viele gute Gründe, warum sich gerade diese beiden Orte verbunden haben. Dobřany ist zwar eine Stadt, von der Einwohnerzahl aber der Großgemeinde Obertraubling ähnlich. Böhmen und Bayern sind seit jeher eng verbunden und so gibt es viele Gemeinsamkeiten.

Dobřany gehört zu den ältesten historischen Siedlungen in der Region Pilsen – es ist eine Gegend mit guten Böden und sauberem Wasser. Dobřany ist etwas jünger als Obertraubling – die erste schriftliche Erwähnung datiert in das Jahr 1243. Aber rasch wurde Dobřany, obwohl wie Obertraubling im Schatten einer großen und bedeutenden Stadt liegend – nämlich Pilsen –, selbst zur Stadt erhoben. Zu den Rechten dieser Stadt gehörten neben dem Markt- und Verteidigungsrecht auch das Bierbrauen. Das merkt man auf köstliche Art und Weise bis heute. In beiden Orten gibt es Beispiele für barock / neobarocke Architektur – in beiden Gemeinden sind es vor allem Kirchen, die bis heute überdauert haben.

Die Partnerschaft hat sich über die vergangenen mehr als 20 Jahre gefestigt und vertieft. Im Laufe der Zeit haben sich viele Beziehungen in unterschiedlichen Bereichen entwickelt. Wenn es um offizielle Kontakte geht, dann ist sicher die intensive Partnerschaft zwischen den Schulen am wichtigsten. Während auf der Obertraublinger Seite sowohl die Hermann-Zie-rer-Grundschule als auch die Realschule aktiv dabei sind, tragen in Dobřany die Kunst-Grundschule, Musikschule und die weiterführenden Schulen zur Partnerschaft bei. Ohne Frage ist die Sprachbarriere eine Herausforderung. Aber in Dobřany lernen einige Kinder Deutsch, so wie in Obertraubling das Fach Tschechisch in der Realschule als Wahlunterricht angeboten wird. Verständigung bedeutet eben auch Verstehen.

Das gilt besonders für die Initiativen von Vereinen, wie es in dem Beispiel der Geschichte von Josef (Sepp) Heigl der Fall ist. Hier zeigt sich: Es braucht immer Menschen, die ganz persönlich für eine solche Partnerschaft brennen. Zwei davon sind Libor und Josef, die über eine erste Begegnung, gemeinsame Interessen und die Fähigkeit, Andere für eine Sache zu begeistern, zueinander gefunden haben.

Die Fahrradtouren, von denen mir Josef Heigl in einem persönlichen Gespräch erzählt hat, sind dafür eine tolle Idee. Sie verbinden eine gemeinsame Unternehmung mit guten Gesprächen. In den letzten Jahren hat sich gezeigt, dass die Teilnehmer*innen aus Obertraubling und Dobřany dabei nicht nur die eigene Region miteinander entdecken, sondern sich gemeinsam auf zu neuen Ufern begeben. Die erste Fahrt hatte noch zum Ziel, sich auf dem Weg zwischen beiden Gemeinden zu treffen – sicher auch symbolisch genau das Richtige. Danach traf man sich im beliebten Bergort Babilon im Böhmischen Wald. Und dann fuhren alle gemeinsam von Ingolstadt nach Obertraubling. Solche Begegnungen sind es, die gemeinsame Geschichte machen.

*A*USFLUGSTIPP

*Dobřany ist immer eine Reise wert. Der im Jahr 2010 neu gestaltete Marktplatz mit dem schönen Rathaus, das Hotel „Blauer Stern", das eine eigene Brauerei besitzt, und natürlich die beiden im Barockstil erbauten Kirchen St. Nikolaus und St. Veit laden zu einem oder mehreren Tagen in der Nähe von Pilsen ein. Wer einmal an der Fahrradtour teilnehmen möchte, sucht am besten den Kontakt nach Gebelkofen. Für einzelne Fahrradfahrer*innen sei die Streckenführung des internationalen Radeweges Regensburg – Pilsen – Prag empfohlen.*

Literatur

Josef Heigl war ein wunderbarer Gesprächspartner, der die Städtepartnerschaft wirklich mit Leben erfüllt. Vielen Dank.

Bayerisches Staatsministerium des Innern, für Sport und Integration (Hrsg.): Kommunale Partnerschaften. Online: https://www.stmi.bayern.de/kub/komzusammenarbeit/partnerschaften/index.php (25.01.2023)

Matok, Karl: Ausnahmezustand bei Jubiläumsfest. In: Mittelbayerische Zeitung vom 27. Mai 2015. S. 37.

O.A.: Obertraublinger Bürgerfest 2011 am 16. und 17. Juli 2011 am Rathaus: Wir feiern gemeinsam! Dobrany – Obertraubling, 10 Jahre in Freundschaft verbunden. Obertraubling 2011.

Gemeinde Obertraubling (Hrsg.): Kommunale Partnerschaft Gemeinde Obertraubling – Mesto Dobrany. Online: https://www.obertraubling.de/aktuelles/kommunale-partnerschaft-gemeinde-obertraubling-mesto-dobrany/ (25.01.2023)

Realschule Obertraubling: Eine Woche mit Freunden! Austausch mit Partnerschule ist wieder gestartet. 2022. Online: https://www.rs-obertraubling.de/index.php/menue1/schulprofil/freizeittutoren/28-schule/aktivitaeten-2021-22/290-austausch-mit-dobrany-startet-wieder (25.01.2023)

Schmid, Petra: Eine Partnerschaft mit Perspektiven. Mittelbayerische Zeitung vom 12. April 2017. Online: https://www.mittelbayerische.de/region/regensburg-land/gemeinden/obertraubling/eine-verbindung-mit-perspektiven-21397-art1507823.html (25.01.2023)

Zum Weiterlesen für Kinder

Winterberg, Philipp: Bin ich klein? Jsem malá? (Kinderbuch Deutsch–Tschechisch). Scotts Valley, 2014. (Das Besondere an diesem Buch: Der Autor hat es bisher in über 200 Sprachen und Dialekte übersetzen lassen. Es ist eine universelle Geschichte über eine wichtige Botschaft an alle Kinder.)

ANGELIKA, DIE LITERATURLIEBHABERIN, UND DIE BÜCHEREI (2009)

Jeder Ort braucht ein Zentrum. Damit ist nicht nur die Dorfmitte gemeint, nicht nur Rathaus oder Wirtshaus. Auch ein kultureller Mittelpunkt ist wichtig. In Obertraubling ist das die Bücherei. Eine ihrer langjährigsten Mitarbeiterinnen – und 2006 bis 2019 die Leiterin – ist Angelika Biermeier, die 2009 auch den Umzug an den heutigen Standort miterlebte.

*

Angelika atmete einmal kräftig aus. Puh, das war geschafft. Gerade hatte sie die letzte Umzugskiste vor sich abgestellt. Kaum zu glauben, wie schwer Kisten mit Büchern sein konnten. Aber das Team hatte es – mal wieder – hinbekommen. Wie sie es immer hinbekamen. Sie waren eine ganze Gruppe ehrenamtlich arbeitender Frauen. Und heute hatten sie eine Bücherei umgeräumt.

Von den 59 Quadratmetern im Schulhaus hatten sie sich vergrößert auf 240 Quadratmeter im nigelnagelneuen Hortgebäude. Angelika ließ sich auf die Kiste sinken, nahm dankbar eine Tasse Kaffee an und ließ ihren Blick durch den Raum schweifen. Wenn sie sich an ihre Anfänge in der Bücherei erinnerte, konnte sie es kaum glauben. Am Anfang war sie mit ihren Kindern noch in der kleinen Buchkammer im Pfarrheim gewesen, wo Frau Wittmann zwischen Karteikarten und in engen Regalgängen mit großer Ruhe versucht hatte, allen Besucher*innen gerecht zu werden. Dort hatte Angelika sich bemüht, ihren beiden Kindern nahezubringen, was schon in ihrer Kindheit eine eiserne Regel gewesen war: Bücher müssen sein. Und: Mit der Liebe zu Büchern muss man beizeiten geimpft werden.

Das war wahrscheinlich auch Frau Wittmann aufgefallen, so dass Angelika ab 2001 in der Bücherei mitarbeitete. Sie lieh Medien aus, nahm sie zurück, band Bücher ein und katalogisierte den Bestand. Sie waren zu sechst gewesen und hatten sich damals, vor acht Jahren, die Dienstags- und Donnerstagsdienste geteilt. Recht schnell war Angelika aufgefallen, dass die Räumlichkeiten für die große Nachfrage viel zu klein waren. Fortan hatte sie den Bürgermeister bei jeder passenden Gelegenheit gefragt, wann denn endlich eine neue Lösung gefunden würde. Die gab es dann schon bald in der Schule, wo ein Raum im Erdgeschoss hergerichtet wurde.

Am 1. Dezember 2006 war es so weit gewesen: Angelika war in der Nachfolge von Frau Wittmann die neue Leiterin der Gemeinde- und Pfarrbücherei Obertraubling geworden. Nun war sie es gewesen, die mit den beiden Trägern – der katholischen Kirche und der Gemeinde – beriet, die Bücherei verwaltete und ein Team leiten durfte. Was war sie damals froh gewesen, die Kolleginnen aus Donaustauf und Schierling bei sich zu wissen, die schon einige Erfahrung hatten. Und natürlich Sigrid, ihre Stellvertreterin, die sich hervorragend mit Computern auskannte. Auch der St. Michaelsbund war ein guter Ansprechpartner gewesen.

Das war bis heute so und Angelika war froh, dass sie zusammen mit dem Umzug auch gleich noch eine Katalogumstellung bewältigt hatten. Auch da hatte der Michaelsbund seine ganze Expertise gezeigt.

Wenn sie sich nun so umsah, dann war sie ganz zufrieden: Gut, sie hatten kaum ein Mitspracherecht bei der Konzeption der neuen Bibliotheksräume gehabt. Auch zu den Farben und allem hatte sie niemand gefragt. Aber als Angelikas Blick auf die Kinderecke fiel, die sie sich so gewünscht hatte, war sie versöhnt.

Alles war so luftig und einladend. Sie war sich sicher: Hier würden sich die Obertraublinger*innen wohlfühlen. Und nachdem ja auch sonntags offen war, hatte wirklich jede*r Gelegenheit vorbeizuschauen. Dass die Menschen das wollten, sahen sie ja an den Ausleihzahlen. Sie stiegen ständig. Genauso wie ihr Angebot.

Dass sie immer mehr attraktive Medien – nicht nur Bücher, sondern auch CDs, Filme, Spiele und Zeitschriften – anbieten konnten, lag vor allem am Team. Da gab es keine, die nicht mal einen Kuchen für den Wochenmarkt buk, auf dem sie auch Bücher verkauften. Angelika stand auf und rief noch einmal alle zusammen, die heute mitgeholfen hatten, die Bücher direkt vom kleinen Laster in die passenden Regale zu sortieren. Die Frauen hatten eines gemeinsam: Sie liebten Literatur und konnten ihre Liebe anderen Menschen vermitteln. Und auch wenn Angelika manchmal in den Teamsitzungen bestimmt sagen musste, wo es lang ging, war sie sich doch sicher, dass diese Liebe die ganze Gemeinschaft zusammenhielt.

Da schmerzte es sie schon manchmal, dass sie alle nur eine symbolische Anerkennung erhielten. Andere Büchereien in kleineren Orten oder mit viel geringerem Angebot beschäftigten Hauptamtliche. Sie alle gaben ihre Freizeit – sei es in der Ausleihe, bei den Lesenächten oder bei den Lesungen im Lebenszentrum. Sie taten es gern und mit Leidenschaft. Doch Angelika wusste: In der Bücherei steckte noch viel mehr Potenzial.

Sie würden – natürlich – die Arbeit mit den Kindern fortführen: Schulausleihe, Vorlesenachmittage und Leseförderung. Sigrid brannte darauf, Bilderbuchkino anzubieten. Und Eleonore hatte sich schon angeboten, den Literaturkreis weiterzuführen, bei dem neue Bücher und auch Klassiker besprochen wurden. Darüber hinaus hatten Angelika und Sigrid bei den Fortbildungen in Werdenfels und Schloss Hirschberg von überaus spannenden Ideen gehört.

Manches davon konnte sie sich hervorragend für Obertraubling vorstellen. Wie wäre es denn mit einem jährlichen Länderabend, der schwerpunktmäßig die Literatur einer Region vorstellte? Man würde dazu ein passendes Buffet gestalten. Am besten begannen sie mit Bella Italia – das schmeckte auch gleich allen. Oder Autorenlesungen und Vorträge. Die Bücherei konnte mehr sein als ein Ort zum Lesen. Hier würden die wissens- und unterhaltungshungrigen Obertraublinger*innen endlich ortsnah ein Angebot finden.

Das alles ging natürlich nicht ohne eine gewisse Ausstattung: Angelika hatte schon die eine oder andere Ausschreibung einer Auszeichnung im Blick, die mit einem Preisgeld dotiert war. Beim eon-Preis würde sie beginnen. Und in der Gemeinde und bei der Kirchenverwaltung um eine Aufstockung der Mittel bitten. Wenn sie schon bald wieder zur Buchmesse fuhren, dann würde sie gemeinsam mit Sigrid an jedem Verlagsstand fragen, ob nicht jemand das ein oder andere Buch für eine kleine Dorfbücherei erübrigen konnte. So schwer es ihr fiel, für sich selbst zu bitten, für die Bücherei bettelte sie hartnäckig – um der guten Sache willen.

*

Verschiedene Zeiten sind unterschiedlich mit Literatur umgegangen. Gerade im dörflichen Umfeld muss man davon ausgehen, dass die längste Zeit der Geschichte kaum jemand viele Bücher besaß. Pfarrer und Lehrer hatten sicher welche, auch einige der des Lesens kundigen Landwirte. Doch so richtig werden wohl erst im 19. Jahrhundert Bücher Einzug gehalten haben in die Höfe Obertraublings und der anderen Dörfer der Gemeinde.

An eine Bücherei war da noch lange nicht zu denken. Die massenhafte Gründung von Volksbüchereien war eine Entwicklung, die an Obertraubling noch vorbeigegangen war. Aber in der Schule gab es vermutlich leihweise Bücher und auch privat werden wohl Bücher die Runde gemacht haben.

Doch es sollte noch bis 1977 dauern, als Renate Wittmann die Idee hatte, im Pfarrheim an der Piesenkofener Straße eine winzige Bücheroase zu schaffen. Sie wurde von den Obertraublinger*innen begeistert aufgenommen und schreibt seitdem eine beachtliche Erfolgsgeschichte. Das zeigt sich an den Medienbeständen, die sich in einem Jahr verdoppelt haben, an den Arbeitsstunden der Ehrenamtlichen, mittlerweile 5000 im Jahr, und auch an den vielen Kindern, die immer wieder zu Projekten der Bücherei zurückkehren – nicht nur zu den Lesehelden.

Dabei war es, das zeigen die Erinnerungen von Angelika Biermeier, keineswegs leicht, alle Verantwortlichen von einer Bücherei diesen Ausmaßes zu überzeugen. Jahr um Jahr brachte Angelika das Thema auf den Tisch. Sie schilderte, wie sie die Bücher im kleinen Pfarrheimzimmer über dem Kopf balancierten, wenn sich alle in der Ausleihe drängten. Und sie erzählte, wie ihr das Schicksal in Gestalt von Reinhold Demleitner von der Bücherei in Pettendorf in die Hände spielte: Beim 30-jährigen Jubiläum der Bücherei stand der überzeugte Literaturliebhaber mit dem damaligen Bürgermeister Alfons Lang zusammen und fragte ihn direkt, ob denn im damals gerade in der Planung befindlichen Hortgebäude nicht auch die Bücherei eine neue Heimat finden konnte. Das war eine gute Idee, fand auch Lang.

Und da ist sie bis heute. Noch immer in der Trägerschaft von politischer Gemeinde und katholischer Pfarrgemeinde, die die Bücherei – unterstützt von einem staatlichen Zuschuss – bis heute finanzieren. Mittlerweile sind die beiden Büchereileiterinnen auch nicht mehr ehrenamtlich, sondern fest angestellt. Anders wäre das bei einem Ausleihvolumen von derzeit 65.000 Medien im Jahr auch gar nicht denkbar. Aber das Rückgrat sind nach wie vor all jene Frauen – und der eine Herr –, die stets bereit sind, Tagesgeschäft und besondere Veranstaltungen zu begleiten, zu gestalten oder zu initiieren.

Was die Zukunft für die Büchereien bringt, ist ungewiss. In einer medialisierten und digitalisierten Welt wirkt das gedruckte Buch manchmal wie aus der Zeit gefallen. Aber vielleicht ist das auch eine Chance: Büchereien sind mehr als Buchausleihstationen. Sie sind – und Obertraubling ist es besonders – Orte des Austauschs, sie bieten Raum für echte Begegnungen.

Wo Bibliotheken früher gebraucht wurden, weil nirgends sonst Wissen so dicht versammelt war, zieht die Menschen heute anderes dorthin. Vielleicht das Event, womöglich die Überschaubarkeit des Angebots – und hoffentlich die Chance, abseits der manipulativen Trampelpfade des Internets hier zu finden, wonach sie gar nicht gesucht haben.

AUSFLUGSTIPP

Die Gemeinde- und Pfarrbücherei Obertraubling ist jeden Dienstag, Donnerstag und Sonntag geöffnet. Darüber hinaus finden dort viele Veranstaltungen statt – oft am Mittwoch- oder Freitagabend. Für Kinder gibt es spezielle Angebote: einmalig, am Wochenende, aber auch in den Ferien oder über längere Zeiträume. Alles aufzuzählen ist unmöglich, doch glücklicherweise hat die Bücherei Obertraubling eine einladende Internetseite, auf die Sie nicht nur einen, sondern gleich Dutzende „Ausflugstipps" für den nächsten Besuch der Bücherei finden.

Literatur

Danke an Angelika Biermeier, die mich mit auf eine Zeitreise durch die Büchereigeschichte genommen hat.

Novy, Leonhard: Es geht um Menschen, nicht um Medien. Zeitgemäße Bibliotheksarbeit. Online: https://www.goethe.de/de/m/kul/bib/rei/nlc/21296093.html (31.01.2023)

Platzeck, Sigrid: Die Geschichte der Bücherei Obertraubling von 2001 bis 2020. Unveröffentlicht.

Schmid, Petra. Bücherei feiert runden Geburtstag. In: Mittelbayerische Zeitung vom 6. Oktober 2017. Online: https://www.mittelbayerische.de/region/regensburg-land/gemeinden/obertraubling/buecherei-feiert-runden-geburtstag-21397-art1570176.html (31.01.2023)

Wolter, Heike / Wedemeyer-Kolbe, Bernd: Kultur, Tourismus und Sport. In: Deutschland in Daten. Zeitreihen zur historischen Statistik. Bonn, 2022. S. 160–177.

Zum Weiterlesen für Kinder

Pauli, Lorenz: Pippilothek??? Eine Bibliothek wirkt Wunder. Zürich, 2011.

Pauli, Lorenz: Ein Passwort für die Pippilothek. Zürich, 2019

INGRID, DIE PFARRERIN, UND DIE DIASPORA (2018)

Eine neue Heimat finden: Das traf und trifft auf viele Evangelische zu, die heute Teil der Lutherkirchengemeinde sind. Das stimmt aber auch für die Pfarrerin Ingrid Koschnitzke, die seit Herbst 2014 eine der beiden Pfarrerinnen ist. Obertraubling erlebt sie als Quell evangelischen Gemeindelebens.

*

24. Dezember 2022: Maria und Josefs verschlungener Weg führt durch den Kirchgarten der Lutherkirche in Neutraubling. Ingrid reicht das Mikrofon an einen Jungen weiter. Er ist, wie die beiden Mädchen, die die heilige Familie im Krippenspiel verkörpern, ein Obertraublinger.

Jetzt hat Ingrid keine Zeit, um über ihre Gemeinde – und vor allem die zukünftigen Gemeindemitglieder – nachzusinnen. Ihre Augen sind überall, während sie schaut, ob die Hirten auch gut aufs Feuer aufpassen und die Engel die Kirchturmtreppe nicht hinunterstolpern. Aber manchmal hat sie schon über all diese Menschen nachgedacht. Auch über die Obertraublinger*innen, die in der Kirchengemeinde ein wichtiger Bestandteil sind.

Vor allem sind es viele. An der diesjährigen Konfirmandengruppe sieht sie es auch: Von 44 Kindern sind 13 aus der Großgemeinde Obertraubling. Und manche von ihnen zählen zu den Aktivsten. Das wundert Ingrid mittlerweile nicht mehr, sie kennt ihre große Gemeinde gut. Die reicht von Hagelstadt bis Barbing, von Thalmassing bis Pfatter. Es ist etwas ganz anderes als in ihrer früheren Heimat Franken. Dort waren sie als Evangelische in der Mehrheit, als Pfarrerin wohnte sie am Ort unter vielen Gleichgesinnten.

In die Gegend von Regensburg ist sie erst 2014 gekommen: Zuerst in die Neupfarrkirchengemeinde zusammen mit ihrem Mann, später als Vertretung nach Neutraubling. Und dort hat sie sich verliebt: in die Diasporagemeinde – und die Menschen, die sie bilden. Viele davon kommen aus Obertraubling, so wie das Team des Kindergottesdienstes. Petra, Jasmin, Birgit, Sandra und Ruth – sie alle haben den weiten Horizont und die Offenheit, Kirche neu zu denken. Ihre Ideen sind Balsam für Ingrid, denn sie weiß: Hier wird es nie in jedem Dorf einen evangelischen Kirchturm geben, der von der Bedeutung der Glaubensgemeinschaft weithin zeugt. Aber es gibt eine Kirche aus lebenden Steinen. Und das ist das eigentlich Wichtige.

Wenn sie ehrlich ist, hat das Familiengottesdienst-Team einen gewichtigen Anteil gehabt, sie für die neue Aufgabe einzunehmen. Da war nichts „schon seit Jahrhunderten so und nicht anders", sondern hier konnte sie Dinge ausprobieren – mit Menschen, die auch Dinge ausprobierten.

Diese Menschen sind sehr vielfältig in ihren Hintergründen. Da gibt es die (Nachkommen jener) Vertriebenen und Flüchtlinge, die nach dem Zweiten Weltkrieg Bayern erreicht haben. Es gibt diejenigen, die nach dem Mauerfall auf der Suche nach Freiheit oder Arbeit zugezogen sind. Und Einzelne, die es aus allen Ecken Deutschlands hierher verschlagen hat. Sie bringen auch unterschiedliche kirchliche Sozialisationen mit – und das merkt Ingrid.

Sie kann neben ihren Kernaufgaben vor allem eines dazutun: ansprechbar und offen sein. Sie will den Menschen vermitteln, dass Kirche bunt und humorvoll ist. Wo Glaube so todernst erscheint, dass einem das Lachen im Halse steckenbleibt – da fühlt sie sich nicht wohl. Nein: Frei, lebenstüchtig und locker, so ist eine Religion, die zum Leben verhilft. Als Frau ist sie aber auch Vorbild und Zeichen für die vielen Frauen, die noch allzuoft unsichtbar bleiben, obwohl sie unverzichtbar für die Dorfgemeinschaften sind.

Als das Krippenspiel zu Ende ist, fühlt Ingrid eine große Dankbarkeit. Aus dem Heimweh nach ihrer alten Gemeinde in Franken ist eine kleine Wehmut geworden. Mittlerweile fühlt sie: Das hier hat auf sie gewartet, das ist ihr Platz. Wenn sie heute Abend nach Hause kommt und – spät, nach der Christmette – mit ihrem Mann den Weihnachtsabend ausklingen lässt, dann werden sie gemeinsam auf ein Jahr in ihren so nahen und doch so verschiedenen Gemeinden zurückblicken. Eine Gemeinde, in der er viele Themen und Dialoge anstoßen kann. Und eine Gemeinde, in der sie viele Menschen gewinnen kann durch ihre Art, Kirche lebendig und nah zu machen.

*

Eine evangelische Gemeinde für die Obertraublinger*innen außerhalb von Regensburg gibt es erst seit einigen Jahrzehnten. Zuvor fühlten sich Evangelische der Regensburger Neupfarrkirchengemeinde zugehörig. Dort besuchten sie, wenn es ihnen möglich war, die Gottesdienste, dort wurden sie getauft, getraut – und zur letzten Ruhe gebettet. Erst nach dem Krieg entstand durch den Zuzug von Vertriebenen und Flüchtlingen in Neutraubling eine eigenständige Gemeinde rund um die auffällig türkis gefärbte Lutherkirche. Schließlich waren unter denen, die aus den ehemaligen deutschen Ostgebieten kamen, viele, die evangelisch waren – und es bleiben wollten.

Tatsächlich spielte Obertraubling in dieser Entwicklung eine wichtige Rolle. Denn bevor man 1956 endlich in die Kirche einziehen konnte, spielte sich das Gemeindeleben vor allem in den Dörfern der späteren Großgemeinde Obertraubling ab. Der sonntägliche Gottesdienst wurde ab 1945 im Schulzimmer in der ersten Etage der Alten Schule – im heutigen Rathaus – abgehalten.

Alle vier Wochen kam dafür Pfarrer Ernst Morenz von der Neupfarrkirche mit dem Fahrrad gefahren, deckte den Tisch vor dem Katheder mit einem weißen Tuch, stellte ein Kreuz sowie zwei Leuchter darauf und zündete die Kerzen an. Eng eingezwängt saßen vor ihm Menschen aus Pfatter, Neudorf oder Sanding. Aber eben auch aus Ober- und Niedertraubling, Piesenkofen, Oberhinkofen, Gebelkofen und Scharmassing.

Es war kaum mit anzusehen, unter welchen bewegenden Umständen dieses Gemeindeleben begann. Das fand auch der katholische Pfarrer Xaver Schaller, der sich für die evangelischen Glaubensgenoss*innen einsetzte und ihnen die kleine Kirche Sankt Martin Piesenkofen zur Verfügung stellte. Alle zwei Wochen wurde dort nun Gottesdienst gehalten – in einem hellen Kirchenraum, der sogar eine kleine Orgel hatte. Sechs Jahre blieben die evangelischen Gläubigen gern gesehene Gäste, dann war klar: Die vielen Menschen brauchten eine eigene Kirche.

Sie sollten sie in Neutraubling bekommen, das besonders verkehrsgünstig gelegen und in dem das Vikariat Regensburg Untere Stadt 1952 errichtet worden war. Der damalige Vikar Othmar Abel wurde zum Segen der Gemeinde, denn mit Vortragsreisen nahm er 15.000 Mark ein, die den Grundstock für den Kirchenbau bildeten. In die Kirche zogen dann 1957 nicht nur Menschen, sondern auch ein Heimatgeläut ein, das bis heute an die vielfältige Herkunft der Gemeindemitglieder erinnert: Fünf Glocken symbolisieren die fünf Herkunftsgebiete nach dem Krieg – Schlesier, Pommern, Ostpreußen, Donauschwaben und Bessarabier, die für jeweils eine Glocke sammelten. Heute würden noch andere dazukommen, denn unter dem Dach der Lutherkirche begegnen sich Menschen aus vielen Regionen innerhalb und außerhalb Deutschlands.

Obertraubling spielte weiter eine wichtige Rolle im Gemeindeleben: Sei es, als beim Gemeindetag 1953 im Wald bei Piesenkofen ein Gottesdienst gehalten wurde, dann Kinder Spiele zeigten, alle etwas zum Essen und Trinken mitbrachten und in einer Tombola weitere Gelder gesammelt wurden. Sei es, als das Team für die Kindergottesdienste entstand, von dem auch in der Geschichte die Rede ist.

Ingrid Koschnitzke kam 2014 zunächst als Vertretung und ab März 2015 regulär als Pfarrerin nach Neutraubling. Obwohl sie diesen Schritt gar nicht geplant hatte, wuchs ihr die Diasporagemeinde mit etwa 4.700 Mitgliedern rasch ans Herz. Wie sie sich fühlte und fühlt, das hat sie in einem Interview verraten, das die wichtigste Grundlage für die Erzählung ist. In diesem Gespräch sprach Ingrid Koschnitzke von der Hardware und der Software der Gemeinde. Wenn auch der Kirchturm nur in Neutraubling sichtbar sei, so seien es doch die „lebenden Steine", die überall wirkten. Damit griff sie ein Bibelwort aus dem ersten Petrusbrief auf: „Und auch ihr als lebendige Steine erbaut euch zum geistlichen Hause."

Diese lebendigen Steine sind aber nicht nur in der Kirchengemeinde aktiv. Viele engagieren sich auch in ihren politischen Gemeinden. Die Frauen, die den Kindergottesdienst leiten, sind oder waren darüber hinaus in der Gemeinde- und Pfarrbücherei Obertraubling, bei den Adventslesungen, im Elternbeirat oder im Kindergarten aktiv. Sie beweisen, was auch die Statistik feststellt: Wer fest mit seiner Kirchengemeinde verbunden ist, engagiert sich auch sonst in seinem Leben ehrenamtlich. Jedenfalls häufiger als der Durchschnitt, wie das Sozialwissenschaftliche Institut der EKD (Evangelische Kirche Deutschlands) 2019 herausgefunden hat.

Die Pfarrerin weiß, dass sich auch die evangelische Gemeinde in Neutraubling für eine Zukunft rüsten muss, in der mehr und mehr Menschen dem christlichen Glauben den Rücken kehren. In einer Gesellschaft, die durch Digitalisierung, Pluralisierung und Individualisierung gekennzeichnet ist, bedeutet das Wandel. Dazu gehören neue Angebote – und dafür hat Ingrid Koschnitzke viele Ideen.

Die Lutherkirche Neutraubling ist immer einen Besuch wert und steht auch Nicht-Gemeindemitgliedern offen. Vielleicht möchten Sie zu einem der Kinder- und Familiengottesdienste, zum zweimonatlichen Spieleabend oder dem interreligiösen Frauenfrühstück bzw. der Männergruppe „Man(n) trifft sich" vorbeischauen.

Literatur

Ingrid Koschnitzke danke ich für die persönlichen Einblicke in ihre Tätigkeit als Pfarrerin und natürlich für die Glockengeschichte.

Doerfler, Heinrich / Donath, Karl / Hopfmüller, Hermann: Die evang.-luth. Kirchengemeinde Neutraubling. In: Fendl, Josef (Hrsg.): Neutraubling. Junge Stadt im alten Donaugau. Regensburg, 1989. S. 148–153.

Doerfler, Heinrich: Die evangelische Kirche. In: Fendl, Josef: Obertraubling. Beiträge zur Geschichte einer Stadtrandgemeinde. Regensburg, 1982. S. 146–147.

EKD (Hrsg.): Kirche ist Zukunft. Online: https://www.ekd.de/kirche-ist-zukunft-58566.htm (31.01.2023)

Schmid, Sebastian: Die Lutherkirche wird 60 Jahre alt. In: Mittelbayerische Zeitung vom 14. September 2016. Online: https://www.mittelbayerische.de/region/regensburg-land/gemeinden/neutraubling/die-lutherkirche-wird-60-jahre-alt-21395-art1430139.html (31.01.2023)

Sinnemann, Maria: Kirche, Religion und Engagement in der Zivilgesellschaft. Sonderauswertung des fünften Freiwilligensurveys. 2022. Online: https://www.nomos-elibrary.de/10.5771/9783748913672/kirche-religion-und-engagement-in-der-zivilgesellschaft (01.12.2022)

Zum Weiterlesen für Kinder

Lloyd-Jones, Sally: Überall bist du mir nah. Psalm 139. Aßlar, 2022.

Küstenmacher, Werner Tiki: Tikis Evangelisch-Katholisch-Buch. Zusammen sind wir unschlagbar. Augsburg, 1996.

Kutzer, Angela: Entdecke deine Stadt Neutraubling. Kinderstadtführer. Salzburg, 2020.

AYDIN, DER KOMPONIST, UND DIE ORGEL (2018)

Kindern solle man Wurzeln und Flügel geben, so heißt es. Gerade eine kleine Gemeinde kann das tun, besonders, wenn man hoch hinaus will. Dann ist sie der sichere Hafen, aber auch der Ort, der nur der Startpunkt sein kann. Das weiß auch Aydin Pfeiffer, der in Obertraubling aufgewachsen und mittlerweile in der Welt (der Musik) zu Hause ist.

*

Es war ein eigenartiges Gefühl, diese letzten Tage in Obertraubling. Die Septembersonne schien noch warm durch das Fenster seines Zuhauses. Aydin konnte sich noch nicht vorstellen, wie es sein würde, wenn er nicht mehr über die Felder und das kleine Wäldchen blickte beim Schritt aus der Haustür. Bald würde er ein kleines Zimmer in Würzburg bewohnen.

Er freute sich auf sein Studium. Doch wenn er auf seine Freunde schaute, dann war ihm schon bewusst, dass er einen besonders großen Schritt in die Welt hinaus machte. Die meisten blieben erstmal in Obertraubling. Klar, nach dem Schulabschluss wechselten sie zu einer Lehrstelle oder – die meisten – an die Universität. Der eine oder die andere ging für ein paar Monate oder sogar ein Jahr weg. Aber er würde ein neues Kapitel seines Lebens aufschlagen.

Er spürte eine kleine Angst in sich aufsteigen. Gleichzeitig aber freute er sich unbändig auf das, was vor ihm lag. Schon in den letzten Jahren, in denen er jede Woche zu seinem Gitarrenlehrer nach Augsburg gefahren war, ein Frühstudium an der Hochschule für Musik und Theater in München absolviert hatte und bei zahlreichen Musikwettbewerben auch schon mit eigenen Kompositionen erfolgreich gewesen war, hatte er es gemerkt: Obertraubling war zu klein für das, was ihn bewegte.

Er beschloss, einen Spaziergang zu machen. Das war eines der besten Dinge an Obertraubling: Hier fand er Ruhe und eine Idylle, die ihn groß denken ließ. Aydin lenkte seine Schritte zur Kirche. Vor vielen Jahren hatte er erst unter den gestrengen und gütigen Augen der Klosterschwester Caritas hier Blockflöte gelernt. Später hatte er sich den Schlüssel für die Orgel geben lassen und am Instrument alles ausprobiert. Man hatte ihn wohlwollend machen lassen, vielleicht verwundert über den Jungen, der seine ersten Kompositionen schon mit zwölf schrieb. Manchmal hatten ihn der Mesner oder die Putzfrau gehört und sich wohl ab und zu über die dissonanten Klänge gewundert.

Aydin spielte nämlich nicht nur, was andere in die Welt gesetzt hatten. Er hatte auch eine eigene Vorstellung, was Musik sein und werden konnte in der modernen Welt. Zu komponieren war für ihn ein Stück Suche nach einer inneren Heimat. Die äußere war Obertraubling, der Ort, an dem er einiges erlebt hatte – aber alles Weitere müsste sich noch zeigen.

Als Aydin in die Kühle des Kirchenraums schlüpfte und die Orgeltasten aufklappte, spürte er es wieder: Hier könnte er unterhalten, bereichern. Doch er brauchte mehr: Seine Musik sollte den Geist fördern. Sie wäre mehr als nur Melodie, sondern auch Geräusch, Bild, Aussage. Dafür musste und wollte er hinaus in die Welt.

*

Die Geschichte von Aydin Pfeiffer ist eine auf einen Tag verdichtete Erzählung eines Interviews, das im Winter 2023 entstanden ist. Ausgehend von einem für junge Menschen prägenden Zeitraum – dem Beginn eines neuen Lebensabschnitts nach dem Ende der Schulzeit –, hat mir Aydin berichtet, was Obertraubling für ihn bedeutet. Dabei hat er einen entscheidenden Satz gesagt, der nicht auf viele, aber doch manche der Geschichten aus der Geschichte Obertraublings zutrifft: Kommen und Gehen sind ein erstrebenswerter Zustand.

Aydin Pfeiffer ist 1999 geboren und hat zunächst bei Schwester Caritas, einer der Mallersdorfer Klosterschwestern im Bruder-Konrad-Haus, Blockflötenunterricht erhalten. Mit sieben Jahren begann er dann Gitarre zu spielen, wo sich sein musisches Talent zeigte. Schon bald genoss er Unterricht bei Privatlehrer*innen und nahm als Jugendlicher an Meisterkursen teil. Manchmal musste er dafür weit fahren, um von den Besten zu lernen.

Neben dem Gitarrenspiel brachte sich Aydin selbst das Klavierspielen bei. Die Kirche St. Georg in Obertraubling spielte dabei eine wichtige Rolle, denn hier konnte Aydin probieren, wie sein Spiel klang. Bald schon nutzte er das Instrument auch, um eigene Kompositionen zu testen. Zu denen ermutigte ihn auch sein Gitarrenlehrer Stefan Schmidt. Er war überzeugt, dass seine Schüler*innen am besten lernten, wenn sie Mitdirigieren und Mitsingen – überhaupt in vielfältiger Weise einbezogen sind in die Musik und sie sich im Wortsinn aneignen können.

Gegen Ende der Schulzeit wurde Aydin klar, dass seine Begabung besonders war. Immer wieder gewann er Preise – bei „Jugend musiziert“, „Jugend komponiert“ oder dem „Heinrich-Albert-Wettbewerb“. Er beschloss, sich für ein Studium an der Hochschule für Musik in Würzburg zu bewerben. Noch im Abitur absolvierte er die Eignungsprüfung.

Mittlerweile studiert Aydin Pfeiffer in Basel im Master das Fach Komposition. Seine Stücke passen in keine Schublade, sie sind – so heißt auch eine seiner Kompositionen – Interspaces. Die Schweiz ist ein musikalisch spannender Ort. Dort wird viel in Musik investiert, neue Musik wird offen aufgenommen, es gibt viel Raum für Experimente. Aydin sagt, er brauche die Infrastruktur der Hochschule – um seine Musik zu machen. Hier kann er seine hohen Ansprüche an die Technik ausleben und findet im Basler Publikum Anhänger*innen eines weiten Musikbegriffs.

In den letzten Monaten war er in Italien, um sich mit anderen jungen Künstler*innen auszutauschen. Er hat Auftragswerke geschrieben, unter anderem für ein Jugendstreichorchester und mit namhaften professionellen Musikern wie den Münchner Philharmonikern zusammengearbeitet. Zwischendurch war er auch einmal in Obertraubling. Und hat gemerkt, wie stolz es ihn macht, ein Wanderer zwischen den Welten zu sein.

AUSFLUGSTIPP

Die Jann-Orgel der Kirche St. Georg in Obertraubling mit ihren 35 Registern erklingt in jedem sonntäglichen Gottesdienst und auch darüber hinaus. Wenn Sie Aydin Pfeiffer einmal persönlich erleben wollen, informieren Sie sich auf seiner Homepage über seine Auftritte.

Literatur

Ich danke Aydin für das Interview, das mir viele neue Erkenntnisse über den Musenort Obertraubling beschert hat.

Pfeiffer, Aydin: Persönliche Homepage. Online: https://aydinleonpfeiffer.de/ (28.02.2023)

Stöbich, Peter: Erfolg für junge Talente: Friedberger Gitarrenschüler sahnen ab. In: StaZ (StadtZeitung für Augsburg und Schwaben) vom 16.12.2016. Online: https://www.staz.de/region/friedberg/lokales/erfolg-fuer-junge-talente-friedberger-gitarrenschueler-sahnen-ab-id56313.html (28.02.2023)

Münchner Philharmoniker (Hrsg.): Orchester. Aydin Pfeiffer. Online: https://www.mphil.de/orchester/musikerinnen-und-musiker/details/aydin-pfeiffer (23.02.2023)

Zum Weiterlesen für Kinder

Hofmann, Karin: Wie Musik funktioniert: Und warum wir sie lieben. London, 2021.

Paganelli, Elisa: Das große Orchesterbuch. Münster, 2021.

OLESIA, DIE OPTIMISTISCHE, UND DAS SONNENGELBE HAUS (2022)

Immer wieder hat Obertraubling in seiner langen Geschichte bewiesen, dass es gastfreundlich sein kann. Viele Menschen kamen und kommen hierher. In den letzten Jahren waren es vor allem Flüchtende aus verschiedenen Ländern der Erde. Sie suchten Obertraubling nicht, aber fanden es auf ihrem Weg. Viele verließen es wieder – manche nach Tagen, andere nach Wochen oder Monaten. Und einige fassten hier Fuß, fanden Freunde und ein Zuhause auf unbestimmte Zeit, so wie Olesia, Aleksandr, Makar und Lubava.

*

Es war Mai, einer ihrer liebsten Monate. Aber in diesem Jahr erschien ihr der Mai trist. Olesia war mit ihrer Familie aus der Ukraine gekommen. Genauer gesagt aus Mikolajiw, aus dem Süden des Landes. Sie wusste nicht, was die Zukunft bringen würde. Alles kam ihr surreal vor. Wer hatte sich vor wenigen Monaten vorstellen können, dass sie in einer kleinen bayerischen Stadt stranden würde.

Sie lebte mit ihrer Familie – Aleksandr, ihrem Mann, dem zehnjährigen Makar und der siebenjährigen Lubava – schon seit einigen Wochen provisorisch in Neutraubling, auf dem Gelände der Firma Krones. Die Wohnung war schön, alle kümmerten sich rührend und doch war sie, auch wenn sie fürs Erste gerettet schienen, todunglücklich. Am ersten Tag waren sie kopflos aus der Wohnung gerannt, als die Sirenen heulten. Wohin sollten sie flüchten?

Erst langsam realisierten sie, dass die Sirene keine Kriegsgefahr ankündigte, sondern womöglich irgendwo ein Feuer war oder ein Keller ausgepumpt werden musste. Wenn sie aus dem Fenster sah, dann waren da Werkshallen. Man hatte ihnen gesagt, sie sollten auf die Kinder aufpassen, damit sie nicht von einem Gabelstapler überfahren wurden. Jedes laute Geräusch vom Bau der neuen Fabrikhalle scheuchte sie auf, denn es klang wie die Explosion einer Bombe. Sie war entwurzelt und verängstigt.

Am schlimmsten war das Warten. Sie wusste nicht, was sie tun sollte. Sie hatte aufgehört zu planen. Nichts von Bedeutung lag in ihrer Hand. Alexej ging arbeiten. Sie beschäftigte die Kinder mit dem Onlineunterricht, aber für ihre eigenen Gedanken fand sie keine Ruhe. Als klar wurde, dass Krones nach einer richtigen Wohnung Ausschau hielt, war sie zugleich froh und traurig. Froh, einen wirklichen Platz zum Leben zu haben. Traurig, weil das die Gewissheit war, dass sie so bald nicht in die Ukraine zurückkehren würden.

Dann war es tatsächlich so weit: Sie sollten nach Obertraubling fahren und sich eine Wohnung ansehen. Schon bevor Olesia die hellen, großzügigen Zimmer betrat, hatte sie sich verliebt: in die leuchtendgelbe Fassade, die ihr Hoffnung gab. In den Balkon, der sie fühlen ließ, dass sie wieder unter Menschen waren. Und in den Standort direkt an der Hauptstraße des Ortes, wo das Leben pulsierte. Zum ersten Mal hatte sie das Gefühl: Hier würde alles so gut werden, wie es werden konnte weit weg von ihrem tatsächlichen Zuhause.

Olesia dachte an Mikolajiw, wo sie herkamen. Sie hatte die Stadt immer für klein gehalten. Manchmal hatten sie gedacht: Wie schön wäre es, sagen zu können, sie kämen aus dem weltstädtischen Odessa, das nur wenige Kilometer entfernt lag. Stattdessen also Mikolajiw, wo nur 450.000 Menschen lebten. Als sie Obertraubling sah, erst recht als sie hörte, hier lebten nur 8.000 Menschen, war ihr klar: Das war ein ganz anderes Land mit ganz anderen Dimensionen. Und ihre Aufgabe war es jetzt, offenen Herzens zu schauen, was sie aus dieser Ankunft machen konnte.

Sie nahmen die Kinder und machten sich auf den Weg durch Obertraubling: Als Erstes liefen sie zur Schule. Schließlich würden die Kinder dort bald hingehen. Makar und Lubava staunten. So eine große, bunte Schule. Dann entdeckten sie die Bücherei. Überall waren Kinder, sie lagen in Sitzkissen, erzählten, schauten Bücher an. Alle Bücher schienen neu – und dann waren da so viele Kinderbücher. In der Ukraine waren Bibliotheken ehrwürdige Orte voller Klassiker, an denen man keinen Mucks sagen durfte. Weiter ging es durch den Ort und über die Felder. Von einem hohen Punkt kurz vor einem Wald sahen sie über ganz Obertraubling – und Olesia wusste: Das würde der Ort sein, an dem sie bleiben konnten.

Ihre Gedanken wanderten zurück – zur Familie, die zurückgeblieben war. Sie selbst hatte sich in Sekunden entschieden, alles hinter sich zu lassen. Der Kriegsausbruch war erst wenige Tage her, als Mikolajiw zu einem Zentrum des russischen Angriffs wurde. Bomben fielen, die Menschen sollten sich in Kellern verstecken. Bald würde die Versorgung zusammenbrechen. Olesias Mann, Aleksandr, war auf Montage in Ungarn. Sie musste allein entscheiden – und beschloss die Kinder und das Nötigste zu packen.

In ihrem Auto fuhr sie los, 1.000 Kilometer allein – bis zur ungarischen Grenze. Dort: Zweieinhalb Tage ohne Schlaf, denn alle paar Minuten bewegte sich die endlose Kolonne der Autos mit Flüchtenden weiter. Dann endlich trafen sie und die Kinder auf Alexej, der sie nach Debrecen brachte. Einige Wochen blieben sie dort, dann ging es nach Neutraubling. Sie wussten nicht viel: Alexej war ein paarmal dagewesen. Aber viel konnte er nicht sagen: eine kleine Industriestadt in der Nähe von München – das war das Einzige, das sie gehört hatte.

Doch nun war die Zeit des Herumirrens vorbei. In Obertraubling konnten sie versuchen, eine neue Normalität zu finden. Sie hatten in der schlimmsten Situation einen Hoffnungsschimmer gefunden. Doch was Zukunft bedeutete, wussten sie noch immer nicht. Zukunft konnte nicht die Frage sein, wann und ob sie nach Mikolajiw zurückkehren würden. Auch nicht, ob Obertraubling eine zweite Heimat werden konnte. Zukunft hieß, diese ungewollte Chance im Hier und Jetzt zu leben und das Beste daraus zu machen.

Für Olesia bedeutete das heute, erst zu ihrem Deutschkurs zu gehen und dann in die Bücherei. Dort war sie Teil eines Projektteams geworden, das Begegnungen von deutschen und ukrainischen Kindern leitete. Heute wollten sie gemeinsam eine Schnitzeljagd durch Obertraubling gestalten. Sie würden Spuren hinterlassen an diesem kleinen Ort, der sie mit offenen Armen empfangen hatte. Und ein winziges Glück biss seinen kleinen Zahn in ihr Herz.

*

Viele Dörfer erscheinen über die längste Zeit der Geschichte – wenn auch nicht mehr heute – als statische Gebilde. Gerade deshalb kennt man in vielen ländlichen Gegenden noch das Wort von den „Zugezogenen" oder „Zugereisten". Immer verbindet sich damit auch ein kleines Stück Geringschätzung, denn die so Benannten gehören irgendwie (noch) nicht dazu, sind nicht von da, wissen nicht, wie es langgeht.

Dieser Begriff wirkt, als gäbe es eine festgefügte Gemeinschaft, die eben aus „Eingeborenen" bestehe. Dabei ist Bayern schon seit Langem eine Region, in die viele Menschen kommen und aus der viele Menschen in andere Gegenden aufbrechen. In Obertraubling zeigt sich, dass die Meisten das verstanden haben und viele bereit sind, offen auf die neuen Mitbürger*innen zuzugehen.

Auf der einen Seite gibt es natürlich stets Einzelpersonen, die finanziell oder durch ein Engagement vor Ort – sei es beispielsweise bei Sprachkursen, durch Alltagsunterstützung oder tatkräftige Hilfe bei Um- und Einzug – helfen. Manche Obertraublinger*innen sind so schon zum „Engel" für unbegleitete Minderjährige, Familien oder plötzlich Alleinstehende geworden. Aber auch viele Vereine und Organisationen in Obertraubling bemühen sich um Integration von Zugezogenen.

Als 2015 viele Menschen vor allem aus Syrien nach Deutschland kamen, war beispielsweise die örtliche Realschule ein zentraler Anlaufpunkt. Damals lebten für Monate Menschen in der von der Gemeinde bereitgestellten Mehrzweckhalle (Sportzentrum), die nun eine Erstaufnahmeeinrichtung war – und von Seiten der Schule gab es Deutschkurse, tatkräftige Hilfe beim Aufbau der Betten und mehr. Sogar eine Arbeitsgemeinschaft gründete sich: „Mit und für geflüchtete Menschen". Auf diese Weise könnte man weiter in die Geschichte zurückgehen und fände immer wieder Beispiele für Nächstenliebe und den Wunsch, neuen Nachbarn zu helfen.

Olesias aus der Ukraine geflohene Familie ist ein aktuelles Beispiel für Menschen, die nach Obertraubling einwandern. Noch vor wenigen Monaten haben sich weder Aleksandr noch Makar, Lubava oder Olesia vorstellen können, einmal in der Großgemeinde zu wohnen. An ihrer Geschichte, die mir Olesia selbst erzählt hat, sind nicht nur die Wahrnehmungen von Obertraubling interessant, sondern auch viele Fragen, die mit ihrer Einwanderung zusammenhängen: Woher kamen sie? Welche Wege wählten sie? Welche Gründe hatten sie für diesen Schritt? Und natürlich spielt es eine besondere Rolle, wie es ihnen in Obertraubling jetzt geht.

Im Oktober 2022 waren laut Vereinten Nationen fast acht Millionen ukrainische Flüchtende in Europa (inkl. Russland) registriert, davon fast eine Million in Deutschland. Erleichtert wurde diese Aufnahme durch die EU-Regelung für den vorübergehenden Schutz von Ukrainer*innen, die das Recht auf Arbeit, Gesundheitsfürsorge, Bildung, Unterkunft und finanzielle Unterstützung haben. Die EU hat sich gegenüber Ukrainern wesentlich aufgeschlossener gezeigt als gegenüber Asylbewerbern aus anderen Regionen der Erde, die oft gewaltsam zurückgedrängt wurden. Dennoch sind solche Migrationen eine Herausforderung, beispielsweise was den Schulbesuch betrifft. Doch gerade er ist wichtig, um den oft Traumatisierten eine Struktur im Alltag zu ermöglichen und natürlich die Integration in die neue Heimat (auf Zeit).

Als vor einigen Jahren in Obertraubling von Studierenden der Universität Regensburg eine Ausstellung „Vom Ankommen und Fortgehen" gezeigt wurde, da wurde die ganze Vielfalt der Einwanderung nach und Auswanderung aus den Gemeindeteilen deutlich. Das Resümee hieß damals und heißt heute: Zur Integration gehören immer zwei und an jedem Tag entscheidet sich im Kleinen neu, ob sie gelingt und Menschen eine neue Heimat finden.

Obertraubling ist dabei so wichtig wie jeder andere Ort in Europa. Auch hier hat man und kann man die richtigen Schlüsse aus den Chancen und Herausforderungen einer globalisierten Welt ziehen. Es ist unser Kontinent, der aufgrund seiner Geschichte und seines heutigen Status weiß, wie man Flüchtende am besten unterstützt, aber diese Unterstützung sollte nicht davon abhängen, woher sie kommen.

AUSFLUGSTIPP

Begegnungsmöglichkeiten gibt es überall in der Großgemeinde Obertraubling. Vielleicht haben Sie auch neue Nachbarn – sprechen Sie sie an. Die Gemeinde- und Pfarrbücherei bietet Begegnungsprojekte an, die mit einer Übersetzerin stattfinden. In Regensburg gibt es immer wieder Veranstaltungen und Ausstellungen zu Odessa, weil diese südukrainische Stadt die Partnerstadt von Regensburg ist. Der Erinnerungsort „Odessa-Anker" am Marc-Aurel-Ufer in Regensburg lässt sich bei einem Spaziergang erkunden.

Literatur

Besonders bin ich dankbar, dass Olesia die frischen und sicher auch belastenden Erinnerungen an die plötzliche Flucht aus der Heimat für dieses Buch mit mir geteilt hat.

Für den letzten Satz der Erzählung danke ich der Inspiration aus einem Poetry-Slam-Beitrag: „Hinter uns mein Land" von Babak Ghassim und Usama Elyas (25.12.2015, https://www.youtube.com/watch?v=IQBncz9RmqA). Dort ist er anders gemeint, gilt der alten Heimat. Doch ich dachte mir: Warum nicht auch der neuen?

Botelho, Vasco: The impact of the influx of Ukrainian refugees on the euro area labour force. In: European Central Bank Economic Bulletin 4/2022. Online: https://www.ecb.europa.eu/pub/economic-bulletin/focus/2022/html/ecb.ebbox202204_03~c9ddc08308.en.html (31.01.2023)

Karasapan, Omer: Ukrainian refugees. Challenges in a welcoming Europe. Online: https://www.brookings.edu/blog/future-development/2022/10/14/ukrainian-refugees-challenges-in-a-welcoming-europe/ (31.01.2023)

Köppen, Elisa (TVA): Neutraubling: Krones hilft Mitarbeitern in Niederlassung in Kiew. Interview mit Ingrid Reuschl am 28.02.2022. Online: https://www.tvaktuell.com/mediathek/video/neutraubling-krones-hilft-mitarbeitern-in-niederlassung-in-kiew/ (31.01.2023)

Pfeifer, Daniel: „Odessa-Anker" am Donauufer enthüllt. In: Mittelbayerische Zeitung vom 19. September 2021. Online: https://www.mittelbayerische.de/region/regensburg-stadt-nachrichten/odessa-anker-am-donauufer-enthuellt-21179-art2042706.html (31.01.2023)

Solska, Julia: Als ich im Krieg erwachte. Tagebuch einer Flucht aus der Ukraine. Hamburg, 2022.

Zum Weiterlesen für Kinder

Liesenfeld, Gabriele: Mama, Papa ... wie passiert Krieg?: Das Kinderbuch, das den Krieg erklärt. Jever, 2022.

Sommer, Susanne / Eder, Sigrun: Willi Wunder – Віллі Диво. Zweisprachig Deutsch – Ukrainisch / Dvomovna nimets'ka – ukrayins'ka. Salzburg, 2022.

ISABELLA, DAS SONNTAGSKIND, UND DIE ZUKUNFT (2022)

Menschen sehen sich vor dem Hintergrund ihrer Vergangenheit. Ihre Erfahrungen bestimmen, wie sie die Welt von heute sehen. Aber auch, was sie für sich und ihre Kinder für die Zukunft erwarten. Den Einwohner*innen der Ortsteile von Obertraubling werden jedes Jahr fast 100 Kinder geboren. Eine der Kleinsten ist Isabella – seit September 2022 Gebelkofenerin.

*

Isabella war ein Glückskind – und das nicht nur, weil sie ein Sonntagskind war. Als ihre Eltern sie in der großen Geburtsklinik in Regensburg in den Armen hielten, wussten sie schon, dass ihre kleine Tochter an einem ganz besonderen Ort aufwachsen würde.

Gebelkofen, das war schon seit Jahrzehnten die Heimat von Isabellas Mutter Elisabeth und deren Eltern. Und Elisabeth hatte sich mit ihrem Mann sehr bewusst entschieden, hierzubleiben. Denn auch wenn klar war, dass die Welt sich wandelte, gab es doch einiges, was in Gebelkofen hoffentlich so bleiben würde, wie es war.

Da waren Elisabeths wunderbare Kindheitserinnerungen: Nach der Schule in Obertraubling war sie nach Hause gekommen, hatte rasend schnell die Hausaufgaben gemacht und dann ihre Draußensachen angezogen. Manchmal hatte sie ihr Fahrrad genommen, so wie es alle taten. Vor dem Haus und auf dem Weg zum Spielplatz waren ihr andere Kinder begegnet. Alle wussten: Am frühen Nachmittag würden sich große und kleine Kinder versammeln. Sie würden auf der Straße mit den Rädern herumkurven, am Klettergerüst hängen oder Fußballspielen. Ohne Verabredung. Mit einer Fußballregel: Jeder darf dabeisein, jede mitmachen.

Elisabeth wünschte sich das auch für Isabella. Momentan war daran nicht zu denken: Minütlich fuhren große LKW durch den ganzen Ort. Aber vielleicht würde die Umgehung dafür sorgen, dass die kleineren Kinder bald wieder auch ohne elterliche Aufsicht rauskonnten. Wen würden sie dann treffen? Viele Kinder aus den neuen Baugebieten? Würden sie, wie Elisabeth es von früher kannte, einfach zum Mühlbach laufen und unterwegs bei einem Elternhaus vorbeischauen, um sich ein bisschen Proviant zu holen? Oder müsste sich Isabella extra verabreden?

Wie würde ihre Kindheit sein? Wie ihr Leben als Erwachsene? Ihre Eltern bauten gerade neben den Großeltern ein Haus für sich und Isabella – direkt bei der Kirche, die für Elisabeth ein wichtiger Ort war. Bald würde Isabella getauft werden und wer weiß, vielleicht hätte sie ihre Krippenspielbegeisterung geerbt.

Doch wer weiß, ob es in einigen Jahrzehnten noch eine Kirche in Gebelkofen geben würde. Noch waren es viele, die sich sonntags dort trafen, aber überall nahm man wahr: Immer weniger Menschen gingen hin. Vielleicht reichte es irgendwann nicht mehr für eigene Gottesdienste und alle Gläubigen würden die Messe in Thalmassing besuchen.

Das Dörfliche würde irgendwie schwinden – noch mehr, falls Obertraubling einmal zu Regensburg käme. Einmal hatte es die Stadt ja schon versucht mit der Eingemeindung. Aber Obertraubling war für sich geblieben. Eine Großgemeinde waren sie geworden – Gebelkofen ein Teil davon. War die Stadt der nächste Schritt? Wenn es nach Elisabeth ging, dann wünschte sie Isabella schon den Kontakt in die Stadt. Da gab es ja viel zu erleben. Sie selbst war bei den Englischen Fräulein in der Schule gewesen und hatte es genossen. Wenn sie die Augen schloss, dann sah sie Isabella auch dort – mit Klassenkameradinnen in Regensburg, mit Kindergartenfreundinnen in Gebelkofen.

Als Elisabeths Mann nach Hause kam, packte sie ihre Sachen. Heute würde sie nach Obertraubling zum Yoga fahren. Bei dieser Gelegenheit fragte sie sich wieder einmal, ob wohl auch Isabella einmal in einem der vielen Vereine – entweder in Gebelkofen oder anderswo in der Gemeinde – aktiv sein würde. Sie wünschte ihr, dass sie den Zusammenhalt des Dorfes immer spüren würde. Genauso wie die Liebe ihrer Familie, die im Zentrum dieser Gemeinschaft wohnte.

Gleichzeitig merkte Elisabeth beim Blick auf ihre Tochter, dass sie sich viele Fragen weit über die Grenzen des Dorfes und der Stadt hinaus stellte. Wie würde die Welt aussehen, in der Isabella leben würde? Welchen Einfluss hätten Klima, Politik und Technisierung auf ihr Leben? Wo würde Isabellas Platz in dieser Welt sein?

In die Zukunft konnte Elisabeth für ihre kleine Tochter nicht schauen. Aber sie hatte eine Vermutung: War es noch das Ziel ihrer Eltern gewesen, sich etwas aufzubauen, und ihres, diesen erfolgreichen Weg fortzuführen – so würde es für Isabella um etwas Anderes gehen: Es galt, das zu erhalten, was man persönlich im Kleinen geschaffen hatte. Und das große Ganze, ohne das es keine Zukunft geben würde.

*

Die Geschichten aus der Geschichte haben eines gemeinsam: Sie gehen davon aus, dass Menschen Geschichte machen. Und zwar nicht nur die „großen Männer", die uns so oft im Geschichtsbuch begegnen. Nein, es sind Menschen wie du und ich, die die Geschicke bestimmen.

Wenn es in dieser letzten Geschichte also um Isabella geht, dann um die Frage: Wer schreibt unsere Geschichte in der Zukunft? Welche äußeren Bedingungen werden das Leben von Isabellas Generation prägen? Welche persönlichen Entscheidungen wird sie treffen? – Vielleicht findet sie Anregung aus manchen Erzählungen aus der Vergangenheit, womöglich fühlt sie sich einigen Vorfahren besonders nah.

Nach dem Motto „Hinterher ist man immer klüger" wage ich lieber keinen detaillierten Ausblick auf die Zukunftsthemen der Gemeinde. Historiker*innen schauen ja bekanntlich vor allem in die Vergangenheit, Expert*innen der Zukunft sind sie nicht.

Nur eine Aussage erlaube ich mir: Über allen Bereichen wird in den nächsten Jahrzehnten wohl der Begriff der Nachhaltigkeit stehen. Antoine de Saint-Exupéry hat einmal gesagt: Die Zukunft soll man nicht voraussehen wollen, sondern möglich machen. Das ist ein Auftrag an uns alle.

A USFLUGSTIPP

Erkunden Sie Ihre Gemeinde immer wieder und mit großer Neugier. Nehmen Sie den Wandel wahr. Und bringen Sie sich ein mit Ihren Ideen für die Zukunft. Und wenn Sie schauen wollen, wie sich Andere die Zukunft denken, dann fahren Sie ins Deutsche Museum Nürnberg. In diesem Ableger des Münchner Stammhauses geht es um die Jahre und Jahrzehnte, die vor uns liegen.

Literatur

Vielen Dank an Elisabeth Kranz, Mama von Isabella, dass sie mich an den Zukunftsträumen für ihre Tochter hat teilhaben lassen.

Goldin, Ian: Atlas der Zukunft: 100 Karten, um die nächsten 100 Jahre zu überleben. Köln, 2021.

Hawking, Stephen: Kurze Antworten auf große Fragen. Stuttgart, 2020.

Harari, Yuval Noah: 21 Lektionen für das 21. Jahrhundert. München, 2018.

Zum Weiterlesen für Kinder

Heitfeld, Marie: Als es uns gelungen ist unsere Erde zu retten ... und als wir verpasst haben, die Klimakrise zu bremsen. Zwei Zukunftsgeschichten aus der 1,5°C– und 3°C–Welt. Berlin, 2019. Online: https://www.germanwatch.org/sites/default/files/Zukunftsgeschichten.pdf (01.01.2023)

Flessner, Bernd: Zukunft. Alles im Wandel. Nürnberg, 2016.

MEINE ORTSGESCHICHTE

Schreiben Sie die Geschichte der Gemeinde weiter. Welches Ereignis der Vergangenheit, welche persönlichen Erfahrungen und spannenden Lebenserinnerungen sollten nicht vergessen werden? Wir freuen uns auf Ihre Ideen. Gern können Sie diese im Rathaus persönlich abgeben, per E-Mail oder postalisch einsenden:

E-Mail: poststelle@obertraubling.de

Gemeinde Obertraubling
Josef-Bäumel-Platz 1
93083 Obertraubling
Deutschland

*

ÜBER DIE AUTORIN:
HEIKE WOLTER

Ich mag's bunt

Darum habe ich fünf Kinder, vier Dinge studiert, in drei Orten gelebt, zwei Berufe und eine große Leidenschaft: Geschichte.

Ich mag Vergangenheit

Ein Glück, dass Obertraubling viel davon hat. Ob Steinzeit, Römische Geschichte, Mittelalter oder Moderne – über Obertraublings Geschicke im Laufe der Jahrhunderte (und sogar Jahrtausende) lässt sich spannend erzählen.

Ich mag Gegenwart

Wie gut, dass Menschen, denen ich täglich begegnen kann, lebendig aus der Vergangenheit berichten können. Mit ihnen kann ich mich auf Zeitreise begeben. Und es gibt Menschen, die heute Geschichte schreiben.

Ich mag Zukunft

Ich stelle mir vor, wie wir alle die Geschichte von Obertraubling weiterschreiben. In einem, zehn oder hundert Jahren. Gespannt bin ich, wie viel davon ich noch miterleben und mitschreiben darf. Und wer es danach tut.

ÜBER DEN ILLUSTRATOR:
SAMUEL WOLTER

Ich geb den Dingen eine Form.
Ich mag's witzig.
Ich mach nicht viele Worte.

„Wenn der Krieg um 11 Uhr aus ist, seid ihr um 10 Uhr alle tot!"

Sterben und Überleben im KZ-Außenlager Obertraubling

Lange war das Thema KZ in Obertraubling und Neutraubling ein Tabu. Doch dann hat sich Heike Wolter in einem Schulprojekt dieses dunklen Flecks in der Geschichte beider Orte angenommen.

Ehemalige Häftlinge, die zum Zeitpunkt der Recherche noch in den USA lebten, halfen ein umfassendes Bild des Lagers zu zeichnen. Im Fokus steht auch die Erinnerungskultur in den Gemeinden.

In einer Stadt vor unserer Zeit

10 Spaziergänge durch die Geschichte von Regensburg

Dieser Reiseführer ist anders als alle anderen! Abseits typischer Ansichten tauchen Sie in eine Stadt vor unserer Zeit ein. Die Ringbindung liegt gut in der Hand, und Sie können bei Bedarf die Stationen auch vorher in Ihr GPS-Gerät eingeben, um sich ganz „modern" führen lassen.

An allen Punkten begegnen Ihnen (teilweise verbürgte) historische Personen: Quintus Agilius, George Etherege, Charlotte Brandis und viele mehr. Ihre Äußerungen sind (meist) erdacht, doch sorgfältig recherchiert. So könnte es tatsächlich gewesen sein, so könnten sie gesprochen haben ...

Alpenüberquerung mit Kindern

Familienwanderung E5 in 10 Tagen

+ Tipps für jedes Wetter

+ Routen für E5 Tagestouren

Mit diesem Buch gelingt die E5-Wanderung auch mit kleinen Kindern. Besonders wertvoll ist dabei der Blick auf die schönen Veränderungen im Familienleben beim längeren Gehen.

Ein wertvolles Buch auch für alle, die Anregungen für ihren nächsten Familienurlaub mit Kindern suchen.

Mein Alpentagebuch – Für alle Wander-Erlebnisse in den Bergen

Erinnere dich an deine Wandertouren und wichtige Details. Dein Alpentagebuch macht es dir besonders einfach: Es ist übersichtlich gestaltet und enthält zahlreiche Symbole zum Umringeln. So kannst du innerhalb weniger Minuten jeden Wandertag einordnen und für immer festhalten. Selbstverständlich findest du auch Platz für persönliche Gedanken, Hüttenstempel, Aufkleber, Fotos, getrocknete Blätter oder was immer dir wichtig ist.

edition
riedenburg
editionriedenburg.at